KB175538

까만기와

까만 기와

차오원쉬엔 장편소설 | 전수정 옮김

푸른숲주니어

• 차례 •

운명의 장난   7

소문의 두 얼굴   51

진실의 벽   91

선생님, 나의 선생님   129

소년과 어른 사이   187

연애편지   229

금지된 장난   261

인연의 고리   307

청춘의 덫   353

운 명 의 장 난

1

환하게 밝은 대낮에는 밖으로 나가고 싶지 않았다. 나는 하루 종일 집 안에 틀어박혀 지냈다. 깍지 낀 손으로 뒷머리를 받치고 다리를 쩍 벌린 채 대나무 침대에 힘없이 누워 있었다. 그러다가 문득 빨간 기와에서의 추억이 주마등처럼 스치고 지나가면 너무나 괴로워서 어찌할 바를 몰랐다.

세상에 빛이 다 사라져 버린 것처럼 삶에 눈곱만큼도 흥미를 느끼지 못했다. 이따금 지나치게 의기소침해지거나 서글퍼져서 차가운 눈물을 흘리기도 했다.

생산대*에서는 이미 나를 노동자의 일원으로 편입시켰다. 나는 빈집의 뒤꼍에 쭈그리고 앉아 시시하기 짝이 없는 일을 했다. 버드나무로 엮은 바구니나 분뇨를 나를 때 쓰는 나무통을 손보기도 하고, 숫돌로 삽이나 낫을 갈기도 했다.

나는 가난하고 척박한 노동자의 삶을 묵묵히 견뎌 내며 꾸역꾸역 살아갈 나의 미래를 떠올려 보았다. 한숨이 절로 비어져 나왔다.

그럼에도 불구하고 나에게 주어진 길을 받아들이기로 가까스로 마음먹었을 때, 생산대 간부에게서 통지서를 한 통 받았다. 세상에, 고등학교 입학 통지서였다. 나는 통지서를 읽고 또 읽어 보았지만 도무지 믿기지가 않았다. 절대로 일어날 수 없는 일이었다. 나는 통

생산대 중국 문화 대혁명 시기에 만들어진 노동 조합 형태의 지역 단위. 생산대별로 농민을 군대처럼 조직해 관리했다.

지서를 가지고 온 사람에게 어찌 된 일인지 영문을 물어보았다.

"두창민이 진장 자리에서 물러났어. 그리고 탕창 마을 출신이 탕원푸가 권력을 잡았지. 탕원푸가 고등학교 입학자 명단을 일일이 검토한 뒤에 탈락된 학생들 중 몇을 골라 입학자 명단에 올리고, 합격자 명단에 올랐던 몇 명을 탈락시켰어."

세상이 뒤집히는 틈바구니 속에서 나는 뜻밖의 행운으로 까만 기와에 들어가게 되었다. 그 덕분에 내 미래도 전혀 다른 방향으로 흘러가기 시작했다.

2

유마디 진*에서 일 킬로미터가량 떨어져 있는 탕창 마을은, 탕 씨 성을 가진 사람들로만 수천 가구가 되는 큰 마을이었다. 탕원푸는 오래전부터 탕창 마을의 자랑이었다.

탕원푸가 명문 대학에 입학했을 때, 마을 사람들은 십시일반으로 돈을 모아 그의 학비에 보탰다. 탕원푸가 대학에 입학하기 위해 마을을 떠나던 날, 마을 사람들은 북과 징을 치면서 그를 유마디 진에 있는 부두까지 배웅했다.

탕원푸가 명문 대학에 들어간 사실이 이웃 마을에까지 알려지자, 탕창 마을 사람들은 흥분을 감추지 못했다.

진 중국의 행정 구역 중 하나. 한국의 '읍'이나 '구'에 해당한다.

"탕원푸는 우리 마을 사람이야."

탕원푸를 영광스럽게 생각한 나머지, 이렇게 한마디 덧붙이기도
했다.

"우리 집 바로 앞에 탕원푸의 집이 있다니까."

그러나 탕원푸는 대학에 들어가서 1학년을 채 마치기도 전에 쫓
겨났다. 같은 과 여학생에게 수작을 걸다가 남학생 몇 명에게 붙잡
히고 말았던 것이다.

내가 탕원푸를 알게 된 것은 중학교 2학년 때였지만, 그를 처음
본 건 빨간 기와에 입학한 지 이틀째 되던 날이었다. 나는 강가에서
양치질을 하고 있었는데, 훤칠하게 키가 큰 청년이 어깨를 들썩이
며 큰길로 뛰어왔다. 가늘고 긴 목에 툭 불거진 갈비뼈는, 마치 오
랫동안 변변히 먹지도 못한 채 강인한 정신력으로 수천 킬로미터
를 달려온 비쩍 마른 말 같았다. 콧등에는 알이 두꺼운 안경을 걸치
고 있었다. 그는 숨을 몰아쉬며 길가에 서 있는 나무에 천천히 몸을
기대었다.

그를 진작부터 알고 있던 반 친구가 말했다.

"저 사람이 바로 탕원푸야."

그날 이후로 우리는 하루도 빠짐없이 탕원푸가 뛰는 광경을 보았
다. 탕창 마을에서 출발해 유마디 진을 지나 유마디 중학교 주변을
한 바퀴 돈 다음 다시 왔던 길을 거쳐 탕창 마을로 되돌아갔다. 그는
강인한 의지력으로 몸을 단련시키고 있었다. 뛰는 동안에는 사람들
과 인사를 나누지도 않고 고개를 뻣뻣하게 든 채 멀리 앞쪽만 내다

보았다.

언제가 한번은 그가 내 옆을 스쳐 지나갔다. 그때 나는 휙 하며 공기를 가르는 차디찬 바람을 느꼈다. 그의 큰 숨소리에는 천년의 억눌림이 느껴질 만큼 무거움이 묻어 나왔다.

대학에서 쫓겨난 뒤 탕좡 마을에서 지내는 탕원푸의 생활은 몹시 암울했다. 결혼할 나이가 되었지만 신붓감이 나서지 않았다. 그에게 시집오겠다는 여자가 한 명 있기는 했는데, 탕원푸가 지난날 학교에서 사귀었던 여학생과 비교조차 안 될 만큼 못생겼다며 거절해 버렸다.

탕원푸는 우연히 탕좡 초등학교 교사 자리가 하나 비어 있다는 소식을 들었다. 그는 생산대의 동의를 얻은 다음, 두창밍에게 청탁을 넣기로 작정했다. 며칠 뒤, 담배와 술, 암탉을 싸 들고 두창밍을 찾아갔다.

두창밍은 탕원푸를 거들떠보지도 않았다.

"우선 돌아가 있게."

그러면서 다른 사람과 계속 이야기를 나누었다. 탕원푸는 모멸감을 꾹꾹 참으면서 몇 번이고 찾아가 그렇게 서서 기다렸다.

결국 두창밍은 마지못해 그의 부탁을 들어주었다.

"초등학교 교사 자리가 뭐 그리 대단한 것이라고!"

탕원푸는 그렇게 해서 초등학교 교사가 되었다. 그 후로 결혼도 했다. 그러나 새로운 생활은 그에게 아무런 의미도 주지 못했다. 그에게는 탕좡 마을에서 일어나는 일들이 죄다 시시하고 재미없었다.

그는 매일 책과 신문에 파묻혀 지냈다. 그만큼 안경의 도수도 나

날이 높아졌다. 볼 만한 책이나 신문이 마땅히 없을 때는 사전을 뒤적였다. 밥을 먹을 때도, 잠자리에 들어서도, 심지어 화장실에서조차 사전을 손에서 놓지 않았다. 결국에는 사전의 내용을 모두 외울 지경이 되었다.

탕원푸가 유일하게 흥미를 가지고 발걸음했던 곳이 바로 유마디 중·고등학교였다. 학교 게시판에는 늘 신문이 붙어 있었고, 도서관에는 꽤 많은 책이 있었으며, 왕치한 교장 선생님이나 사오지펑 선생님 같은 수준 높은 교사들과 대화를 나눌 수도 있었다. 학교에 있을 때만큼은 손바닥만 한 방과 6위안에 불과한 월급, 일자무식의 아내에 대해서 깨끗이 잊을 수 있었다. 그는 선생님들 앞에서 자기 의견을 술술 풀어 내었다.

유마디 중·고등학교 선생님들은 질투심을 느껴서인지 그의 학문적 소양을 인정하지 않았다. 단지 말을 잘하는 것뿐이라고 생각했다. 그나마 그 사실마저도 드러내고 싶지 않아서 그저 "탕원푸가 제법 잘 떠들지!"라고만 말했다.

학문이라는 것은 볼 수도 만질 수도 없는 것이기에 있으나 없으나 별반 차이를 느낄 수 없었지만, 말재주야말로 그 사람의 수준을 드러내 보이는 가장 훌륭한 잣대였다. 그래서 사람들은 말재주를 지적 평가의 유일한 기준으로 삼았다.

수시로 학교를 드나들던 탕원푸는 자연스럽게 내가 글을 잘 쓴다는 얘기를 듣게 되었다. 중학교 2학년 때 길에서 우연히 탕원푸와 마주쳤는데, 그가 고개를 끄덕이며 이렇게 물었다.

"네가 글을 잘 쓴다는 린빙이냐?"

그렇게 해서 우리는 서로를 알게 되었다.

탕원푸가 권력을 잡은 뒤 유마디 고등학교 입학자 명단을 검토하다가 내 이름이 빠진 것을 발견하고는 곧바로 써 넣으며 이렇게 말했다고 했다.

"린빙은 틀림없이 작가가 될 거야."

두창밍을 몰아내기 위해 탕원푸와 합세한 세력은 다름 아닌 탕좡 마을 사람들이었다. 탕원푸는 마을 사람들이 대부분 탕 씨라는 점을 교묘하게 이용했다. 탕원푸는 탕 씨의 역사를 꼼꼼하게 파악한 다음 마을 사람들을 선동하기 시작했다.

"몇천 년 동안 우리 탕 씨 성을 가진 사람들이 적지 않게 출세를 해 왔습니다. 하지만 두창밍이 권력을 잡은 후로는 한 사람도 고위 관직에 나갈 수 없게 되었습니다. 나만 해도 작은 초등학교 교사 자리 하나를 얻으려고 두창밍 앞에서 거의 무릎을 꿇다시피 했으니까요. 우리는 두 씨를 욕보인 적이 없는데, 어째서 두창밍은 우리 탕 씨 성을 가진 사람들을 못살게 군단 말입니까?"

탕원푸는 초등학교를 근거지로 삼아서 탕좡 마을 사람들의 마음에 불길을 당겼다. 그리고 수많은 초등학교 선생님들이 그를 중심으로 모여들기 시작했다. 그 불길은 서서히 타올랐다.

유마디 중·고등학교의 학생들과 선생님들은 탕원푸를 대단찮게 생각하고 있었기에 굳이 그의 깃발 아래로 들어가려고 하지 않았다. 그러나 얼마 되지 않아 그의 정열과 지혜, 말재주에 설복당하고 말았다.

탕원푸는 더 이상 해진 옷과 헝클어진 머리로 뛰어다니며 숨을 헐떡헐떡 몰아쉬던 예전의 그가 아니었다. 그는 몇만 호를 거느린 제후처럼 힘이 있었다.

그러나 세상을 거머쥔다는 것이 그렇게 쉬운 일은 아니었다. 여전히 두창밍 편에서는 죽을힘을 다해 그를 지키려고 하는 사람들이 있었다. 그 세력 또한 만만치 않았다.

두창밍이 말했다.

"탕원푸 그 녀석, 일개 초등학교 교사 주제에 제법인걸!"

두창밍은 자리를 지키며 권위를 유지하려고 애썼고, 가끔은 전보다 더 권위 있어 보이기도 했다. 그러나 내가 유마디 중학교를 졸업하기 두 달 전 대변론회가 열렸을 때, 그 변론회장에서 두창밍은 참담하게 무너져 내리고 말았다.

그 당시 대변론은 권력 투쟁 과정 중 반드시 거쳐야 하는 단계였다. 만일 어느 한쪽이 변론에 참가하지 않겠다고 하면, 그것은 바로 패배를 스스로 인정하는 것과 마찬가지였다.

서로 칼을 들이대며 부딪쳤던 무력 충돌과 비교하자면, 대변론은 상당히 문명적이고 고상한 행위였다. 다른 지역에 비해 문명이 뒤떨어지고, 고상함과는 거리가 먼 유마디 진과 농촌 일대에까지 대변론이 자리 잡았다는 것은 그야말로 기적 같은 일이었다.

대변론장은 유마디 진의 큰 강당에 설치되었다.

사흘 전부터 대변론이 열린다는 소식이 대자보에 나붙어서 사방팔방에서 수많은 사람들이 모여들었다. 그야말로 열기가 대단했다. 담배와 군것질거리, 토기 인형 따위를 파는 장사치들이 아침 일찍부터 강당 밖에 천막을 치고 자리를 잡았다. 시끌벅적한 광경은 시골 장터를 방불케 했다.

대부분의 구경꾼들은 강당 안으로 들어갈 수 없었기 때문에 밖에 서서 귀를 기울여야 했다. 강당의 창살문에는 사람들이 박쥐처럼 매달려서 아우성을 쳤다. 서로 잘 보이는 자리를 차지하려고 다투는 사람들의 욕설과 몸싸움이 끊이지 않았다.

변론은 정확히 아침 8시 45분에 시작됐다. 양쪽의 연사는 모두 지식수준이 높은 사람들로 각각 팔십 명씩 선발되었다.

두창밍 쪽 사람들은 대부분 중년들로, 유마디 진 각 분야에서 관직을 맡고 있는 지식인층이었다. 그들은 오랫동안 부를 축적해 왔기 때문에 얼굴에 풍요로움이 그대로 드러나 혈색이 매우 좋았다. 그들에게는 농민들에게서는 절대로 볼 수 없는 자신감과 교활함이 넘쳐흘렀다. 그와 더불어 빈틈없는 계략도 엿보였다. 반면에 탕원푸 쪽은 대개가 젊은 청년들로, 누런 혈색에 비쩍 마른 체구를 가진 이들이 대부분이었다.

양편이 강당의 절반씩을 차지하고 서로 대치하고 있었고, 그사이로 삼십 센티미터가량의 경계 지역이 있었다. 두창밍 쪽 연사들은 대부분 피둥피둥 살이 쪄서 빈틈없이 꼭 끼어 마치 비옥한 토지를 보는 것 같았다. 반면에 탕원푸 쪽은 마른 사람들이 많아서 척박한 밭처럼 휑뎅그레했다. 그러나 기세만큼은 탕원푸 쪽이 훨씬 드높았다. 젊은 사람들의 눈에는 어떠한 충격에도 끄떡하지 않고 꿋꿋이 버틸 것 같은 날카로움이 번득였다.

두창밍 쪽의 능력은 언어 구사에 있는 게 아니라, 권모술수가 필요한, 즉 실제적인 업무를 담당하는 데 있었다. 그러나 탕원푸 쪽은 언어 구사 면에서 훨씬 뛰어났다. 그들은 맑은 목소리와 민첩한 사고, 그리고 신선한 어휘를 사용해 유창하게 변론을 이끌어 나갔다.

대변론이란 사실 '말'의 전쟁이었다. 말의 폭격은 처음부터 날카롭고 격렬하게 시작되었다. 누구를 먼저 내세우고 무엇을 애기할 것인가 등등 양편 모두 계획과 묘책이 미리 다 짜여 있었다. 열띤 반격전이 이어졌지만, 서로 예상하고 있던 순서대로 차근차근 진행이 되었다. 밖에 서서 듣고 있던 사람들도 내용을 정확히 들을 수 있었다. 간혹 소란을 피우는 사람들을 향해 호통치는 소리가 들렸다.

"제기랄! 조용히 못 해?"

사람들은 강당 쪽 창문에 귀를 바짝 대고서 숨을 죽인 채 모든 신경을 집중시켰다. 처음 두 시간 동안은 어느 쪽이 우위에 있는지 판가름하기 어려웠다.

점심때쯤 한 연사의 실수로 두창밍 쪽의 기세가 기울기 시작했다. 국가 조합장으로 있는 리원수가 대차게 밀어붙이는 상대방에게 화가 나서 위신을 잃고 욕설을 퍼붓었던 것이다.

탕원푸 쪽 교사 한 사람이 벌떡 일어나 고함을 질렀다.

"욕설과 위협은 혁명 투쟁이 아닙니다!"

리원수는 그 자리에서 다시 한 번 "개소리하고 있네!"라는 욕설로 맞받아쳤다. 그러자 유마디 고등학생 하나가 일어서더니 리원수를 손가락질하며 소리쳤다.

"당신은 지금 루쉰 선생을 욕보인 겁니다. 방금 우리 선생님이 하신 말씀은 루쉰 선생의 어록에 있는 말입니다!"

리원수는 그 한마디에 끝장이 났다. 그는 사람들을 힐끔거리며 발밑에 밟힌 물고기의 물거품처럼 사람들 사이로 그대로 주지않고 말았다.

밖에서 듣고 있던 사람들 중 몇몇은 밥을 먹으러 집으로 돌아갔다. 물론 아직도 그 자리에 서서 지켜보는 사람들이 많았다. 강당 안에서 울리는 목소리는 점점 더 높고 크게 퍼져 나가 공중에서 부딪쳤다.

탕원푸는 오전 내내 아무 말 없이 안경 뒤의 작은 눈을 반짝이고 있었다. 그 모습은 수풀에 숨어 숨죽인 채 포획할 사냥감을 노리는 사냥꾼과 같았다.

두창밍 쪽에서도 잠깐 낮은 고지를 점령했다. 유마디 진 당 위원회의 여비서인 시밍이 탕원푸 쪽을 혼란스럽게 만들었다. 시밍은 가녀린 문학소녀 같은 얼굴에 흰 테 안경을 쓴 젊은 여자였다. 그녀의 날카롭고 낭랑한 목소리가 강당에 힘차게 울려 퍼졌다. 그녀는 유창하게 말을 이어 나갔다. 거기에는 논리적인 힘과 상대방에 대한 빈정거림이 담겨 있었다. 그녀는 십오 분 동안 연설하면서 두창밍 쪽의 사기를 높였다.

탕원푸 쪽은 그때까지 모든 상황을 정확히 파악하고 유연하게 대처하고 있었다. 그런데 갑자기 무서운 말솜씨를 지닌 여자를 상대하자니 무엇을 어떻게 해야 할지, 무슨 말로 풀어 가야 할지 갈피를 잃어버리고 우왕좌왕했다. 강당에 팽팽한 긴장감이 감돌았다.

그때 탕원푸가 좌우에 있는 사람들에게 귓속말로 뭔가를 지시했다. 그 후로는 모든 상황이 역전되어 탕원푸 쪽의 기세가 오르기 시작했다.

훗날 나는 탕원푸에게 그때 일을 물어보았다.

"그 당시 귓속말로 뭐라고 한 거예요?"

그가 웃으면서 말했다.

"전기경마(田忌賽馬)*라는 옛이야기를 기억하고 있나?"

그 순간 탕원푸는 '전기경마'를 떠올리고, 일반 부녀자 수준밖에 되지 않는 초등학교 여자 선생님을 내세워서 시밍과 맞서게 했다. 그렇게 함으로써 시밍의 논리적이고 유식한 반론을 웃음거리로 만들어 버렸던 것이다. 이어서 두창밍은 조직의 간사 '짧은 발톱'을 연사로 내세웠고, 탕원푸는 유마디 고등학교에서 작문을 가르치고 있는 장 선생님을 내보냈다. 장 선생님은 창끝을 '짧은 발톱'에게 겨누었다. 그렇게 해서 시밍의 변론은 마치 없었던 것처럼 흐지부지됐는데, 그것은 마치 상대방을 향해 쏜 화살이 옆으로 비껴 진흙탕에 박힌 꼴과 같았다.

'짧은 발톱'은 대변론에 참가하라고 했을 때부터 나오고 싶어 하지 않았다. 그런데 억지로 끌려 나온 자리에서 끈질기게 물고 늘어지는 장 선생님의 전략에 휘말려서 참담한 꼴을 당하고 말았다.

전기경마 《손자병법》에 나오는 제나라 장수 전기에 관한 이야기. 그 당시는 네 마리의 말이 끄는 수레를 한 조로 해서, 세 조의 수레가 출전해 그중 두 번을 이기는 조가 승리를 하는 경기가 유행했다. 실력이 출중한 말을 가지고 있던 제나라 왕은 전기에게 시합을 하자고 제안했고, 질 것이 뻔한 경기를 하게 된 전기는 고민에 빠졌다. 그때 "세 조의 수레를 세 등급으로 나누어, 상대방이 상등 수레를 출전시킬 때 하등 수레를 내보내고, 중등 수레를 출전시킬 때는 상등 수레를, 하등 수레를 출전시킬 때는 중등 수레를 내보내 경기하라."고 손빈이 충고했다. 전기는 이를 받아들여 결국 2 대 1로 승리하였다.

"사람들은 장 간사의 손가락에 특별한 내력이 있어서 '짧은 발톱'이라고 부른다던데, 나는 그 소리를 듣고 몹시 화가 났습니다. 그건 사람을 무시하는 발언이지 뭡니까? 그러면 안 되죠! 장 간사, 당신의 손가락에 얽힌 내력을 우리에게 털어놓는 게 어떻습니까? 당신이 진정한 혁명가라는 것을 증명해 주십시오!"

그러나 장 간사는 자신의 손가락에 얽힌 내력을 절대로 말할 수 없었다. 군대에 가는 것이 두려워 스스로 손가락을 절단했던 것이다. 장 간사는 그 자리에서 고개를 들지 못하고 땀을 뻘뻘 흘리면서 중얼거렸다.

"지겨워! 지겨워!"

오후로 접어들면서, 두창밍 쪽은 점점 주눅이 들기 시작했다.

'우수 인종' 두창밍은 여전히 대장군 같은 풍모를 지니고 있었지만, 쉴 새 없이 손으로 머리를 뒤로 쓸어 넘겼다. 그의 손길에 불안한 마음이 고스란히 묻어 있었다.

오후 3시쯤, 탕원푸가 자리에서 일어섰다.

"나는 아침 8시 45분부터 지금까지 겸손한 자세로 여러분의 이야기를 경청하고 있었습니다. 이제 제가 입을 열 때가 된 것 같습니다."

이 한마디 말로 시작된 탕원푸의 연설은 한 시간 동안 쉬지 않고 이어졌다. 그의 하얀 치아가 반짝일 때마다 날카로운 칼의 단면이 연상되었다. 탕원푸는 마르크스와 엥겔스, 레닌, 스탈린, 마오쩌둥, 루쉰의 어록을 줄줄 외우면서 유창하게 연설을 해 나갔다. 두창밍의 죄악을 열거하는 것도 잊지 않았다.

탕원푸는 두창밍 쪽에서 내세운 황당무계한 논리를 하나씩 짚어 가면서 철두철미하게 반박했다. 탐심으로 가득 찬 강도가 돈이 없는 사람을 붙잡고 실오라기 하나 없이 벌거벗기는 과정과 다를 바 없었다. 말을 더듬거나 중언부언하지 않았고, 힘찬 어조에 속도까지 조절해 가며 단계별로 강조할 부분을 정확히 짚었다. 강당 안에는 팽팽한 밧줄로 목을 조이는 듯한 긴장감이 흘렀다.

그는 '그러나'와 '그런데' 같은 접속어를 즐겨 사용했다. '그러나'를 말할 때는 항상 '그러'와 '나' 사이에 시간적인 간격을 두어서 '그러-나'가 되게 했다. 그 어조는 마치 칼자루를 내리찍기 전에 그것이 손에 제대로 쥐어져 있는지를 확인하는 작업과 같았다. '그러나'의 전 단계는 일종의 달콤한 유인으로 마치 사형 전에 잠시 바람을 쏘이게 해 주는 온정과 같았다. 그리고 '그러나'는 급작스런 전환을 몰고 와, 퇴로가 차단된 절망의 낭떠러지로 내모는 것과 다를 바 없었다. 수십 년간의 정치적 소용돌이는 늘 '그러나'를 앞뒤로 해서 반전이 되었는데, 그 반전 과정에서 기존 세력은 처절하게 무너져 내렸다.

탕원푸는 말의 흐름을 잘 이용해 두창밍을 한발 한발 벼랑 끝으로 몰아붙였다. 그것은 마치 살아 있는 사람의 숨통을 서서히 조이다가 거의 숨이 넘어갈 지경이 되어서야 풀어 주는 것과 같았다.

기백이 넘쳐흐르는 탕원푸의 연설은 모든 것을 한꺼번에 바꾸어 놓았다. 강당 안과 밖에서 듣고 있던 사람들은 숨소리를 죽였다.

그에 반해, 두창밍은 변론에 뛰어난 사람은 아니었다. 그저 변론에 필요한 형식적인 말 몇 마디를 외워서 늘어놓을 뿐이었다. 두창밍은 탕원푸의 연설이 진행되는 동안 미미하게 반격을 시도하다가, 오히려 순식간에 폭격을 맞은 듯 힘없이 무너져 내렸다

탕원푸의 연설이 끝난 뒤, 두창밍은 아예 내리막길로 들어섰다. 두창밍은 추락한 상황을 만회하기 위해 무진장 애를 썼다. 어떻게든 기회를 틈타 다시 한 번 그들과 겨루어 보려고 했지만, 미처 세 마디 말을 끝내기도 전에 탕원푸가 몸을 앞뒤로 흔들면서 큰 소리로 웃어 댔다.

"하하하……, 하하하……."

어떤 사람들은 그 의미를 알아차리고 함께 웃었지만, 어떤 사람들은 이유도 모르는 채 어쭙잖게 따라 웃었다. 비웃음이 담긴 웃음소리가 강당 안에 울려 퍼지자 두창밍은 안절부절못했다.

탕원푸가 큰 소리로 웃으면서 두창밍을 손가락질했다.

"아니, 후안무치(厚顔無恥)*를 '부안무치'라고 하다니! 하하하, 부안무치, 부안무치!"

이 한마디는 최후의 일격이 되어 두창밍의 말문을 틀어막아 버렸다. 두창밍 쪽 사람들은 몇 마디 변론을 더 해 볼까 생각도 했지만, 탕원푸에게 또다시 덜미를 잡혀 많은 사람들 앞에서 놀림감이 될까 봐 입을 꾹 다문 채 침만 꿀꺽 삼켰다.

바로 그 순간, 탕원푸 쪽 사람들이 모두 일어나 주머니에서 빨간색 책을 한 권씩 꺼냈다. 탕원푸가 그 책을 읽기 시작했다.

"《마오쩌둥 주석 어록》119쪽……."

후안무치 뻔뻔스러워서 부끄러움을 모른다는 말.

그러자 다 함께 큰 소리로 빠르고 정확하게 낭독했다. 탕원푸는 대변론장을 문학의 장으로 승화시켰다.

시간이 흘러 밤이 되자, 두창밍 쪽 사람들 몇 명이 대변론장을 떠나려고 사람들 사이로 허리를 굽히고 살금살금 기어 출구 쪽으로 향했다. 탕원푸는 이미 그런 상황을 꿰고 있기라도 한 듯 사람을 보내 출입문을 지키게 했다. 짧은 발톱은 미리 지키고 있던 사람들에게 붙잡혀 제자리로 돌아왔다.

탕원푸는 얼굴에 미소를 띤 채 말했다.

"장 간사, 두 총사를 놔두고 어딜 혼자 도망치시오!"

사람들이 큰 소리로 고함쳤다.

"사내자식이라면 거기 그대로 남아 있어!"

밤 10시가 될 때까지 계속된 변론은 두창밍 편의 처절한 패배로 막을 내렸다. 짧은 발톱은 탈진한 채 병원으로 실려 가 링거 주사를 맞았다.

그로부터 몇 날 며칠 동안, 유마디 진 사람들은 탕원푸의 말재주에 놀랐다며 그날의 이야기를 하고 또 했다.

훗날, 탕원푸가 나에게 말했다.

"웃기는 일이지! 그 많은 어록들을 모두 내 맘대로 지어냈으니. 사실 난 지금까지도 《자본론》 같은 책을 본 적이 없어. 더군다나 그때 내가 감히 제 몇 장 몇 번째 줄에 마르크스가 뭐라 말했더라고 말한 걸 생각하면, 부끄러워서……."

그때 변론을 지켜본 사람들은 모두 두창밍의 위치가 바람에 흔들리는 촛불처럼 위태롭다는 걸 알아차렸다. 그러나 그는 마지막까지 자기 자리를 지키고 앉아 유마디 고등학교 입학생 선별 작업을 했다.

두창밍이 진장 자리에서 쫓겨난 것은 내가 빨간 기와를 떠난 지 꼭 한 달 뒤의 일이었다.

대변론을 한 지 얼마 지나지 않아, 사방에서 탕원푸가 원펑라이* 라는 거물과 직접 접촉하는 사이라며 곧 권력을 잡게 될 거라는 소문이 돌았다. 결국 탕창 마을 사람들 수천 명이 집결한 진 위원회에서 두창밍은 탕원푸에게 진장 자리를 내주었다. 두창밍은 탕원푸가 원펑라이와 친분을 가지고 있다는 풍문을 듣고 입도 뻥긋할 수 없었던 것이다.

수년이 흐른 뒤, 탕원푸가 웃으면서 내게 말했다.

"웃기는 일이지! 내가 어떻게 원펑라이를 알았겠어? 그는 남경대학교 출신이고, 나는 남경사범대학교 출신인데 말이야."

3

나는 그토록 바라던 고등학생이 되어 까만 기와에 입학했다. 하지만 정상적인 수업은 거의 진행되지 않았다. 하루 종일 투쟁가가 드높이 울려 퍼졌고, 큰길에는 대자보를 써 붙이는 무리들이 휘젓고 다녔다.

원펑라이 문화 대혁명 시기에 장쑤 성 반란파의 우두머리.

나와 마수이칭을 비롯한 몇몇 친구들은 이제 어린아이나 하는 놀이에 흥미를 느끼지 못했다. (나도 비둘기 날리는 놀이에 흥미를 잃어 갔다.) 그 대신에 전혀 다른 일에 흥미를 느끼기 시작했다.

당시의 분위기에 물들어 나와 마수이칭은 혁명에 참가하기 시작했고, 그곳에 발을 들여놓자 점점 더 깊이 빠져들었다. 혁명에 참가한 사람들은 모두 광기를 띠어 갔다. 마수이칭은 수백 자가 넘는 대자보를 써서 거리에 붙이면서 하루 종일 들떠 있었다.

빠딴과 몇몇 패거리들이 왕웨이이 집안이 경영하는 조그마한 잡화점에 쳐들어갔을 때, 마수이칭도 유마디 중학생들 몇 명을 이끌고 동참했다. 하지만 마수이칭은 직접 얼굴을 드러내지는 않았다. 그 당시 왕웨이이는 신장이 아프다며 집에서 요양 중이었다.

그 무렵, 탕원푸는 나에게 〈격류〉라는 학교 신문을 펴내게 했다. 그는 챠오안도 불러들였다. 챠오안과 나 사이에 있었던 불쾌한 과거는 한편으로 밀쳐 두고, 우리는 함께 일하며 100여 호가 넘게 〈격류〉를 발행했다.

두창밍은 진 위원회 관사에서 쫓겨나, 까만 기와 주방 옆에 딸린 누추한 방으로 거처를 옮겼다. 두창밍이 까만 기와로 이사 오던 날, 나는 교실 창문 너머로 그가 허리를 구부린 채 카펫을 어깨에 지고 나르는 모습을 지켜보았다. 그 순간 내 마음속에 야릇한 감정이 일었다. 그것이 연민인지 희열인지, 아니면 또 다른 감정인지 알 수 없었다.

탕원푸는 그동안 살던 골방을 떠나 두창밍이 살던 큰 저택으로 옮겨 갔다. 그는 관사의 새 주인이 되었다.

진 위원회 관사는 전에 비해 훨씬 많은 사람들로 북적거리기 시작했다. 탕원푸는 〈격류〉를 펴내기 위해 나에게도 방 한 칸을 내주었다. 나와 챠오안은 까만 기와 기숙사를 떠나 그 저택으로 이부자리를 옮겼다.

천하는 탕원푸의 것이었다. 그러나 탕원푸의 마음이 평온하지만은 않았다. 두창밍의 그늘이 아직도 유마디 진에 드리워져 있었기 때문이다. 어느 날 갑자기 두창밍이 제자리로 돌아와 자신을 밀쳐 내지 않을까 불안해했다.

그가 할 수 있는 일은 딱 한 가지뿐이었다. 모든 힘을 기울여 적을 궁지로 몰아넣는 것. 그는 두창밍을 사회에서 완벽하게 매장시키기 위해 남녀 문제에 연루시키기로 했다. 이 문제에서는 두창밍의 비서로 있던 시멍이 아주 적격이었다.

탕원푸는 직접 나서고 싶은 생각은 추호도 없었다. 그는 이미 비슷한 일을 당한 적이 있었기에 이런 일을 직접 진행하게 되면 체면에 손상을 입게 된다는 걸 누구보다 잘 알고 있었다.

탕원푸는 위큰귀라는 녀석에게 일부러 별일 아니라는 듯한 어조로 그 둘의 관계를 살짝 흘렸다. 그리고 다시는 그 일을 입 밖에 내지 않았다. 위큰귀는 곧바로 빠딴 패거리를 불러 두창밍과 시멍의 문제를 논의하기 시작했다.

빠딴은 이제 전문적인 반란 세력이 되어 있었다. 빠딴은 어디서 구했는지 군복을 아래위로 빼입은 다음, 넓은 가죽 허리띠를 두르고 다녔다. 군복 입은 모습이 엄숙한 분위기를 풍겨서 제법 그럴싸해 보였다. 빠딴은 때때로 길가의 대자보 앞에 마치 글자를 읽을 줄 아는 듯 한참씩 서 있곤 했다.

어느 날 밤, 빠딴의 패거리 몇몇이 시밍의 팔을 비틀어 끌고 진위원회 관사의 빈방으로 들이닥쳤다. 하필이면 〈격류〉를 펴내기 위해 사용하던 우리 방의 바로 옆방이었다. 게다가 그 방과 우리 방은 칸막이로 나누어져 있을 뿐 원래는 하나의 방이었다.

그날 밤 챠오안은 집에 가고 없었고 나 혼자서 방을 지키고 있었다. 옆방에서 나는 소리를 듣지 않으려고 귀를 틀어막았지만 그럴수록 더욱더 분명하게 귓가로 파고들었다. 나는 침대에 누워 책을 읽는 척했지만 한 글자도 눈에 들어오지 않았다.

위큰귀의 목소리가 내 귓속을 헤집었다.

"오늘 우리가 너를 부른 것은 너와 두창밍과의 관계를 규명하기 위해서이다. 무슨 일인지는 나보다 네가 더 잘 알 거야. 솔직하게 실토를 하면 너그럽게 봐주겠지만, 반항하면 용서할 수 없어."

시밍의 낭랑한 목소리가 방을 울렸다.

"관계라고요? 두창밍은 진장이면서 진의 당 위원회 서기이고, 저는 그의 비서니까 직장에서 상사와 부하 관계지, 뭐가 더 있겠어요?"

빠딴은 그 말에 화가 났는지 목소리가 커졌다.

"개소리 작작해. 내가 뭘 묻고 있는지 잘 알면서 언제까지 능청을 떨 거야? 남녀 관계 말이야! 풍기 문란!"

"그런 거 없어요."

위큰귀는 시밍을 타이르듯 속삭였다.

"시밍, 지금의 사태를 제대로 파악해야 해. 지금이 어떤 세상인 줄 알아? 아직도 미련스럽게 두창밍을 싸고돌다니. 살길을 찾아야지. 어떡하냐고? 어떡하긴 뭘 어떡해? 선을 분명히 긋고, 두창밍의 뒤통수를 치는 거지. 너는 아직 젊어. 결혼도 못 했잖아? 두창밍을 따라가면 죽는 길밖에 없어. 너와 두창밍 사이에 일어난 그 사소한 사건에 대해 몰라서 이러는 게 아니야. 단지 너에게 살 기회를 주려는 거야. 네 스스로 실토를 하고 나면 너도 속이 후련할 거야. 이 정도는 누구에게나 일어날 수 있는 일이야. 이 사건은 두창밍에게 책임이 있는 것이지 너에게는 털끝만큼도 책임이 없어. 두창밍이 마음먹고 유혹하면, 너같이 유약한 처녀가, 그것도 두창밍 밑에서 일하는 처지에 어떡하겠어? 더군다나 너는 초등학교 선생으로 있다가 두창밍의 눈에 들어서 일하게 된 거잖아. 그런데 네가 어떻게 거절할 수 있었겠냐고. 이런 상황을 잘 알고 있기 때문에 우리는 너에게 잘못이 있다고 생각하지 않아. 그러나 실토를 하지 않으면 너까지 다치게 될 수도 있어."

시밍은 밤 12시가 될 때까지 입을 꼭 다물고 있었다. 빠딴이 화가 나서 허리띠를 풀어 책상을 내리치는 소리가 들렸다. 그러자 위큰귀가 소리쳤다.

"빠딴! 손대는 건 좀 기다려."

시밍은 불량 학생을 만나 협박당하는 여학생처럼 갑자기 울음을 터뜨렸다.

때마침 위큰귀와 패거리에게 진 식당에서 보낸 야참이 배달되었다. 다들 국수 한 그릇씩을 앞에 놓고 있는 것 같았다. 후루룩 흡 하며 국수 먹는 소리가 들렸는데, 마치 예리한 바람이 갈라진 창문 사이를 지날 때 나는 소리처럼 날카롭게 들렸다.

"울지 말고 좀 먹어."

위큰귀의 목소리가 들렸다. 시멍은 여전히 울고 있었다. 후루룩 거리는 소리가 작아지더니, 이번에는 꿀꺽꿀꺽 국물 마시는 소리가 들렸다. 이어서 그릇과 젓가락을 한쪽으로 치우는 듯했다.

잠시 침묵의 시간이 흘렀다. 위큰귀가 먼저 입을 열었다.

"시멍! 너, 아직도 결심이 서지 않았나 본데, 좋아. 그럼 대자보를 쓸 수밖에 없지. 대자보에 쓸 내용은 이미 준비가 끝났어. 제목도 정했지. '두창밍과 시멍의 풍기 문란한 사생활!' 네가 처녀라고 해도 더 이상 봐줄 수는 없어. 그렇게 하도록 만든 건 너니까. 원래는 네가 실토를 하면 소문내지 않고 덮어 두려고 했는데, 그런 은혜에 감사할 줄도 모르다니. 우린 그만 자러 가야겠다. 자, 가지."

시멍은 황야에 혼자 남겨진 어린아이처럼 서럽게 울었다.

그렇게 시간이 흘러갔다. 새벽 1시 15분쯤 되었을까? 온 세상이 깊은 잠에 빠졌을 때, 드디어 시멍이 울먹거리며 실토하기 시작했다. 위큰귀가 그녀를 위로하듯 말했다.

"자, 모두 털어놔, 상세하게. 사소한 것이라도 빠짐없이 말이야. 일은 이미 벌어진 거 아냐? 지금 와서 부끄러워할 것도 없잖아. 기록은 객관적으로 할 거야. 한 자도 더 보태거나 빼지 않을게. 내가 이 사건에서 너에 대한 책임을 지지."

세세한 부분을 확인하는 작업은 장장 두 시간이 넘게 걸렸다.

시계는 이미 새벽 4시를 가리키고 있었다. 시멍은 여전히 울고 있었는데, 기력을 다 소진한 것 같았다. 그녀는 위큰귀가 묻는 말에 힘없이 대답했다.

"마지막으로 헌 게 언제였지?"

"대변론이 열리던 전날 밤이요."

"장소는?"

"식당의 담벼락 아래."

"두창밍이 뭐라고 했지?"

"대변론에 참가하라고 했어요."

나는 등줄기에 가늘고 긴 전선줄이 지나가는 것 같아 숨을 크게 내쉬고 싶었다. 하지만 그 소리마저 그들에게 들릴 것 같아 숨을 죽인 채 엎드려 있었다.

탕원푸가 살그머니 내 방문을 열고 들어왔다. 나는 잠자는 척하다가 몽롱한 눈으로 침대에서 일어나 앉았다. 탕원푸가 손가락을 재빨리 입술에 갖다 댔다.

칸막이 뒤에서는 한 시간째 질문이 계속되고 있었다. 위큰귀가 결론짓듯 말했다.

"날도 밝았으니 이쯤에서 그만하지. 나머지는 내가 정리할게. 내 말이 맞으면 아무 말도 하지 말고, 내 말이 틀리면 '아니요'라고 하면 돼."

탕원푸가 문을 나서며 소리 죽여 한마디 했다.

"촌놈들의 근성이라는 게 바로 저런 저질적인 취향에 있는 거야."

4

위큰귀는 비밀을 지켜 주기는커녕 두창밍과 시명의 관계를 낱낱이 기록한 대자보를 큰길가에 내다 붙였다. 장장 스물한 장이었다. 내용상으로는 시명을 보호하기 위한 의도인 듯 모든 책임을 두창밍에게 덮어씌웠다.

시명은 여전히 관내에 남아 비서 일을 담당했다. 그러나 그 기간은 그리 길지 못했다. 탕원푸의 아내가 자기 남편과 시명 사이를 의심하기 시작했고, 그 의심은 날이 갈수록 깊어 갔다. 탕원푸의 아내는 엄청난 상상력을 동원해 남편과 시명이 잤다고 억지를 부리며 하루 종일 감시를 했다. 잠시라도 탕원푸의 모습이 보이지 않으면, 그의 아내는 원한에 찬 시선으로 시명에게서 눈을 떼지 않았다.

상황을 이대로 두면 체면에 크나큰 손상을 입게 되리라는 것을 탕원푸는 누구보다도 잘 알고 있었다. 탕원푸는 시명을 변두리 초등학교로 내쫓아 교편을 잡게 했다.

두창밍은 과거의 자신만만했던 모습을 완전히 잃어버렸다. 사람들에게 붙들려 조리돌림*을 당하고, 거리에 새로 만들어진 무대 위에 세워져 사람들의 구경거리가 되었다.

두창밍의 두 눈에는 두려움이 가득했다. 얼마 전까지 그의 세상이었건만! 그는 이제 다시는 관사로 돌아갈 수 없을 것이었다.

나는 두창밍의 아들 두가오양이 아버지에게 식사를 가져다주는

조리돌림 죄의 내용을 적은 팻말을 목에 걸고 손과 발을 묶은 채 여기저기 끌려 다니는 형벌.

장면을 몇 번이나 목격했다. 두가오양도 기세가 꺾여서 담 밑을 따라 쥐새끼처럼 사라졌다.

두창밍은 깨진 징을 들고 논에서 참새를 쫓는 신세가 되었다. 마침 가을로 접어드는 때여서, 벼는 익을 대로 익어 고개를 한껏 숙이고 있었다. 참새들은 온 하늘을 뒤덮을 만큼 새까맣게 몰려와 시도 때도 없이 벼 이삭을 훔쳐 먹었다. 두창밍이 울리는 징 소리에 놀란 참새들이 회오리바람처럼 후드득 하늘로 날아올랐다.

두창밍은 다 해진 밀짚모자를 쓰고 있었다. 위큰귀가 시킨 일이었지만, 사실은 탕원푸가 꾸민 짓이었다. 탕원푸는 두창밍의 높은 품격에 철저히 흠집을 내고 싶었던 것이다. 두창밍은 한 귀퉁이가 떨어져 나간 징을 두드리며 논두렁 사이를 쉼 없이 걸어 다녔다. 귀퉁이가 떨어져 나간 징이 내는 소리는 균형이 맞지 않아 불협화음을 내었다. 우수 인종의 모습이 끝없이 허무하게 무너져 내렸다.

멀리서 그 광경을 지켜보는 탕원푸의 입가에 만족스런 미소가 번졌다.

그러던 어느 날, 두창밍이 갑자기 자취를 감추었다. 보황파(保皇派)*의 도움을 받아 어딘가로 몸을 숨긴 것이었다. 그들은 시절이 바뀌었다는 것은 알고 있었지만, 새로운 권력이 탕원푸의 손에 떨어지는 것만은 인정할 수 없었다.

"제기랄, 탕원푸가 함부로 날뛰는 꼴을 두 눈 뜨고 가만히 지켜봐

보황파 문화 대혁명 시기인 1966년 6월 5일자 〈인민일보〉에 실린 글에서 비롯한 단어로, 옛 권력을 옹호하는 세력을 의미한다.

야만 하다니!"

그들의 일차 목표는 '두 대장'을 보호하는 것이었다. 그를 잘 숨겨 두고 있다가 적당한 시기에 탕원푸를 혼내 주려고 했다. 그러나 두창밍이 어디로 숨었는지 탕원푸 패거리가 금방 눈치를 챘다. 바로 량훙의 집이었다.

량훙은 두창밍이 처음 진장이 되던 해, 곡식 관리소 소장으로 일했던 인물이었다. 탕원푸는 두창밍을 다시 잡아들이려고 했다. 저쪽 편에서도 그것을 잘 알고 있었기 때문에 수백 명이 모여들어 각목 같은 것들을 들고 대적할 준비를 했다.

각목 싸움이 터지기 전, 유마디 진 거리에는 팽팽한 긴장감이 감돌았다. 학생들은 책상 상판을 톱으로 자르고 뒷면에 손잡이를 달아 방패로 삼았고, 책상 다리는 손에 거머쥐고 무기로 사용했다. 마음속에서는 공포와 더불어 흥분이 일었다.

두창밍을 보호하는 세력은 대부분 진 밖에서 몰려온 농민들이었다. 그들이 손에 든 것은 괭이와 삽 같은 농기구였다.

어느 편에도 서지 않는 사람들은 무대 위에서 벌어질 한 편의 연극을 보는 심정으로 지붕이나 담장 위에 올라가 목을 빼고 싸움이 어서 일어나기를 기다렸다. 그때 누군가 한마디 했다.

"싸움이 벌어질 것 같지 않은데?"

그 말에 모두 실망감을 감추지 못했다.

오후 2시쯤, 탕원푸를 따르는 무리가 붉은 깃발을 앞세우고 진의 중앙로로 몰려들었다. 언뜻 봐도 천 명이 넘는 듯했다. 그들이 내지르는 구호 소리는 천지를 뒤흔들 듯 요란했는데, 닭과 개들마저 그 소리에 놀라 이리저리 날뛰었다.

"두창밍은 죄인이디! 천만 번 죽어 마땅하다!"

"누가 두창밍을 숨겨 주었는가? 그놈의 대가리를 깨부수자!"

곧 격렬한 싸움이 벌어졌다. 각목이 부딪치는 소리와 서로에게 퍼붓는 욕설, 여기저기서 터져 나오는 비명 소리가 뒤섞여 난장판이 따로 없었다. 장사꾼들이 미처 치우지 못한 좌판은 싸움패들에게 죄다 뒤집히고 말았다. 바닥에 나뒹굴고 있는 수박을 들어 상대방의 머리에 내리꽂기도 하고, 계란과 토마토, 가지 같은 것들이 공중으로 어지럽게 날아다니기도 했다.

뒤쪽에 있던 사람들은 앞이 막혀서 더 이상 나아가지 못하자 고래고래 소리를 지르며 구호를 외쳤다. 고등학교 2학년 학생 하나가 머리가 깨져 피를 줄줄 흘리면서 사람들의 부축을 받고 돌아왔다. 그 학생이 울면서 욕설을 해 댔다.

"제기랄 놈의 보황파! 손 한번 더럽게 맵네. 그 새끼가 누군지 내가 똑똑히 봐 뒀어! 내일 그놈 집에 불을 지르고 말 거야!"

순간, 나는 공포심이 일면서 책상 다리를 쥐고 있던 손이 조금씩 떨렸다. 그러나 마수이칭과 다른 녀석들은 용감하게 앞으로 밀고 나갔다. 탕원푸 쪽은 대부분 젊은 층으로 죽음도 불사할 태세였다. 수적으로도 상대보다 몇 배나 더 많았다.

한가족이 둘로 나뉘어 참가한 경우가 많았다. 두창밍 쪽에서 한 노인네가 탕원푸 쪽에 있는 아들을 발견하고 소리쳤다.

"야, 이 녀석아! 너, 빨리 집으로 못 돌아와? 두 진장께서 우리 집에 한 자 반이나 되는 옷감을 보내 주셨다는 것도 몰라!"

그러나 '그 녀석'는 말을 안 듣고 계속해서 책상 방패와 책상 다리를 들고 앞을 찔러 대며 전진했다. 노인네 역시 자기 자식을 내리치려고 삽을 들고 달려 나갔다. 그러나 몇 걸음 못 가서 무섭게 돌진해 오는 젊은이들을 보고 뒷걸음질을 쳤다.

챠오안은 신이 난 나머지 앞에 누가 있는지 보지도 않고 양손에 각목을 들고 온몸을 돌려 가며 회오리바람처럼 앞으로 전진했다. 애꿎게 각목에 맞은 사람들이 여기저기서 비명을 질러 댔다.

"아이고, 나 죽는다. 아이고, 허리야!"

그러나 챠오안은 아무것도 들리지도 보이지도 않는 사람처럼 계속해서 각목을 휘두르며 앞으로 나아갔다.

탕윈푸 쪽의 기세는 갈수록 사나워졌다. 거침없이 전진하며 상대편을 몰아붙였다. 두창밍은 사람들의 보호를 받으면서 남쪽의 큰 강까지 물러났다.

마수이칭이 갑자기 패거리들과 함께 상대방의 무리 속으로 들어갔다. 두창밍에게 접근하는가 싶더니, 얼마 지나지 않아 팔을 감싼 채 뒷걸음질을 쳤다. 나와 눈이 부딪치자, 마수이칭이 고통스럽게 입술을 일그러뜨렸다.

나는 그를 부축해 학교로 돌아왔다. 돌아오는 길에 마수이칭이 자랑스럽게 말했다.

"내가 두창밍의 엉덩이를 칼로 찔렀어."

마수이칭은 피 묻은 과도를 허리춤에서 꺼내 보여 주었다.

전투는 저녁 무렵이 되어서야 겨우 끝났다. 두창밍은 보황파가 강가에 대 놓은 배를 타고 도망쳤다.

일주일이 지났다. 탕원푸는 나와 챠오안을 불러 유마디 진에서 멀리 떨어진 샤오류촹 마을의 당 위원회에 편지를 전해 주라고 했다. 샤오류촹으로 가는 동안 뱃속이 편치 않더니 마을에 거의 다다랐을 무렵에는 도저히 참을 수 없을 지경에 이르렀다. 하는 수 없이 나는 다리 아래로 뛰어 내려가 설사를 했다. 그곳에 건초를 실은 배 한 척이 정박해 있었다. 시원하게 설사를 마칠 무렵, 배 안에서 웃음소리가 들려왔다. 그 소리를 듣는 순간 항문이 쫙 오그라들었다.

'두창밍이다!'

갑자기 설사가 멈췄다. 나는 대충 밑을 닦고는 허둥지둥 강기슭으로 올라왔다.

챠오안이 물었다.

"무슨 일이야? 얼굴이 흙빛인데?"

나는 고개를 돌려 물 위의 배를 바라보았다.

챠오안이 의아하다는 듯 나를 바라보며 물었다.

"배가 왜?"

"두창밍이 배 안에 있어."

챠오안이 물가로 내려가 배를 살펴보았다.

배 안에서는 더 이상 아무런 기척이 들리지 않았다.

"가자."

내가 말했다.

가는 길에, 나는 챠오안에게 당부했다.

"우린 아무것도 보지 않은 거야!"

챠오안은 대답이 없었다.

그날 밤에 탕원푸가 보낸 패거리가 배를 덮쳤다.

두창밍이 끌려왔다. 시밍도 함께였다.

5

탕원푸는 한동안 의기양양했다. 머리를 길게 길러 파마를 했다. 그 당시는 현대적인 파마 도구가 갖추어지지 않았던 때였다. 특별히 제작된 두 개의 철집게를 불화로 속에 넣었다가 물을 뿌려 치지직 하고 김이 날 정도까지 빨갛게 달군 뒤 머리카락을 돌돌 말았다. 머리카락 타는 냄새가 풍길 때쯤 집게를 빼냈다. 파마가 다 되고 나면 머리 위로 누런 연기가 모락모락 피어올랐다. 머리 모양은 그럴싸했다. 곱슬곱슬 부풀어 오른 모습이 마치 가는 용수철이 머리 위에 수없이 매달려 있는 것 같았다.

파마를 한 탕원푸는 그런대로 멋있어 보였다. 그 뒤로도 그는 머리 모양에 엄청 신경을 곤두세웠다. 잠을 잘 때도 베개 위에 머리를 반듯이 대고는 움직이지 않았고, 낮에도 수시로 손가락을 머리카락 사이로 넣어 조심스럽게 어루만지곤 했다. 탕원푸는 회색 중산복*을 새로 맞춰 입었는데, 단추를 끝까지 채우고 허리를 꼿꼿이 세운 그의 모습은 조금도 흐트러짐이 없었다.

탕원푸는 언제부터인가 함부로 웃거나 지껄이지 않고 하루 종일

중산복 '공산권 국가의 정장'으로 통하는 복장으로, 중국과 북한에서 주로 이용한다.

딱딱하게 굳은 표정을 지었다. 그러면서 위엄을 지닌 유마디 진의 어른다운 모습을 갖추어 가기 시작했다.

탕원푸는 관사에서 마냥 기다리는 것으로 만족할 수 없어서, 사람들을 거느리고 진의 각 기관과 단체를 한 바퀴 돌아보았다. 진이 관할하고 있는 삼십여 개의 생산대도 일일이 둘러보았다.

그는 사람들을 거느리고 논밭으로 농민들을 찾아가기도 했다. 밀짚모자를 한 손에 쥐고서 마치 농사를 깊이 이해하고 있는 듯한 표정을 지었다.

햇빛이 순금처럼 찬란하게 빛나던 어느 날, 탕원푸는 기가 막히게 맑은 하늘을 바라보면서 혼자 관사를 나섰다. 그를 보고 인사하는 사람들을 향해 건성으로 고개를 끄덕였다. 모든 일이 순조롭게 진행되는 것 같아서 마음이 흡족했다. 그는 기쁨에 취해 자기가 다스리는 유마디 진을 요리조리 훑어보았다.

그가 돌계단을 하나씩 밟으며 다리 위로 올라갈 때, 갑자기 커다란 손바닥 하나가 뒤통수로 날아왔다. 순간 정신을 잃고 휘청거리다가 그는 돌계단에 무릎을 꿇었다. 안경이 콧등에서 미끄러져 돌계단 위로 떨어졌다. 그가 미처 정신을 차리기도 전에 귓가에서 청천벽력 같은 소리가 울렸다.

"어떤 새끼든 다시 한 번 두창밍의 털끝 하나라도 건드리기만 해 봐. 이 어르신께서 모가지를 댕강 베고 말 테다!"

쩌렁쩌렁 울리는 우레 같은 목소리에 탕원푸는 모골이 송연해졌다. 그는 덜덜 떨며 한참 동안 바닥을 더듬어 겨우 안경을 찾았다. 안경다리 하나가 부러져 있었다. 그는 천천히 일어나 다리 옆에서 생선을 팔고 있던 노인에게 물었다.

"방금 누가 내 뒤통수를 쳤소?"

"훠창런."

노인이 대답했다.

계단에 서 있는 탕원푸의 파마 머리는 마구 헝클어져 있었다. 그는 손으로 안경을 받쳐 들고 입을 벌린 채 기억을 더듬어 방금 있었던 일을 돌이켜보려고 애썼다. 하지만 머릿속이 텅 비어 아무것도 떠오르지 않았다.

큰 분뇨통을 어깨에 메고 헉헉거리며 다리 계단을 오르던 타지 출신의 인부 두 사람이 길을 막고 있는 탕원푸를 향해 소리를 질러 댔다.

"개새끼야, 비켜!"

탕원푸는 아무 소리도 들리지 않는 듯 그 자리에 멍하니 서 있었다. 그러자 그들이 탕원푸를 세게 밀치고 지나갔다. 그 바람에 탕원푸는 강물에 빠질 뻔했다. 분뇨통을 멘 사람들이 지나간 다음에야 그는 정신을 차린 듯 손으로 안경을 떠받치고 관사로 돌아왔다. 그는 사무실의 등나무 의자에 앉아 안경다리에 반창고를 감았다.

다음 날, 탕원푸는 친척들에게 배 한 척을 부탁한 뒤 아내와 아들을 데리고 손바닥만 한 예전의 골방으로 돌아갔다. 그는 사람들에게 자신은 능력이 없어 더 이상 유마디 진장 일을 계속할 수 없다고 말했다. 그 말은 화장실에서, 침대에서, 잠자리에서까지 책과 신문을 놓지 않았던 예전의 생활로 돌아가겠다는 뜻이었다.

갑자기 물러난 탕원푸의 뒤를 이어 여러 사람이 목숨을 걸고 진장 자리를 놓고 다투었다. 그러나 어렵게 진장 자리에 오른 사람도 한 달을 채 넘기지 못하고 가을바람에 나엽 떨어지듯 물러나고 말았다.

천하를 호령하던 원펑라이가 제거되면서 많은 사람들이 폭풍우가 쓸고 간 뒤 흙담이 쓰러지듯 와르르 무너져 내렸다. 오래지 않아 예전에 무너졌던 수천 명의 사람들이 다시 줄줄이 일어났다. 다시 권력을 잡은 세력의 기세는 하늘을 찌를 듯했다.

두창밍 역시 하루아침에 다시 우수 인종의 자리로 되돌아왔다.

나와 마수이칭, 그리고 빠딴 패거리는 모두 잡혀 큰 방에 갇혔다. 탕원푸의 집으로 두창밍의 패거리가 쳐들어갔을 때, 그는 화장실에 있다가 뒷문으로 줄행랑을 쳤다.

두창밍 일가는 다시 진 위원회 관사로 돌아왔다. 우리가 갇혀 있던 방의 창문에서 관사에 들락거리는 사람들이 보였는데, 두가오양은 세련된 녹색 군모를 쓰고 허리에 양손을 짚은 채 거만한 모습으로 돌아다니고 있었다.

빠딴이 창살을 부여잡고 소리쳤다.

"두가오양! 나한테 군모 준다고 해 놓고선 왜 안 줘?"

두가오양이 고개를 돌리더니, 빠딴을 향해 손가락질을 했다.

"너, 입 닥치지 못해?"

그날 밤, 등도 없는 컴컴한 방에서 빠딴이 나를 향해 말했다.

"치사한 두가오양 새끼, 내가 너를 혼내 주면 군모를 준다고 해 놓고선."

나는 어둠 속에서 웃었다.

그들은 나에게 그동안 발행했던 〈격류〉를 모두 내놓으라고 했다. 마수이칭은 두창밍의 엉덩이를 찌른 일을 실토했지만, 잘못을 빌지는 않았다. 빠딴도 사내대장부답게 탕원푸가 한 행동을 일러바치지는 않았고, 허리띠를 풀어 시멍을 위협한 사실을 '깡패 행위'라고 인정하지 않았다.

빠딴이 두창밍을 두고 한마디 내뱉었다.

"흥, 저는 별의별 짓을 다 한 주제에!"

빠딴도 나름의 의리가 있었다. 그의 형들이 먹을 것을 가지고 오면 나와 마수이칭에게 나누어 주었다.

두창밍은 얼마 안 있어 현으로 발령이 났다. 게다가 공검법(公檢法)*의 부책임자 자리에까지 올랐다. 두창밍은 출발하기에 앞서 업무 인계를 받게 된 곡식 관리소 소장 량훙을 불렀다. 그리고 많은 사람들 앞에서 자비와 관용이 가득한 어투로 말했다.

"내가 몇 번이나 말하지 않았습니까? 그 아이들을 가둘 필요가 없다고요. 애들 아닙니까? 지금 당장 풀어 주세요."

량훙이 물었다.

"린빙이라는 녀석 말인데요, 원래 고등학교 입학생 명단에 없던 걸 탕원푸가 나중에 끼워 넣었는데 어떻게 할까요?"

두창밍이 말했다.

"계속 공부하게 내버려 둡시다! 우리가 다시 권력을 쥐었다고 해서 지난 정책들을 모두 무시할 필요는 없지요."

공검법 공안국, 검찰, 법원을 통틀어 이르는 말.

한 달 후, 두창밍은 온 가족을 이끌고 현으로 이사를 했다.

다시 한 달이 흐른 어느 날, 두창밍이 지프차를 타고 유마디 진에 들렀다. 량훙은 유마디 중·고등학교 학생들과 유마디 진 사람들을 불러내 큰길 양쪽으로 세워 놓고 그를 환영하도록 했다.

두창밍과 함께 두가오양이 차에서 내렸다. 두가오양은 현에 있는 큰 고등학교에 다니고 있었는데, 이전보다 더 근사해 보였다. 그들은 유마디 진에 잠깐 머물며 볼일을 보고는 타오훼이네 집 앞에 잠시 차를 세우고 둘러본 뒤 현으로 돌아갔다.

으리으리한 귀환은 유마디 진 사람들의 기억 속에 단단히 박혔다. 그 후 두창밍은 두 번 다시 유마디 진으로 오지 않았다.

6

유마디 진을 떠나며, 두창밍은 마지막 한마디를 남겼다.

"탕원푸를 반드시 잡아들여!"

열다섯 명으로 구성된 공작조가 꾸려졌고, 크고 작은 회의가 수십 차례 열렸다. 탕좡 마을에서는 어느 누구도 탕원푸를 숨겨 줄 수 없게 되었다. 탕원푸는 낮에는 숨어 지내다가 밤에만 여기저기 떠돌아다니는 외로운 신세가 되었다. 탕원푸를 체포한다는 전단지가 사방에 나붙었다.

탕원푸가 다른 마을로 도망쳤다는 사람도 있었고, 아직도 탕좡 마을 어딘가에 숨어 있다는 사람도 있었다. 또 그가 이미 깊은 산속으로 도망쳐 러시아에 도착했을 거라고 말하는 사람도 있었다.

사회 분위기는 서서히 안정을 찾아가고 있었다. 유마디 중·고등학교는 다시 수업을 시작했다. 진 거리에 나붙었던 대자보는 비바람에 너덜거렸다. 하지만 사회 부패는 점점 더 심해졌다. 사람들의 원한이 나날이 쌓여 갔고, 사회 곳곳에 교활함이 난무했다. 순박했던 시골 마을은 이제 찾아볼 수 없었다. 단정하고 바른 민중은 사라지고, 교활하고 난폭한 민중만이 남아 있었다.

우리는 혹독한 시련의 비바람 속에서 낭만과 천진함, 유치함, 순정의 세계가 조금씩 과거로 묻히는 광경을 지켜보았다.

마수이칭과 나는 여전히 돼지머리 고기를 먹으러 진으로 나갔지만, 중학교 때 느꼈던 재미는 두 번 다시 맛볼 수 없었다. 예전에 우리는 오로지 돼지머리 고기를 먹는 즐거움에 빠져 시시덕거렸지만, 고등학생이 된 지금은 고기를 씹는 동안 수많은 생각들이 머릿속을 어지럽혔다.

시간이 흐르자 탕원푸에 대한 기억도 점점 희미해졌다.

날씨가 따뜻하게 풀리면서 온 세상은 달콤한 향기에 파묻혔다. 땅 위의 곡식들은 무럭무럭 자라고 강물 또한 한없이 깊어져서 공기마저도 진하게 변하는 것 같았다.

우리의 몸도 빠르게 성장했다. 얼마 전까지만 해도 헐렁헐렁했던 교복이 몸에 꽉 끼었다. 우리는 아직도 동복을 입고 있었다. 그 당시 우리에게는 동복과 하복만 있을 뿐 춘추복이 따로 없었다. 그래서 봄철 내내 동복을 걸친 채 땀을 뻘뻘 흘리며 여름이 될 때까지 참아야 했다. 반면에, 늦가을에는 하복을 걸친 채 오들오들 떨어야 했다.

늦은 봄날, 기숙사 안에서는 각종 냄새가 진동했다. 그중에서도 셰바이싼이 풍겨 대는 땀 냄새는 사람들을 지독히도 괴롭혔다.

마수이칭이 소리쳤다.

"셰바이싼, 이 새끼 땀 냄새는 지린내보다 더 지독하다니까!"

그날따라 두꺼운 이불 속에 누워 있자니 온몸에 땀이 배어나고, 이불을 걷어 내면 으슬으슬 추웠다. 그렇게 이불을 덮었다 찼다를 반복하며 어렵게 잠이 들었는데, 큰 강 쪽에서 들려오는 꿩 우는 소리에 잠에서 깼다.

나는 벌떡 일어나 밖으로 나갔다. 입을 크게 벌리고 신선한 공기를 한껏 들이마시며 기숙사 뒤 큰 강 쪽으로 걸어갔다.

달빛이 토끼 한 마리를 환하게 비췄다. 토끼는 나를 보고 놀라서 잽싸게 도망쳤다. 나는 아무 생각 없이 토끼를 뒤쫓았다. 토끼는 곧 숲 속으로 뛰어갔다. 그때 숲 속에서 버스럭거리는 소리가 들려왔다. 작은 토끼 한 마리가 내는 소리라고 보기에는 엄청나게 큰 소리였다.

내가 소리쳤다.

"누구세요?"

갑자기 주위가 조용해졌다. 나는 땅에서 벽돌 하나를 주워 들고 다시 물었다.

"누구야? 대답하지 않으면 당장 내리칠 테다!"

숲 속에서 버스럭거리는 소리가 들리더니 사람 머리가 쑥 올라왔다.

"당신 누구야?"

내가 소리치자, 그 사람이 소리 죽여 나를 불렀다.

"린빙."

"탕원푸!"

나는 재빨리 숲 속으로 걸어갔다. 대낮처럼 밝은 달빛 아래 탕원푸가 모습을 드러냈다. 가을 잡초처럼 긴 머리카락과 입술 언저리까지 덮고 있는 덥수룩한 수염, 차마 눈뜨고 볼 수 없을 만큼 해진 작은 옷. 자세히 보니 여자의 솜저고리를 걸치고 있었다.

탕원푸가 웃으며 나에게로 다가왔다. 그의 안경이 달빛을 받아 반짝였다.

"린빙, 겁내지 마. 절대로 너를 끌어들이지 않을 테니!"

그는 정신이 반쯤 나간 채 멍하니 서 있는 나에게 같은 말을 반복했다. 우리는 나무 그늘 아래로 몸을 숨겼다.

내가 그에게 물었다.

"그동안 어디에 숨어 있었어요?"

"여기서 십 킬로미터쯤 떨어진 갈대밭."

"어떻게 살았어요?"

"도둑질로 견뎠지. 쌀도 훔치고 반찬도 훔치고…… 날것이나 익힌 것이나 가리지 않고 닥치는 대로 훔쳐 먹었어."

"어떻게 여기까지 올 생각을 했어요?"

"외로워서. 외로워서 참을 수가 없었어. 누구든 사람을 찾아서 얘기를 나누지 않으면 미칠 것 같았어."

"당신을 잡지 못해 혈안인데…… 어느 곳이나 다 함정이에요."

"무섭지 않아. 잡을 테면 잡아 보라고 해."

"그래도 숨어 있는 게 낫잖아요."

"언제까지?"

"언제부터 여기에 숨어 있었어요?"

"벌써 사흘째야. 누구보다 널 만나고 싶었어. 어제 네가 기숙사 뒤로 왔을 때, 막 부르려던 참에 네가 가 버리더라고."

"이쪽으로도 사람들이 올 거예요. 위험해요. 강가에 있는 폐선으로 가서 숨어 있어요."

"폐선?"

"전에 거기에 개 한 마리를 숨겨 둔 적이 있어요."

그가 미소를 지었다.

나는 그를 데리고 다 부서진 배 앞으로 갔다. 그가 엎드려서 안으로 들어가더니, 잠시 후 몸을 구부린 채 다시 나왔다.

"쓸 만한데? 좋아, 정말 괜찮아."

우리는 많은 대화를 나누었다. 그가 주로 이야기를 했다. 그는 한 번 말문이 터지자 일사천리로 말을 쏟아 냈다. 그는 말하는 도중에도 몇 번이나 다짐했다.

"린빙, 안심해. 절대로 너를 끌어들이지 않을게!"

나는 그의 솜저고리를 보며 킥킥거렸다. 그도 따라 웃었다.

"도망칠 때 얇은 옷을 입고 있었어. 이건 훔친 거야. 옷에서 달콤한 젖 냄새가 나더라고. 아마도 젖먹이가 있었던가 봐. 옷 몇 벌만 가져다줄래? 몸에 이가 생겨서 말이야. 다 털어 버려야 되겠어."

"알았어요."

강가에서 안개가 뿌옇게 피어올라 연기처럼 자욱했다. 나는 셰바이싼과 마수이칭의 옷을 몇 벌 훔치고 내 옷도 두 벌 챙겨서 탕원푸에게 가져다주었다.

탕원푸는 책이 읽고 싶다고 했다. 나는 글자가 박힌 것이라면 무엇이든 손에 잡히는 대로 가방에 쑤셔 담아 그에게 갖다 주었다.

배 위로 조그마한 구멍이 나 있어서 어둡기는 해도 책을 볼 수는 있었다. 나는 그에게 낡은 방석 하나를 가져다주었고, 숙직실 문 앞 철조망 위에 말려 놓은 솜이불도 가져다주었다. 이렇게 너덧 번을 오갔다.

탕원푸는 내가 갈 때마다 똑같은 말을 했다.

"린빙, 오늘 일을 결코 잊지 않을 거야. 이 은혜는 꼭 갚을게!"

다음 날 나는 셰바이싼, 마수이칭과 침대를 부지런히 뒤지며 함께 욕을 해 댔다.

"어떤 개새끼가 내 옷을 훔쳐 갔어?"

나는 밤마다 몰래 탕원푸를 만나러 갔다.

그렇게 며칠이나 지났을까?

어느 날 밤, 갑자기 고함치는 소리가 요란하게 들려왔다.

"탕원푸를 잡아라! 탕원푸를 잡아라!"

사방에서 쿵쾅거리는 발자국 소리가 들려왔다. 멀리서 징소리도 들렸다. 그 소리는 유마디 진에서 아득히 먼 곳까지 울렸다가 다시 유마디 진 주변으로 반복해서 이어지고 있었다.

친치창이 십여 명의 민병*을 이끌고 유마디 진을 질주하며 큰 소리로 물었다.

"어디야, 어디?"

사람들은 잠이 덜 깬 상태로 동에서 서로, 서에서 동으로 몰려다녔다. 큰 강가는 오히려 고요했다. 나는 군중 속에서 살며시 빠져나와 큰 강가의 폐선 밑으로 가서 목소리를 낮추고 그를 불렀다.

"탕원푸, 탕원푸!"

"밖에 무슨 일이야?"

탕원푸가 고개를 쑥 내밀며 물었다.

"탕원푸 맞아요?"

"그래, 나야. 린빙, 무슨 일이야?"

나는 배에 몸을 기대고 숨을 헐떡이면서 높은 하늘 위를 흘러가는 구름을 바라보았다.

잠시 후, 진 쪽에서 와자지껄한 소리가 들렸다.

"탕원푸를 잡았다, 탕원푸를 잡았다!"

탕원푸가 자기 몸을 쓰다듬으며 말했다.

"나, 여기 있는데? 나, 여기 있잖아."

잠시 후, 확성기 소리가 들려왔다.

"이번 일은 오해로 벌어진 일입니다. 잡힌 사람은 탕원푸가 아닙니다. 유마디 진의 친척 집으로 놀러 온 사람입니다. 모두들 집으로 돌아가 주무십시오."

나와 탕원푸는 소리를 죽인 채 한참 동안 킥킥거렸다.

열흘 정도 지난 어느 날이었다. 수업을 받고 있을 때 십여 명의

민병 민간인으로 구성된 군대 조직. 현재 중국에는 삼천만 명 이상의 민병이 있다.

민병이 장총을 메고 큰 강가로 뛰어들었다. 결국 폐선에 숨어 있던 탕원푸가 잡혔다.

그날 밤 공안국*에서 허리에 권총을 찬 사람이 나와 탕원푸의 손에 수갑을 채웠다. 민병이 탕원푸를 지프차에 밀어 넣으려는 순간, 그가 고개를 돌려 둘러선 구경꾼 속에서 내 얼굴을 찾아냈다. 그는 나를 향해 보일 듯 말 듯한 미소를 지으며 고개를 살짝 끄덕였다.

감옥에서 나오던 날, 탕원푸는 제일 먼저 나를 찾아왔다. 노동으로 굳은살이 박힌 손으로 내 손을 꼭 쥐고는 계속 흔들었다.

나는 어쩌다가 사람들에게 발각되었는지 물어보았다. 그는 잠시 생각에 잠기다가 이렇게 말했다.

"내가 잡혀가기 바로 전날, 강가에서 낚시를 하던 챠오안을 봤어. 난 배 안에서 오랫동안 망설이다가 밖으로 나와 챠오안과 이야기를 나누었지."

7

탕원푸는 두창밍이 실각한 그다음 해에 감옥에서 풀려났다.

두창밍은 상부로부터 '5·16* 분자'로 분류되면서 쫓겨났는데(두창밍도 정치 싸움의 희생자였다.) 그렇게 주저앉은 다음에 다시는

공안국 중국의 군인 경찰.
5·16 1966년 5월 16일에 일어난 숙청 사건. 이날을 마오쩌둥이 이끄는 문화 대혁명의 시작으로 본다.

일어나지 못했다. 그는 중심에서 밀려나 이 년 동안 집에서 일없이 지내다가, 간석지 개발 지휘부의 말단 자리를 맡아 거기서 퇴직할 때까지 일했다.

1990년 내가 현의 대로변에서 두창밍과 마주쳤을 때는 그가 뇌일혈로 쓰러진 이듬해였다. 그는 비틀거리며 담 밑을 따라 걷고 있었는데, 비뚤어진 입가에선 침이 줄줄 흘러내리고 있었다. '우수 인종'의 모습은 전혀 찾아볼 수 없었을 뿐만 아니라 일 년도 못 견딜 것 같다는 예감마저 들었다.

내가 그를 향해 인사를 건넸으나 그는 담 벽을 짚은 채 멍하니 나를 바라보았다.

"린빙이라고 합니다."

내가 말했다.

그는 생각났다는 듯이 이렇게 말했다.

"오, 네가 바로 글 잘 짓던 그 애로구나!"

두창밍은 너그러운 웃음을 지었지만 입가에는 계속 침이 흐르고 있었다.

탕원푸가 감옥에서 나오고 몇 년 뒤에 세상이 다시 한 번 뒤집어졌다. 탕원푸는 다시금 밝은 햇살이 비치는 대로로 나올 수 있었다. 그를 내쫓았던 대학교에서는 탕원푸가 수없이 보낸 청원서를 받아들여 진상 조사에 착수했는데, 그를 퇴학시킨 것은 지나친 처사였다는 판결이 내려졌다.

탕원푸는 가장 나이 많은 학생으로 다시 복학하게 되었다. 문화 대혁명이 끝나자마자 대학에 입학한 젊은 친구들과 함께 대학 생활을 시작했다.

대학 2학년 때, 탕원푸는 탕촹 마을에서 일어난 일을 소재로 중편 소설로 써서 발표했다. 작품이 꽤 괜찮은 편이어서 좋은 반응을 얻었다. 그때부터 그는 작가의 길을 걷기 시작했다.

그는 주로 통속적인 소설을 썼다. 언젠가 나에게 자신의 소설을 읽은 소감을 물었다.

"솔직히 저속해요."

그는 호탕하게 웃으며 받아쳤다.

"내가 일류 작가가 될 수 없다는 건 잘 아네. 그러나 베스트셀러 작가는 될 수 있지."

소 문 의 두 얼 굴

1

내가 중학교 3학년 때, 학교에서 관리인으로 일하던 백곰보가 해고되었다. 쑤펑이 양쯔의 말을 듣고 백곰보와 스챠오완 사이를 눈치채고 말았다.

어느 날, 쑤펑이 양쯔를 데리고 유마디 진을 산책하려고 집을 나설 때였다. 양쯔가 코를 후비며 이렇게 말했다.

"아빠, 백곰보하고 엄마가 항상 침대 위에서 싸워······."

양쯔는 쑤펑에게 '싸움'의 진행 상황을 자세하게 묘사하다가 마지막에는 기쁨에 찬 목소리로 소리쳤다.

"끝까지 싸우다가 백곰보가 힘이 빠져서 엄마 옆으로 쓰러졌어!"

양쯔는 자랑스럽게 엄마의 승리를 이야기했다. 쑤펑은 유마디 진으로 향하던 발걸음을 돌려, 양쯔의 이야기가 끝날 때까지 손을 잡고 운동장을 돌았다. 그날 밤 쑤펑은 왕치한 교장 선생님을 찾아가 밤이 깊도록 얘기를 나누었다.

쑤펑은 교육청에서 중요한 직책을 맡고 있었는데, 날로 인정을 받는 인물이었다. 왕치한 교장 선생님은 한 치의 망설임도 없이 백곰보를 해고했다. 왕치한 교장 선생님이 백곰보를 해고한 표면적인 사유는 학교 물건을 자주 훔쳐 간다는 것이었다. 백곰보는 저항해 봐도 소용이 없다는 걸 지레 짐작하고 소란을 피우지는 않았다. 하지만 해고당한 뒤에도 쉽사리 학교를 떠나지 못하고 뭉그적대었다.

학교를 떠나던 날, 백곰보가 교장실 앞에서 큰 소리로 외쳤다.

"누가 날 쫓아내는지 잘 알지!"

다음 날 백곰보는 물어물어 교육청을 찾아갔다. 그리고 정문 앞에 떡 버티고 섰다. 한쪽 바짓가랑이를 무릎까지 걷어 올리고, 상의를 뚱뚱한 허리춤에 쑤셔 넣은 채 속옷 끈이 밖으로 삐죽 나오게 했다. 그러고는 사람들을 만나기만 하면 떠들어 댔다.

"내가 유마디 중·고등학교에서 쫓겨났어요. 쑤펑이 내쫓은 겁니다. 내가 자기 마누라와 그렇고 그런 짓을 했다지 뭡니까? 난 맹세코 그런 적이 없어요!"

백곰보는 비밀 이야기를 하는 것처럼 소곤거리기도 하고, 남의 이야기를 하듯 혼자서 시시덕거리기도 했다.

그러다가 피곤해지면 그대로 땅바닥에 주저앉아 사람들을 향해 손을 흔들며 같은 말을 반복했다.

"내가 유마디 중·고등학교에서 쫓겨났어요. 쑤펑이 내쫓은 겁니다. 내가 자기 마누라와 그렇고 그런 짓을 했다지 뭡니까? 난 맹세코 그런 적이 없어요!"

지나가던 사람들 중 몇몇은 재미있다는 듯이 발걸음을 멈춰 서서 그의 말에 귀를 기울였다. 그러다 좌우를 살피면서 작은 목소리로 이렇게 묻기도 했다.

"그런데 자네, 정말 하긴 한 건가?"

백곰보는 의미심장한 웃음을 지으며 대답했다.

"웬걸요."

사람들은 그 말을 듣자마자 뱀장어처럼 정문 안으로 미끄러져 들어갔다. 정문을 지날 때 백곰보가 떠벌리는 소리를 들었던 사람들은 자기 자리에 앉았다가 의자가 채 미지근해지기도 전에 다시 정문으로 달려 나가 백곰보의 말에 귀를 기울였다. 교육청에 근무하는 사람들은 삼삼오오 모여서 수군거리기 시작했다.

쑤펑의 부하 직원이 곧바로 그에게 달려가 이 일을 알렸다. 쑤펑은 백곰보와 대면할 때가 아니라는 걸 잘 알고 있었다. 그래서 사무실 문을 닫고 사람들의 방문을 피하며 백곰보가 빨리 그 자리를 떠나기만을 간절히 바랐다.

그러나 백곰보는 자리를 뜨지 않았다. 말하다가 배가 고파지면 길 건너편에 있는 식당에서 고기만두를 사서 큰 신문지에 싸 가지고 다시 교육청 정문 앞으로 돌아왔다. 백곰보는 신문에 싼 만두를 땅바닥에 내려놓고 두 다리를 꼬고 앉아 집어 먹으면서 사람들을 향해 같은 말을 반복했다.

만두를 다 먹고 나자, 기운이 났는지 벌떡 일어나 정문을 향해 두 손을 허리에 짚고 우뚝 섰다. 그 모습은 양쪽에 손잡이가 달린, 배가 불룩한 찻주전자 같았다. 백곰보는 경중경중 뛰며 큰 소리로 외쳤다.

"쑤펑, 잘 들어. 나, 네 마누라랑 잔 적 없어!"

길을 걷던 사람들이 하나둘씩 걸음을 멈추고 그를 쳐다보며 키득거렸다. 교육청 정문 앞은 금세 사람들로 북적거리기 시작했다.

쑤펑은 결국 공안국에서 일하는 친구에게 전화를 걸 수밖에 없었다. 잠시 후 지프차 한 대가 도착했고, 차에서 내린 공안국 직원 두 명이 백곰보를 비틀어 잡았다. 백곰보는 땅바닥에 주저앉으며 말했다.

"나 금방 갈 건데, 왜 그래?"

그들은 들은 척도 하지 않고 밀가루 포대를 끌고 가듯 백곰보를 지프차 안으로 밀어 넣었다. 그 순긴 여자 엉덩이처럼 허옇고 큰 잉덩이가 쑥 빠져나왔다.

백곰보는 이틀 동안 컴컴한 지하실에 갇혀 있었다. 그동안 백곰보는 물 한 모금도 얻어먹지 못했고, 풀려나기 전까지 가죽띠로 두들겨 맞으며 얌전하게 고향으로 내려가라는 말을 들었다.

그는 풀려나오자마자 교육청 정문으로 다시 달려갔다. 아무리 둘러봐도 사람들이 보이지 않자 경비실에 있는 노인을 향해 소리쳤다.

"나, 진짜로 쑤펑의 마누라와 잤어요. 그 여자가 날 원했거든요. 그 여자는 아직도 날 애타게 기다리고 있다고요!"

2

백곰보는 며칠 동안 집 안에 틀어박혀 무료한 나날을 보냈다. 그렇게 며칠이 지나자, 정신을 차리고 신발을 수선하는 도구들을 샀다. 그는 매일 오전 9시를 전후해서 신발 수선통을 메고 유마디 중·고등학교로 걸어왔다. 그러고는 정문 앞 학교 팻말 아래에 수선통을 내려놓고 접이식 의자에 앉아 유마디 중·고등학교 학생들이 신발을 수선하러 오기를 기다렸다.

그 시절에는 유마디 중학교와 고등학교를 통틀어 두가오양만 가죽 구두를 신었을 뿐, 다른 학생들은 모두 천으로 만든 신발을 신고 다녔다. 천으로 만든 신발은 원래 금방 해졌다. 시도 때도 없이 뛰어다니는 우리의 신발은 말할 것도 없이 더 빨리 망가졌다. 새 신발을 신어도 일주일만 공을 차고 나면, 마치 이 세상을 훔쳐보려는 작은 눈처럼 엄지발가락이 쑥 삐져나왔다. 그리고 일주일을 더 신으면 신발 바닥에 구멍이 뻥 뚫렸다. 그래서 유마디 중·고등학교 학생들은 툭하면 진으로 나가 신발을 깁거나 신발 밑창을 갈거나 신발 코에 반원 모양의 가죽을 대는 등 신발 수선이 중요한 일과 중 하나였다.

백곰보가 교문 앞에 신발 수선통을 내려놓을 때쯤이면 우리는 망가진 신발을 들고 곧바로 백곰보를 찾아가곤 했다. 신발을 수선하러 진까지 나가기가 귀찮기도 했지만, 그보다 우리의 식사를 준비해 주던 정을 생각해서 조금이라도 보탬이 되기를 바라는 마음이 더 크게 작용했다. 백곰보는 학생들이 돈이 별로 없다는 사실을 잘 알고 있었기 때문에 진에 있는 구두 수선방보다 수선비를 싸게 받았다.

백곰보가 가져다 놓은 접이식 의자에 앉아 땀에 젖은 발을 말리며 그와 얘기를 나누는 순간은 말할 수 없이 편안했다. 백곰보는 점심시간에도 집으로 돌아가지 않고 가족에게 밥을 가져오라고 시켰다. 점심시간이야말로 가장 일거리가 많았으니까.

백곰보는 하루 종일 교문을 지키고 앉아 있다가 오줌이 마려우면 그 자리에서 몇 걸음 떨어진 작은 강가로 걸어가 두꺼운 가죽 앞치마를 열어젖히고 볼일을 보았다.

백곰보가 학교를 떠난 뒤로 양쯔는 스챠오완에게 자주 그의 안

부를 물었다.

"백곰보는?"

스챠오완이 말했다.

"갔어."

"어디로?"

"집에 갔어."

"집에 왜 갔어?"

"학교에서 쫓겨났어."

"왜 쫓겨났어?"

스챠오완이 몸을 돌리며 말했다.

"학교 물건을 훔쳤대."

양쯔는 자주 식당 문간에 앉아 통통한 손을 턱에 받치고 앉아 있곤 했다.

얼마 뒤 양쯔는 백곰보가 학교 정문 앞에 있다는 걸 알게 되었다. 양쯔는 백양나무 길을 따라 뒤뚱거리며 백곰보가 있는 곳을 향해 걸어갔다. 수업 중이었기 때문에 주위에는 아무도 없었다. 백곰보는 텔레파시가 통한 것처럼 문기둥으로 얼굴을 내밀고 있다가 양쯔를 발견하고 벌떡 일어나 뒤뚱뒤뚱 걸어갔다. 두 사람 사이의 거리가 점점 좁혀지자 양쯔가 우뚝 서서 백곰보를 바라보았다. 백곰보가 손을 흔들며 양쯔를 불렀다.

"어서 와, 양쯔야!"

그 소리를 듣고 양쯔가 뛰기 시작했다. 백곰보는 두 팔을 벌리고 앉아서 뛰어드는 양쯔를 그대로 품 안에 안았다. 양쯔는 기분이 좋은지 백곰보 품 안에서 폴짝거렸다. 백곰보가 양쯔를 번쩍 안고 교문으로 가면서 물었다.

"양쯔야, 나 보고 싶었어?"

양쯔가 대답했다.

"응."

백곰보는 양쯔를 의자에 앉혀 놓고 진으로 건너가 사탕과 과자를 사 왔다. 양쯔는 사탕을 먹으며 두 발을 동동거리더니 의자 위로 다리를 올리려고 애를 썼다. 하지만 워낙 뚱뚱해서 다리가 의자 위에 제대로 올라가지 않았다. 만약 그때 누군가 교문 앞을 지났더라면 분명히 한마디 던졌을 것이다. "둘이 꼭 빼닮았네."라고.

양쯔는 백곰보와 같이 있는 그 시간을 무척 즐거워했다. 그날 우리는 진으로 나갔다가 학교로 돌아오는 길에 교문 앞에 있는 양쯔를 발견하고 말을 건넸다.

"가자. 우리랑 같이 집으로 돌아가야지!"

양쯔가 몸을 빼며 말했다.

"싫어."

백곰보가 양쯔의 코를 잡고 콧물을 닦아 준 뒤, 코 묻은 손을 땅바닥에 닦으면서 웃음 띤 얼굴로 양쯔에게 물었다.

"양쯔는 여기서 나하고 노는 게 더 좋지?"

양쯔가 입속에 단것을 집어넣으며 고개를 끄덕였다.

백곰보는 길가의 뽕나무와 백양나무에서 노란하늘소와 얼룩무늬하늘소를 잡아 실로 묶은 뒤, 꺾어 놓은 나뭇가지 위에 올려놓고 양쯔에게 실을 쥐어 주며 놀게 했다. 백곰보가 양쯔에게 옛날이야기를 해 주었는데, 끊임없이 이야기하는 모습이 마치 호랑이 담배 피던 시절부디 살이온 노인네 같았디.

"엄마 닭이 병아리를 데리고 동쪽으로 종종종 서쪽으로 종종종, 꼬꼬댁 병아리는 삐약삐약……."

양쯔가 금방 따라 외우면 백곰보가 신발 밑창을 붙이며 양쯔와 함께 큰 소리로 말했다.

"엄마 닭이 병아리를 데리고 동쪽으로……."

백곰보가 좀 더 어려운 말을 내뱉었다.

"간장 공장 공장장은 강 공장장이고, 된장 공장 공장장은 장 공장장이다."

양쯔는 그 말을 받아서 엉뚱하게 따라 했다.

"간장 공장 공장장은 간장이고, 된장 간장 공공장은 된장이다."

백곰보가 하하하 웃음을 터뜨리자, 양쯔도 손뼉을 치며 헤헤헤 따라 웃었다.

스챠오완은 양쯔에게 백곰보를 찾아가지 말라고 타일렀다.

"싫어."

양쯔가 말을 듣지 않았다. 스챠오완이 양쯔의 팔을 잡아끌자 양 쯔가 엉덩이를 빼며 벗어나려고 했다.

"싫어."

그러자 스챠오완이 손바닥으로 양쯔의 엉덩이를 찰싹 때렸다.

"으앙!"

양쯔는 울음을 터뜨렸다. 스챠오완은 양쯔의 손을 끌고 방으로 들어가 밖으로 나가지 못하게 했다. 양쯔는 방 안에 있는 내내 울음을 그치지 않았다.

그러던 어느 날, 스챠오완이 일이 있어 집을 비웠다. 양쯔는 곧바로 집에서 뛰쳐나와 백양나무 길을 따라 백곰보에게로 달려갔다. 백곰보를 보자 양쯔는 입을 삐죽이며 울음을 터뜨렸다.

"엄마가 날 때려……."

백곰보는 소매로 양쯔의 눈물을 닦아 주었다.

"양쯔야, 울지 마. 내가 엄마를 때려 줄게."

양쯔가 울음을 뚝 그쳤다.

백곰보는 때때로 일감이 밀려 양쯔가 와도 일손을 놓을 수가 없었다. 그럴 때면 양쯔에게 몇 푼을 쥐어 주며 진으로 나가 먹고 싶은 것을 사 먹으라고 했다. 진으로 나간 양쯔는 엉큼한 마을 사람들이 쥐어 주는 군것질에 맛을 들여 그 '싸움'의 상황을 늘어놓았다. 양쯔가 한번 진에 나가면 반나절이나 지나 돌아왔다.

양쯔는 자기가 많은 사람들에게 인기가 있다는 사실에 기분이 좋아져서 눈을 가늘게 뜨고 얘기를 시작했다.

"백곰보와 우리 엄마가 침대 위에서 싸웠는데 엎치락뒤치락 헐떡헐떡거려……."

'엎치락뒤치락 헐떡헐떡'이라는 말이 사람들에게 깊은 인상을 남겼기 때문에 그들은 낄낄거리며 그 말을 반복해서 중얼거렸다.

"엎치락뒤치락 헐떡헐떡."

양쯔는 사람들이 말하는 것을 보고 목을 움츠리고 웃으며 더 큰 소리로 말했다.

"엎치락뒤치락 헐떡헐떡했어."

스챠오완은 화를 꾹 참으며 백곰보를 찾아가지 말라고 양쯔를 끈질기게 선득했다.

양쯔가 물었다.

"왜?"

스챠오완의 표정이 굳어졌다.

"안 된다면 안 되는 줄 알아."

양쯔가 떼를 썼다.

"왜 안 돼? 왜 안 돼?"

스챠오완은 양쯔를 방에 밀어 넣고 문을 잠가 버렸다. 양쯔는 방 안에 갇혀 소리 지르며 울부짖었다. 스챠오완은 들은 척도 하지 않고 멀리 나가 버렸다.

한참을 울던 양쯔가 울음을 그치고 소리치기 시작했다.

"내보내 줘. 백곰보한테 갈 테야!"

한참을 소리 지르다가 그것도 통하지 않자 침대로 올라갔다. 침대가 창문 바로 아래 놓여 있었기 때문에 그 위에서 창문으로 기어올라가 머리를 창살 밖으로 내밀며 나가려고 안간힘을 썼다. 때마침 소변을 보러 화장실에 가던 마수이칭과 내가 양쯔를 발견하고 물었다.

"양쯔야, 뭐하려고 그래?"

"나, 나갈 거야! 백곰보를 만나러 갈 거야! 그런데 엄마가 못 나가게 해!"

양쯔는 밖으로 나가려고 계속 발버둥을 치다가 창틀에 머리통이 끼어서 옴짝달싹도 못 하게 되고 말았다. 나와 마수이칭은 창문 아래로 다가가 창살을 양 방향으로 잡아 늘여 양쯔가 빠져나올 수 있게 해 주었다.

밖으로 나온 양쯔는 곧장 백곰보에게로 내달렸다.

백곰보는 양쯔의 말을 가만히 들었다. 스챠오완이 양쯔에게 지나치다는 생각이 들어서 화가 치밀었다. 그는 일거리를 밀어 놓은 채 양쯔를 목에 태우고 진으로 나가 돌아다니면서 말했다.

"내가 맛있는 거 사 줄게. 아주 많이 사 줄게."

그들의 뒷모습은 마치 큰 만두 위에 작은 만두를 올려놓은 것처럼 보였다. 백곰보가 양쯔를 목에 태우고 유마디 진의 큰길을 따라 계속 걸어 다니자, 길가에 좌판을 펼쳐 놓은 장사치와 지나가던 사람들이 모두 고개를 돌려 그들을 쳐다보았다. 양쯔의 가랑이 사이에 끼어 있는 백곰보의 얼굴에 웃음이 번지고 있었다.

백곰보가 사람들을 향해 물었다.

"어때요? 닮았어요, 안 닮았어요?"

사람들이 말했다.

"닮았네그려!"

3

스챠오완은 항상 우아하게 꾸미고 다녔다. 많은 사람들 앞에서 그녀는 항상 자신의 행동거지에 주의를 기울였다. 그녀는 자신이 귀족적인 기품을 가지고 있다는 사실에 긍지를 느끼고 있었다. 욕

같은 것은 절대로 입에 담지 않았으며, 저속한 농담을 나누고 있는 교직원들을 보면 차가운 얼굴로 돌아섰다. 그녀는 자신을 마을 사람들과 전혀 다른 사람으로 분류했다.

그녀는 학교 식당에서 절대로 밥을 먹지 않았다. 특히 큰 반찬 그릇에 모두 같이 머리를 처박고 퍼먹는 행동에는 심하게 혐오감을 느꼈다. 그녀는 자신과 양쯔가 먹을 밥만 따로 지어서 예쁜 그릇에 담아 우아하게 먹었다. 밥 먹기 전에는 반드시 손을 씻었다. 분필가루가 잔뜩 묻은 손으로 젓가락을 잡는 일반 교사들과는 천지 차이였다.

그녀는 매일같이 빨래를 했다. 빨래를 널 때에도 공동으로 쓰는 철사 빨랫줄은 절대로 쓰지 않고 자신이 직접 만든 하얀 나일론 줄에만 널었다. 그러고는 날아가지 않게 빨래에 나무집게를 꼭 물려 놓았다.

그녀는 공동화장실을 쓰지 않았다. 그녀에게는 아름다운 요강이 하나 있었다. 반짝반짝 빛이 나는 비취색 요강에는 금빛 찬란한 동 테두리가 둘러져 있었다. 매일 아침마다 그녀는 꽃바구니를 들 듯 요강을 들고 밖으로 나와 화장실로 사뿐사뿐 걸어가서 요강을 비웠다. 그런 다음 오솔길을 걸어 연못가로 가 요강을 씻었다. 연못가 작은 나뭇가지 위에는 솔이 하나 걸려 있었다. 대나무로 만든 그 솔은 머리카락처럼 가늘고 정교하고 질겼다. 그녀는 그 솔로 요강을 씻고 연못물로 깨끗이 헹궜는데, 요강을 씻을 때 나는 쏴쏴쏴 소리는 까만 기와의 새벽 공기에 신비한 느낌을 더해 주었다.

그녀는 시골 사람들과는 많이 달랐다. 그녀는 물고기를 살 때, 물고기가 얼마나 큰지, 얼마나 오래 사는지를 궁금해했다. 평범한 시골 아낙이었다면 소매를 걷어붙이고 물속으로 손을 풍덩 집어 넣어 붕어를 잡았을 테지만, 그녀는 꽃에 앉은 나비를 잡는 것처럼 엄지와 검지로 붕어의 등지느러미를 살짝 잡아서 끌어냈다. 물고기가 햇빛 아래에서 팔딱거리는 바람에 하얀 얼굴과 까만 머리에 물방울이 튀면, 그녀는 깜짝 놀라 "어머!" 하고 비명을 지르며 물고기를 떨어뜨렸다.

유마디 중·고등학교에서 그녀의 위치는 특수했다. 비록 행정실에서 회계를 담당하고 있었지만, 어찌 된 일인지 다른 사람보다 한 단계 높은 직급에 있는 것 같았다. 그녀는 사람들 앞에서 쑤펑을 '라오쑤*'라고 불렀는데, '라오쑤'야말로 자신의 신분을 제대로 보여 준다고 여기는 듯했다.

그녀는 '라오쑤'라는 호칭을 들먹이기 좋아했다. '라오쑤'는 교육청에서 일한다는 사실 외에도 외모 또한 출중했다. 쑤펑은 훤칠한 키에 칠흑같이 새까만 머릿결, 갸름한 얼굴에 굵은 구레나룻, 높고 반듯한 콧날과 눈부시게 빛나는 눈빛을 지녔다. 게다가 교양 있는 말투에 행동거지 또한 고상하고 품위가 있었다. '라오쑤'는 널리 알려진 명문가의 자제였다. 그래서 스챠오완은 여자들 앞에서 우월감을 느꼈다.

그러나 백곰보와 같이 있을 때면 마치 술에 취한 듯, 시공을 잊어버린 듯 역사를 엮어 나갔다. 점잖은 사내들은 유감스러운 어투로

라오쑤 중국에서는 상대에 대한 존칭으로, 성 앞에 '라오(老)'를 붙이는 습관이 있다.

이렇게 말했다.

"스챠오완 말이야, 어떻게 백곰보 같은 녀석을 좋아하게 된 거야?"

점잖은 여자들은 멸시하는 투로 말했다.

"세상에 창피해서, 원!"

백곰보는 가죽띠로 맞을 때 피둥피둥한 피부만 상한 것이 아니라 여린 마음까지 다쳤다. 너무나도 큰 모욕을 당했다고 생각하며 가슴속이 답답해졌다. 그는 사람들에게 비밀을 털어놓고 싶은 강한 충동에 시달렸다.

'나는 스챠오완과 잤어. 정말로 잤어.'

그렇게 생각하면 눈곱만큼의 승리감을 맛볼 수 있었다. 그러나 그의 앞에는 항상 '라오쑤'가 가로막고 있었다. 그는 스챠오완과 놀아났던 일이 끝나 버린 한 편의 연극이 아니라 '라오쑤'의 얼굴에 따귀를 갈기고 침을 뱉은 짓이라고 생각했다. 그러면 흥분이 되면서 기분이 좋아졌다.

그러던 어느 날, 그는 양쯔를 목에 태우고 다시 유마디 진의 큰길로 나왔다. 그는 뒷목에 양쯔의 고추*가 부드럽게 닿는 감촉을 느끼고 있었다. 그 차갑고 작은 물건이 그의 마음을 흡족하게 했다.

그는 아무 말 없이 양쯔의 두 다리를 자신의 짧고 굵은 목 양쪽으로 걸치게 하고 걸었다. 이것이야말로 침묵시위인 셈이었다. 작은

고추 중국의 어린아이들은 가랑이가 터진 바지를 입는다.

만두 큰 만두, 작은 오리 큰 오리, 어른과 아이……

'어때, 똑같지? 너희도 눈이 있으면 한번 봐!'

그들은 이동식 광고판이 되어 걸어 다녔다. 사람들로 붐비는 큰 다리 앞에서 그는 많은 사람들에게 둘러싸였다.

"백곰보, 양쯔가 자네 아들이 맞는가?"

백곰보는 양쯔의 가랑이 속에서 힘들여 고개를 돌려 양쯔를 올려다보며 말했다.

"헛소리 말고! 눈깔 똑똑히 뜨고 봐. 안 보여?"

"허풍 떨고 있네. 세상에, 그 잘난 스챠오완이 너 같은 걸 상대나 했을라고!"

그때 나는 쉬이룽의 이발관에서 이발을 마치고 막 학교로 돌아가려던 참이었다. 백곰보가 나를 붙잡으며 말했다.

"못 믿겠다고? 그럼 린빙한테 물어봐. 린빙이 두 눈으로 똑똑히 봤으니까."

나는 히죽거리며 그의 손을 뿌리치고 다리 난간 쪽으로 피했다. 백곰보가 사람들 앞에서 흥미진진하게 그의 이야기를 풀어 놓고 있었다. 그때 스챠오완이 백곰보 앞으로 다가왔다. 스챠오완은 가지런한 이로 입술을 질끈 깨물면서 백곰보에게 따귀를 올려붙였다. 백곰보는 얼빠진 얼굴로 한동안 서 있었다.

양쯔가 앙앙거리며 울기 시작했다.

스챠오완은 백곰보의 어깨에서 양쯔를 끌어내려 개를 끌 듯이 잡아끌고 까만 기와로 향했다.

4

그해 겨울은 유난히 추웠다. 무엇이든 꽁꽁 얼려 버릴 것만 같았다. 처마 끝에 늘어진 고드름이 며칠째 떨어지지 않고 매달려 있었고, 겨울을 견뎌야 할 채소들은 두꺼운 볏짚에 덮여 있었다. 볏짚을 열어젖히면 푸른 잎이 그대로 얼어붙어 있어서 마치 양초를 칠한 것처럼 선명한 빛을 띠었다. 채소에 손을 대기만 해도 그대로 두 동강이 날 것만 같았다. 마른 나뭇가지 끝에 몸을 움츠리고 앉아 있는 새까만 까마귀도 그대로 얼어붙어 버린 듯했다.

강도 꽁꽁 얼어붙어 오가던 배들이 다리 밑이나 나루터에 묶여 있었다. 꼭 운항해야 할 배가 있으면, 건장한 사내들이 망치로 얼음을 깨고 배를 좌우로 흔들어서 조금씩 앞으로 나아가게 했다. 동그랗게 만들어진 얼음 구멍이 파란 하늘을 담아내며 물속에서 노니는 물고기들에게 창을 만들어 주었다. 구멍으로 보이는 얼음의 두께가 추운 날씨를 더욱 실감나게 했다.

그해 겨울은 교실에서 수업을 받는 것 자체가 고통스러웠다. 두 발은 금세 얼어붙어 얼음덩어리로 변했다. 그 바람에 교실 안은 동동거리며 발 구르는 소리로 요란했다.

거리에는 몸을 잔뜩 움츠리고 걷는 사람들만이 가끔씩 눈에 띄었다. 바람 한 점 없는 하늘에서 하루 종일 목화솜 같은 함박눈이 펄펄 날렸다. 사르락사르륵 내려 쌓인 눈은 집 앞을 가로막고, 연못을 채우며, 천년의 세월을 지켜온 고목의 가지를 부러뜨렸다.

야간 자습 시간이 끝나고 기숙사로 돌아갈 때면 길 위에서 얼어

죽을 것만 같았다. 추위가 따뜻한 정서까지 모두 얼려 버렸는지 마음마저도 쓸쓸하기 그지없었다.

기숙사 침대에서 이불을 뒤집어쓰고 몸을 덜덜 떨고 있으면 금세 배가 고팠다. 춥고 배가 고프면 잠이 들기도 쉽지 않았다.

마수이칭이 말했다.

"참새나 잡아서 튀겨 먹자."

그 말에 모두 찬성했다.

나와 마수이칭, 셰바이싼, 야오싼촨은 손전등 두 개를 들고 기숙사를 나섰다. 우리는 교실 복도에서, 화장실 뒷담 아래에서, 학교 안 숲에서 참새들을 꽤 많이 잡았다. 나중에는 진까지 나가 십여 마리를 더 잡았다.

야오싼촨이 말했다.

"한 사람당 다섯 마리씩은 먹을 수 있겠다. 이걸로 충분해."

그런데 돌아오는 길에 갑자기 셰바이싼이 깜짝 놀라 소리쳤다.

"큰일 났어!"

우리가 물었다.

"무슨 일이야?"

셰바이싼이 말했다.

"참새가 다 날아갔어!"

셰바이싼이 구멍이 난 망을 들어 보였다.

마수이칭이 욕을 해 대기 시작했다.

"셰바이싼, 너, 이 개새끼!"

나와 야오싼촨도 불같이 화를 내며 거들었다.

"죽어라, 이 자식아!"

셰바이씬은 덜덜 떨며 빈 망을 든 채 변명했다.

"내 탓이 아니야. 이 망이 뚫려서……."

마수이칭은 더 크게 욕설을 퍼붓기 시작했다. 나와 야오싼찬의 목소리도 더 커졌다.

"나가 뒈져!"

셰바이싼은 여전히 망을 높이 들고 있었다. 망 위로 둥그런 달이 내리비치고 있었다. 큰 달을 쑥 빠뜨릴 수 있을 만큼 망의 구멍이 커 보였다.

우리는 계속 욕을 하면서 셰바이싼을 그 자리에 내버려 두고 기숙사로 돌아왔다.

셰바이싼은 곧바로 돌아오지 않았다.

사십오 분쯤 지났을까? 셰바이싼이 헐레벌떡 뛰어 들어왔다. 그의 이마에 땀이 송골송골 맺혀 있었다. 그 추운 겨울에 머리에서 김이 모락모락 피어올랐다.

"나가자. 참새를 더 많이 잡을 수 있어."

셰바이싼이 커다란 망을 안고 와 우리에게 보여 주며 말했다.

"내가 훔쳤어. 다 쓴 다음에 제자리에 가져다 놓으면 돼. 기숙사 대나무 숲엔 깔린 게 참새야."

우리는 순식간에 셰바이싼을 용서하고, 기숙사 뒤쪽 벌판으로 내달았다. 그곳에는 대나무를 비롯한 여러 종류의 나무들이 빽빽해서 저녁 무렵이면 참새 떼가 내려와 밤을 보내곤 했다.

나무를 조금만 흔들어도 참새들이 놀라 푸드덕 날아올랐다. 그러나 참새들은 멀리까지 날아가지 않고 다시 나무 사이에 내려앉았다.

우리는 망을 펼치고 살금살금 대나무 숲으로 다가갔다. 대나무 가지마다 통통하게 살이 오른 참새들이 앉아 있었다. 마수이칭과 야오쌴찬, 셰바이쌴의 눈이 밝은 달빛 아래에서 살인자의 그것처럼 번뜩였다. 대나무 숲 가까이로 가자 흰 눈 위로 참새들이 보였다. 참새들은 한 덩어리씩 뭉쳐진 먹처럼 보였다.

마수이칭이 가볍게 외쳤다.

"하나, 둘!"

커다란 망을 공중으로 던졌다. 커다란 망이 망망한 눈밭 위로 펼쳐지면서 아름다운 광경을 자아냈다. 대나무 위로 떨어진 망 속에서 푸드덕거리는 날갯짓 소리가 들려왔다. 뒤이어 찍찍거리며 아우성치는 참새들의 소리가 들렸다.

우리는 망을 눈밭 위로 끌어내렸다. 참새들은 어망에 갇힌 물고기처럼 파닥거렸다. 손전등을 비추자 참새 수십 마리가 호박색 눈동자를 귀엽게 깜빡거리고 있었다. 몇 마리는 너무 심하게 요동치다가 힘이 빠져 입을 벌린 채 숨을 몰아쉬었다. 푸드덕거리는 참새들의 날갯짓에 눈보라가 날렸다.

우리는 두 손을 엉덩이에 문지르고는 잘 익은 과일을 따듯이 망 속에서 참새들을 꺼냈다. 잡았던 참새를 모두 놓치고 나서 우리는 한 가지 교훈을 얻었다. 참새를 잡으면 곧바로 목을 비틀어야 한다는 사실이었다. 참새들의 목은 가늘고 연약해서 가볍게 비틀면 똑 소리를 내며 부러졌다. 우리는 참새를 한 마리씩 꺼내 목을 비틀어

꺾은 후 눈 위로 던졌다.

"실컷 먹겠다."

야오싼촨이 말했다.

우리의 살기는 가시지 않았다. 우리는 대나무 숲을 지나 숲을 향해 계속 걸어 들어갔다. 대나무 숲을 통과하자, 눈 덮인 눈밭에 불처럼 격정적인 장면이 눈앞에 펼쳐졌다. 정신이 번쩍 들고 온몸이 부들부들 떨렸다.

눈밭 위에 발가벗은 남녀가 서로 부둥켜안고 있었다. 그들은 대나무 숲의 동정 따위에는 귀 기울이지 않고 서로에게만 열중하고 있었다. 여인의 머리가 풀어 헤쳐져 눈밭 위로 흩어졌다. 여자는 두 팔을 벌리고 있었는데, 그녀의 하얀 손가락이 눈밭 깊숙한 곳을 움켜잡고 있었다.

대나무 가지를 잡고 있던 우리의 손이 서서히 떨리기 시작했다. 우리는 소리 죽여 뒷걸음질치며 대나무 숲으로 되돌아가서야 겨우 숨을 몰아쉬었다.

"백곰보하고 스챠오완이야!"

마수이칭이 말했다.

우리는 말없이 참새들을 주워 재빨리 기숙사로 발길을 돌렸다. 기숙사 모퉁이를 돌자, 나는 다리에 힘이 쭉 빠져 눈 위로 주저앉았다.

마수이칭이 짓궂은 말투로 물었다.

"너, 어떻게 된 거냐?"

나는 눈을 한 움큼 쥐어 마수이칭의 얼굴을 향해 세게 던졌다. 눈 뭉치가 그대로 마수이칭의 얼굴에 날아가 박혔다. 그 모습을 보고 다른 녀석들도 눈을 던졌고, 한바탕 눈싸움이 벌어졌다.

그날 달빛은 눈부시게 밝았다. 달빛에 빛나는 하얀 눈도 아름다웠다. 우리는 서로를 뒤쫓으며 눈덩이를 던지기 시작했다. 단단하게 뭉쳐지지 않은 눈은 공중에서 안개처럼 하얗게 퍼져 나갔고, 단단하게 뭉쳐진 눈덩이들은 은빛을 띠며 공중으로 날아갔다.

그때 마수이칭이 넘어졌다. 우리는 한꺼번에 그에게 덤벼들어 눈 세례를 퍼부었다.

이번엔 내가 넘어졌다. 그러자 세 녀석이 동시에 나에게 덤벼들어 눈 속에 파묻기라도 할 것처럼 눈덩이를 던져 댔다. 마수이칭은 한 술 더 떠 자루 속에 담아 둔 참새를 하나씩 꺼내 나에게 던지기 시작했다. 나는 뛰어가서 자루를 빼앗은 다음 그가 했던 것처럼 죽은 참새를 그의 얼굴에 던졌다. 야오쌴촨과 셰바이쌴은 우리가 던져 놓은 참새를 주워 서로를 향해 던지기 시작했다.

한참을 놀고 난 뒤, 우리는 피곤해져서 눈 위로 쓰러졌다. 옷 속으로 들어갔던 눈이 녹아 몸이 으슬으슬해져 왔다. 우리는 더할 수 없이 흥분했다.

눈 덮인 하얀 들판의 나무들이 선명하게 눈에 들어왔다. 그 겨울밤은 멀리 눈 덮인 길 위를 뛰는 들쥐의 소리까지 들릴 정도로 고요했다.

눈밭에는 참새들이 어지럽게 널려 있었다.

5

쑤펑은 토요일 저녁에 학교로 찾아왔다. 그다음 날은 날씨가 유난히도 좋아 길거리에 사람들이 넘쳐났다. 겨울에는 쉽게 볼 수 없는 활기찬 날이었다. 아침 식사 후, 스챠오완은 화장을 고치고 옷매무새를 다듬었다. 쑤펑의 옷도 정성껏 매만졌다. 그녀는 기숙사에 남아 있는 여학생들에게 양쯔를 맡기고 쑤펑과 함께 외출했다.

쑤펑은 갈색 코트에 모피로 만든 고급 모자를 쓰고 있었는데, 바람이 불 때면 담비 털이 살랑살랑 물결쳤다. 까만 가죽장갑에 새하얀 양모 목도리를 두른 모습이 쑤펑을 더 멋스러워 보이게 했다. 스챠오완도 근사하게 꾸미기는 마찬가지였다. 빨간 목도리에 코트 깃을 올리고 부드러운 컬러 깃털 속에 얼굴을 파묻고 있었다. 파란색 머리핀이 꽂혀 있는 찰랑찰랑한 머리카락과 흰 눈에 반사된 그녀의 얼굴이 그날따라 눈부시게 아름다웠다. 두 사람은 서로에게 기댄 채 다정하게 백양나무 길을 따라 걸었다. 그들은 학교 정문을 향해 걸어갔다.

학교 팻말 아래에는 백곰보가 초라한 모습으로 앉아 있었다. 그의 발아래에는 어지럽게 밟혀 더러워진 눈이 녹지 않고 그대로 쌓여 있었다. 원래 둔하기 그지없는 백곰보의 몸이 더욱 아둔해 보였다. 삐딱하게 기울어진 접이식 의자에 앉아 있는 백곰보는 옷을 겹겹이 껴입고 있었다. 그의 더러운 두 손은 차가운 겨울바람에 터져 상처가 나 있었고, 방한모자는 여기저기 뜯어져 속에서 솜이 삐죽이 나와 있었다. 모자의 한쪽 귀덮개는 접혀 올라가 있었고, 다른 한쪽은 축 늘어진 돼지 귀처럼 처져 있었다.

백곰보 앞을 지날 때, 그들의 우아한 자태가 한층 더 돋보였다. 그들은 웃음을 띤 채 이야기를 나누며 백곰보 따위는 눈에 들어오지 않는다는 듯 그의 존재 자체를 깡그리 무시하고 지나쳐 갔다.

백곰보는 소매 속에 손을 찔러 넣은 채 목을 잔뜩 움츠리고 그들을 바라보았다.

쑤펑과 스챠오완 두 사람은 진 거리를 따라 천천히 걸어갔는데, 마치 왕족이 백성들 앞으로 행차하는 것 같았다. 쑤펑 부부가 큰길을 지나쳐 가자 사람들의 의견이 다시 분분해졌다.

"어떤 막돼먹은 녀석이 스 회계를 함부로 욕보이는 거야? 스 회계 같은 여자가 어떻게 백곰보 같은 녀석과 눈이 맞았겠어? 정말이지 함부로 혀를 놀려 괜한 사람을 씹는 게 아니고 뭐야!"

"거, 백곰보가 혼자 상상한 거겠지. 두꺼비가 감히 백조를 탐내는 격이지 뭔가!"

"저 부부를 좀 보라고. 천생배필이야!"

"백곰보 녀석이 허풍을 떤 거지. 개똥만도 못한 녀석이 어디 쑤펑하고 비교나 되겠어?"

백곰보는 그 소리를 가만히 듣고 있었다. 그는 땅에 침을 퉤 뱉은 뒤, 신발 수선통을 메고는 집으로 돌아가 하루 종일 나타나지 않았다. 저녁나절 백곰보는 진의 선술집에서 코가 비뚤어지게 술을 퍼마셨다.

사람들이 물었다.

"백곰보, 이 허풍쟁이야. 스챠오완을 찾아가지 않고 왜 여기 앉아 있어?"

배곰보가 씩 웃으며 말했다.

"안 가. 다시는 안 갈 거야. 그년이 어떻게 견디는지 지켜보겠어."

취객 하나가 배곰보를 손가락질하며 말했다.

"개소리하지 마. 너 같은 건 고상한 스챠오완과 애초부터 어울리지 않았어. 네가 잘생긴 쑤펑과 비교나 될 수 있겠냐고? 넌 스챠오완이 발 씻은 물이나 퍼마시면 딱 맞아……."

배곰보가 그 사내의 코를 손가락질하며 소리 질렀다.

"너, 이 새끼 정말 못 믿겠다 이거지!"

"히히, 이 허풍쟁이야, 빨리 꺼져."

"너나 가서 그년 발 씻은 물을 퍼마셔라!"

배곰보와 취객은 몇 마디 말을 주고받기가 무섭게 서로에게 욕지거리를 퍼붓더니 어느새 몸싸움으로 번졌다. 사람들이 달려들어 그들을 억지로 뜯어말렸다. 선술집을 나온 배곰보는 큰길 한가운데 서서 비틀거리며 달을 올려다보면서 한마디 뱉었다.

"화냥년!"

봄이 찾아왔다. 바람은 여전히 세게 불었지만, 그 바람 속에는 부드러움과 따뜻함이 듬뿍 실려 있었다. 며칠 사이에 눈이 녹아내리면서 땅 위 만물은 딱딱한 껍질을 벗듯 생기발랄한 몸뚱이를 드러내었다. 계절의 변화는 시골 마을에서 더욱 분명하게 나타났다. 봄은 힘이며 열정이었다. 꽁꽁 얼어붙은 겨울 세계를 뒤흔들어 안절부절못하게 했다.

스챠오완은 눈가가 시커메지고 입술이 바싹 타 들어가며 눈에 띄게 말라 가고 있었다. 그녀는 방 안이 답답해서 참을 수 없다는 듯 늘 밖을 서성거렸다. 사람들과 이야기를 나눌 때도 열심히 듣고 있는 것 같은 표정을 짓고는 있었지만, 대화에 몰입하지 못하고 있다는 것을 금방 느낄 수 있었다. 그녀는 별일 아닌 일에 신경질을 내기 시작했고, 이유 없이 양쯔를 때리곤 했다.

어느 날, 타오훼이와 여학생들이 교실 앞에서 줄넘기를 하고 있었다. 때마침 스챠오완이 다가와 놀이를 흥미롭게 바라보았다.

샤렌샹이 말했다.

"같이 놀아요."

그러자 그녀는 스스로 억제하고 조심했던 예전과는 달리 미소 지으며 줄 안으로 뛰어들었다. 우리는 복도로 몰려가 그 모습을 지켜보았다. 그녀의 줄넘기 실력은 보통이 아니었다. 그녀는 이쪽저쪽을 오가며 뛰다가 갑자기 뒤로 획 돌기도 했다. 스챠오완이 타오훼이를 향해 손을 흔들자 그녀도 줄 안으로 들어갔다. 스챠오완과 타오훼이가 서로 손을 꽉 움켜쥐고 뛰면서 빙빙 돌았다.

타오훼이가 한참을 뛰다가 한 여학생의 농담에 깔깔거리더니 줄 밖으로 나왔다. 줄 안에는 다시 스챠오완 혼자만 남았다.

높게 뛰고 있는 그녀의 허리, 무릎, 어깨, 목 등 어느 하나 아름답지 않은 곳이 없었다. 샤렌샹과 다른 여학생 하나가 긴 줄을 양쪽에서 잡고 서로 오 미터나 떨어져서 돌리고 있었다. 스챠오완이 멋지게 뛰자 여학생들은 흥분해서 박자를 맞추며 줄을 점점 더 높이 돌렸다. 줄은 공중에 한 번씩 금빛 원을 그렸고, 땅에 떨어질 때는 마찰음을 내었다. 탁탁…….

땅에서 엷은 회색 먼지가 피어올랐다. 스챠오완의 머리카락이 풀어질 때는 마치 맑은 물속에서 소용돌이치는 물풀 같았다. 그녀는 얼굴에 홍조를 띠기 시작했고, 눈에도 활기가 돌았다. 땀이 나 더웠는지 뛰면서 털옷을 벗자 분홍색 블라우스가 드러났다. 그녀는 한 여학생에게 털옷을 던지고 더 높이 뛰기 시작했다. 그녀의 불룩 솟은 가슴이 박자에 맞춰 물결쳤다.

여학생들은 손뼉을 치며 노래를 불렀다. 손뼉을 치면 칠수록 흥이 났고 노랫소리도 점점 커졌다. 스챠오완은 더욱 신이 나서 뛰었다. 마지막에는 무아지경에 빠진 듯 두 눈을 가늘게 뜨고 하늘을 쳐다보며 뛰었는데, 마치 하늘로 막 날아오를 것만 같았다.

얼마나 뛰었을까? 그녀는 피곤한지 더 이상 뛰지 못하고 줄을 밟았다. 숨을 헐떡이더니 웃음 띤 얼굴로 털옷을 가지고 있는 여학생에게 손을 내밀었다.

그날 밤, 양쯔가 앙앙 울며 밖으로 뛰쳐나와 엄마를 부르며 여기저기 헤매고 다녔다.

"엄마, 엄마아…….."

여학생들이 밖으로 나왔다.

"양쯔야, 엄마 어디 갔어?"

양쯔가 고개를 흔들며 말했다.

"몰라. 엄마, 엄마아…….."

여학생들은 양쯔의 손을 잡고 사무실부터 기숙사까지, 다시 기숙사에서 식당으로, 그리고 학교 화장실까지 모두 찾았지만 스챠오완을 찾을 수 없었다.

그때 진에 나갔다 오던 남학생 하나가 말했다.

"진에서 스챠오완을 봤어. 백곰보네 집 뒷골목에서 서성거리고 있던데. 뭐하고 있는지 모르겠어."

여학생들은 양쯔를 데리고 진으로 가다가 다리 위에서 스챠오완을 만났다. 스챠오완이 양쯔의 손을 끌며 말했다.

"상점에 비누 사러 간 건데 왜 울고 난리야?"

여학생들은 교실로 돌아와 수군거렸다.

"왜 상점에 가서 비누 산다고 한 거지?"

"저녁에는 상점 문도 열지 않잖아."

그 후로 얼마 지나지 않은 어느 날이었다. 쉬이룽의 이발소에서 놀고 있었는데, 그에게 머리를 맡기고 있던 손님 하나가 말했다.

"들었어? 유마디 중·고등학교의 스챠오완 말이야. 학교 물건을 빼돌려 백곰보 집에 가져다준다지 뭐야? 백곰보 마누라하고 아이들에게 옷도 한 벌씩 사 줬대. 이상하지 않아? 스챠오완 같은 여자가 뭐가 아쉬워서 백곰보한테 그렇게 잘하냔 말이야. 말해 봐. 그소문을 믿어야 해, 말아야 해?"

쉬이룽은 침을 질질 흘렸다. 그는 입가를 닦으며 고개를 돌려 나에게 물었다.

"린빙, 너는 어떻게 생각해?"

나는 씩 웃었다. 쉬이룽이 빗으로 나를 가리키며 말했다.

"너, 알고 있지?"

"몰라요."

"정말 모르는 거야, 모르는 척하는 거야?"

"정말 몰라요!"

"믿을 수 없어. 어이, 린빙! 너, 무슨 일인 줄 알고나 있는 거야?"

나는 얼굴을 붉혔다.

쉬이룽이 말했다.

"얼굴을 붉힐 필요까지는 없고. 말해 봐. 너, 색시 필요해, 안 필요해?"

나는 손을 흔들며 말했다.

"그만해요."

"내가 언젠가 난쟁이 타오 씨에게 말해 줄게."

"저, 갈래요."

쉬이룽이 웃었다.

"린빙, 넌 무슨 일인지 분명히 알고 있어."

나는 문을 나서며 말했다.

"제가 뭘 안다고 그래요?"

"백곰보하고 스챠오완이 한 짓 말이야."

"몰라요."

나는 소리치며 그 자리를 미끄러지듯 빠져나왔다.

정말로 학교의 물건들이 자꾸만 없어졌다. 쌀, 식용유, 콩……. 그렇지만 나는 그 일과 스챠오완을 연결지어 생각할 수 없었다.

한 달쯤 지난 어느 날 밤, 우리가 막 침대에 누웠을 때 셰바이싼이 기숙사로 뛰어 들어오며 말했다.

"스챠오완이 쑤펑과 한판 벌이고 있어!"

마수이칭이 말했다.

"셰바이싼, 너 엿들었구나."

셰바이싼이 말했다.

"아냐, 화장실에 앉아 있다가 우연히 듣게 된 거야."

마수이칭이 손거울을 얼굴에 비추며 말했다.

"음, 화장실에 가야겠다."

내가 말을 받았다.

"나도 갈래."

마수이칭은 화장실로 향하지 않고 발길을 돌려 담을 따라 걷다가 스챠오완의 방 창문 아래 콩밭으로 접근했다. 주위에는 아무도 없었다. 나는 그를 바짝 따라붙었다.

스챠오완이 울고 있었다.

"병원에 가라 해도 그놈의 체면 때문에 가지도 않고……."

쑤펑은 꿀 먹은 벙어리처럼 아무 말이 없다가 참을 수 없다는 듯이 소리를 버럭 질렀다.

"그 새끼는 밥이나 하는 놈이야. 부엌데기라고!"

스챠오완은 우우 하며 오열하기 시작했다.

그때 셰바이싼이 다가와 큰 소리로 외쳤다.

"린빙! 마수이칭! 얼른 돌아가 잠이나 자! 남의 말 엿듣지 말고!"

나와 마수이칭은 기숙사로 돌아와 셰바이싼에게 욕을 퍼부었다.

그날 이후로 쑤펑이 학교에 찾아오는 일이 아주 뜸해졌다.

6

얼마 후 새로 부임한 교감 선생님이 백곰보에게 교문 앞에서 더이상 좌판을 벌이지 말라고 통보했다.

백곰보가 물었다.

"왜요?"

교감 선생님이 말했다.

"가로막고 있잖아!"

백곰보는 그게 무슨 뜻인지 잘 몰랐지만, 그들이 뭘 원하는지는 잘 알았다. 백곰보는 망치로 학교 팻말을 탕탕 두드리며 말했다.

"절대로 안 떠나. 이 몸은 절대로 못 가시겠다 이거야."

학교 팻말에 백곰보의 얼굴에 난 곰보 자국처럼 예닐곱 개의 망치 자국이 났다. 교감 선생님은 불같이 화를 내며 고등학교 3학년 학생들을 몇 명 불렀다. 그 학생들은 신체가 우람하고 소처럼 우직한 성깔을 지니고 있었다. 교감 선생님은 그들에게 백곰보를 혼내 주라고 일렀다.

학생들이 백곰보에게 다가가 소리쳤다.

"빨리 꺼져. 빨리 꺼지란 말이야!"

백곰보는 들은 척도 하지 않고 접이식 의자에 그대로 앉아 버렸다. 학생들이 백곰보를 가볍게 밀치자 그가 힘없이 바닥으로 넘어졌다. 학생들이 물었다.

"갈 거야, 말 거야? 안 가면 우리가 네놈 물건을 강에 빠뜨릴 거야."

학생 중 하나가 못을 뽑을 때 쓰는 펜치를 물속으로 던져 버렸다. 백곰보가 화를 버럭 내며 그 학생을 때리자, 다른 학생들이 기다렸다는 듯이 덤벼들어 백곰보를 때려눕혔다.

백곰보가 소리쳤다.

"좋아, 좋아. 대단해. 너희들, 힘이 아주 세구나."

백곰보가 바닥에서 일어나 학교를 바라보며 다시 큰 소리로 떠들었다.

"어떤 개새끼가 날 쫓아내는지 다 알지!"

백곰보는 굴욕을 당했다고 생각하며 치를 떨었다. 백곰보의 판단은 정확했다. 왕치한 교장 선생님이 현으로 건너가 회의에 참석했을 때, 쑤핑은 학교의 여러 가지 문제를 상의하면서 한 가지 덧붙였다.

"유마디 중·고등학교만큼 멋진 교문은 현에서도 찾을 수 없어요. 그런데 어째서 더러운 신발 수선공이 하루 종일 그 자리를 차지하게 내버려 둔단 말입니까? 쓰레기를 함부로 버리지요. 게다가 함부로 오줌을 싸면서 교문을 어지럽히는 게 보이지 않습니까?"

백곰보는 신발 수선통을 들고 진 안으로 들어갔다. 이미 자리를 잡고 있던 진의 구두 수선공들은 힘을 합쳐 백곰보를 큰길 끝까지 몰아냈다. 큰길 끝에는 사람들의 왕래가 적어 장사가 될 리 없었다. 백곰보의 원한은 점점 더 깊이 사무쳐 갔다.

그해 가을, 쑤핑은 부국장 자리(국장은 병으로 휴양 중이었으므로 실제로는 그가 일인자였다.)에 올랐고, 스챠오완과 양쯔는 도시로 이사를 가게 되었다. 곧 스챠오완은 영원히 까만 기와를 떠날 것이었다. 쑤펑은 유마디에서 너무나 많은 것을 잃었다고 생각했다. 그래서 유마디와 결별을 하기 전에 마음속에 가득 찬 흙먼지를 말끔히 날려 보내고 영광스럽게 떠나기로 마음먹었다.

쑤펑은 왕치한 교장 선생님을 국장실로 불러다 놓고 말했다.

"유마디 중·고등학교의 교정은 녹지가 잘 조성된 곳입니다. 현의 공원도 그만큼 아름다운 풍경과 정서를 담아내진 못하고 있습니다. 그래서 현 전체의 초·중·고등학교 교장들을 불러 참관 학습을 하고자 합니다. 돌아가서 지역 간부들과 상의해 준비하시기 바랍니다. 구체적인 사안은 교육청 담당자들과 상의하면 됩니다."

왕치한 교장 선생님은 뛸 듯이 기뻤다. 유마디 진의 지역 간부들에게 그 일로 의견을 구하자 그들은 얼굴에 광채를 띠며 말했다.

"힘껏 지원하겠습니다. 부족한 것이 있으면 말씀만 하십시오. 뭐든지 보내 드리겠습니다. 목숨 걸고 합시다."

명예는 술고래 앞에 놓인 술통과 같아서 누구든 그 유혹에 넘어가지 않을 수가 없었다. 유마디 중·고등학교에서 유마디 진에 이르기까지, 마을 사람들 모두가 현장 회의를 위해서 바삐 움직이기 시작했다. 문예 선전단은 다시 한 번 집합해 연습에 들어갔고, 학생들은 수업을 중단한 채 대청소를 시작했다. 길가의 잡초도 말끔하게 뽑았다. 왕치한 교장 선생님이 실오라기 같은 잡초 하나도 허용하지 않았다.

교장 선생님이 수십 명의 목수를 불러 교실문과 창문, 책상과 의자를 수리하게 했다. 학교는 커다란 목공소라도 된 듯 하루 종일 뚝

딱거리는 소리로 시끄러웠다. 정문도 다시 칠을 하고, 백곰보가 망치로 흠집을 냈던 학교 팻말은 새것으로 바꿔 걸었다. 왕치한 교장 선생님이 직접 붓을 들어 마오쩌둥 서체로 학교 이름을 썼다.

나무 하나, 꽃 한 송이마다 일일이 손이 갔기 때문에 시든 잎사귀 하나 눈에 띄지 않았다. 학교는 이제 활력과 원기가 넘치는 곳으로 다시 태어났다. 현장 회의가 열리기 하루 전, 다시 한 번 대청소가 실시되었다. 백양나무 가로수 길 위에는 때밀이에게 심하게 밀려 피가 맺힌 등짝처럼 빗자루 자국이 선명하게 그어졌다.

회의가 열리기 전날, 진 문화부장 위페이장의 지시에 따라 학교의 방문을 환영한다는 현수막들이 진 거리에 내걸렸다. 유마다 진은 성대한 잔치를 벌이는 것 같았다.

저녁에는 조촐하게 다과회도 가질 예정이었다. 그 일을 담당한 사람이 오백 개의 찻잔이 필요하다고 말했다. 그러자 지역 간부가 대답했다.

"조합 창고에서 내오지요."

어떤 사람이 일깨우듯 말했다.

"만약 내일 비가 오면 어쩌죠? 모두 다 흙길인데 수천 명의 사람들이 밟고 다니다 보면 늪이 되지 않겠어요?"

지역 간부가 대답했다.

"큰 선박 두 척에 건초를 실어 와서 강가에 대 놓았다가 비가 오면 즉시 깔도록 하시오."

사람들은 실제로 일어날 수 있는 모든 일에 대비했고, 심지어 일어나지도 않을 일까지 만반의 준비를 마쳤다. 현의 중·고등학교와 초등학교 교장들이 모두 참석하는 이번 회의에서 어떠한 결점도 지적받아서는 안 된다는 것, 그것이 마을 사람들까지 합심해 이번 일을 준비한 이유였다.

쑤핑은 모두가 심혈을 기울여 준비해 주기를 바랐다. 그는 웅장한 현장 회의의 영광을 꿈꾸며 근사한 장면을 연출하고 싶었다. 그가 평소 유마디 중·고등학교를 다녀갈 때는 그저 평범한 직원의 가족에 불과했다. 그러나 이번에는 달랐다. 학교와 유마디 진을 무대 삼아 마지막으로 웅장한 극을 한 편 연출하고 싶었던 것이다.

누가 유마디 중·고등학교에서 현장 회의를 개최하는가? 바로 교육청의 쑤핑. 누가 연설을 할 것인가? 쑤핑. 유마디 중·고등학교의 지도부와 유마디 진의 간부들이 앞뒤에서 정성을 다해 보필하는 사람은 누군가? 쑤핑.

현장 회의가 끝나는 대로, 그는 스챠오완과 양쯔를 데리고 이곳을 떠날 작정이었다. 집 안의 물건 하나 남김없이 모조리 챙겨 갈 것이었다. 그리고 두 번 다시 유마디 진에는 눈길조차 돌리지 않을 생각이었다. 그는 이곳이 징그럽게 싫었다.

왕치한 교장 선생님도 기분이 좋았다. 누가 만든 학교인가? 왕치한. 현재 유마디 중·고등학교는 바로 왕치한의 학교가 아닌가?

지역 간부들도 기분이 좋았다. 유마디 중·고등학교는 유마디의 자랑이었다.

그러나 싸늘한 시선으로 지켜보는 한 사람이 있었으니, 바로 왕루안 교장 선생님이었다. 그는 지팡이를 짚고 쓰러져 가는 강가의 움막에 앉아 눈앞에서 벌어지는 일들을 묵묵히 지켜보고 있었다.

화원처럼 아름다운 교정, 고상한 아치가 존재하는 곳, 위대한 걸작. 누가 만들었는가? 다른 사람이 아닌 나, 왕루안이지.

가래침을 뱉는 이가 하나 더 있었다. 백곰보였다. 깊은 밤 인적이 뜸한 시간, 그는 큰길로 나가 거리에 내걸린 '교육청 지도자의 방문을 열렬히 환영합니다!'라고 쓰인 현수막을 잡아 뜯어 발밑에 놓고 짓밟으며 외쳤다.

"제길, 네놈의 잘난 꼴 좀 구경하자!"

백곰보는 자신이 학교에서 해고된 것을 떠올리고, 가죽띠로 맞은 것을 떠올리고, 불한당 같은 학생들에게 모욕당한 것을 떠올리고, 신발 수선공들에게 무시당한 것을 떠올릴 때마다 가슴속에 울화가 치밀고 비참함이 골수에 사무쳐 이를 악물었다.

'제기랄, 스챠오완을 끌고 영원히 잡히지 않을 곳으로 아주 멀리 도망가 버려? 그러면 복수할 대상이 없어지는 거잖아.'

그렇게 생각하자 화가 더 치밀었다.

'호락호락 봐줄 순 없지. 내 앞에서 뭉개지는 꼴을 봐야겠어!'

백곰보는 주먹을 꽉 쥐며 이를 갈았다.

현장 회의는 제때에 웅장하게 열렸다. 그리고 그 무대에서 가장 주목받는 인물은 두말할 것 없이 쑤평이었다.

왕치한 교장 선생님과 지역 간부들은 일찍부터 큰길가로 나와 쑤평과 다른 참석자들이 오기만을 기다리고 있었다. 오전 9시, 지프차 한 대와 십여 대의 버스가 도착하자 그들은 일제히 환호성을 질렀다. 쑤평은 침착하게 차에서 내려 수많은 사람들과 악수를 나누었다. 그리고 수많은 사람들에 둘러싸여 백양나무 길을 따라 학교로 들어갔다.

참관 수업이 끝난 후 운동장에서 현장 회의가 열렸다. 먼저 왕지한 교장 선생님이 지난 세월의 경험을 얘기하고, 그 뒤를 이어 쑤핑의 연설을 듣기로 되어 있었다.

회의가 시작된 지 얼마 되지 않은 시각, 백곰보가 배를 타고 식당 옆 나루터에 나타나 스챠오완의 방으로 들어갔다.

스챠오완은 깜짝 놀라 눈이 동그래졌다.

"남편이 있어요."

"회의장에 있잖아."

"사람들이 봐요."

"모두 다 회의장에 있어."

스챠오완이 한숨을 한번 내쉬고는 백곰보와 함께 집 뒤 콩밭으로 들어갔다.

삼십 분쯤 지났을 때, 백곰보의 마누라가 두 딸을 데리고 불같이 화가 난 얼굴로 학교로 들이닥쳤다. (나중에 사람들은 백곰보와 미리 짜고 한 짓이라고 말했다.) 백곰보가 뒤쪽 콩밭에서 막 나오려는 찰나, 그의 마누라와 두 딸이 먹이를 찾는 호랑이처럼 나타난 것이었다. 그들은 백곰보의 만류에도 아랑곳하지 않은 채 그대로 콩밭으로 뛰어 들어가 소리 질렀다.

"화냥년, 너 이리 나와!"

스챠오완은 꼼짝 않고 숨어 있었다. 세 여자는 거침없이 콩밭으로 들어가더니 흐트러진 옷매무새를 추스르지도 못한 스챠오완을 밖으로 질질 끌고 나왔다. 순식간에 콩밭은 엉망이 되었다. 세 사람은 스챠오완을 붙잡고 목청 높여 악을 썼다.

"여러분, 여기 좀 보세요. 스챠오완이 벌건 대낮에 남의 사내를 훔쳤어요!"

날카로운 여자의 목소리는 그대로 운동장까지 퍼져 나갔다.

학생들은 모두 식당 쪽으로 달려갔다. 회의에 참가한 대부분의 사람들은 스챠오완이 누군지도 모른 채 소리 나는 쪽으로 고개를 돌려 바라보았다. 수십 명의 사람들이 자리에서 벌떡 일어났으며, 심지어 몇몇 사람은 화장실에 간다는 핑계를 대며 식당 쪽으로 건너갔다. 때마침 쑤펑이 연설을 하던 중이었다.

점점 커지는 고함 소리에 쑤펑의 손이 부들부들 떨리기 시작했다. 얼굴빛 또한 점점 파랗게 질려 갔다. 쑤펑 옆에 앉아 있던 왕치한 교장 선생님은 한동안 아무 말 없이 그대로 있었지만, 시끄러운 소리가 점점 커지자 지역 간부와 눈짓을 교환한 뒤 무대를 내려갔다.

스챠오완은 세 여자의 손아귀에서 벗어나려고 발버둥치고 있었다. 신발 한 짝이 벗겨지고 옷이 찢어져 가슴이 거의 드러날 지경이었다. 그녀는 고개를 푹 숙인 채 죽을힘을 다해 버티며 끌려가지 않으려고 했다. 그러나 세 사람은 오랫동안 원한에 사무쳤다가 드디어 화풀이할 날을 맞이한 것처럼 스챠오완에게 굴욕감을 주는 동시에 스챠오완의 남편에게도 치욕을 안겨 줄 작정이었다. 세 사람은 사정없이 스챠오완을 끌어당기며 쉴 새 없이 욕설을 내뱉었다.

그들은 스챠오완을 빨간 기와 건물 모퉁이까지 끌고 가려고 했다. 그렇게 되면 운동장에 있는 사람들이 고개만 돌려도 이 광경을 볼 수 있게 될 것이었다.

왕치한 교장 선생님이 다가가 명령했다.

"손 놓으시오, 당징!"

백곰보의 마누라는 그 소리를 듣고 오히려 더 악을 썼다.

"이년 남편에게 끌고 가서 보여 줘야 돼. 그놈이 무대에 있잖아."

그렇게 말하며 계속해서 스챠오완을 운동장 쪽으로 끌고 갔다.

회의장은 삽시간에 아수라장이 되었다. 쑤펑이 연설을 중단하고 뻣뻣하게 앉아 있었다.

지역 간부가 달려와 호통치며 스챠오완을 놓지 않는다면, 당장 세 여자를 붙잡아 끌고 갈 거라고 위협했다. 그들은 조금도 두려워하지 않았다.

그 순간 어디서 나타났는지, 백곰보가 자기 마누라에게 따귀를 철썩 올려붙이며 말했다.

"집으로 썩 꺼져."

백곰보의 마누라가 울음을 터뜨리며 그제야 손을 놓았다. 백곰보의 마누라는 두 딸의 부축을 받으며 백양나무 길가에서 무대를 향해 욕설을 퍼부었다.

쑤펑의 얼굴이 죽은 사람처럼 시커메졌다.

스챠오완은 고개를 푹 숙인 채 여자 선생님들의 부축을 받으며 방으로 돌아갔다. 가는 길에 그녀는 울먹이며 중얼거렸다.

"살고 싶지 않아. 살고 싶지 않아……."

여자 선생님들은 그녀를 어떻게 위로해야 할지 몰라 그저 부축만 하고 있었다.

학생 하나가 백곰보의 배를 끌고 어디론가 사라졌다. 백곰보는 나루터에 앉아 그 아이가 다시 배를 가지고 오기를 기다리고 있었다. 그때 양쯔가 백곰보에게 다가왔다.

백곰보가 손을 흔들며 불렀다.

"양쯔야, 이리 와."

그새 두 살 더 먹은 양쯔는 키가 훌쩍 자라 있었다. 양쯔가 백곰보 앞으로 오더니 갑자기 고추를 꺼냈다. 백곰보가 미처 피하기도 전에 배를 쭉 내밀고 그를 향해 세찬 오줌발을 쏘더니 그대로 도망쳐 버렸다.

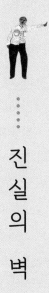

진실의 벽

1

왕루안 교장 선생님은 여전히 강가 움막집에서 살고 있었다. 나는 왕루안 교장 선생님의 내력을 조금씩 알게 되었다.

몇십 년 전, 어느 날 새벽 유마디 진에서 삼 킬로미터 정도 떨어진 어느 마을에 너그러운 마음씨를 가진 농부 하나가 소를 끌고 밭으로 나가다가 풀밭에 쓰러져 있는 소년을 발견했다. 뼈만 앙상하게 남은 몸에 머리가 온통 부스럼투성이인 소년은 누더기를 걸친채 지친 개처럼 풀밭에 몸을 웅크리고 있었다.

농부는 소몰이 채찍 끝으로 소년을 건드려 보았지만, 그 아이는 죽은 듯 꼼짝하지 않았다. 농부는 그 자리에 쭈그리고 앉아 손으로 소년을 다시 흔들어 보았다. 그러나 미동도 하지 않는 것이 아무래도 죽은 것 같았다. 혹시나 싶어 이번에는 발로 찼더니 그제야 소년이 눈을 떴다.

소년은 근심과 슬픔이 가득한 눈으로 농부를 바라보며 얇은 입술을 파르르 떨었다. 농부는 홑이불처럼 가벼운 소년의 몸뚱이를 안아 올려 소 등에 태우고 왔던 길을 되돌아 집으로 돌아갔다.

소는 꼬리를 휘휘 저으며 길가의 풀을 뜯어먹어 가면서 천천히 걸었다. 소 등에 얹힌 소년의 긴 팔은 시든 수세미처럼 축 늘어져 있었다.

농부가 아내에게 말했다.

"길에서 발견했어."

농부의 아내가 다가와 자세히 들여다보면서 말했다.

"아유, 더러워. 내다 버려요!"

농부가 말했다.

"기르면서 좀 더 두고 봅시다."

그들 부부는 깨끗한 물로 소년을 씻어 준 뒤 쌀죽을 먹였다. 그때부터 소년을 양자로 삼고 왕루안이라는 이름까지 지어 주었다. 그때 그의 나이 열두 살이었다.

농부는 가진 돈이 별로 없었기 때문에 계란이나 짚신, 그리고 새끼 돼지 등을 팔아 가며 그를 서당에 보냈다. 하지만 삼 년 후부터는 그마저 그만둘 수밖에 없었다.

소년은 공부를 할 수 있어서 무척 행복했다. 서당 공부 삼 년을 밑천으로 삼아, 혼자서 책을 읽으며 공부를 계속했다. 그렇게 스무 살이 넘자 제법 정치적인 식견을 가진 지식인으로 성장해 고등학교를 졸업한 사람들과 세태를 토론하게까지 되었다. 역사와 문장, 그림에 있어서도 어느 것 하나 빠지지 않았다.

그러던 어느 날, 왕루안이 반바지를 벗어 던진 채 엉덩이를 내놓고 냇가에서 물고기를 잡고 있었다. 그때 마을 촌장이 냇가로 와 쭈그리고 앉으며 말했다.

"물고기는 이제 그만 잡게나. 아이들을 가르치는 게 어떤가?"

왕루안이 허리를 펴고 멍하니 촌장을 바라보았다. 그 순간 그의 손안에 있던 물고기가 미끄러져 도망쳤다.

촌장이 말했다.

"초등학교 선생인 왕투쯔가 이제 그만하겠다며 가 버렸어. 자네가 가서 가르치게."

촌장이 자리를 뜨는 것을 기다렸다가 왕루안은 냇가로 올라왔다. 유난히 눈부신 태양 아래 가슴 가득 큰 뜻을 품은 사람처럼 허리춤에 손을 얹은 채 우뚝 섰다. 한참 걸어가던 촌장이 고개를 돌려 큰 소리로 말했다.

"보기 흉하이. 자넨 이제 선생이야."

그 말을 듣자마자 그는 바지를 찾아 입고 밭이랑을 따라 덩실덩실 춤을 추며 집으로 향했다.

왕루안은 서당에서 공부했기 때문에 학교에서 가르치는 현대식 과목들이 낯설었다. 그중에서도 수학은 도무지 알 길이 없었다.

그는 교단에 서서 학생들을 향해 질문을 던졌다.

"여기서 누가 가장 성적이 좋으냐?"

학생들이 이구동성으로 대답했다.

"우양쯔요."

그가 시커멓게 생긴 녀석을 보며 물었다.

"우양쯔? 우양쯔의 성적이 그렇게 좋아? 못 믿겠는걸. 우양쯔, 오늘은 네가 한번 가르쳐 봐라. 내가 실력을 한번 봐야겠다."

우양쯔가 선생이 되고 왕루안이 학생이 되었다. 수업이 끝날 때가 되면 그는 다시 선생님의 자리로 돌아와 말했다.

"우양쯔, 잘했어. 모두 맞는 말이야."

그는 학생들에게서 배워 다시 학생들을 가르치며 모든 과목을 빠르게 파악해 나갔다. 그는 자신만의 방법으로 열성을 다해 가르쳤다.

몇 년 뒤 삼십여 개 초등학교가 참가한 모의고사에서 그의 학교가 일등을 차지했다. 그는 그해 바로 유마디 초등학교의 교장으로 부임했다.

유마디 초등학교는 모범 초등학교로, 다른 초등학교를 지도할 수 있는 권한을 가지고 있었다. 왕루안 교장 선생님은 갑자기 특별한 사람이 되었다. 그는 마치 칠판지우개로 닦아 버리듯 엉덩이를 까고 냇가에서 물고기나 잡던 과거를 지워 버렸다. 그는 단정하게 옷을 입었고, 엄격하게 말을 했으며, 신중하게 일을 처리하면서 모범 초등학교 교장의 위엄을 갖추어 갔다.

이제 이 마을 사람들은 예전의 그를 거의 기억하지 않게 되었다. 사실 기억하는 사람일수록 더욱더 공경하는 마음을 가질 수밖에 없었다.

왕루안 교장 선생님은 일 년 동안 교장을 지낸 뒤 장래가 촉망되는 학생들이 졸업한 후 더 이상 공부를 계속하지 못하고 의자*를 짊어진 채 집으로 돌아가는 광경을 지켜보았다.

그때 그는 의미 있는 일을 해야겠다고 마음먹었다. 중학교를 설립하기로 한 것이었다.

왕루안 교장 선생님은 진 위원회 간부들에게 자신의 생각을 전달했고, 간부들은 그 일을 적극 지지했다. 그는 유마디 진 위원회 간부와 함께 교육청으로 가 중학교 설립을 신청했다. 그러나 교육청은 유마디 진에 중학교를 세울 만한 조건이 충분하지 않다며 허락하지 않았고, 왕루안 교장 선생님과 유마디 진 위원회 간부는 조

의자 중국의 시골 학교에서는 초등학교에 입학할 때 자기가 쓸 의자를 학생이 직접 가져오기도 했다.

건이 충분하다며 떼를 썼다.

　그들은 며칠 동안 현에 머물며 대답을 기다렸지만, 교육청에서
는 여전히 조건이 불충분하다고 했다.

　유마디 진 위원회 간부가 말했다.

　"생각해 보니, 정말로 미비한 점이 많아요. 일단 집으로 돌아가는
것이 좋겠소."

　그러나 왕루안 교장 선생님은 혼자서 현에 남아 유마디 진에 중
학교를 세울 수 있다고 주장했다. 그렇게 십오 일을 허름한 여관에
묵자, 온몸에 이가 득실거렸다. 돈도 다 떨어졌다. 하지만 그는 날마
다 교육청에 찾아가 자신의 뜻을 주장했다.

　그러다가 우연히 유마디 진 사람을 만나자 그 사람에게 부탁을
했다.

　"자네, 유마디 초등학교에 가서 내 말 좀 전해 주게. 배를 준비해
서 6학년 학생들 전원을 태우고 이리로 와 달라고 말이야."

　그다음 날, 왕루안 교장 선생님이 말한 대로 백 명이 넘는 6학년
학생들이 현으로 들어왔다. 그는 강가 높은 곳에 서서 강비탈에 서
있는 학생들을 내려다보며 말했다.

　"너희들 계속 공부하고 싶냐, 여기서 멈추고 싶냐?"

　학생들이 일제히 대답했다.

　"계속 공부하고 싶어요."

　왕루안 교장 선생님이 말했다.

　"그럼 됐다."

　그는 백여 명의 학생들을 이끌고 교육청 앞으로 가서 말했다.

"모두 앉아라."

학생들이 모두 그 자리에 앉았다. 희희낙락하며 낄낄대고 있는 몇몇 학생들을 쳐다보며 왕루안 교장 선생님이 한마디 했다.

"너희들이 초등학교를 졸업하고 더 이상 공부를 계속할 수 없다는 건 정말 가슴 아픈 일이다."

학생들은 왕루안 교장 선생님이 무엇을 말하는지 금세 알아차렸다. 그때부터 처량한 표정을 짓기 시작했다.

낮 동안 외부에서 볼일을 보고 교육청으로 돌아오던 교육청장의 지프차는 앞길이 가로막히고 말았다. 교육청장은 어떻게 된 영문인지 물었다. 운전사가 대답했다.

"땅바닥에 학생들이 앉아 있어요."

교육청장이 차에서 내리며 물었다.

"너희들, 어째서 땅바닥에 앉아 있는 거냐?"

학생들과 함께 앉아 있던 왕루안 교장 선생님이 일어서며 말했다.

"아이들이 공부를 하고 싶어 합니다."

학생들이 일제히 소리쳤다.

"공부하고 싶어요!"

학생들은 하루 종일 굶은 터라 황혼에 얼굴빛이 누렇게 떠 보였다. 교육청장이 사정을 듣고 나서 큰 소리로 말했다.

"누가 유마디 진에 중학교를 설립하는 데 문제가 있다고 했어?"

그는 교육청 지도부장을 불러들인 후 당장 유마디 중학교 설립을 허가하라고 했다. 그러면서 한 가지 제안을 덧붙였다.

"중학교 교장으로 왕루안이 좋겠어."

유마디 진에 중학교를 세우기에는 실제로 부족한 점이 많았다. 교실도 없고, 땅도 없고, 사람도 없고, 돈도 한 푼 없었다. 단지 왕루 안 교장 선생님의 웅대한 포부만 있을 뿐이었다. 그러나 왕루안 교 장 선생님에게는 불가능한 일을 가능하게 만드는 신비한 힘이 있 었다.

왕루안 교장 선생님은 이 기관에는 벽돌을, 저 단체에는 기와와 석회를 달라고 하고, 자신의 월급을 털어 농부 몇 명을 고용해 칠 킬로미터나 떨어진 모래 언덕에서 모래를 파내어 십여 척의 배에 싣고 오게 했다. 그리고 교육청으로 달려가 목재와 돈과 사람 등 학 교를 짓는 데 필요한 것을 공급해 달라고 요청했다. 교육청은 유마 디 진에 있는 허허벌판의 한 부분을 학교 부지로 내주었다.

그해 가을, 그 벌판 위에 빨간 기와 건물이 들어서기 시작했다. 큰불이라도 난 것처럼 선명한 빛을 띤 빨간 기와 건물이 삭막한 황 야에 활기를 불어넣었다.

왕루안 교장 선생님은 중세 시대의 영주 같은 눈빛으로 잡초가 무성한 황무지 속으로 들어가 사방을 둘러본 후 측량 기사처럼 입 에 강아지풀을 물고 동에서 서로, 서에서 동으로 자신의 발걸음을 이용해 땅의 넓이를 가늠하며, 마음속으로 그린 학교의 모습을 하 나씩 만들어 가기 시작했다.

주변의 땅이 그가 이뤄 낼 꿈으로 보였다. 유마디 중학교는 이 일 대에서 찾아보기 힘든, 커다란 교정을 갖춘 '완벽한 중학교'로 만들 어질 것이었다.

그는 자신의 계획을 주위 사람들에게 내보이지 않은 채 조용히 준비 작업에 들어갔다. 그는 진 위원회 간부 중에 계획을 방해할 사람들이 몇몇 있다는 것을 알고 있었다. 그래서 진 위원회 회의 서상에서 공식적으로 자신의 제안을 발표하겠다고 했다.

그는 웅대한 포부와 세세한 이론을 내세우며 이성과 감성에 호소했다. 현실 상황을 낭만적으로 표현하며 감성을 자극했다. 그의 말에는 구구절절 틀린 말이 없었다. 간부들은 흥분을 가라앉히지 못하고 정신 나간 듯 '자자손손 부자가 될' 거대한 환상을 품었다. 그들은 그 자리에서 엄청나게 넓은 황무지를 유마디 중학교에 기부할 결심을 하고 말았다.

다음 날 왕루안 교장 선생님은 나무 말뚝과 철사줄을 들고 선생님과 학생들을 이끌고 넓은 황무지에 울타리를 치기 시작했다. 그 땅은 비록 황무지였지만 마을 주민들은 그 땅을 분할해 나누어 가지고 여러 가지 채소를 일구고 있었다. 어떤 이들은 그 땅을 묘지로 삼기도 했다. 그 땅 주변에 살고 있던 농민들이 마음대로 그 땅을 차지해 사용하고 있었던 것이다.

"왕루안이 울타리를 치고 있다!"

그 소식은 순식간에 퍼져 나가 땅을 차지했던 사람들이 득달같이 달려왔다. 왕루안 교장 선생님은 선생님들과 학생들에게 아무 말도 하지 말라는 명령을 내리고 입을 꽉 다문 채 묵묵히 땅에 말뚝을 박거나 철사줄을 쳤다. 말뚝을 박고 철사줄을 치는 일이 다 끝나자 그 넓은 황무지가 모두 울타리 안으로 들어갔다.

왕루안 교장 선생님이 말했다.

"이제 이곳은 유마디 중학교 땅이다. 이 안에 있는 것 중에서 유마디 중학교 것이 아닌 것은 몽땅 뽑아 버려."

그렇게 채소나 콩, 순무 같은 작물들을 닥치는 대로 끌어당기고 나무 말뚝도 모두 뽑아 버렸다. 그것은 지금까지 농작물을 일구며 가졌던 사람들의 소망과 동경, 그리고 땅을 일구는 재미를 짓밟아 버린 행위였다. 새파란 새싹들이 공중으로 내던져지고 긴 줄기들이 끊어져 나갔다.

어떤 이가 큰 소리로 물었다.

"누가 너희 맘대로 울타리를 치라고 했어?"

잠시 침묵이 흐른 뒤, 왕루안 교장 선생님이 몸을 돌리며 말했다.

"이건 유마디 진 위원회의 결정입니다!"

사람들은 곧장 진 위원회로 달려갔다. 진 위원회에는 현에서 열린 회의에 참석하느라 어제 진 회의에 참석하지 못했던 간부 하나가 있었다. 사람들의 아우성 소리를 듣고 되물었다.

"왕루안이 울타리를 친다고? 그 땅을 유마디 중학교에 줬다고? 나는 금시초문인데."

사람들이 다시 황무지로 돌아왔다.

그들이 왕루안 교장 선생님을 향해 소리쳤다.

"함부로 채소를 뽑는 놈이 있으면, 내가 그놈의 머리털을 죄다 뽑아 놓을 테다!"

"넝쿨을 끊기만 해 봐. 내가 그놈의 모가지를 분질러 놓고 말 테니……."

왕루안 교장 선생님이 말했다.

"이곳은 당신들을 위해 중학교를 지을 곳입니다!"

사람들 속에서 고함 소리가 터져 나왔다.

"우린 중학교 따윈 필요 없어! 애들은 자기 이름만 쓸 줄 알면 되는 거야!"

왕루안 교장 선생님이 삽을 짚고 서서 탄식했다.

"무식하구나!"

사람들이 대답했다.

"그래! 우리 무식하다, 무식해!"

왕루안 교장 선생님이 고개를 흔들며 군중에게서 몸을 돌린 채 교사와 학생들에게 말했다.

"뽑아 버려! 모두 잡아당기고 끊어 버려!"

누군가 소리쳤다.

"싸우자!"

사람들이 울타리 안으로 밀려오자 교사들과 학생들은 마치 총을 들 듯이 공구를 하나씩 들고 결연한 표정으로 마주 섰다. 그 기세에 사람들이 한발 뒤로 물러서서 집으로 돌아갔다. 하지만 얼마 지나지 않아 다시 한곳에 모였다. 이번에는 각자 집에서 가져온 무기들이 손에 들려 있었다.

황무지 혈투는 이렇게 시작되었다.

교사와 학생들은 죽자 사자 저항했지만 수적으로 마을 사람들에게 훨씬 못 미쳤다. 그들은 마을 사람들에게 맞아 하나씩 땅으로 쓰러졌다. 어떤 이는 배를 짓밟혔고, 어떤 이는 팔이 꺾이고 무릎이 짓눌린 채 공구를 빼앗겼다.

왕루안 교장 선생님은 교사와 학생을 보호하기 위해 죽을힘을 다해 싸웠기에 상처를 가장 심하게 입었다. 그는 젊은 농촌 총각에게 허리를 차여 휘청거리다가 땅에 쓰러지고 말았다. 그 고통이 얼마나 극심한지 자기도 모르게 입을 악물었다.

"그래, 우리는 무식하다!"

마을 사람들은 이 말을 되뇌며 학생들 손에서 뺏은 공구를 집어 들고 황무지를 떠났다. 왕루안 교장 선생님은 교사와 학생들에게 그만 돌아가라고 이르고, 자신은 그 자리에서 조금 쉬다가 돌아가겠다고 했다. 교사와 학생들이 하나둘씩 돌아갔다.

왕루안 교장 선생님은 풀밭에 누워 하늘을 올려다보았다. 때는 마침 가을이라 높은 하늘에 엷은 구름이 흘러가고 있었다. 그는 자신이 빌어먹던 어린 시절의 처량함과 오랜 세월 동안 고군분투하며 살아온 날들을 떠올리며 눈물을 흘렸다. 그는 통증을 참으며 일어나 앉았다.

주위에는 아무도 보이지 않았다. 그의 눈앞에 잡초만이 흔들거리고 있었다. 그는 마치 수많은 사냥꾼들이 휩쓸고 지나간 들판에 상처 입고 홀로 남은 토끼처럼 주변을 두리번거렸다. 그러나 그의 마음속에서는 이리처럼 으르렁거리는 소리가 울렸다.

'이 땅은 내 거야!'

그는 이마 가득 땀방울이 맺힌 채 일어서서 황무지를 바라보고 또 바라보았다.

이튿날 왕루안 교장 선생님은 헌 문짝 위에 자신의 몸을 싣고 건장한 학생 몇 명에게 들게 했다. 그러고는 교사들과 학생들 오륙십 명을 이끌고 조용하고도 엄숙한 시위를 시작했다. 입을 다문 채 천천히 걷고 있는 그들의 얼굴은 굳어 있었다. 그들은 동에서 서로, 서에서 동으로 끝없이 걸었다.

왕루안 교장 선생님은 깊은 가을밤처럼 고요하게 문짝 위에 누워 있었다. 그의 눈앞에는 끝없이 펼쳐진 광활한 하늘만 있을 뿐이었다. 장례를 치르는 듯한 행렬은 무식한 사람들의 의식을 일깨웠다. 소리 없는 행렬은 천년을 이어 온 고목이 태풍의 습격을 받은 것처럼 유마디 진 사람들의 관념을 와르르 무너뜨렸다.

황혼이 질 무렵, 학생들로부터 공구를 빼앗아 갔던 사람들이 거리로 나와 하늘을 향해 소리쳤다.

"누구든지 그 땅을 건드리기만 해 봐. 그놈이 바로 왕빠딴*이다!"

왕루안 교장 선생님은 비록 좌골 신경통에 걸리고 말았지만, 마침내 꿈을 실현시킬 수 있게 되었다.

그는 교사들과 학생들을 이끌고 큰길을 닦고, 운동장을 만들고, 나무를 심고, 연못을 파고, 물길을 만들었다. 여기저기 뛰어다니며 자금을 모으고, 한 동 한 동씩 건물을 지었다. 낮부터 밤까지 그는 그 땅 위를 걷고 또 걸었다.

왕루안 교장 선생님은 현 공원에 있는 오동나무에 반한 나머지, 덩치 큰 학생들을 데리고 공원으로 잠입했다. 학생들은 나무에 올라가 접목하기 좋은 가지들을 골라 잘라 냈다. 그들이 막 큰길로 나섰을 때 그만 공원 경비원에게 발각되고 말았다.

왕루안 교장 선생님은 학생들을 이끌고 도망치면서도 작은 나뭇

왕빠딴 '딴'은 '동물의 알' 또는 '새끼'를 뜻하는 말인데, 왕빠딴은 중국에서 흔히 욕설로 쓰인다.

가지를 하나도 놓치지 않았다. 무거운 짐을 짊어진 채 다리를 건너고 물을 건넜다. 쫓던 무리들이 떨어져 나간 뒤, 그는 나무 아래 주저앉으며 욱 하고 시뻘건 피를 토했다.

교실과 기숙사 앞의 오동나무는 황무지였던 그곳에 짙은 그늘을 만들어 주었다.

왕루안 교장 선생님은 올곧은 교육가와 인색한 자린고비라는 두 가지 역할을 완벽하게 연출해 냈다.

해마다 수확철이 되면, 왕루안 교장 선생님의 눈은 반질반질해진 압정 머리처럼 반짝반짝 빛났다. 그는 고추 한 개도 소홀히 하는 법이 없었다. 그는 연못가를 빙빙 돌며 누가 연뿌리 한 토막이라도 훔쳐 먹지 않나 감시했으며, 만일 그런 학생이 발각되면 용서하지 않았다.

또한 유마디 진 사람들과 학교 안의 학생들, 교사들에게 웃지 못할 규율 하나가 있었는데, 그것은 바로 학교를 나가기 전에 반드시 화장실에서 용변을 본 후 집으로 돌아가야 한다는 것이었다.

그는 돈을 벌려고 갖은 애를 썼으며, 그 돈으로 학교 설비를 사들였다. 교사들에게는 인심을 후하게 써서 편안히 생활할 수 있도록 배려해 주었다. 유마디 중·고등학교의 편안한 교정은 수준 높은 교사들에게 인기가 있었다. 매년 몇몇 학생들을 대학에 보냈으며, 심지어는 명문 대학에까지 입학시켰다. 유마디 중학교의 교무실에는 상장과 우승기가 넘쳐났다.

왕루안 교장 선생님은 유마디 일대에서 명성을 떨치는 인물이 되었다.

진에 사는 어느 집안에 혼사가 있어 손님을 초대하게 되면, 진 위원회 간부와 함께 반드시 왕루안 교장 선생님이 초대되었다. 이 나을에서는 겨울에 여물이 부족해 소가 쓰러지면 소고기를 다 같이 나눠 먹었는데, 우족 네 개는 반드시 덕망 있는 인사에게 보내는 풍습이 있었다. 왕루안 교장 선생님은 언제나 우족을 얻었다.

2

그해 가을로 접어들자, 왕루안 교장 선생님의 좌골 신경통이 또 도졌다. 그는 언제나 뒤틀린 자세로 걸어 다녔는데, 몇 걸음 걷고는 나무에 기대어 한참씩 쉬곤 했다.

그는 그 몸으로 움막집에서 쉬기는커녕 학교 안을 돌아보거나 무릎을 꿇고 앉아 나무와 꽃들을 돌보았다. 통증 때문에 뱉어 내는 신음 소리는 마치 창 소리 같았다. 고통스럽고 애달프기 그지없는 읊조림이 극에 달했을 때는 온 하늘과 땅이 캄캄해지는 듯 듣는 사람도 슬픔에 빠졌다.

사람들의 기척이 있으면 왕루안 교장 선생님이 짐짓 소리를 낮췄지만, 그것이 고통을 억제하는 소리라는 걸 모르는 사람이 없었다. 그 소리는 낮았다 높았다 하는 곡조가 되었는데, 마치 깊은 나락으로 떨어지다가 다시 하늘 높이 날아오르는 것 같았다. 소리가 높아질수록 얼마나 강한 인내로 고통을 참아 내고 있는지를 느끼게 했다.

밤이 이슥해질 무렵이면 유마디 고등학교의 모든 사람들은 조그만 움막집에서 흘러오는 신음 소리를 들을 수 있었다. 그 신음 소리는 밤공기의 평화를 가르고 들려와 견딜 수 없는 고통으로 몰아넣기 일쑤였다. 마치 최후의 신음 소리 같았다.

그 신음 소리는 붓을 쥔 왕치한 교장 선생님의 손에서 힘을 빼앗아 가 한 글자도 써 나갈 수 없게 만들었다. 왕치한 교장 선생님은 마치 표류하는 배에 앉아 뚫린 구멍을 막듯이 모든 창문과 출입문을 닫아걸었다.

가을이 깊어지자 왕루안 교장 선생님은 낙엽이 떨어지듯 쇠락해 갔다. 그는 언제나 강가에 서서 눈을 가늘게 뜨고 해가 떨어지는 광경을 바라보았다. 그에게서 황량한 노년의 길로 접어든 징후가 보이기 시작했고, 심리 상태도 인생의 막다른 길에 다다른 듯했다.

그러나 그의 눈 속에는 강렬한 결의가 선연하게 뿜어 나오고 있었다. 그의 나이가 벌써 육십줄에 접어들고 있었기에 다시 한 번 천하를 거머쥘 시간이 얼마 남지 않았던 것이다.

어느 날 밤, 그의 신음 소리가 우리의 마음을 후벼 팠다.

나는 왕치한 교장 선생님에게 개인적인 원한을 가지고 있었다. 까만 기와 입학 명단에 내 이름이 누락된 것도 따지고 보면 왕치한 교장 선생님의 모함 때문이었다.

타오훼이의 아버지인 타오궈즈가 학교에 예방 주사를 놓으러 왔을 때, 왕치한 교장 선생님이 그에게 타오훼이와 나에 대해 농담을 했다. 그 일로 타오훼이가 타오궈즈에게 혼이 났다. 사오지펑 선생님이 내 글 솜씨를 칭찬하자, 왕치한 교장 선생님은 내 작문 공책을 가져오라고 해서 읽어 보고는 한마디 말도 없이 돌려주었다.

나는 왕치한 교장 선생님이 왜 나를 미워하는지 도대체 알 수가 없었다.

나는 왕루안 선생님의 신음 소리를 듣고 잠에서 깨어났다. 나는 침대에 누운 채 날이 샐 때까지 그 신음 소리를 들어야 했다.

다음 날, 날이 밝자마자 마수이칭에게 말했다.

"그 거지 모녀를 꼭 찾아와야겠어!"

마수이칭이 거울에 비추던 얼굴을 내게로 돌리며 말했다.

"지금에야 그런 생각이 들었나?"

그는 서랍을 열고 빳빳한 봉투에서 누렇게 색이 바란 큰 사진 한 장을 꺼냈다.

"이건 사오지펑 선생님의 책상 유리 밑에 깔려 있던 사진이야. 여기 두 여자의 얼굴이 보이지? 바로 그 거지 모녀야. 사오지펑 선생님이 그러는데, 두 사람은 사진을 같이 찍으려고 하지 않았는데 학생들이 끌고 와서 할 수 없이 같이 찍은 거래."

3

그 시절은 탐정 수사가 유행하던 때였다. 100위안을 받고 수백 킬로미터를 돌아다니며 어떤 사람, 혹은 어떤 일에 대해 새로운 정보를 캐내기도 했는데, 심지어 죽음의 궁지에 몰린 사람도 살려 낼 수 있었다. 불결하기 그지없는 조그만 여관방에 누워서도, 끽끽거리는 자전거에 앉아서도 자신이 대단한 스파이나 세상을 구할 영웅이라도 된 것마냥 흥분했다. 그 시절 방방곡곡에는 어디론가 파견되는 탐정들로 넘쳐났다.

우리의 이번 탐문은 다분히 개인적인 일이었지만, 규모만큼은 나랏일 못지않았다. 나와 마수이칭이 조용히 여기저기 도움을 구하자 십여 명이 자원해 왔고, 다들 스스로 여비까지 준비해 가며 탐문 수사에 합세했다.

"왕루안 교장 선생님이 끙끙거리는 소리는 정말 못 참겠어!"

우리는 그 모녀의 말 속에 탕리 사투리가 섞여 있었다는 정보를 입수했다. 탕리는 유마디 진에서 약 팔십 킬로미터 떨어진 갈대밭 지역이었다. 그 먼 곳까지 가서 탕리 마을을 샅샅이 뒤져 모녀를 찾아내기란 결코 쉽지 않았다.

우리 십여 명은 왕치한 교장 선생님의 시선을 피해 학교 뒤쪽 숲에서 몰래 몇 차례 회의를 열었다. 우리는 진의 사진관에서 사오지펑 선생님에게 받은 사진을 몇 장 더 만들었다. 그리고 다섯 팀으로 나누어 길을 떠나기로 했다.

어느 날 아침, 우리 십여 명은 홀연히 학교를 떠났다.

나는 자연스럽게 마수이칭과 한 조가 되어 길을 나섰다. 우리가 찾아 나선 곳은 갈대밭 북쪽이었다. 우리는 삼십 킬로미터를 걸어 부두에 도착한 후 여덟 시간가량 배를 타고 황토 계곡이라고 불리는 곳에 도착했다. 굉장히 넓은 갈대밭이었다. 우리는 계속 노를 저어 갈대밭 끝에 다다랐다. 망망한 갈대 사이로 푸른 안개가 자욱하게 피어오르는 것을 보니, 다시는 돌아가지 못할 것 같은 불안감이

들었다.

금방 날이 저무는 바람에, 우리는 조그만 여관에 들었다. 집에서 가져간 마른 양식을 꺼내 먹었다. 여관은 더럽고 습했다. 이불과 베개에서 무수한 사람들의 복잡한 체취가 뒤섞여 풍겨 나왔다. 그곳에서는 도저히 잠들 수가 없었다. 우리는 옷을 입은 채로 이불을 덮었다.

마수이칭이 타오훼이 얘기를 또 꺼냈다.

"걔한테 편지를 써. 내가 전해 줄게."

"잡놈!"

마수이칭이 계속 지껄였다.

"타오훼이가 고등학생이 되더니 가슴이 커졌더라."

"뻔뻔한 놈!"

그는 아랑곳하지 않고 말했다.

"정말 커졌어!"

그는 마치 타오훼이가 자기 앞에 서 있기라도 한 것처럼 앞을 바라보고 있었다. 나는 등불을 훅 불어 껐다. 그러나 눈앞에 타오훼이가 어른거려 잠들지 못하고 내내 뒤척였다. 마수이칭의 침대가 삐걱거렸다.

내가 물었다.

"무슨 생각해?"

"우리 집 정원에 있는 감나무 두 그루."

날이 밝자마자, 우리는 사진을 들고 거리로 나가 지나가는 사람들에게 모녀에 대해 물어보았다. 하지만 모두들 고개를 저으며 모른다고 했다. 그렇게 하루 종일 헤매 다니자 피곤에 지쳐 녹초가 되었다. 여염집의 방 하나를 빌려 하룻밤을 자고 나서야 다시 맑은 정신으로 돌아왔다. 우리는 다시 탐문을 시작했다.

갈대밭 지역에는 여염집이 적은 데다, 그나마도 서로 멀리 떨어져 있었다. 사흘째 되던 날은 거의 사 킬로미터를 걸었는데도 마을이 나타나지 않았다. 우리는 어쩔 수 없이 갈대더미 아래에서 마른 갈대풀을 덮고 밤을 보냈다.

날이 밝은 후, 우리는 삼 킬로미터를 더 걷고 나서야 작은 마을을 발견했다. 우리는 먼저 허름한 식당을 찾아가 밥을 배불리 먹은 다음, 한 집 한 집 문을 두드리며 탐문을 했다. 그런데 턱에 큰 흉터가 있는 남자가 우리의 손에서 사진을 낚아채 뚫어져라 쳐다보더니, 두 모녀가 삼삼하게 생겼다며 침을 흘렸다. 나는 그 사내가 사진에 혀를 대고 핥을까 봐 재빨리 사진을 낚아챈 후 마수이칭을 끌고 그 자리를 떴다.

그 사내가 쫓아오지 않는 걸 확인하고, 다리 위에 앉아 사진을 찬찬히 들여다보니 정말로 모녀의 얼굴이 꽤나 예뻤다. 특히 딸은 상당한 미인이었다. 눈을 약간 위로 치켜뜬 채 수줍어하는 표정이 아주 매력적이었다. 그제야 어째서 그 모녀가 그런 소문에 휩싸이게 되었는지 알 듯했다.

닷새째 되던 날에는 배를 타고 이동을 했다. 그런데 그만 강도를 만나고 말았다. 그 강도는 마치 돈을 함부로 쓰는 아이들을 단속하는 말투로 말했다.

"가진 돈, 다 내놔!"

마수이칭과 나는 강도의 게슴츠레한 눈을 바라보며 부들부들 떨었다. 우리는 주머니에 있는 것들을 모두 꺼내 놓았다. 호주머니가 혓바닥처럼 옷 밖으로 나왔다.

"손에 들고 있는 건 뭐야?"

강도가 물었다.

"사진이에요."

내가 대답했다.

그가 새까만 손을 내밀었다. 나는 사진을 재빨리 그에게 넘겨주었다. 강도가 그 사진을 뚫어져라 바라보더니 소녀를 손가락으로 짚으며 말했다.

"이 여자애는 쓸 만하군."

그러고는 사진을 강 위로 휙 던져 버렸다. 때마침 강 위로 불고 있던 바람을 타고 사진이 공중으로 날아오르더니 이내 자취를 감추었다.

이윽고 우리가 탄 배가 강기슭에 다다랐다. 강도는 우리를 향해 고개를 몇 번 끄덕인 뒤 제 갈 길을 갔다.

마수이칭이 말했다.

"사진이 없어졌으니까 그만 학교로 돌아가야겠다."

내가 말했다.

"어떡해? 여비마저 다 털렸는데."

마수이칭이 물가로 가서 손을 씻으며 말했다.

"그 강도가 얼굴을 돌리는 틈에 팬티 속에 몇 푼 숨겨 뒀어."

이틀 후, 우리는 학교로 돌아왔다. 다른 길로 떠났던 두 팀도 아무런 소득 없이 돌아와 있었다.

우리는 교정에서 우연히 왕루안 교장 선생님을 만났다. 나무에 기대어 쉬고 있었다. 왕루안 교장 선생님의 손에는 전지가위가 들려 있었고, 발아래에는 잘려 나간 나뭇가지와 낙엽이 쌓여 있었다. 그는 손으로 이마의 식은땀을 닦아 내며 물었다.

"린빙, 네 녀석들 며칠 동안 어디 갔었냐? 너희들 기숙사에 일주일이나 불이 꺼져 있더구나."

마수이칭이 대답했다.

"저희 집에 놀러 갔었어요."

"그렇게 놀기만 하면 쓰냐? 공부를 해야지. 언제까지나 지금처럼 학교에 있을 줄 아니?"

내가 말했다.

"이제 그만 놀 거예요."

"그럼 됐다."

우리는 열댓 걸음을 걷다가 뒤돌아서서 그를 바라보았다. 갑자기 마음이 싸하게 쓰려 왔다.

'왕루안 교장 선생님, 당신은 아마도 영원히 지옥에 머물 수밖에 없을 것 같군요.'

다음 날 나와 마수이칭은 까만 기와의 복도에서 햇볕을 쬐며 나머지 두 팀을 기다리고 있었다. 셰바이싼과 다른 친구 하나가 걸어오는 게 보였다. 그리고 그들 뒤로 두 여자가 따라오고 있었다.

내가 소리를 질렀다.

"찾았구나!"

우리는 그들을 향해 달려갔다. 가까이 다가가서 보니, 그사이에 니이기 조금 들었을 뿐 시진 속 모습 그대로였다.

온몸에 흙먼지를 뒤집어쓴 셰바이싼이 쉴 새 없이 땀을 닦아 내며 말했다.

"모든 것이 밝혀졌어! 모든 것이 밝혀졌어!"

마수이칭이 말했다.

"우선 밖으로 나가자."

우리는 두 사람을 진의 작은 여관에 머무르게 했다. 모녀는 그날의 이야기를 우리에게 들려주었다.

"그날 밤 왕치한 교감이 우리를 불러 놓고 말했어요. '당신들은 당장 짐을 싸서 떠나도록 하시오. 만약 지금 가지 않는다면 왕루안 교장에게 큰 화가 미칠 겁니다. 지금 학교가 온통 그 소문으로 시끄러워요.' 그 말을 듣고 우리는 더 이상 머무를 수 없었어요. 배은망덕도 유분수지. 은혜에 보답도 못 했는데! 그날 밤, 우리는 짐을 꾸려 날이 채 밝기도 전에 학교를 떠났지요. 우리는 수백 킬로미터를 걸어서 고향에 도착한 뒤, 다시는 마을 밖으로 나오지 않았어요. 왕루안 교장 선생님에게 피해가 갈까 봐 두려웠어요. 우리가 떠난 다음에 왕루안 교장 선생님이 누명을 쓰게 될 줄은 정말 꿈에도 생각하지 못했어요. 어쩌면 그렇게 미련했을까요?"

나와 마수이칭은 그날 밤에 대자보를 썼다. 제목은 내가 정했다. 조금 과장해서 '천년의 원통함'이라고 했다. 우리는 유마디 진의 큰길에 대자보를 붙였다.

4

교육청에서 나온 사람들과 진의 교육부 간부들이 팀을 꾸려 당시의 일을 처음부터 다시 조사하기 시작했다. 두 사람이 진술서에 손도장을 찍은 다음 날, 왕루안 교장 선생님은 드디어 지옥에서 빠져나왔다.

왕치한 교장 선생님은 탄원서를 사방팔방에 제출하며, 그때 모녀를 쫓아 보낸 것은 왕루안 교장 선생님을 위해서였다고 주장했다. 하지만 그 변명은 아무에게도 먹혀들지 않았다. 그 말을 믿는 사람은 아무도 없었다.

왕치한 교장 선생님의 꼴이 순식간에 초라해졌다. 그는 교육청에 전근 신청을 했다.

왕루안 교장 선생님이 말했다.

"떠난다고? 엉덩이에 덕지덕지 오물을 묻힌 채?"

교육청 직원이 물었다.

"왕치한 교장에게 무슨 잘못이라도 있습니까?"

왕루안 교장 선생님이 말했다.

"급할 게 뭐가 있습니까? 난 움막집에서 육 년을 기다리면서도 한 번도 초조해 본 적이 없었는데. 시간이 흐르면 당신들도 자연히 알게 될 겁니다. 우선 내가 이 학교를 제대로 정리할 때까지만 기다리세요. 왕치한이 단정했던 학교를 엉망으로 만들어 놓았으니!"

왕치한 교장 선생님은 발이 묶인 채 학교에 그대로 머물러 있어야 했다.

왕루안 교장 선생님은 하루아침에 완전히 다른 사람으로 바뀌었다. 그는 쉬이룽의 이발소에서 이발을 한 뒤 수염을 깎고 깨끗이 목욕을 했다. 빳빳한 감색 중산복으로 갈아입은 왕루안 교장 선생님은 모진 풍파를 겪고도 바람 앞에 꿈쩍도 하지 않는 대장부의 모습으로 변신했다. 허리도 제법 반듯해진 듯했다.

그는 천년의 치욕을 씻어 내듯 교장실을 세 번이나 새로 칠하게 했다. 그런 다음 책상과 의자, 그리도 단 위에 꽂힌 깃발과 갖가지 상패 등 모든 물건들을 옛 모습 그대로 놓으라고 말했다.

그는 열댓 명의 학생들을 이끌고 학교를 몇 바퀴씩 돌며 왕치한 선생님이 남겨둔 흔적을 모두 지워 나갔다. 그는 전교생을 동원해 사흘 내내 교정을 쓸고 닦았다. 학교 안은 물통과 세숫대야로 넘쳐났고, 여기저기에서 물로 씻어 내리는 소리가 들려왔다. 햇빛이 쨍하고 비치자 교정은 생명이 넘쳐흐르는 모습으로 탈바꿈했다.

왕루안 교장 선생님는 전교생을 운동장에 소집시킨 뒤 연설을 했다.

"학교는 공부를 하는 곳입니다. 소나 풀어 놓는 들판이 아닙니다. 지금부터 선생님들은 수업 준비를 철저히 하고 학생들은 수업에 성실하게 임해야 합니다. 무단결석 따위는 절대로 허용하지 않겠습니다. 이 일로 문제가 발생하면 나, 왕루안은 목숨을 내놓겠습니다!"

누군가 왕루안 교장 선생님이 살던 강가의 움막집이 너무 낡았으니 철거해 버리는 게 어떻겠냐고 물었다.

왕루안 교장 선생님이 대답했다.

"잠시 그대로 두시오."

연설이 끝난 후, 왕루안 교장 선생님은 교문 앞으로 가 학교 팻말을 쳐다보며 말했다.

"왕치한이 마오쩌둥 주석의 멋진 필체를 완전히 망쳐 놓았군."

왕루안 교장 선생님은 즉각 팻말을 내리게 했다. 이틀 뒤, 그는 직접 학교 이름을 썼다. 공이 들어간 그 필체에는 거만하지도 가볍지도 않은 장중한 기운이 넘쳐흘렀다.

학교가 깔끔하게 정리되자, 그는 여유 있게 왕치한 선생님의 '오물'에 대해 거론하기 시작했다. 그는 신문으로 겉표지를 싼 두꺼운 공책을 꺼냈다. 그 공책에는 육 년 동안의 학교 살림에 대한 재무제표가 기록되어 있었다. 수백 위안에서 작게는 몇 자오에 이르기까지 꼼꼼하게 적혀 있었다.

그는 현과 진의 간부들을 불러 놓고 왕치한 선생님의 목줄을 조이듯 하나씩 보고해 나가기 시작했다.

"1965년 봄 학기 당시, 왕치한은 학생들에게 학비로 50자오씩 더 내라고 했소. 학비를 거둔 후에는 학생들에게 영수증도 발급하지 않았고 장부에 기재하지도 않은 채 모두 자기 호주머니에 챙겼지. 그리고 교장 활동 경비로 쓴다고 했소. 그 당시에는 중·고등학생 모두 합해서 637명이 있었는데, 그중 두 아이는 돈을 내지 않았으니까 635명이 50자오씩 총 317위안 50자오였소.

1965년 7월, 동쪽 경작지 다섯 마지기 땅에서 고추를 187킬로그램을 수확했고, 서쪽 경작지 네 마지기 땅에서 133킬로그램의 고추를 더 수확해 그것들을 1123위안에 팔았소. 그런데 장부에는 1100

위안만 기록하고 23위안은 교사들의 야식비라는 명목으로 빼서 챙겼소. 그러나 그 23위안은 교사들의 야식비로 쓰이지 않았소.

1965년 8월 22일, 학교의 연근을 팔 때는 진의 왕 부국장이 3킬로그램을 사자 돈을 내지 말라며 당신이 대신 계산하겠다고 말했소. 그러나 왕치한은 그 돈을 지불하지 않았지. 그 당시의 돈으로 환산해 보자면 1킬로그램에 45자오이었으니까, 3킬로그램이면 합계가 1위안 35자오지. 같은 해 8월 23일, 왕치한의 집에 손님이 찾아왔을 때, 부인이 학교에서 연근을 1킬로그램 가져가고도 한 푼도 돈을 내지 않았소. 그게 45자오구려……."

왕루안 교장 선생님이 기록을 하나씩 세세하게 열거해 나가자, 왕치한 교장 선생님은 식은땀을 콩죽같이 흘리며 파랗게 질린 입술을 부들부들 떨었다.

왕루안 교장 선생님은 얼굴색 하나 변하지 않고 장부를 읽어 내려갔다. 마치 주문을 외우듯 어둠이 내리는 시간까지도 계속해서 읽었다.

왕치한 교장 선생님은 격리 심사에 들어갔다. 사실 그가 할 수 있는 일은 거의 없었다. 이제는 전근을 하느냐 마느냐 하는 문제가 아니라, 공직을 계속 유지할 수 있느냐 없느냐 하는 심각한 문제만 남아 있었다.

보름쯤 지났을 때, 왕치한 교장 선생님이 갑자기 확신에 찬 태도로 자료에 있는 모든 사실을 부정하고 나섰다. 인정하지 않은 항목이 팔십 퍼센트를 넘었다. 누군가의 조언을 받은 것 같았다. 왕치한 교장 선생님이 억울하다는 듯 조사팀에게 항의했다.

"왕루안이 날 함정에 빠뜨리려고 모함하는 것입니다!"

사실 이 사건의 증거는 왕루안 교장 선생님이 가지고 있는 공책 밖에 없었다. 조사팀이 왕루안 교장 선생님에게 상황을 보고하며 물었다.

"증인이 없으면 곤란한데 어떻게 하면 좋죠?"

왕루안 교장 선생님이 말했다.

"증인? 있소!"

그날 백곰보가 갑자기 교무실에 나타났다. 그러고는 조사팀에게 큰 소리로 말했다.

"왕루안 교장 선생님이 기록한 내역은 모두 사실입니다. 나는 학교의 허드렛일까지 도맡아 하고 있었기 때문에 왕치한이 공금을 횡령한 사실을 다 알고 있었습니다."

조사팀이 백곰보를 향해 물었다.

"증명할 수 있겠어?"

백곰보가 말했다.

"그럼요, 당연하지요."

백곰보의 '당연하다'는 말 한마디에 왕치한 교장 선생님은 그대로 지옥으로 떨어졌다.

보름 뒤 백곰보는 다시 학교로 돌아와 수업 종을 울리고 밥을 하는 등 예전에 하던 일을 계속했다. 그때는 이미 스챠오완이 학교를 떠난 지 일 년이나 지난 뒤였다. 스챠오완의 남편 쑤펑은 교육청에서 세력을 잃고 일반 공무원으로 밀려나 있었다.

그날 백곰보는 종을 치면서 나와 마수이칭에게 한마디 했다.

"쳇! 왕치한 그 인간, 쑤펑이 날 해고하라고 했을 때 찍소리도 못 했지!"

5

왕치한 교장 선생님은 눈에 띄게 늙어 갔다. 갑작스런 생활의 변화는 수명을 단축시키는 모양이었다. 예전에 꼭 끼게 입었던 중산복이 헐렁해지고, 광대뼈는 툭 튀어나오고, 양 볼은 푹 꺼지고, 눈썹은 더 길어 보여서 더욱 초췌해 보였다. 그는 공직에서 쫓겨날 뻔했지만, 다행히 교육청 간부로 있던 대학 동창생이 힘써 준 덕에 공직만은 지킬 수 있었다. 그렇다고 다른 학교로 전근을 가지도 못했다.

왕루안 교장 선생님이 말했다.

"간다고? 좋아. 그러나 학교의 빚은 다 갚고 가야지."

왕치한 교장 선생님은 사람들을 붙잡고 하소연했다.

"난 그렇게 많은 돈을 빼돌리지 않았습니다."

그러나 모든 항목이 재무제표에 일일이 기록되어 있었다. 그는 입에 거품을 물면서 부정했지만, 결국에는 모든 것을 인정하고 말았다. 비록 그렇게 공직을 유지할 수 있게는 되었지만, 교직을 맡을 수는 없었다. 교감 선생님은 그에게 움막에 있는 공구와 화장실을 관리하면서 백곰보의 지시에 따르라고 통보했다.

두 달 정도 흘렀을까? 왕치한 교장 선생님이 새로운 환경에 적응해 갈 무렵이었다. 왕루안 교장 선생님이 교감 선생님에게 일러 왕치한 교장 선생님이 교정 안에 지어 놓은 사택을 철거하라고 명령했다.

왕치한 교장 선생님은 왕루안 교장 선생님에게 찾아가 사택을 철거하기에는 곤란한 점이 많다고 호소했다.

왕루안 교장 선생님이 말했다.

"왕 형, 한번 생각해 보시오. 개인 가옥이 공공장소에 세워져 있다는 게 말이 되오?"

왕치한 교장 선생님은 대꾸할 말이 없었다. 고개를 숙인 채 교장실에서 나와 집으로 돌아갔다.

그날 밤에 왕치한 교장 선생님이 부인에게 말했다.

"이 집, 철거해야 해."

부인은 잠시 멍해지더니, 몸을 돌리고 울음을 터뜨렸다. 아이들은 무슨 뜻인지도 모르면서 엄마를 따라 울었다.

왕치한 교장 선생님이 말했다.

"이 집을 지은 것 자체가 잘못된 일이야."

부인이 말했다.

"철거하면 우리 식구는 어디에서 살아요? 빚을 갚기도 어려운데 철거하려면 또 돈이 들 거 아니에요? 어디 가서 돈을 구해요?"

왕치한 교장 선생님은 그만 얼이 빠지고 말았다. 하는 수 없이 왕루안 교장 선생님을 찾아가 이렇게 말했다.

"이렇게 하는 게 어떻겠소? 집을 철거하지 말고 집 지은 비용만 쳐서 학교에 팔겠소. 그리고 그 돈으로 내 빚을 갚으면 되지 않겠소?"

왕루안 교장 선생님이 말했다.

"그건 아무래도 곤란하겠죠? 학교 안에 있는 것은 모두 공공건물인데, 당신은 전혀 다른 용도의 개인적인 건물을 지었어요. 교실로 쓸 수 있겠소? 턱도 없지요. 기숙사로 쓸 수 있겠소? 그것도 말이 안 돼요. 사무실로 쓸 수 있겠소? 더더구나 안 될 말이오. 학교에 남겨둬 봤자 아무짝에도 쓸모가 없을 것이오. 학교도 어쩔 수 없다는 걸 이해해 주시오."

왕치한 교장 선생님은 한마디 대꾸도 하지 못하고 집으로 돌아갔다. 가옥을 철거하는 날, 그는 학교에 알리지 않은 채 사촌들 몇몇과 처남 둘, 그리고 기와장이 둘만을 동원했다.

그날 아침에 나는 기숙사 문 앞에서 양치질을 하다가 왕치한 교장 선생님의 사택 지붕 위로 올라가는 사람들을 보았다. 날씨가 청명해 지붕 위에 앉아 있는 사람들의 모습이 유난히 눈에 잘 띄었다.

잠시 후, 그들은 천천히 일어나 산등성이를 걷듯이 지붕 위를 걸어 다녔다. 그러고는 뭔가 결정을 내리지 못한 듯 다시 그 자리에 쭈그리고 앉았다. 그때 처마 아래에서 왕치한 교장 선생님이 지붕 위에 있는 사람들을 향해 손을 휘저었다. 거리가 멀어 뭐라고 말하는지 들리지는 않았지만, 손짓으로 보아 아마도 "어서 시작해, 시작해!"라고 말하는 것 같았다. 그제야 두 사람은 기와를 뜯어 내기 시작했다.

나는 입가에 묻은 치약을 수건으로 닦고 기숙사로 돌아와 거울에 얼굴을 비추고 있는 마수이칭에게 말했다.

"왕치한 교장 선생님이 집을 철거하고 있어."

그는 고개도 들지 않고 여전히 거울을 들여다보고 있었다. 그러나 셰바이싼은 내 말을 듣자마자 문 앞으로 가 그쪽을 바라보았다. 셰바이싼의 이마에서 땀이 줄줄 흘러내렸다.

수업 중에는 철거 광경을 볼 수 없었지만, 기왓장이 땅 위로 떨어지는 소리가 쉴 새 없이 들려왔다. 왕치한 교장 선생님의 목소리도 희미하게 들렸다.

"잠깐!"

"어디로 가는 거야?"

"우선 바닥에 쌓아 둬!"

기왓장이 떨어져 깨지는 소리 뒤로 잠깐씩 정적이 흘렀다.

수업이 끝나자 많은 아이들이 복도로 몰려나와 그쪽을 바라보았다. 지붕은 보기 흉한 몰골로 변해 가고 있었다.

그 건물의 지붕은 중국 전통의 화려하기 그지없는 반원형 기와로 덮여 있었다. 울룩불룩 나왔다 들어갔다 하는 모습이 마치 바람에 일렁이는 파도와 같았다.

비가 올 때면 우리는 복도로 나와 빗방울이 떨어지는 그 지붕을 물끄러미 바라보곤 했다. 지붕 위로 하얗게 번져 가는 비안개는 퍽이나 아름다웠다. 흡사 그것은 추운 겨울날 달리기를 하고 난 후 머리 위에서 피어오르는 열기 같기도 했다. 물줄기가 기와 골을 따라 시냇물처럼 흘러 떨어질 때면 물 커튼처럼 직선으로 주르륵 펼쳐졌다. 바람이 세게 불면 그 물 커튼이 마구 흔들렸다.

서구식으로 지어진 빨간 기와나 까만 기와와 어우러지지는 않았지만, 교정에서 아름다운 경관을 만들어 낸 것만은 틀림없었다.

창문에 매달려 보고 있는 학생들 사이에서 챠오안이 물었다.

"누가 그 모녀를 데리고 온 거지?"

수많은 눈초리가 나와 마수이칭, 셰바이싼에게로 쏠렸다.

그때 수업종이 울렸다. 학생들은 아쉽다는 듯 철거되고 있는 건물을 힐끗 쳐다본 뒤 우르르 교실로 들어갔다. 나는 교실로 들어가지 않고 그대로 서 있었다. 마수이칭도 복도 기둥에 기댄 채 그대로 서 있었다.

내가 작은 목소리로 말을 건넸다.

"수업에 들어가지 말자."

마수이칭이 말없이 그 건물 쪽으로 걸어갔다.

왕치한 교장 선생님은 마침 허리를 굽혀 땅에 떨어진 기와를 줍고 있었다. 그의 부인과 아이들은 기왓장을 나르느라 손과 얼굴이 온통 먼지투성이였다. 제일 나이가 어린아이는 마치 꼬마 도깨비 같았다.

발자국 소리를 듣고 왕치한 교장 선생님이 몸을 일으켰다.

"린빙, 마수이칭……."

왕치한 교장 선생님의 얼굴에 긁힌 상처가 나 있었다. 그는 손을 휘저으며 우리를 향해 말했다.

"먼지가 많아. 가까이 오지 마!"

우리는 그 자리에 가만히 서 있었다. 그는 손가락으로 안경을 끌어내리며 물었다.

"너희들, 나한테 볼일이라도 있어 찾아온 거냐?"

우리는 아무 말 없이 기왓장을 나르기 시작했다.

"수업은 어떻게 하고?"

우리는 아무런 대꾸를 하지 않은 채 그의 아이들과 함께 조용히 논두렁 끝으로 기와를 날랐다.

잠시 후, 셰바이싼이 수업을 빼먹고 대여섯 명의 학생들과 함께 다가왔다.

왕치한 교장 선생님이 손에 묻은 검은 먼지를 털며 말했다.

"너희들 모두 수업이 있잖아!"

모두들 아무 말이 없었다.

논밭과 자갈길 위에 기와를 나르는 긴 줄이 생겼다. 모두 일정한 간격을 두고 서서 기와를 한 장씩 전달해 논두렁 끝까지 보냈다. 우리는 기왓장에 흠집이 생기지 않게 조심조심 옮겼다. 그러나 기왓장이 논두렁 끝에 다다랐을 때는 대부분 흠이 생기거나 깨져 버려 절반 정도만 멀쩡했다.

왕치한 교장 선생님은 한쪽으로 가더니 벽돌 몇 개를 고여 놓고 그 위에 쇠솥을 올렸다. 그리고 지붕에서 끌어내린 갈대 짚에 불을 붙여 물을 끓였다. 불이 꺼질라치면 고개를 숙여 입으로 바람을 훅 불었고, 불이 확 붙으면 뒤로 몸을 젖히며 일어섰다. 불빛에 붉게 물든 얼굴이 무척이나 건강해 보였다.

얼마 뒤 물이 끓자, 그는 탁자 위에 열댓 개의 사발을 늘어놓고 끓인 물을 따르며 잠시 쉬라고 했다. 그러나 아무도 일손을 멈추지 않자 그가 짐짓 크게 소리쳤다.

"물 식는다, 물 식어……."

그제야 다들 일손을 멈추고 물을 한 사발씩 들이켰다. 벌컥벌컥

물을 들이켠 후 사발을 다시 제자리에 놓았을 때, 누구랄 것 없이 모두 하얀 사발 위로 시커먼 손지국들이 찍혔다.

왕치한 교장 선생님은 담배에 불을 붙이고 십여 개의 빈 사발을 바라보며 앉아 있었다.

오후가 되자 지붕이 모두 뜯겨 나가고 사방으로 세워진 담벼락 만이 덩그러니 남았다.

4시쯤 되자 비가 내리기 시작했다.

왕치한 교장 선생님의 부인이 비를 피해 집 안으로 들어가라고 소리쳤다. 그 '집'은 학교 앞 길가에 세워진 삼각형 모양의 초가였 다. 안으로 들어갈 때는 허리를 숙여야 했다. 굴속처럼 어두컴컴한 초가 안에는 임시로 옮겨 놓은 가구들로 꽉 차 있었다. 그 집에 많은 사람들이 들어갈 수가 없어서 우리는 큰 나무 아래로 갔다. 우리는 키 재기를 하듯 나무에 바짝 붙어 섰다.

하늘에서 미친 듯이 비가 쏟아지더니 온 세상이 비안개에 휩싸 였다. 빗속에서 사방으로 뛰어다니는 오리를 모는 사람이 보였다. 소 등 위에 앉아 비를 맞으며 유유히 멀어져 가는 목동도 보였다.

담벼락만 남은 왕치한 교장 선생님의 집은 더욱 을씨년스러워 보였다. 곧 무너져 버릴 담벼락이 마치 왕치한 교장 선생님을 보는 것 같았다.

왕치한 교장 선생님은 까만 낡은 우산을 받쳐 들고 담벼락 밑 진 흙길을 따라 걸어갔다. 그는 비가 갤 때까지 하염없이 그 집을 바라 보았다.

기숙사로 돌아가던 길에 왕루안 교장 선생님과 마주쳤다. 우리가 하나같이 흙먼지투성이인 것을 보고 왕루안 교장 선생님이 물었다.

"너희들, 뭐하고 오는 길이냐?"

내가 대답했다.

"교장 선생님 집 철거하는 걸 도왔어요."

그는 잠시 동안 그대로 있더니 고개를 끄덕이며 말했다.

"그래야지. 내일도 너희가 수고해 줘야겠다. 나도 십여 명을 보내야겠구나."

그렇게 말한 뒤 그는 교무실 밖으로 걸어갔다. 그의 허리는 여전히 틀어져 있었지만, 상체를 곧추세우고 침착하게 걸음을 옮겼다. 그 순간 한 가지 의문이 일었다.

지난날 왕루안 교장 선생님의 고통스런 신음 소리는 과장된 것이었을까?

6

왕치한 교장 선생님은 집을 새로 짓지 않았다. 왕루안 교장 선생님이 백곰보에게 일러 선생님들이 묵는 기숙사 방 두 개를 트게 한 뒤, 왕치한 교장 선생님의 식구들을 거기에 머무르게 했다. 그는 화장실과 공구더미를 관리하는 등의 잡무를 성실하게 수행했다.

반 년 정도 지나자 왕치한 교장 선생님은 다시 살이 찌기 시작했다. 그는 더 이상 고통스럽지도, 스트레스를 받지도 않았으며, 낙담

한 표정을 짓지도 않았다.

왕치한 교장 선생님은 담백하고 평화롭고 진실된 모습으로 변해 갔다. 모든 일에 초월한 사람처럼 아무것에도 연연할 필요가 없다는 듯한 표정이었다.

학생들이 땅을 일구고 나무 심는 모습을 담담히 지켜보거나 연못에 던져 놓은 어망을 한가로이 바라보곤 했다. 심지어 그 일에 직접 참여하기까지 했다.

잠시 쉴 때면 아무 데나 털썩 주저앉아 재학 시절 이야기를 꺼내거나 러시아의 대작가 안톤 체호프의 소설 《카멜레온》, 《상자 속의 사나이》 등을 비롯해 수많은 소설과 그에 관련된 이야기를 들려주었다. 우리는 그 이야기를 좋아했다.

왕치한 교장 선생님의 손가락 사이에 끼워진 담배에서 가느다란 연기가 피어올랐고, 손톱은 마치 폭죽을 터뜨리고 난 폭약처럼 누렇게 물들어 있었다.

왕루안 교장 선생님과 왕치한 교장 선생님은 길을 가다 만나면 서로 담배 한 개비 정도는 권하며 지냈다.

우연히 연못가에서 만났다면, 왕루안 교장 선생님은 이렇게 말했을 것이다.

"올해 연근이 제법 잘 자랐구려."

왕치한 교장 선생님은 그 말을 받아 맞장구를 쳤을 것이다.

"야, 정말 잘 자랐네!"

만약 고추밭에서 만났다면 이렇게 말했을 것이다.

"고추들이 좀 마른 것 같소만."

그러면 왕치한 교장 선생님은 그 말을 받아 이렇게 대답했을 것이다.

"비료를 좀 주어야 되겠지요?"

선생님, 나의 선생님

1

엄밀히 말하자면, 아이원 선생님은 까만 기와에 과분한 교사였다. 그녀는 그 시대에 어울리는 사람이 아니었으며, 좀 더 과하게 말하면 혼란한 세상에 속해 있을 사람이 아니었다.

어느 날 그녀가 왔다. 아이원 선생님은 까만 기와의 국어 교사였고, 우리 반 담임을 맡았다. 나는 고등학교 2학년이었다.

왕루안 교장 선생님이 복귀하고 삼 년 동안 까만 기와는 엄청나게 발전했다. 시골 구석에 처박힌 고등학교였음에도 불구하고 현의 고등학교 교사들을 여섯 명이나 받아들이는 행운을 얻었다. 그 가운데 몇 명은 명문 고등학교에서 명성을 날리던 교사들이었다. 그들의 강의는 기가 막히게 훌륭했다.

다이시민 선생님은 언제나 침착한 태도로 수업을 진행했다. 수업 시간 내내 교탁 위에 손을 가볍게 올려놓고 있었다. 진시황과 한무제에서부터 중화인민공화국의 국기가 나부낄 때까지의 역사를 얼굴색 하나 바꾸지 않고 물 흐르듯 유창하게 풀어 나갔다. 그는 수업하는 동안 단 한 번도 말을 더듬지 않았고, 불필요한 군더더기는 단 한 군데도 찾아보기 힘들었다. 수업이 끝나면 학생들 사이에서 "와!" 하는 감탄사가 절로 튀어나왔다. 학생들의 흥분이 채 가시기도 전에 그는 두 손을 주머니에 찔러 넣은 채 가슴을 쫙 펴고 교실을 빠져나갔다.

판젠예 선생님은 뚱뚱한 체격에 하얀 피부, 주먹코에 큰 입, 아래 눈두덩이가 무겁게 늘어진 평범한 외모였다. 그는 수업 시간에 칠판에 글씨를 많이 쓰지도 않았고, 그다지 많은 말을 하지도 않았다. 하지만 언제나 자신감이 흘러넘쳤다.

"나, 판젠예는 반복해서 설명하지 않는다. 왜냐하면 수학은 두 번씩 되풀이해서 말할 필요가 없는 과목이기 때문이다."

그는 수업이 끝나는 종소리가 울림과 동시에 손에 들고 있던 분필을 분필통에 집어넣었다. 그는 우리에게 세상의 모든 만물이 다 뛰어나지만, 그 가운데 가장 아름다운 것은 '수'라는 사실을 확실히 일깨워 주었다.

뛰어난 실력을 갖춘 선생님들이 모여들면서 까만 기와는 눈부신 역사를 만들어 내었다. 훗날 왕루안 교장 선생님이 세상을 떠나고, 그들도 떠나 버린 까만 기와는 두 번 다시 그때의 영화를 되찾지 못했다.

그 당시 나에게는 영원히 잊을 수 없는, 그리고 절대로 잊어서는 안 될 선생님이 있었다. 그녀가 바로 아이윈 선생님이었다.

아이윈 선생님은 왕루안 교장 선생님이 직접 찾아가 여러 번 설득한 끝에 까만 기와로 오게 되었다. (왕루안 교장 선생님은 선생님들의 실력을 목숨처럼 아꼈다.)

하늘이 맑은 가을날 오후, 우리는 복도에서 노곤하게 햇볕을 쬐고 있었다. 그때 아이윈 선생님이 백양나무 길 위에 나타났다. 호리호리하게 큰 키에 비쩍 마른 몸매가 바람만 불어도 날아갈 것처럼 연약해 보였다. 그녀의 얼굴은 지나치게 길었고, 양쪽 볼이 움푹 들어가 이마와 턱이 유난히 튀어나와 보였다. 구부정한 등과 기우뚱하게 올라간 한쪽 어깨 때문에 전체적으로 몸이 조금 기울어진 느낌이 들었다. 그 모습은 풍차 한 귀퉁이가 태풍에 부서져 나간 모습을 생각나게 했다.

하늘하늘한 그녀가 다가왔다. 가까이에서 보니 그녀의 머리카락은 지나치게 짧아 조금 어색해 보였고, 창백한 얼굴에다 눈 주위는 먹구름이 낀 듯 거뭇했다. 날 듯이 가벼운 발걸음으로 그녀가 우리 앞을 지나쳐 멀어져 갔다. 우리는 고개를 돌려 목에 두른 망사 스카프가 꼬리처럼 길게 휘날리는 그녀의 뒷모습을 지켜보았다.

샤렌샹이 타오훼이의 어깨에 기댄 채 소곤거렸다.

"저 선생님, 정말 지독하게 못생겼다!"

나중에 그녀에게 '경작지'라는 별명이 있다는 이야기를 전해 들었다. 무엇으로 밭을 일구지? 쟁기. 아이원 선생님의 양 볼에 툭 튀어나온 광대뼈는 쟁기를 연상시키기에 충분했다. 우리는 그 별명을 듣고 난 뒤 아이원 선생님의 얼굴을 다시 들여다보면서 너무 가혹한 별명이라고 생각했다.

사오지펑 선생님은 우리에게 국어를 가르치면서 담임을 맡고 있었다. 아이원 선생님이 오자, 사오지펑 선생님은 중학교로 내려가고, 그녀에게 자신의 일을 넘겨주었다.

그녀는 왕루안 교장 선생님의 안내를 받으며 우리 교실로 들어왔다. 왕루안 교장 선생님은 푸단 대학의 수재라며 그녀를 우리에게 소개했다.

왕루안 교장 선생님이 교실에서 나간 뒤 그녀는 교단 위로 올라섰다. 그녀는 우리를 부드러운 눈길로 한번 둘러보았는데, 어색하고 당황한 듯한 표정이 역력히 드러났다.

그녀는 국어 교과서를 교탁 한편에 밀쳐 놓고 끝나는 종이 울릴 때까지 건드리지도 않았다.

"무엇을 어문(語文)이라고 부르지?"

그녀의 목소리는 유약하기 그지없었다. 기운이 하나도 없었다. 그럼에도 불구하고 그녀가 한번 입을 열자 모든 학생들이 주의를 집중했다.

우리는 십 년 동안이나 국어를 배웠지만 한 번도 '어문'에 대해 생각해 보지 않았다. 그 어떤 선생도 어문에 대해 설명한 적이 없었다. 그녀도 우리가 대답하리라고는 기대하지 않은 듯 차분히 설명해 나갔다. 분필 자국 하나 없는 깨끗한 칠판이 그녀를 받쳐 주고 있었다. 마지막에 작문에 대한 이야기에 이르자 그녀가 말했다.

"누구나 글을 쓸 수 있어. 중요한 것은 좋은 글을 쓰는 일이지. 나중에 너희가 어디서 무슨 일을 하건 우리는 최소한의 어문 실력을 갖추어야 해."

그녀는 세계적으로 유명한 몇 명의 수학자들의 논문 중 좋은 문장 몇 구절을 유창하게 암송했다. 그녀가 교실에서 나간 후, 나는 지금까지 한 번도 어문을 제대로 배워 본 적이 없는 것 같아 한없이 초라하게 느껴졌다.

두 주가 흐른 후, 아이원 선생님은 우리에게 두 편의 작문을 써서 제출하라고 했다. 그리고 두 번 다시 작문 숙제를 내 주지 않았다.

다음 날, 그녀는 우리가 낸 작문 숙제를 교실로 가져와서 한 시간 동안 평가했다. 수업이 거의 끝나 갈 무렵 쌓여 있던 공책 중에 한 권을 꺼내며 말했다.

"이 반에서 린빙의 작문이 제일 형편없어."

반 아이들 모두가 고개를 돌려 나를 쳐다봤다.

수업이 끝나자 챠오안이 신 나게 피리를 불었다. 옆을 힐끗 보니 타오훼이가 샤렌샹 등 뒤에 숨어 나를 지켜보고 있었다. 나의 작문이 좋다고 말했던 그녀의 칭찬이 떠올랐다. 그래서 그런지 나를 보는 그녀의 눈이 의혹으로 가득 찬 것처럼 느껴졌다. 반 아이들 모두가 나를 쳐다보고 있는 것만 같았다.

나는 돌려받은 공책을 죽죽 찢어 버린 후, 교실 문을 박차고 나와 유마디 진으로 도망치듯 달려 나갔다. 울음이 터질 것 같았다.

나는 하루 종일 진 남쪽으로 흐르는 강가에 홀로 앉아 있었다. 맑고 고요한 가을 강 위로 태양빛이 쏟아지고 있었다. 나는 처량한 신세가 된 사람처럼 멍하니 앉아 있었다. 내가 유일하게 자신감을 가지고 있었던 게 작문이었다. 그런데 이제 그것마저 철저하게 부정당하고 말았다. 나는 서글픔을 느끼며 비애감에 빠졌다. 그러면서도 그 사실을 그대로 받아들일 수가 없었다.

지금까지 내 작문이 좋다고 칭찬하지 않은 사람이 누가 있었던가? 사오지핑 선생님이 했던 말이 떠올랐다.

"우리 반에서 린빙의 작문이 최고야!"

나는 마음속으로 그녀에게 욕설을 퍼부었다.

'당신은 뭐가 그리 잘났어? 못생겨 가지고. 쓰레기!'

이 사이로 날카롭게 튀어나오는 더러운 욕을 멈출 수가 없었다. 그 순간 정말로 못생긴 그 여자를 증오했다.

나는 어둠이 깔린 뒤에야 학교로 돌아왔다.

챠오안은 여전히 피리를 불고 있었다. 피리 소리가 가볍고 경쾌하게 공기를 가르디기 떼로는 취한 듯, 힌기로이 휘날리듯 아득하게 들려왔다.

나는 아이원 선생님의 방으로 달려갔다. 그녀의 방 앞에 다다른 순간, 내가 왜 여기까지 왔는지 깡그리 잊어버리고 말았다. 창에 걸린 커튼 때문이었다.

유마디 마을 사람들은 가난하기도 하고 익숙하지도 않아 커튼을 사용하지 않았다. 간혹 대나무 발로 창을 가리기도 했지만, 대부분의 사람들은 누가 집 안을 들여다보든 말든 신경 쓰지 않았다. 여자 선생님들 중에 창문에 커튼을 친 사람이 몇 있었지만, 대개 이불 천이나 오래된 천 조각 따위를 걸쳐 놓았을 뿐이었다.

그런데 지금, 내 눈앞에 너무나도 아름다운 커튼이 어른거리고 있었다. 미색을 띤 커튼이 버드나무 새순 위로 피어오르는 아지랑이처럼 느껴졌다. 방 안의 불빛이 부드럽고 밝게 커튼을 비추고 있었다. 공기마저도 신선하게 만드는 것 같았다. 커튼 위에 보일 듯 말 듯 희미한 연보랏빛 꽃무늬가 박혀 있었다. 그 꽃무늬는 커튼 전체에 드문드문 퍼져 밤의 장막을 수놓고 있었다.

그것은 아이원 선생님이 나에게 준 '색상 감각'의 첫 번째 수업이었다. 그날 밤의 장막을 시작으로 그녀는 '색상 어휘' 같은, 내가 들어 본 적도 없는 개념 속으로 나를 인도했다.

아이원 선생님을 만나고 나서야 비로소 나는 "봄바람이 강남의 강변을 푸르게 하누나." "붉은 살구나무 가지가 담을 넘누나."와 같은 고시조를 이해할 수 있게 되었다.

그것을 시작으로 나는 변화하는 자연의 색상에 눈을 뜨게 되었고 색의 오묘한 효과에 흥미를 가졌다. 심지어 중독이 되었다.

나는 글을 쓸 때마다 내가 느꼈던 희열을 상세하게 묘사하기에 이르렀다. 가물거리는 지평선 너머의 산맥을 손에 잡힐 듯 묘사하기도 했으며, 밤일 나갔던 흰 쪽배가 다리 아래에 정박한 모습을 그려 내기도 했다.

그러나 커튼이 가져다준 새로운 세상을 느낀 것도 잠시, 나는 그 커튼을 노려보며 아이윈 선생님의 방문을 급하게 두드렸다.

"누구?"

나는 대답하지 않은 채 다시 문을 두드렸다.

문이 열렸다.

"린빙이구나."

그녀는 방 안으로 들어오라는 손짓을 했다.

나는 고집스럽게 문 밖에 선 채 화가 나 떨리는 목소리로 물었다.

"무슨 근거로 제 작문이 우리 반에서 제일 형편없다고 하신 겁니까?"

그녀가 나를 바라보며 웃음을 지었다.

"화났구나? 들어와서 얘기하는 게 어때?"

나는 성큼성큼 그녀의 방으로 들어섰다.

그녀가 의자를 옮겨 놓으며 내게 앉으라고 했다. 양 볼에 박힌 주근깨가 불빛에 선명하게 보였다.

"너, 정말 화났구나?"

그녀는 눈썹을 찡긋거리며 입가에 웃음을 머금고 있었다.

"무슨 근거로 제 작문이 우리 반에서 제일 형편없다고 하신 거죠?"

그녀는 서랍을 열고 공책 여섯 권을 꺼냈다. 얼마 전 그녀가 나에게 달라고 했던 내 작문 공책들이었다. 그녀가 제일 밑에 있는 공책 한 권을 꺼내며 말했다.

"이건 오늘 네가 찢어 버린 공책이야."

찢어진 부분이 깔끔하게 붙어 있었다.

"왜 찢었지?"

"우리 반에서 제일 형편없는 작문이니까요."

그녀는 내 공책 중 오래된 것부터 차례로 책상 위에 펼쳐 놓았다. 그리고 한 권씩 펼치며 가까이 와서 보라고 했다.

"스스로 한번 봐. 내용은 그렇다 치고, 우선 글씨를 보자. 네가 보기에도 일 년이 다르게 글씨가 경박해졌다고 느껴지지 않니? 중학교 1학년 때에는 글씨가 이렇게 깨끗하고 단정했어. 그런데 고등학교에 들어서서는 글씨가 소란스러워졌어. 한 획 한 획 모두 다 함부로 갈겨썼어. 경박해졌지?"

나는 첫 권부터 차례로 펼쳐 보다가 피가 머리 위로 치솟아 오르는 기분에 사로잡혔다. 이 공책들은 몇 년 동안 내가 지나온 길을 펼쳐 놓은 것과 다르지 않았다. 그 길은 너무나도 선명하게 뻗어 있었건만, 나는 한 번도 그 길을 되돌아본 적이 없었다. 내 눈은 그 길 위를 따라가고 있었다. 무거운 무게에 짓눌린 듯 이마와 목이 온통 땀범벅이 되었다.

그녀의 목소리가 내 귓전에 울렸다.

"이 여섯 권에는 모두 다 봄을 노래한 내용이 들어 있어. 첫 권에서 너는 봄을 천진하고 소박하게 묘사했지. 여기 이 문장을 봐. 이 문장 정말 좋아. 봄날을 버드나무 꽃가루가 흩날리듯 표현했고, 봄빛은 따뜻한 느낌을 주고 있어. 비록 작문 쓰는 요령을 제대로 모르고 쓴 구석이 있긴 하지만, 여기에 쓰인 글에는 모두 너의 진심이 담겨 있어."

선생님은 이어서 둘째 권과 셋째 권의 작문을 평가해 나갔다.

"선생님들마다 네 작문이 좋다고 하니까 이제 넌 스스로 아주 뛰어난 재능을 가졌다고 자만하게 되었어. 글을 쓸 때 감정을 침착하게 다스리지 못하고 자신을 뽐내려고 애쓰고 있어. 여기 좀 봐. 이 구절은 쓸 때마다 팽창했어. 더 이상 팽창할 수 없을 정도까지 온 거야. 이렇게 화려한 형용사들은 아무 쓸모가 없어. 마치 누구 재산이 더 많은가를 자랑하는 소인배 같은 거지. 여기 이 구절을 좀 봐. 과장이 너무 심해. 재능이란 때때로 사람을 해치기도 하지. 네가 이 점을 분명히 알았으면 좋겠다. 너의 이 마지막 문장에는 눈부신 표현들이 가장 많아. 그런데 진실성이 부족해……."

잔잔한 그녀의 목소리가 내 귓전에 끊임없이 울려 왔다. 정확하고 진실한 한마디 한마디가 부드러운 어투로 내 귀를 파고들었다.

선생님은 나를 위해 차를 한 잔 끓여 주었다. 내 생애 처음으로 경험한 분위기 있는 풍경이었다. 우리 마을 사람들은 하도 가난해 차를 즐기는 이가 아무도 없었다. 목이 마르면 가마솥 뚜껑을 열고 솥 밑바닥에 남아 있는 숭늉을 떠서 마시거나 강가로 내려가 두 손으로 물을 떠서 들이키는 것이 고작이었다. 여름철에는 흔한 대나무 잎을 물에 넣고 끓여 손님 접대용 음료수로 썼다.

아이원 선생님은 무늬가 없는 투명한 유리컵을 사용했는데, 그 속에서 찻잎이 물에 퍼져 푸르게 흔들거리며 가라앉았다. 그 모습이 아름다웠다. 그녀는 나에게 다시 의자에 앉으라고 권하고 두 손으로 찻잔을 받쳐 건넸다. (그것은 마치 어떤 의식을 치르는 것처럼 느껴졌다.)

나는 차를 마셨다. 그녀는 아무 말 없이 나를 가만히 바라보더니 내가 반 정도 마셨을 때 다시 말을 이었다.

"오늘 네가 화를 낼 거라고 짐작했어. 그렇지만 너에게 이런 말을 꼭 해 주고 싶었어. 심하게 말한 점은 사과할게. 미안해."

나는 고개를 푹 숙였다.

"앞으로 매주 두 편씩 글을 쓰도록 해."

"수업 중에 말씀하셨어요? 못 들었는데."

"너만 매주 두 편씩 쓰는 거야."

"제가 잘 쓸 수 있을까요?"

"물론이지. 이리 와 봐."

나는 선생님을 따라 창가로 갔다. 거기에 큰 상자 두 개가 자물쇠에 채워진 채 포개져 있었다. 상자 안에는 책이 가득 들어 있었다.

"책이 너무 적지?"

선생님이 말했다.

"제게 빌려 주실 거예요?"

그녀가 고개를 끄덕이며 말을 덧붙였다.

"여기서만 봐야 해. 내게 약속해 줘. 그 누구에게도 이 상자의 책에 대해 말하지 않겠다고."

나는 고개를 끄덕였다.

그녀는 상자를 잠그고 열쇠를 내 손바닥에 올려놓았다. 열쇠고리에는 붉은색 유리구슬이 매달려 있었다. 꽤 근사해 보였다.

야간 자습을 끝마치는 종소리가 울려 퍼진 뒤에 나는 선생님의 방에서 나왔다. 기숙사로 향하는 길에 나는 고개를 돌려 다시 한 번 그 커튼을 바라보았다.

2

학교 직원들과 아이원 선생님 사이에는 언제나 일정한 거리가 존재했다. 아이원 선생님은 결벽증이 있었는데, 스챠오완보다 그 정도가 더 심했다. 스챠오완의 '결벽'은 '남에게 보여 주기 위한 것'으로 어딘지 가식적인 느낌을 주었는데, 아이원 선생님의 결벽은 그 범위가 훨씬 넓었다. 가식적이거나 어색한 구석이 조금도 느껴지지 않았다.

아이원 선생님이 우리 반 담임을 맡은 지 이 주째가 되던 날이었다. 선생님은 한 남학생을 불러 칠판에 글씨를 쓰게 했다. 그때 그 남학생의 손톱에 때가 새까맣게 끼어 있었다. 그녀는 수업을 중단하고 자신의 방로 가서 손톱깎이와 가위를 가져왔다. 그러고는 가위를 가지고 있는 학생들은 모두 다 책상 위에 꺼내 놓으라고 했다.

"이번 시간에는 손톱을 깎기로 하겠다."

그녀가 한마디 덧붙였다.

"이건 손이야!"

그 순간 우리는 손이 더럽다는 사실을 새삼 알아차리고 자존심이 무척 상했다. 아이원 선생님은 우리가 훌쩍 커 버린 고등학생이라는 사실을 잊은 듯했다. 여학생 하나가 손을 등 뒤로 숨긴 채 울음을 터뜨렸다.

그러나 아이원 선생님은 조금도 굽히지 않고 반복해서 말했다.

"이번 시간에는 손톱을 자른다."

교실 안은 손톱 깎는 소리만 들렸다. 수업을 마친 후 울음을 터뜨렸던 여학생이 창문을 밀어젖힌 채, 등을 보이고 걸어가는 아이원 선생님을 향해 욕을 했다.

"흉측한 괴물!"

유마디 중·고등학교 선생들은 식사할 때, 각자 가지고 온 그릇에 밥을 떠먹었다. 먹고 나면 그릇을 씻어서 선반에 올려놓았다.

어느 날 중학교 국어 교사인 왕원칭 선생님에게 친척이 찾아왔다. 같이 점심을 먹게 된 왕원칭 선생님은 자기 그릇을 친척에게 주고, 자기는 마침 진으로 나가 자리에 없는 아이원 선생님의 그릇을 썼다.

다음 식사 때 아이원 선생님은 자기 그릇을 누군가 사용했다는 것을 알고 밥도 먹지 않은 채 그대로 진으로 가 새 그릇을 사 가지고 왔다. 원래 쓰던 그릇은 한쪽에 밀어 놓았다. 한쪽에서 그 모습을 지켜보던 왕원칭 선생님은 얼굴이 빨개지며 안절부절못했다.

그녀는 여자들의 수다라면 질색을 했다. 학교에는 여자 선생님들이 제법 있어서 한곳에 모여 이런저런 이야기를 나누었다. 주로 여자들에게 관심 있는 주제가 화제로 떠올랐다. 한 사람이 진의 포목점에서 천을 싸게 판다는 얘기를 꺼내면, 다른 사람은 함께 천을 끊어서 반으로 나누자고 했다. 그렇게 바지 두 벌을 만드는 것이 경제적이라고 말했다. 또 남편이 다른 지방으로 출장을 가서 며칠 있다가 돌아오면, 누가 쫓아오기라도 하는 듯 침대로 뛰어들어 자신에게 덤벼든다고 말하기도 했다. 그러면 선생님들은 남자는 다 동물이라며 맞장구를 쳤다.

이런 식의 대화가 오고가면 모두들 술자리에 앉은 듯 기분이 거나해졌다. 하지만 이야기가 여기에 이르면, 아이원 선생님은 슬며시 자리를 떴다.

한번은 교무실에서 젊은 여자 선생님이 나이가 조금 든 여자 선생님에게 이번 달에는 있어야 할 달거리가 아직도 없다고 했다. 그러자 나이 든 선생님이 자상한 어머니 같은 얼굴로 물었다.

"뭐 생긴 거 아냐?"

다른 여자 선생님들이 합세해 이야기가 무르익자, 그들의 목소리가 점점 커지고 구체적이 되었다.

"마지막으로 한 게 언제였지?"

이 말을 들은 아이원 선생님은 손에 들려 있던 빨간색 펜을 책상 위에 탁 놓고 교무실을 휙 나가 버렸다. 그 자리에 있던 선생님들은 한순간 멍해졌다. 잠시 후 젊은 선생님이 얼굴을 돌리며 물었다.

"저 선생, 여자 맞아요?"

그때 왕원칭 선생님이 모여 있는 여자 선생님들에게 다가가며 한마디 던졌다.

"괴물이야."

여자 선생님들은 낄낄대며 맞장구를 쳤다.

"정말이지, 괴물이라니까!"

왕원칭 선생님이 그 말을 고쳐 주며 강조했다.

"그냥 괴물이 아니라 흉—측한 괴—물."

왕원칭 선생님은 의자에 앉아 위를 쳐다보며 손가락으로 머리카락을 뒤로 쓸어 넘겼다. 그러고는 삼십 분 넘게 '흉측한 괴물'에 대해 이야기했는데 내용이 풍부하기가 이를 데 없었다.

아이원 선생님은 닭 무리 속에 홀로 서 있는 고고한 학처럼 사람들과 말을 섞지 못했고, 사람들도 그녀와 대화를 나누고 싶어 하지 않았다. 그럴수록 그녀는 우리에게 온 열정을 쏟아부었다. 선생님은 수준 높은 수업을 진행하며 자기 자리를 굳건히 다져 나갔다. 그녀의 수업은 독백에 가까운 것이었지만, 그 순간만큼은 그녀도 자신의 목소리를 들을 수 있었다.

나는 내 작문에 대한 의견을 듣기 위해 꾸준히 아이원 선생님 방을 찾아갔다. 내가 방에 갈 때마다 선생님은 차를 내왔다. 세심한 동작이 무의식중에 내 의식 속으로 파고들었다. 나는 한편으로는 친절과 존중 같은 감정을, 다른 한편으로는 일정한 거리감을 느꼈다. 그 거리감은 나에게 차분함과 안정감을 주었다.

아이원 선생님은 어수선하고 지저분하다는 사실마저도 깨닫지 못했던 고집스럽고 무식한 촌뜨기 소년을 청년기로 가볍게 밀어 넣었다. 나는 침착하고 조용해졌으며 눈빛도 예전에 비해 훨씬 총

명해졌다. 그리고 아무 의식 없이 세상을 대하지 않게 되었다. 이제
는 선생님이 했던 말들을 조금씩 이해할 수 있었다.

"사물을 가만히 응시해 봐. 그러면 이 세상의 모든 것이 다 나름
대로의 의미를 가지고 있다는 걸 알게 될 거야."

아이원 선생님은 나 혼자 조용히 책을 읽도록 내버려 둔 채 옆에
서 책을 보거나 숙제 검사를 했다. 그녀의 방은 선생님들 숙소 중
제일 끝에 있었고, 그 뒤로는 큰 연못이 있어 사람들이 지나다닐 수
없는 막다른 길에 있었다. 그래서 주위가 유난히 조용했다. 바람이
불면 연잎이 사르락거리는 소리나 물이 찰랑거리는 소리를 들을
수 있었다.

선생님의 책들은 상당히 오래된 것이었지만 여전히 깨끗했다.
나는 책을 더럽힐까 봐 방으로 향하기 전에 항상 정성스럽게 손을
씻었다. 그 책들은 비밀스러운 재산이었다. 몇 년 동안 근무지를 옮
겨 다니면서도 책들을 소중히 간직하고 있었다.

때로는 내 손에 들려 있는 책에 대해 설명해 주곤 했다. 선생님은
그 책들을 수없이 읽은 것 같았다. 마치 자신이 직접 쓴 것처럼 책
의 내용을 논리적으로 설명해 주었다.

아이원 선생님은 러시아 문학 작품에 심취해 있었다. 러시아 문
학에는 큰 기상과 광활함이 느껴진다고 하면서 다른 민족에게서는
찾아보기 힘들다고 했다. 그러면서 나에게 경고하듯 한마디를 덧붙
였다.

"공부로는 하지 마. 배워서 될 수 있는 게 아니야. 그렇다고 러시
아 문학이 우월하다고 생각하지도 마. 어디든 자기만의 것이 있어.

스스로를 가볍게 여기지 마."

얼마 후 아이원 선생님은 빙 열쇠를 나에게 건네주며 밀했다.

"매주 일요일마다 나는 진에 사는 이모네 집에 가. 일요일에도 학교에 있으면 마음대로 들어와 책을 봐도 돼."

내 마음이 그곳에 가고 싶어 했다. 그 방의 아늑한 분위기가 마음에 쏙 들었다. 그 조그마한 공간은 먼지가 날리는 교실이나 땀 냄새, 지린내가 진동하는 기숙사와는 비교할 수 없을 만큼 쾌적하고 편안했다.

쾌적함이란 거절할 수 없는 느낌이다. 막 빨아 말린 이불이 주는, 아주 작은 쾌적함이라도 그것을 좋아하지 않을 수 없었다. 그 방에서 책을 읽는 것 자체가 내 인생의 즐거움이 되었다.

그러나 마수이칭의 반응은 좋지 않았다. 그림자처럼 붙어 다니다가 내가 갑자기 떨어져 나왔기 때문에 서운해하는 것이 당연했다.

어느 날 아이원 선생님의 방으로 향하는 나를 보고 마수이칭이 낚아채듯 내 손을 잡으며 말했다.

"또 가? 어떻게 그 여자 방에 가는 걸 그렇게 좋아할 수가 있어?"

그는 나에게 조소를 보냈다. 나는 화를 내며 쏘아붙였다.

"선생님의 이름은 아이원이야. 그 여자가 아니라고!"

마수이칭은 내 볼을 사정없이 꼬집으며 소리쳤다.

"린빙, 빨리 돌아와. 우리 진으로 나갈 거야."

나는 고개를 돌리며 큰 소리로 대답했다.

"안 가!"

그러나 아이원 선생님의 방에 앉아서 책을 보고 있자니 도대체 글자가 눈에 들어오지 않았다. 나는 쌀을 가지러 집에 좀 다녀와야 겠다고 핑계를 대고 선생님 방에서 나왔다.

기숙사로 돌아오는 길에 하필이면 챠오안과 맞닥뜨렸다. 그는 다리를 꼰 채 나무에 기대어 서서 내가 가까이 오기를 기다렸다가 말을 걸었다.

"린빙, 잘 지내냐?"

"그래, 너는?"

"너 또 그 여자한테 갔다 오는 길이지?"

챠오안은 '그 여자'라는 단어에 힘을 주며 말했다. 그는 마수이 칭과 마찬가지로 '아이원 선생님'이나 '아이원'이라고 부르지 않고 '그 여자'라고 말했다. 그 느낌은 마수이칭이 말하는 것보다 훨씬 더 불결했다.

나는 고개를 돌려 그를 노려보며 말했다.

"그렇게 말하면 재미있냐?"

그는 몸을 똑바로 세우고 정색을 하며 되물었다.

"내가 뭐랬다고 그래?"

나는 두 번 다시 그를 상대하지 않았다.

그 뒤로 십여 일 동안이나 나는 아이원 선생님 방에 찾아가지 않 았다.

그러던 어느 날, 수업을 마친 뒤 아이원 선생님이 말했다.

"린빙, 잠시 내 방으로 와."

나는 즉시 선생님 방으로 갔다.

"그동안 왜 책 보러 안 왔지?"

"……."

"이 상자에 있는 책은 다 봐야지!"

나는 상자를 열고 책을 한 권 꺼낸 뒤 나를 위해 선생님이 준비해 놓은 책상 앞으로 가서 앉았다. 선생님은 창틀에 놓인 포도 바구니를 바라보며 말했다.

"네가 오면 먹으려고 했는데 이젠 다 상했겠다."

그날따라 선생님은 책상 앞에 앉아서 자기 일을 하지 않고, 차를 내오기도 하고 강가로 가 포도를 씻어 오기도 하면서 이리저리 분주하게 움직였다.

3

그해 겨울, 전슈팅이라는 남자가 아이원 선생님의 생활 속으로 들어왔다. 그 남자는 유마디 진의 농업 기술원이었다. 그는 이름 없는 대학의 농림과를 졸업하고 유마디 진으로 발령을 받아 십여 년째 이곳에서 일하고 있었다. 유마디 진 위원회 농림부에서 그 사람만 유일하게 지식인이었다. 특히 병충해가 농토에 넓게 번지면 "전 기술원을 찾아가 봐."라는 말을 자주 들을 수 있었다. 마치 화재가 나면 소방관을 부르러 가는 것과 같았다.

나는 까만 기와에 들어오기 전에 몇 번인가 그를 만난 적이 있었다. 그는 밀짚모자를 등에 늘어뜨린 채 간부를 따라서 논두렁을 걷다가 때때로 멈춰 서서 논을 손가락으로 가리키며 간부에게 뭔가를 말하곤 했다. 벼나 밀 이삭을 한 움큼 쥔 채 햇빛 아래에서 한참을 들여다보다가 간부에게 건네주며 자세히 보라고 했다. 오전에 발걸음을 했다면 점심을 먹고서야 진으로 돌아갔고, 오후에 발걸음을 했을 땐 반드시 저녁밥을 먹은 다음에 되돌아갔다.

나는 그가 밥 먹는 모습을 본 적이 있었는데, 굉장히 긴 손가락으로 젓가락을 잡고 밥이나 반찬을 아주 조금씩 집어 먹었다. 입은 매우 작게 벌렸으며 이가 드러나는 법도 없었다.

전슈팅은 비계가 많은 고기를 먹지 않았다. 그 당시 유마디 진 사람들은 비계가 많은 고기를 즐겨 먹었다. 사람들은 고기를 살 때, 정육점으로 달려가 고기에 비계가 얼마나 많이 붙었는지 확인했다.

"오늘은 비계가 아주 좋아. 한 뼘이나 붙었는걸."

정육점 주인에게서 이 말을 들으면, 그 자리에서 당장 고기를 샀다. 만약 비계가 없으면 참고 기다렸다가 비계가 많이 붙은 고기가 들어오는 날 다시 사러 가곤 했다. 비계가 부족한 고기를 먹으면 고기 맛을 충분히 즐길 수 없다고 여겼다. 그 이유는 간단했다. 가난해서 뱃속의 기름기가 부족했던 것이다.

전슈팅은 달랐다. 하루가 멀다 하고 고기를 먹어 댔으니 뱃속에 기름기가 철철 넘쳤을 것이다. 그러니 그의 눈에 비계덩이가 들어올 리 없었다.

중학교 3학년 때, 학교 문예 선전단 활동을 하면서 전슈팅을 알게 되었다. 사오지핑 선생님이 툭하면 그를 불러들여 학교 문예 선전단 여학생들에게 무용을 가르치라고 부탁했다.

나는 전슈팅이 아이원 선생님과 가까워지기 전부터 그를 싫어했다. 그는 모든 면에서 여자 같았다. 아니, 여자나 마찬가지였다. 종종걸음치는 걸음걸이, 나긋나긋한 자태, 가늘고 부드러운 목소리, 교태를 부리며 말꼬리를 흐리는 습성마저 천생 여자였다. 그가 "어머, 그래." 하며 '래'를 길게 늘일 때는 부드럽고 긴 비단 끈이 날리는 듯했다.

사람들은 그를 보며 말했다.

"전 기술원은 여자 목소리를 가졌어."

그가 말을 하지 않고 가만히 서 있어도 여성스럽기는 마찬가지였다. 손끝을 모아 오른손을 왼손 위에 살짝 올려놓은 다음 배 밑에 내려놓고 있으면, 마치 여인네가 조용히 앉아 있는 모습 그대로였다. 벼 해충이나 잡는 사람이 춤을 출 줄 안다는 사실만으로도 어딘가 못마땅한데, 여자 춤까지 잘 추었으니 보는 이들의 심사가 편할 리 없었다.

그러나 전슈팅은 진정으로 춤을 이해하는 사람 같았다. 무용 지도를 시작하기 전이면 그는 전문가처럼 흰 종이 위에 가늘고 긴 여자 모습을 그려 가며 무용의 세세한 동작을 설명해 나갔다. (마치 만화를 보는 것 같았다.)

유마디 진에서 그렇게 할 수 있는 사람이 누가 있겠는가? 아무도 없었다. 쉬이룽의 춤으로 말할 것 같으면, 그저 여자의 허리를 한 손으로 쥐고 다른 손으로는 팔을 잡은 채 끌고 당기는 정도였다. 사오지펑 선생님도 그저 발장단을 맞추면서 한쪽에서 손뼉을 치며 박자를 맞추는 게 고작이었다. 그러니 자연히 무용을 지도해 줄 사람으로 전슈팅이 초청될 수밖에 없었다.

그의 지도를 받고 나면 여학생들의 춤은 그야말로 여성의 자태로 다시 태어났다. 전슈팅이 왼손 높이 꽃바구니를 받쳐 들고 오른손을 살살 흔들며 눈동자를 요리조리 굴리거나 허리와 엉덩이를 살랑살랑 흔들어 대는 모습은 아리땁기까지 했다. 그가 무용을 가르칠 때면 나는 늘 뒤에 서서 그의 모습을 지켜보았다.

전슈팅이 유마디 진으로 온 지 벌써 십여 년이 지났건만 그는 여전히 마을 사람들과 섞이지 못하고 있었다. 그는 유마디 진을 싫어하지도 않았고 유마디 진의 질 좋은 고기를 그렇게 많이 얻어먹었지만, 손님처럼 영원히 유마디 진 사람들의 생활 속으로는 들어오지 못할 듯싶었다.

평소 그는 줌 렌즈가 달린 오래된 사진기를 목에 걸고 다녔다. 그것은 배지처럼 그의 신분과 취미를 드러내 주었고, 유마디 진 사람들과 구별하는 표식이 되었다. 이 지역 출신 여자들은 아무도 성에 차지 않는 듯 이미 사십이 다 된 나이임에도 불구하고 여전히 장가를 들지 못하고 있었다. 그러나 그의 표정 어디에도 초조한 기색이 보이지 않았고 여전히 태평하게 살고 있었다. 그가 여자를 만난다면 유마디 출신이 아닐 터였다.

때마침 전슈팅 앞에 아이원 선생님이 나타났다.

전슈팅이 아이원 선생님을 알게 된 것은 유마디 고등학교 식당에서였다. 그날도 전슈팅은 타오훼이를 비롯한 여학생들에게 무용을 가르친 다음, 선생님들과 함께 점심을 먹고 있었다. 사오지펑 선생님은 옆자리에서 식사를 하고 있던 아이원 선생님에게 그를 소개해 주었다. 식사가 끝나자 전슈팅과 아이원 선생님은 식당 문 앞에서 담소를 나누었다.

한참을 떠들던 전슈팅이 사진기를 만지작거렸다.

"아이원 선생님, 선생님 뒤로 보이는 겨울 풍경이 봄보다 더 운치가 있다고 생각되지 않으세요? 사진 한 장 찍을까요?"

아이원 선생님이 미처 대답도 하기 전에 전슈팅은 자라처럼 목을 쭉 뺀 채 사진을 찍기 시작했다.

사람들은 누구나 사진기 앞에서 당황하게 마련이었다. 사진기를 마주 대하고 있으면 내키든 내키지 않든 대부분 부자연스러운 자세를 취하게 되었다. 아이원 선생님도 예외는 아니었다. 전슈팅은 단숨에 십여 컷이나 눌러 댔다. 사진을 다 찍고 나서 이야기를 더 나눈 뒤 헤어졌다.

사흘 뒤 전슈팅은 금테 안경으로 바꿔 쓰고 옷매무새에 유난히 신경을 쓴 모습으로 아이원 선생님을 찾아왔다. 선생님을 찍은 사진 중 몇 장만 가지고 왔다.

전슈팅의 사진 기술은 유마디 진 사진관의 사진사보다 뛰어났다. 그는 배경을 선택하고 구도를 잡고 빛을 조절할 줄 알았다. 게다가 인물의 결점 같은 것도 감출 줄 알았다. 사진 속 아이원 선생님의 얼굴은 한결 예뻐 보였다. 아이원 선생님은 외모에 자신이 없어서 평소에 사진을 거의 찍지 않았다. 그런데 이번에는 몇 장의 사진을 보더니 무척 흡족해했다. 전슈팅이 다녀간 뒤 아이원 선생님은 사진들을 책상 유리판 밑에 껴 두고 스스로 즐겼다.

이틀 후 전슈팅이 또 다른 사진들을 가지고 찾아왔다. 아이원 선생님은 이번에도 기분이 좋았다. 전슈팅이 찾아온 시각은 오후 2시였다. 아이원 선생님도 마침 수업이 없었던지라, 그는 저녁이 될 때까지 선생님 방에 머물다가 진 위원회로 돌아갔다.

전슈팅은 이틀 뒤 확대한 사진 다섯 장을 들고 아이원 선생님을 찾아왔다. 그중 제일 멋진 사진은 액자에 넣어서 가져왔다. 전슈팅은 학교에서 저녁을 먹고 아이원 선생님 방에 가서 있다가 저녁 소등 종소리를 듣고 나서야 집으로 돌아갔다.

전슈팅이 아이원 선생님을 찾는 횟수는 날이 갈수록 빈번해졌다. 나는 아이원 선생님 방으로 책을 보러 갔다가 몇 번이나 그와 마주쳤다. 그럴 때마다 책을 봐야 할지 그대로 돌아가야 할지 몰라 안절부절못했다. 그러나 아이원 선생님은 예전과 다름없는 표정으로 나에게 말했다.

"앉아서 책 봐."

앉아 있으면서도 왠지 부자연스러워 전슈팅이 빨리 자리를 뜨기를 기다렸다. 그러나 그는 의자에 눌어붙은 것처럼 자리에서 뜰 기색조차 보이지 않고 갖가지 화제를 끌어내 얘기를 나누었다.

아이원 선생님은 특별히 싫다거나 좋다는 표정도 아닌, 덤덤한 얼굴로 전슈팅의 끝없는 얘기를 가만히 듣고 있었다. 내가 그 방에 있는 걸 불쾌하게 여기는 전슈팅의 표정을 보고, 두 번 다시 아이원 선생님 방으로 발걸음을 하지 않았다.

나는 다시 내 모든 시간을 마수이칭에게 내주었다. 그와 함께 농구를 하고, 돼지머리 고기를 먹고, 장난을 쳤다.

마수이칭이 물었다.

"너, 요즘엔 어째서 그 여자한테 안 가나?"

"누구?"

"그 여자."

"그 여자가 누군데?

나는 기어이 '아이원'이나 '아이원 선생님'이라는 말이 나오게 하려고 애를 썼다. 마수이칭은 입을 닫아 버렸지만 내가 가만히 있지 못하고 소리쳤다.

"그분은 우리 선생님이야!"

"누가 뭐래?"

내가 굵은 나뭇가지를 집어 들고 다가가자 그가 달아나기 시작했다.

"마수이칭!"

나는 그를 쫓아 기숙사 뒤 큰 강까지 달려갔다. 내가 따라잡자 마수이칭은 두 손으로 머리를 감싸며 주저앉았다. 나는 그의 엉덩이를 걷어찼다. 그가 비명을 지르며 폴짝 뛰어올랐다.

"다시는 함부로 말하지 마!"

내가 소리쳤다. 그러나 마수이칭은 낯 두꺼운 녀석이었다. 그는 내가 앉기를 기다렸다가 벌떡 일어나며 소리쳤다.

"너, 차였지?"

그러고는 삼십육계 줄행랑을 쳤다.

나는 더 이상 뒤쫓기를 포기한 채 한동안 강가에 멍하니 앉아 있었다. 기숙사로 돌아가려고 발길을 돌렸다. 넋을 놓고 걷다가 정신을 차려 보니 아이원 선생님의 방 앞 연못가였다.

'오랫동안 여길 오지 않았구나!'

눈과 귀는 온통 아이윈 선생님의 방으로 쏠리고 있었다. 희미하게 전슈팅의 목소리가 들려왔다.

'두 번 다시 책을 보러 오지 않겠어!'

나는 재빨리 연못가를 빠져나와 큰길로 나섰다. 때마침 어깨동무를 하고 걸어가던 타오훼이와 샤렌샹이 나를 보고 의미심장한 웃음을 지었다. 나는 고개를 숙인 채 멀리 도망쳤다.

며칠이 지나 아이윈 선생님이 나에게 말했다.

"너, 왜 또 책을 보러 오지 않는 거지?"

"방 안에 늘 손님이 있잖아요."

그녀가 가만히 있다가 말했다.

"오늘 오후 수업이 끝난 다음에 책 보러 와."

"……"

"꼭 와!"

오후 수업을 마치고 나는 선생님의 방으로 갔다.

선생님은 유난히 기뻐하면서 말했다.

"지금부터 저녁때까지 꼼짝 말고 앉아서 책 읽어!"

얼마 후 전슈팅이 찾아왔다. 아이윈 선생님은 냉랭한 표정으로 한마디 했다.

"앉으세요."

선생님은 나에게 예전처럼 작문에 관해 이것저것 설명해 주다가 고개를 돌려 전슈팅에게 말했다.

"차 드세요."

전슈팅은 조금 앉아 있다가 슬그머니 자리에서 일어났다.

"일이 있어서 가 봐야겠어요."

아이원 선생님이 무덤덤한 표정으로 문 앞에서 인사를 건넸다.

"안녕히 가세요."

전슈팅이 가고 나자, 아이원 선생님은 책상 앞에 앉아 차분히 숙제 검사를 하였다.

그러던 어느 날, 교실에서 셰바이싼과 얘기를 나누고 있었는데, 야오싼찬이 다가오며 말했다.

"린빙, 아이원 선생님이 너 좀 와 보래."

"무슨 일이야?"

"아이들이 쓴 작문을 검사해야 하는데, 혼자서는 다 못 할 것 같다고 네가 와서 도와줬으면 좋겠다는데?"

나는 그길로 선생님 방으로 달려갔다. 방 안에 전슈팅이 앉아 있었다.

"린빙, 잘 왔어. 막 너를 부르러 가려던 참이었어. 너, 이번 주 작문 형편없더라. 책상 위에 놔뒀으니까 잘 들여다봐!"

나는 책상 앞으로 가 내 공책을 펼쳐 보았다. 그곳에는 빨간 동그라미만 동글동글 그려져 있을 뿐이었다. 마지막 장에 반듯하게 적힌 선생님의 글이 눈에 들어왔다.

반 학생들 모두 돌려 가며 읽어 볼 것.

4

겨울방학이 되자마자 나는 집으로 돌아갔다. 이튿날 생산대 대장이 찾아오더니 현에서 주도하는 공사 현장에 나가 일을 하라고 했다. 여러 지역에서 징발된 수천 명의 건장한 사내들이 땀을 흘리며 일을 했다. 공사는 설 이틀 전까지 마치는 것으로 계획되어 있었고 그때까지는 어느 누구도 쉴 수 없었다. 나는 한 달 동안 일을 한 뒤 제일 먼저 집으로 돌아가는 사람들 틈에 끼였다.

집에 돌아오자마자 아이원 선생님을 만나러 가고 싶었지만, 몰려오는 피로를 참을 수가 없어 깊은 잠에 빠졌다. 그리고 다음 날 오후에 눈을 떴다. 여전히 몸이 무거워 이를 악물고 일어났다.

그해 마지막 날 밤, 온 가족이 모여 술을 마시고 멀리서 폭죽 터뜨리는 소리가 요란할 때 아버지가 말했다.

"모두들 한 살씩 더 먹는구나."

밤이 깊어 폭죽 소리가 잦아지고 거리에 인기척이 그쳤을 때, 갑자기 고독감이 밀려왔다. 문 앞에 앉아 먼 곳을 바라보고 있었지만 아무것도 눈에 들어오지 않았고, 고개를 들어 밤하늘을 올려다보았지만 별빛 하나 찾을 수 없었다. 이 세상에 오직 우리 집 하나만 덩그러니 존재하고 있는 것 같은 느낌이 들었다. 그 순간, 타오훼이와 마수이칭, 셰바이싼, 류한린, 야오싼촨, 심지어 자오이량과 챠오안까지 떠올랐다. 당연히 아이원 선생님도 생각났다.

'선생님은 진에 있는 이모 집에서 설을 보내고 있겠지? 혼자 학교에 남아 있진 않을 거야.'

설날 아침, 밥을 먹고 이웃과 친척들이 세배하러 오기 전에 나는 집을 빠져나와 학교로 향했다.

학교는 적막하기 그지없었다. 교실 문은 모두 잠겨 있었고, 사람의 그림자는 하나도 찾아볼 수 없었다. 진 쪽으로 나 있는 백양나무 길만이 하늘 아래 덩그러니 놓여 있었다.

'학교에 남아 있을 리 없어.'

아쉬움이 남았다. 빨간 기와와 까만 기와 사이에 있는 화단에 이르러서는 더 이상 걷고 싶지 않았다. 화단 사이에 있는 의자에 가만히 앉아 있다가 나도 모르게 뒤편을 향해 발걸음을 옮겼다.

아이원 선생님의 방문이 활짝 열려 있었다. 그녀의 방에서 열댓 걸음 떨어진 곳에 이르렀을 때, 선생님의 잔잔한 웃음소리가 들려왔다. 학교 가까이에 사는 학생들이 세배를 하러 온 모양이었다. 나는 그 자리에 선 채 한참 바라보다가 옷을 단정하게 가다듬은 후 큰 걸음으로 발걸음을 내디뎠다. 그런데 그녀의 문 앞에 이르렀을 때, 생각지도 않게 전슈팅과 눈이 마주쳤다.

아이원 선생님이 나를 보자 반가워했다.

"린빙, 새해 복 많이 받아라!"

나도 인사했다.

"새해 복 많이 받으세요!"

"어서 들어와!"

"들어와, 들어와!"

전슈팅도 자기 방이나 되는 듯 손짓을 하며 나를 불렀다.

나는 방으로 들어갔다.

아이원 선생님과 전슈팅은 부산을 떨며 차를 끓이고 사탕과 해바라기 씨를 내어 놓았다. 어쩐지 불편하게 느껴졌다.

아이원 선생님은 그날따라 예쁘게 옷을 차려 입고 있었다. 그녀는 새 옷을 입고 목에는 흰색 양모 머플러를 둘러 가슴께까지 늘어뜨리고 있었다. 그녀의 얼굴은 여전히 창백했지만 살짝 홍조를 띠고 있었다. 불그스름한 색이 아이원 선생님의 얼굴에서 우울한 빛을 몰아내고 밝고 청초한 청춘의 활기를 불어넣었다.

전슈팅이 말했다.

"린빙, 잘 왔어. 자, 봐. 내가 우리 아이원 선생님을 위해서 요리를 했어. 여기서 같이 점심 먹자."

벽 쪽으로 놓인 탁자 위에는 음식이 가득 차려져 있었고, 그 한가운데에는 적포도주도 한 병 놓여 있었다. 벽 쪽으로 앙증맞은 석탄 화로도 하나 놓여 있었는데, 화로 안의 석탄 하나하나가 마치 살아 있는 생명체처럼 벌겋게 타오르며 방 안을 붉게 밝히고 있었다. 밖의 날씨는 꽤 쌀쌀했지만 방 안은 훈훈했다.

"저, 갈래요."

내가 말했다.

"우리 같이 먹자."

아이원 선생님이 말했다.

"아니에요. 물건 사러 가야 해요. 심부름 때문에 진에 나온 참이었어요."

전슈팅은 두 손을 맞잡고 배꼽 위에 올려놓은 채 말했다.

"아유, 린빙, 여기 더 있지 그래? 같이 있자!"

마치 두 '여자'가 나를 만류하는 것 같았다. 나는 전슈팅의 얼굴을 한번 쳐다보고 이이원 선생님에게 눈을 돌리며 말했다.

"선생님, 정말이에요. 우리 집에서는 제가 심부름 갔다 오기를 눈 빠지게 기다리고 있어요!"

나는 방을 나섰다. 아이원 선생님은 문 앞에 서서 계속 나를 바라보았다.

나는 진으로 나갔다. 가게들은 문이 닫혀 있었고, 문설주에는 새로 써 붙인 대련(對聯)*만이 눈에 띄었다.

나는 전날 밤의 폭죽 잔재들을 밟으며 푸사오추안의 집으로 갔다. 집 안에는 아무도 없었다. 다락방에서 인기척이 나더니 누군가 계단을 내려오는 소리가 났다. 나는 잠시 서서 푸사오추안이 내려오기를 기다렸다. 그런데 다락방에서 내려오는 사람은 뜻밖에도 친치창이었다.

"친 간사님."

"린빙, 잘 있었나? 푸사오추안을 만나러 왔구나. 나도 푸사오추안을 찾으러 왔는데 마침 집에 없네."

다락방에서 또 한 사람이 내려왔다. 이번에는 푸사오추안의 부인이었다. 그녀의 머리카락이 마구 헝클어져 있었다. 나를 보자, 그녀가 얼굴을 붉히며 한마디 했다.

"그이가 또 어디로 놀러 나갔나 봐요. 정말 질리지도 않나 봐!"

친치창이 말했다.

대련 종이나 천 등에 좋은 글귀를 써서 문설주 양쪽으로 붙여 놓은 것.

"린빙, 빨간 부리 비둘기가 벌써 풀을 물어 오기 시작했어. 새끼를 부화하면 꼭 너에게 줄게."

"네."

나는 고개를 끄덕이고 큰길로 걸음을 재촉했다. 자오이량을 만나러 가고 싶었지만 금방 마음을 바꾸었다. 자오이량은 빨간 기와를 졸업한 후, 까만 기와에 입학하지 못해 나와 소원해지기 시작했다. 나는 자오이량의 집 앞 골목까지 가서 잠시 서 있다가 발길을 돌려 쉬이룽의 집으로 향했다.

쉬이룽은 외갓집에 세배를 하러 가기 위해 외출 준비를 하고 있었다. 나를 보더니 언제나처럼 침을 흘리며 말했다.

"린빙, 너 타오훼이네 집에 세배하러 가는 길이냐?"

"비켜요!"

그는 짐을 챙기며 말했다.

"난쟁이 타오 씨가 딸 하나에 사위를 둘이나 보려나? 조금 전에 두가오양이 타오훼이네 집에 세배하러 가는 걸 봤는데. 아마 그 애비가 보낸 거겠지."

나는 그의 말이 끝나기도 전에 걸음을 옮겼다. 어디로 가야 할지 갈피를 잡을 수가 없었다. 나를 필요로 하는 곳은 어디에도 없는 것 같았다. 마땅히 갈 곳도 없으면서 집에는 가고 싶지 않았다.

나는 거리를 쏘다니다가 큰 다리 난간에 엎드려 타향에서 설을 맞이하고 있는 두세 척의 큰 배를 바라보았다. 타향의 강가에 두둥실 떠 있는 배라 할지라도 설 기분은 진하게 풍기고 있어 고독해 보이지 않았다. 뱃머리에는 온통 빨간 비단술 장식이 늘어뜨려져 있었고, 배 문 위에는 대련이 붙어 있었으며, 여기저기에 '복(福)'자가 크게 붙어 있었디. 배의 후미에서는 밥을 짓고 있는지 양철 연통 위로 연기가 피어오르고 생선 굽는 냄새가 모락모락 올라왔다.

"린빙 아니냐?"

고개를 돌려 보니 진의 문화부장 위페이장이 서 있었다.

"왜 여기에 그러고 있어? 점심 먹어야지. 우리 집에 가서 밥 먹자!"

"아니에요. 지금 막 집으로 가려던 참이에요."

나는 일부러 타오훼이네 집 앞을 지나는 길로 돌아서 갔다. 근사한 옷을 걸친 두가오양이 타오훼이의 집 문틈으로 언뜻 보였다.

그날은 내 일생 중 가장 엉망진창으로 구겨진 설날이었다.

5

설을 지내고도 열흘을 더 기다려야 개학이었다. 나는 집 안에 앉아 기다리기가 답답해 마수이칭의 집이 있는 우짱 마을로 가서 일주일을 보냈다. 개학하는 날은 우짱 마을에서 곧바로 등교했다.

개학하고 일주일이 지난 뒤, 나는 아이윈 선생님을 찾아가 방 열쇠를 건네주었다. 선생님은 열쇠를 계속 가지고 있으라고 했지만 거절했다.

"괜찮아요. 이젠 일요일에도 진으로 나가지 않으시고 제가 책을 보러 올 때는 선생님이 항상 방에 계시잖아요."

그녀도 더 이상 말리지 않았다.

전슈팅은 하루가 멀다 하고 아이원 선생님을 찾아왔다. 얼마 후 두 사람이 같이 바깥출입을 하기 시작했다. 처음에 그녀는 굉장히 어색해했지만, 몇 번 같이 다니더니 점차 자연스러워졌다.

날씨도 하루가 다르게 따뜻해졌고 푸른 잎들도 점점 짙어져 갔다. 숨을 들이쉴 때마다 입안 가득 촉촉함이 묻어났다. 날씨는 화창해 햇볕이 따갑게 내리쬐었고, 세상은 온통 싱싱하게 보였다.

아이원 선생님과 전슈팅이 함께 산책하는 일이 점점 더 잦아졌다. 겨울옷을 벗어 버린 아이원 선생님은 훨씬 가냘프게 보였다. 그 후로 십여 년이 흘러 '기품'이라는 말을 이해한 뒤에야, 나는 아이원 선생님이 예쁜 얼굴은 아니었지만 기품 있는 여성이었음을 알게 되었다.

아름다운 여자는 두 부류로 나눌 수 있는데, 하나는 외모가 아름다운 여자이고, 다른 하나는 기품이 있는 여자이다. 그런데 후자야말로 진정 아름다운 여자라고 할 수 있다. 얼굴이 예쁜 여자들은 누가 봐도 못생긴 아이원 선생님에게 알 수 없는 질투를 느끼곤 했다.

전슈팅은 언제나 사진기를 목에 걸고 다니며 시도 때도 없이 아이원 선생님을 찍어 댔다. 두 사람은 촌스러운 시골 바닥에 낭만을 입히고 있었다. 왕원칭 선생님은 그들의 뒷모습을 바라보며 빈정거렸다.

"뒤늦게 찾아온 연정이 불처럼 뜨겁게 타오르는구먼."

그 당시 아이원 선생님은 막 서른을 넘긴 나이였고, 전슈팅은 사십에 가까운 나이였다. (얼마 뒤 어떤 사람이 전슈팅의 나이가 사십을 훌쩍 넘겼다고 폭로했다.)

수업을 하는 아이원 선생님의 목소리에 전에 없이 힘이 실려 있었다.

그러나 여름으로 들어설 때쯤 전슈팅에 대한 아이원 선생님의 감정은 제대로 타오르지 않는 불씨처럼 차갑게 식어 버렸다.

'달거리'에 대해 토론을 벌였던 나이 든 여자 선생님이 젊은 여자 선생님에게 한마디 던졌다.

"쯧쯧, 아이원 선생은 꼴에 아무도 눈에 차지 않는 모양이야!"

아이원 선생님과 전슈팅 사이에 무슨 일이 벌어졌다는 것은 손바닥 들여다보듯 훤히 알 수 있었다. 나는 그들 사이에 있었던 몇 가지 상황을 알고 있었다.

아이원 선생님과 전슈팅이 함께 진으로 나가 두부를 살 때였다. 전슈팅은 발레 무용수처럼 발끝으로 서서 두부 장수의 저울을 노려보았다. 바구니에 두부를 담은 후에도 전슈팅은 몇 푼의 잔돈을 놓고 두부 장수와 말싸움을 벌였다.

집으로 돌아오는 길에 전슈팅은 눈알을 굴려 가며 바구니 속에 담긴 두부가 작은 것 같다고 투덜거렸다. 결국 공판장으로 달려가 저울을 빌려서 무게를 달아 보았다. 눈금이 조금 부족하기는 했지만 크게 차이가 나는 건 아니었다. 한 시간 남짓 왔다 갔다 하는 사이에 두부에서 수분이 빠져나가면서 무게가 조금 줄었을 뿐이었다.

하지만 전슈팅은 곧바로 두부 장수를 찾아가 두부를 더 달라고 억지를 부렸다. 결국 두 사람 사이에 싸움이 벌어졌다. 한동안 시비를 벌이다가 두부 장수가 체념하듯 소리쳤다.

"내가 진작부터 그 대단한 전 기술원인 줄을 알아봤어야 했는데!"

두부 장수는 두부 한 조각을 잘라 그의 바구니에 던져 넣었다. 그 시각에 아이원 선생님은 이미 자기 방으로 돌아가 있었다.

아이원 선생님이 전슈팅에게 한마디 툭 던졌다.

"꼭 그래야 했나요?"

이런 일도 있었다.

6월 어느 날 전슈팅이 아이원 선생님을 찾아와 얘기를 나누고 있었다. 농민 몇 명이 진 위원회에 갔다가 선생님 방까지 전슈팅을 찾으러 왔다. 그러고는 초조한 얼굴로 정신없이 그를 불러냈다.

"전 기술원 있나요?"

"네, 여기 있어요."

전슈팅이 문 앞으로 나오며 물었다.

"무슨 일입니까?"

"우리 논에 병충해가 생겼어. 요새 막 이삭이 패고 있는데, 눈앞에서 고개를 툭 떨어뜨리고 있는 꼴을 봐야 하다니……."

전슈팅이 의자에 앉으며 말했다.

"아, 알았어요."

"빨리 좀 와 줘!"

"시간 나면 갈게요. 먼저 가 있어요."

"바로 올 거지?"

전슈팅이 대답했다.

"오늘 오전에는 갈 수 없을 것 같아요."

"안 돼, 제발 빨리 와 줘!"

농민들이 같은 말을 반복했다.

"이제 막 이삭이 패기 시작했는데, 눈앞에서 고개를 떨어뜨리고 있는 모습을 보자니……."

머리가 꺾여 논으로 떨어지고 있는 것이 벼 이삭이 아니라 마치 사람의 머리인 것만 같았다.

"먼저 돌아가 있어요. 어서 가세요!"

전슈팅은 고개를 돌리고 그들을 향해 손을 내저었다.

"눈앞에서 그 꼴을 보자니……."

전슈팅이 작은 목소리로 중얼거렸다.

"병충해 없는 논이 어딨어? 말이 되는 소리를 해야지."

전슈팅이 농민들과 대화를 하고 있을 때, 아이원 선생님은 마침 나에게 작문에 대해 설명해 주고 있었다. 선생님은 전슈팅에게 다가가 속삭이듯 말했다.

"사람들이 저렇게 걱정을 하는데 빨리 따라가 보세요."

전슈팅이 작은 목소리로 아이원 선생님에게 말했다.

"오늘 오전에 식품 공급소로 돼지 피를 받으러 간다고 말해 두었단 말이야……."

50자오만 내면 커다란 양푼에 돼지 피를 하나 가득 얻을 수 있었다. 그런 기회를 만나기가 쉽지는 않았다. 식품 공급소에서 돼지를 잡는 날에만 받을 수 있었으니까. 전슈팅이 식품 공급소에 아는 사람이 있었기에 특별히 얻을 수 있는 것이었다.

아이원 선생님은 전슈팅의 말을 듣자, 보기 흉할 정도로 안색이 일그러졌다.

그녀가 내 곁으로 오더니 말했다.

"너, 먼저 교실로 가 있어."

나는 방에서 나왔다. 아이원 선생님은 교실에 들어올 때까지 표정이 잔뜩 일그러져 있었다. 그리고 무서울 정도로 창백했다.

6월 말이 되었을 때, 아이원 선생님이 내 손에 편지 한 통을 올려 놓으며 말했다.

"좀 도와줄래? 이 편지를 진 위원회 경비실에 전해 주면 좋겠는데."

경비실에 도착하기 전에 우연히도 전슈팅을 만났다. 나는 편지를 직접 그의 손에 전해 주었다. 마침 그는 진 위원회 회의실에서 회의를 하려던 참이었는데, 나는 회의실에 꽉 찬 사람들 앞에서 일부러 큰 소리로 말했다.

"이거 아이원 선생님이 주시는 편지예요."

나는 그의 입술이 가볍게 떨리는 것을 흥미롭게 지켜보았다.

여름은 만물이 왕성하게 성장하는 계절이다. 그러나 아이원 선생님과 전슈팅의 사랑은 반대로 비쩍 말라 버렸다. 전슈팅은 숨 막힐 정도로 덥고 무료한 유마디 진에 흥미진진한 이야깃거리를 제공해 주었다. 그 일은 후덥지근한 날씨 때문에 텅 비어 버린 거리를 사람들로 넘쳐나게 만들었고, 저녁밥을 먹은 다음 시원한 거리로 나와 이야기꽃을 피울 수 있게 해 주었다.

철면피 같은 '지식인'이 아이원 선생님과 잤다고 떠들고 다니면서 선생님이 정말로 처녀였다고 소문을 냈다. 그의 눈은 독기로 이

글거렸고, 가슴속에는 원한이 불타오르고 있었다. 그는 남녀 관계에 대헤 듣고 싶어 하는 사람들을 앞에 앉혀 놓고, 나긋나긋한 '여자 목소리'로 백 번 들어도 물리지 않을 이야기보따리를 줄줄 풀어 놓았다.

아이윈 선생님은 두 번 다시 진 거리로 나갈 수 없었다. 그녀는 마을의 공기 속에 자신을 향한 독기가 흐르고 있다는 것을 느꼈다.

얼마 뒤 전슈팅은 비장의 마지막 카드를 던졌다. 그는 아이윈 선생님과 자신의 관계를 제대로 증명해 줄 수 있는 몇몇 사진을 확대한 뒤 큰길가 담벼락에 붙여 놓았다.

별로 놀랄 만한 사진은 아니었다. 몇 장은 아이윈 선생님과 전슈팅이 함께 찍은 것이었는데, 끈끈한 분위기라고는 조금도 느껴지지 않는 그저 평범한 사진이었다. 다른 몇 장은 아이윈 선생님의 독사진으로 다소 풀어진 표정을 짓고 있었다. 제일 눈에 띄는 것은 속옷 차림의 사진이었다. 그녀의 속옷이 어깨 아래로 흘러내려 가슴의 불룩한 부분이 조금 드러나 있었는데, 그녀가 두 손으로 가슴을 감싸 안은 채 몹시 놀란 듯 부끄러워하는 기색이 역력했다.

전슈팅은 웅성거리는 사람들을 보면서 마주잡은 두 손을 배 위에 올려놓은 채 옅은 웃음을 짓고 있었다.

나와 마수이칭은 계집애 같은 그자를 혼내 줄 방법을 의논하기 시작했다. 그런데 우리가 미처 실행에 옮기기도 전에 다른 사람이 나타나 그를 단단히 혼내 주었다.

바오샤오멍이라고 불리는 청년이었는데, 쑤저우 지방에서 하오자 촌으로 내려온 지식 청년*이었다. 하오자 촌은 유마디의 변두리에 있는 작은 마을이었다. 사람들은 바오샤오밍의 이름만 들어도 부르르 진저리를 쳤다. 힘이 장사인 데다가 사납고 거칠기가 이를 데 없어 쑤저우 지식 청년들의 두목 노릇을 하고 있었다. 사람들은 모두 그를 두려워했다.

바오샤오밍은 입을 꾹 다문 채 한 곳에 서서 돌아가는 상황을 지켜보고 있었다. 사진이 붙여진 지 세 시간이 흐르자, 그가 군중들을 헤치며 앞으로 나아가더니 담벼락에 붙은 사진을 한 장씩 뜯어내 사진에 불을 댕겼다. 그리고 진 위원회로 달려갔다. 한 무리의 구경꾼들이 그의 뒤를 따랐다.

바오샤오밍은 성큼성큼 관내로 들어서더니, 전슈팅의 동그란 셔츠 깃을 움켜쥐었다.

"치사한 새끼!"

전슈팅은 소리를 지르며 바오샤오밍의 손아귀에서 빠져나오려고 발버둥을 쳤다. 그러자 셔츠가 쭉 찢어졌다. 맨 앞에 서 있던 구경꾼 몇 명이 소리를 질렀다.

"와, 젖통이다, 젖통이다!"

사람들은 모두 전슈팅의 가슴을 뚫어지게 쳐다보았다. 나는 남자의 가슴이 그렇게 희고 부드러울 수 있다는 사실을 그때 처음으로 알았다. 바오샤오밍은 전슈팅을 길거리로 질질 끌고 나와 큰 다리 위까지 갔다.

지식 청년 문화 대혁명 시기, '빈곤한 농촌에서 경험을 쌓으며 재교육을 받으라.'는 국가 정책에 따라 도시의 많은 지식 청년들이 농촌으로 파견되었다.

"또다시 비열한 짓을 했다가는 또 이 꼴이 날 테니 두고 봐!"

바오샤오멍은 버럭 소리치며 전슈팅을 번쩍 들어 강물 속으로 던져 버렸다. 학생들은 영웅처럼 멋진 바오샤오멍에게 박수갈채를 보냈다.

며칠 뒤 여름방학을 했다. 집으로 돌아가기 전, 나는 아이원 선생님을 찾아갔다. 방학 동안 어디로 가서 지낼 것인지 물어보았다. 그녀는 진에 있는 이모 집으로 갈 거라고 했다. 그녀는 미리 싸 놓은 책 한 보따리를 내밀며 집으로 가져가 읽으라고 했다. 그리고 오십 개나 되는 작문 제목이 적힌 메모를 건네주었다.

나는 선생님에게 인사를 한 뒤 집으로 향했다. 골목길을 돌 때 고개를 돌려 선생님의 방을 바라보았더니, 그때까지도 연못가에 서서 눈으로 나를 배웅하고 있었다. 그녀는 마치 겨울철 논 위에 서 있는 한 마리 학처럼 여위어 보였다.

6

나는 사십 일이 넘도록 큰외삼촌과 커다란 배를 몰고 나가서 갈대를 베어 왔다. 집으로 돌아온 다음 날 셰바이싼이 나를 찾아왔다. 그와 얘기를 나누던 중에 아이원 선생님이 혼자서 학교에 남아 있다는 사실을 알게 되었다. 다음 날 나는 그녀를 찾아갔다.

백양나무 가로수 길 양쪽으로 무성하게 자란 잡초는 사람들의 왕래가 없는 틈에 온통 길을 뒤덮고 말았다. 큰길 가운데와 양쪽으로 난 잡초들이 서로 뒤엉키며 자라고 있었다. 운동장도 온통 잡초로 뒤덮였다.

교실 문 앞까지 자라난 잡초들이 문틈을 비집고 교실 안으로 들어가기도 했다. 찌는 듯한 태양과 뜨거운 열기가 들풀을 미친 듯이 자라게 했다. 무성한 잡초가 까만 기와를 덮어 버릴 것만 같았다. 마치 사람들에게 버림받은 땅 같은 느낌을 주었다. 나는 풀밭 길을 걸으며 생각했다.

'아이원 선생님은 왜 혼자 학교에 남아 있을까?'

멀리 풀밭 속에서 하얀 밀짚모자가 언뜻 보였다. 누군가 일어섰다. 아이원 선생님이었다. 그녀가 밀짚모자를 위로 올리며 나를 바라보았다.

나는 그녀를 향해 걸어갔다.

"어떻게 여기까지 왔어?"

"그냥 와 봤어요. 선생님은 뭐하고 계셨어요?"

그녀는 진흙이 엉겨 붙고 푸른 물이 밴 손을 살며시 펴 보이며 말했다.

"풀을 뽑고 있었어."

나는 무릎까지 덮여 있는 풀들과 그녀의 가냘픈 몸매를 바라보며 고개를 저었다.

"선생님 혼자서 어떻게 하시려고 그래요?"

선생님이 말했다.

"풀들이 미친 것 같아."

그녀는 물가로 가 손을 씻고 나를 방으로 데리고 갔다.

방 안은 서늘했다.

"방학 동안 진에 있는 이모님 댁에 가서 지내신다고 하셨잖아요?"

그녀가 대답했다.

"며칠 전에 이모가 돌아가셨어."

"그럼 학교에는 선생님 혼자 계세요?"

"요 며칠 나 혼자였어. 교장 선생님 가족도 갈대 호숫가로 놀러 가시고."

"무섭지 않으세요?"

그녀가 웃음을 지었다.

"며칠만 있으면 개학인걸. 너희 모두 돌아오잖아. 그럼 됐어."

그날 나는 선생님 방에 한참 동안 머물렀다. 집으로 돌아가려고 일어섰을 때 선생님은 서랍에서 커다란 종이봉투를 꺼냈다. 그리고 그 안에서 새 공책 두 권을 꺼내 건네주었다.

"너의 작문 공책을 내가 너무 지저분하게 검사하는 바람에 엉망이 되었더라. 너의 글씨도 깨끗하지 않고 해서 말이야. 할 일도 없던 차라 며칠 동안 내가 새 공책에 다시 썼어."

공책을 펼치자 반듯반듯한 글씨가 깨끗하게 쓰여 있었다. 별볼일 없던 내 작문이 깨끗하게 다시 적힌 걸 보며 내 글을 스스로 좋아하게 되었다. 공책 두 권에 처음부터 끝까지 찬찬히 써 내려간 글씨는 흐트러짐이 없었다.

"요즘 문장이 점점 더 좋아지더라."

선생님은 내가 쓴 문장을 모두 다 외우고 있는 듯했다.

"너, 그렇게 썼지? '우리 집 어미 닭이 갑자기 보이지 않았다. 한 달쯤 뒤 대나무 숲으로 죽순을 보러 갔다가 풀 더미 아래서 어미 닭을 발견했다. 어미 닭이 십여 마리나 되는 병아리들에게 모이를 찾아 주고 있었는데, 병아리들이 눈덩이처럼 하얗게 빛났다.' 그 광경이 눈앞에 아른거렸어. 아무리 떨쳐 버리려 해도 떨쳐지지 않더라……."

나는 선생님의 작은 방을 나온 뒤 노을빛 아래를 걸었다. 선생님은 풀숲 사이에 서서 눈으로 나를 배웅하고 있었다. 노을이 금빛으로 물들며 풀잎 위에서 빛나고 있었다.

그녀의 흐릿하고 가냘픈 그림자가 계속 거기에 서 있었다.

7

그해 9월에 유마디 진에서 지식 청년들 사이에 대전쟁이 벌어졌다. 전쟁터는 바로 유마디 고등학교였다.

유마디 진으로 내려온 지식 청년들은 두 부류로 나눌 수 있었는데, 하나는 우시에서 온 대학생들이었고, 다른 하나는 쑤저우에서 온 대학생들이었다. 그들은 마치 농부가 메고 다니는 자루 속에 콩이 쏟아져 흩어진 것처럼 유마디 진 여기저기에 흩어져 지내고 있었다.

그러다가도 가끔 한군데에 모여 사람들에게 힘을 과시하곤 했다. 유마디 진 사람들은 그들을 한편으로는 관대하게 받아 주면서도 다른 한편으로는 무시하는 듯했다. 아니, 정확히 말하면 그들에게 별로 신경을 쓰지 않았다.

관심을 보이지 않는 사람들에게 잘난 척하는 일은 그다지 흥미로운 일이 아니었다. 게다가 유마디 진 사람들의 세력이 세다는 것을 알고 있었기 때문에 우시 청년이든 쑤저우 청년이든 모두 다 이 지방 토박이들과는 잘 지내는 편이었다.

그러나 그들은 도시의 시끌시끌한 생활에 익숙했던 터라 시골의 적막함을 견디기 힘들어했다. 그러면서 뭔가 일이 벌어지길 은근히 기대하고 있었다. 결국 토박이들과 붙지 못할 거라면 자기네들끼리라도 판을 벌일 수밖에 없었다. 그래서 우시 청년들과 쑤저우 청년들로 편을 갈라 툭하면 시비가 붙어 치고받기 일쑤였다.

처음에는 시시하게 시작된 개인적인 싸움이 시간이 흐르면서 점차 서로에게 원한이 더해 갔고, 나중에는 패싸움을 하기에 이르렀다. 그들은 이미 여러 차례 진 위원회의 경고를 받았지만 아랑곳하지 않았다. 그들의 싸움이 하루가 멀다 하고 벌어져서 유마디 진의 간부 한 사람은 이렇게 말했다.

"여인네들이 달거리하듯 때만 되면 치고받고 하니 참 한심한 일이야."

'치고받는 싸움'도 여러 가지 좋은 점이 있었다. 첫째, 도시에서 온 청년들은 서로 같은 고향 사람들끼리 정을 나누어서 좋았고, 이제는 멀어진 도시의 쾌락을 다시 만들어 낼 수 있어서 좋았다. 둘째, 농사일이 고되고 힘들던 차에 적당한 핑곗거리를 만들어 일에서 빠질 수 있어서 좋았고, 셋째, 영웅이 되고 싶은 욕망을 한 번쯤 채울 수 있어서 좋았다. 넷째, 시골 사람들에게 한판 극을 보여 주며 자신들이 비범한 도시 사람이라는 것을 알릴 수 있어서 좋았고, 다섯째는 한없는 적막감을 통쾌하게 깨 버릴 수 있어서 좋았다. 그러니 싸우지 않고는 배길 수 없었던 것이다.

마을 사람들은 신이 나서 싸움 구경을 했다. 지식 청년들이 두 패로 갈려 싸우느라 머리가 터져 피가 흘러도 사람들은 영화를 보듯 구경만 할 뿐 아무도 말리지 않았다. 인간의 본성이 그리 선한 것만은 아닌 것 같았다.

두 패의 지식 청년들 중 어느 쪽이 더 센지 아직까지 뚜렷이 구분되지 않았다.

우시 청년들의 우두머리는 주산루였다. 그는 메뚜기 뒷다리처럼 다리가 긴 청년이었다. 그는 노래를 부를 때 엄동설한 눈밭에 서 있는 것처럼 목소리를 부들부들 떨었다. 자전거로 묘기를 부릴 줄도 알았는데, 곧잘 까만 기와 운동장에서 학생들에게 묘기를 펼쳐 보이곤 했다.

달리는 자전거를 갑자기 세우기도 하고, 손잡이에서 손을 떼기도 했다. 자전거에서 훌쩍 뛰어내려 굴려 보내면 그 자전거가 스스로 원을 그리며 굴러가다가 다시 그에게 돌아오기도 했다. 그는 그 틈을 이용해 재빠르게 자전거에 올라타며 오른손으로 머리카락을 쓸어 넘겼다. 그는 교양 있는 사람처럼 행동해 여학생들에게 인기가 좋았다.

쑤저우 지식 청년의 우두머리는 바로 바오샤오밍이었다.

어느 날, 규모가 아주 큰 싸움이 벌어졌다. 학생들은 그들이 학교에서 싸움 벌이는 것을 굉장히 좋아했다. 우시 청년들이 운동장에 먼저 도착해 쑤저우 청년들이 백양나무 가로수 길에 모습을 드러내길 목 빠지게 기다리고 있었다. 어떤 이들은 나뭇가지를 꺾어 무기를 준비하기도 했다. 그런데 쑤저우 청년들이 나타나지 않자 우시 청년들이 욕설을 하며 화단을 마구 짓밟았다. 몇 명은 교실 문 앞에다 오줌을 쌌다.

정오로 접어들 때쯤 쑤저우 청년들이 유마디 진을 지나 학교로 모여들었다. 양편은 쓸데없는 말싸움은 생략한 채 마주치는 순간 치고받기 시작했다.

그들은 정말 겁도 없이 주먹을 휘둘러 댔다. 미리 준비해 온 몽둥이를 사정없이 휘두르는 바람에 끔찍한 비명 소리가 여기저기서 터져 나왔다. 양쪽에 여자 대학생들도 꽤 많았지만, 싸움판에는 끼어들지 않았다. 그저 자기편 남학생들 뒤에 서서 그들의 옷을 맡아 주거나 여분의 무기를 쥐고서 날카로운 비명을 질러 대며 싸움을 부추겼다.

제법 싸움을 할 줄 아는 청년들은 일정한 간격을 두고서 마주 보며 서로 원을 그리다가 갑자기 뒷발차기를 하거나 주먹을 뻗기도 했다. 그러나 그들 역시 다른 녀석들과 크게 다르진 않아 제대로 상대방에게 타격을 가하지 못하고 있었다.

얼마 후 사람들의 눈알이 툭 튀어나올 정도로 잔인하게 겨루는 난투극이 벌어졌다. 비참하게 맞고 고꾸라져 뒹굴며 신음을 하는 사람들이 생겨났다. 유마디 고등학생들의 아우성 소리가 요란했다.

"저기 좀 봐. 피를 흘리고 있어. 피 좀 봐!"

피비린내가 상대방의 잔인함을 부추겨 더 심한 격돌로 이어졌다. 더 심해지면 목숨이 위험해질 수도 있었다.

왕루안 교장 선생님이 진 위원회로 학생들을 보내 간부를 즉시 불러오라고 했다. 얼마 뒤 진 위원회 간부가 나타났다. 그러나 유마디 진 관할에 속해 있지 않은 청년들이 굉장히 많아서 멈추라는 그의 명령이 전혀 먹히지 않았다. 그 간부가 바오샤오밍에게 멈추라고 했지만, 그가 순순히 말을 들을 리 없었다.

바오샤오밍은 쑤저우 청년들을 이끌고 우시 청년들에게 거침없이 덤벼들었다. 그들은 전장에 참가한 군인처럼 목숨을 걸고 우시 청년들에게 항복을 받아내고야 말겠다는 기세였다. 바오샤오밍의 기개가 영웅처럼 돋보인 것과 반대로, 상대편인 주산루는 그저 잔인한 싸움꾼으로만 비쳤다.

싸움이 계속되자 쑤저우 청년들이 밀리기 시작했다. 그중 몇 명은 구석으로 밀려 그대로 우리 교실로 밀고 들어왔다. 우시 청년들이 그 뒤를 쫓아 교실로 쳐들어왔다. 너 나 할 것 없이 책상과 의자를 내던지며 싸우는 통에 교실은 금세 아수라장이 되었다. 책상이 넘어지고 유리창이 와장창 깨지고 여기저기서 먹물이 쏟아졌다. 쑤저우 청년들이 창문으로 뛰어내려 숲 속으로 도망쳤다. 도망치지 못한 청년들은 우시 청년들에게 붙잡혀 반죽음을 당하고 쓰러져 신음했다.

바오샤오밍은 마음이 급해져 주산루를 찾아 나섰다. 주산루를 발견하자마자 앞으로 밀고 들어가며 한 발로 차서 그를 넘어뜨렸다. 주산루는 기다란 몽둥이를 거머쥐고 땅 위에 누운 채로 몽둥이를 휘둘렀다. 그러니 그의 몽둥이는 빗나가고 밀었다. 주산루가 벌떡 일어나더니 몽둥이를 들고 다시 바오샤오멍을 내리쳤다. 바오샤오멍이 순간적으로 피했지만 결국 왼쪽 어깨를 맞고 말았다. 바오샤오멍의 어깨뼈가 부러졌는지 그의 어깨가 비스듬히 기울어졌다. 바오샤오멍은 천천히 몸을 일으키더니 주산루를 노려보며 한 걸음씩 다가갔다.

주산루는 몽둥이를 높이 쳐들며 말했다.

"한 발짝만 더 다가오면 너를 빠개 버릴 테다!"

우리는 모두 바오샤오멍이 이기기를 바랐다. 바오샤오멍은 진정한 사내대장부 같았고, 주산루는 음흉한 음모나 꾸미며 여학생들이나 거느리는 도적처럼 보였다.

바오샤오멍은 불덩이처럼 이글거리는 두 눈으로 주산루를 노려보며 한 걸음씩 다가갔다. 주산루가 막 몽둥이를 내리치는 순간, 바오샤오멍이 몸을 슬쩍 피하더니 한 걸음 앞서 주먹을 쭉 뻗어 주산루의 얼굴에 한 방을 날렸다. 주산루는 제대로 맞았는지 정신을 차리지 못하고 빙그르르 두 바퀴 돌더니 땅바닥으로 쓰러졌다. 바오샤오멍은 한 발로 그의 목을 밟은 채 싸움에 열중하고 있는 우시 청년들을 향해 소리쳤다.

"지금 손을 멈추지 않으면 이놈의 목을 짓이겨 버리겠다!"

우리는 모두 몰려가 주산루의 눈알이 천천히 튀어나오는 무시무시한 광경을 지켜보았다.

바오샤오멍이 말했다.

"모두 손에 든 것들을 버리고 뒤로 물러나!"

우시 청년들은 하는 수 없이 뒤로 물러났다.

그때 마침 친치창이 총은 멘 채 민병들을 데리고 나타났다. 친치창과 바오샤오밍은 함께 농구를 할 만큼 친한 사이였다. 친치창은 바오샤오밍에게 심하게 말하지 못하고 발을 떼라고만 한 뒤, 큰 소리로 양쪽 청년들을 향해 빨리 떠나라고 경고를 했다.

유마디 진 병원은 갑자기 바빠졌다. 부상 정도가 심한 쑤저우 청년을 진찰한 의사는 그가 불구가 될 거라고 진단했다.

이번 싸움은 꽤 심각했다. 다음 날 밤, 공안국에서 수십 명이 내려와 곳곳을 수색하며 적잖은 사람들을 체포해 갔다. 주산루는 그물에 걸리고 바오샤오밍은 그물을 빠져나갔다.

그날 밤 마을 주민 하나가 우엉을 훔치러 유마디 고등학교에 들어갔다. 그는 어둠 속에서 누군가가 학교로 들어가는 것을 봤는데, 그 모습이 꼭 바오샤오밍 같았다고 신고했다. 공안국 요원들이 학교로 우르르 몰려와 수색 작전을 펼쳤다. 연못, 숲 속, 고추밭, 화장실 등 모든 곳을 수색했지만 바오샤오밍을 찾지는 못했다. 결국 공안국 요원들은 철수했다.

나와 마수이칭은 강가에서 손을 씻다가 지붕 달린 쪽배에 숨어 정탐하는 사람과 강가에 쭈그리고 앉아 있는(마치 풀밭에서 볼일을 보고 있는 것 같았다.) 사람을 보았다. 그들은 평상복을 입고 있었는데 눈을 돌려 가며 학교를 관찰하고 있었다.

마수이칭이 말했다.

"사복 경찰이야."

바오샤오멍이 아직도 학교에 있을까?

나는 이틀이 지나서 불현듯 아이윈 선생님 방으로 찾아갔다. 방문이 잠겨 있었다. 그 후 몇 번이나 찾아가 보았지만 문은 여전히 잠겨 있었다.

교무실 문 앞을 지나다 보니, 선생님이 교무실에서 숙제 검사를 하고 있었다. 정말 이상한 일이었다. 그녀는 다른 선생님들과 교무실에 같이 있는 것을 싫어해 언제나 자기 방에서 혼자 일을 처리하곤 했는데…… . 선생님은 밤에도 자기 방으로 돌아가지 않고 여학생들 기숙사의 빈 침대에서 잤다.

샤렌샹이 친구들에게 말했다.

"학교 안에 사복 경찰이 있다면, 그것은 분명 바오샤오멍이 아직까지 학교 어딘가에 숨어 있다는 뜻이겠지. 아이윈 선생님은 무서워서 혼자서 숙소에 머물 수가 없다는 거야…… ."

그럴듯한 이유였다. 아이윈 선생님의 방은 제일 외진 곳에 있는데다 방 앞은 연못, 방 뒤는 숲이었다. 만약 문을 열었을 때 검은 그림자가 우뚝 서 있기라도 한다면 선생님은 깜짝 놀라 기절하고 말 것이었다.

십여 일이 지난 뒤 바람 소리가 잦아졌다. 몇몇 사복 경찰(정말로 사복 경찰인지는 모르지만 모두들 그렇게 생각했다.)들도 보이지 않았다. 조사가 진행되면서 모든 것이 확실히 밝혀졌다.

바오샤오멍이 비록 여러 차례 주산루와 패싸움을 벌였다고는 하지만, 그것은 모두 정당한 싸움이었다.

주산루는 천성이 잔인하고 게으르며, 가난한 농민을 무시해서 함부로 굴곤 했다. 툭하면 말썽을 일으키고 고의로 시비를 걸었다. 사람들을 선동해서 쑤저우 청년들을 자주 공격하는가 하면, 사람들의 약점을 트집 잡아서 재물이나 식품 따위를 빼앗았다. 그런 반면에, 바오샤오멍은 사람들을 괴롭히는 주산루를 혼쭐내 준 영웅이었다.

그러던 어느 날 수업 시간에 빨간 기와 쪽에서 누군가가 소리치는 소리가 들려왔다.

"바오샤오멍이다!"

이어서 여러 사람의 소리가 들려왔다.

"바오샤오멍! 바오샤오멍!"

빨간 기와와 까만 기와 중간에 큰 비석이 하나 있었는데, 그 아래 계단에 누군가 앉아 있었다. 바오샤오멍이었다.

사람들이 몰려들자 그가 자리에서 일어섰다. 안색이 창백한 걸 보니 십여 일간은 햇빛을 보지 못한 게 분명했다. 그는 우리에게 환하게 웃어 보이며 백양나무 가로수 길을 걸어 진으로 향했다.

그 후로 그는 학교로 자주 찾아와 아이원 선생님을 만났다.

우리 모두 바오샤오멍을 좋아했다. 특히 여학생들은 옹기종기 모여 앉아 바오샤오멍이 멋지다며 소곤거렸다. 그뿐만이 아니었다. 우연히 바오샤오멍을 만나기만 하면 우러러보듯 그윽한 눈길로 바라보았다.

바오샤오멍은 정말로 잘생긴 사내였다. 훤칠한 키에 적당히 균형 잡힌 몸매, 움푹 들어간 눈, 오똑하게 솟은 콧날이 아주 매력적이었다. 긴 팔로 농구공을 골대에 던져 넣을 때는 남자인 내 눈에도 사뭇 멋져 보였다.

사람의 매력이란 언어로 다 묘사해 내기가 어렵다. 바오샤오밍이 배양나무 가로수 길을 걸어가고 있을 때면 우리는 무언가에 홀린 듯 그의 뒷모습을 눈으로 좇곤 했다.

그의 모습은 아무리 봐도 질리지 않았다. 그가 빨간 기와와 까만 기와를 지나 아이원 선생님 방으로 걸어갈 때마다 우리는 교실 유리창에 찰싹 달라붙어서 그의 모습을 지켜보았다.

사람의 생김새는 그가 태어난 곳과 무관하지 않은 듯했다. 지식 청년들은 이 마을 사람들과 생김새가 아주 달랐다. 피부색부터 달랐기 때문에 금방 알아볼 수 있었다. 신체 비율도 달랐다.

이곳 남자들은 대개 자라면서 돌처럼 단단해졌다. 팔다리가 굵고 짧은 것이, 긴 팔다리와 균형 잡힌 체형을 가진 도시 청년들과 차이가 났다. 그 이유야 음식에 있을 수도 있고, 노동에 있을 수도 있고, 문화(나는 문화야말로 사람의 외모에 절대적인 영향을 끼친다는 것을 확신하게 되었다.)에 있을 수도 있겠지만, 어쨌든 이 마을에서는 바오샤오밍 같은 사내는 절대로 태어날 수 없었다.

가을이 깊어 갈 무렵, 우리는 아이원 선생님과 바오샤오밍이 다정하게 산책하는 모습을 보았다. 갈대꽃이 바람에 날리고 담황색 살구나무 잎이 땅에 떨어져 길을 뒤덮고 있었다. 그들은 가을 햇볕을 받으며 천천히 걸었다. 그 모습이 무척 평안해 보였다.

이런 사건이 생길 줄은 그 누구도 생각하지 못했다. 그러나 특별히 놀라지도 않았다. 그들이 늦가을 풍경 속으로 사라져 가는 뒷모습은(비록 아이원 선생님이 바오샤오밍보다 열 살가량 많고 못생겼지만) 참 잘 어울렸다.

우리 중 어느 누구도 아이원 선생님이 한 남자의 아내가 될 것이라고 생각하지 못했다. 그런데 드디어 한 남자의 아내가 되었다. 겨울방학 때 바오샤오밍과 결혼을 한 것이었다. 그리고 그와 함께 쑤저우에 다녀왔다.

선생님은 집에서 연두색 앞치마를 둘렀다. 그 앞치마에서 따뜻한 향기가 피어났다. 그리고 선생님을 평안하고 차분한 신부의 모습으로 바꿔 놓았다. 이제 아이원 선생님은 긴 고독과 자괴감으로 얼룩졌던 지난 세월에 종지부를 찍었다. 바오샤오밍의 사랑을 독차지함으로써 이 세상에서 가장 행복한 여인이 되었다.

학교에서 수업이 끝나고 집으로 돌아가면 언제나 행복한 표정으로 바삐 집안일을 했다. 혼자 고독하게 지내던 숙소가 이제 따뜻한 온기로 넘쳐흘렀다. 선생님은 바오샤오밍을 위해 빨래를 하고 음식을 만들었다. 선생님의 마음은 화창한 날씨만큼이나 밝고 깨끗했다. 얼굴은 불그스름하게 홍조를 띠었고, 수업 시간에는 힘이 넘쳤다.

한동안 아이원 선생님은 그렇게 자신의 생활 속으로 깊이 빠져들어갔다. 나의 작문을 도와주고 나에게 책을 읽히던 일까지도 모두 잊어버린 듯했다.

바오샤오밍도 완전히 다른 사람이 되었다. 그의 거친 성격은 가을바람에 낙엽이 날아가듯 깨끗이 사라져 버렸다. 그는 성실하게 노동을 했다.

매일 저녁, 우리는 그가 바짓가랑이를 말아 올린 채 농기구를 어깨에 짊어지고 한없이 유쾌한 발걸음으로 집으로 돌아가는 모습을 보았다. 다소 피곤해 보이긴 했지만, 그의 걸음걸이는 무척 빨랐다.

그의 작은 집에는 사랑이 피어오르는 향기와 그의 입맛에 딱 맞는 음식, 그리고 가장 소중한 아이윈 선생님이 그를 기다리고 있기 때문이리라.

그러나 다음 해 봄, 아이윈 선생님의 행복은 산산이 무너져 내리고 말았다.

어느 날 바오샤오멍이 밤이 늦도록 돌아오지 않았다. 아이윈 선생님은 여러 차례 문밖으로 나가 멀리 내다보았다. 밤이 이슥해질 때쯤, 선생님은 논밭 길을 따라 그를 마중 나갔다. 작은 목소리로 그의 이름을 부르면서……. 그러나 아무 소리도 들려오지 않았다. 밤바람만이 스산하게 나뭇가지를 흔들어 댔다. 선생님은 다시 한 번 오던 길을 되짚어가며 바오샤오멍을 찾아보았다.

얼마나 찾아 헤맸을까? 어둠 속에서 끔찍한 소식이 날아들었다. 바오샤오멍이 누군가에게 살해됐다는 것이다. 주산루가 감옥에서 도망쳐 나와 단도로 바오샤오멍의 심장을 찔렀다고 했다. 바오샤오멍이 갈대숲에서 사람들에게 발견되었을 때는 마치 잠이 든 듯 조용히 누워 있었다.

아이윈 선생님은 그 소식을 듣자마자 그 자리에 쓰러졌다. 우리는 선생님을 급히 병원으로 옮겼다. 선생님은 일주일 동안 병원에서 링거 주사를 맞았다. 그러고도 기운을 차리지 못해 일주일을 더 누워 있었다. 선생님이 퇴원하던 날, 많은 사람들이 찾아와 주었다. 선생님은 종잇장처럼 여위어 있었다.

선생님은 꽤 오랜 시간이 지난 뒤에 수업 시간에 나타났다. 그녀는 메마른 눈동자로 우리를 쳐다보았다. 그러다 한참 뒤에야 수업을 시작했다. 선생님의 목소리는 미약한 바람이 넓은 수면 위로 흩어지듯 아득하게 들렸다.

고등학교 3학년 2학기가 절반 정도 지났을 무렵, 아이원 선생님은 교육청에서 통지서를 받았다. 다른 곳으로 발령이 났다는 내용이었다.

선생님이 유마디 진을 떠나는 날, 하필이면 현으로 들어가는 배가 고장이 나는 바람에 그만 발이 묶여 버렸다. 하릴없이 며칠이 지나가자 선생님이 나에게 말했다.

"더 이상 기다릴 수가 없어."

일요일 날, 나는 작은 배 한 척을 빌려서 선생님의 짐을 실은 다음, 사 킬로미터 밖의 부두까지 태워다 주었다. 강물이 불어나 나뭇가지가 수면에 닿을 지경이었다. 배에서 일어서면 멀리 농가와 마을이 보였다. 아이원 선생님은 눈에 익은 시골 풍경을 바라다보며 애환에 젖는 듯 가볍게 탄식을 내뱉었다.

"아, 정말 가는구나……."

나는 아무 말 없이 노를 저었다.

물이 하도 맑아서 바닥이 훤히 들여다보였다. 물속에서 노는 물고기나 새우가 손에 잡힐 듯했다. 선생님은 한동안 고개를 숙인 채 물속을 바라보았다. 물속에 비친 자신의 얼굴을 들여다보다 검은 머리카락 사이로 삐죽 나온 흰머리를 보았다.

나는 노 젓기를 멈추고 물 흐르는 대로 배가 나아가도록 내버려두었다.

"나, 늙었지?"

선생님이 나직한 목소리로 물었다.

"이제 겨우 삼십을 넘기신걸요."

"그래, 그래도 너에 비해 굉장히 많은 나이야."

"겨우 열세 살 위인데요, 뭘."

"겨우 열세 살이라고?"

그녀가 가만히 고개를 저으며 말했다.

"열세 살 많은 게 적은 거니?"

나는 배 위에 앉아 가끔씩 노를 저으며 배의 방향을 잡아 주었다.

선생님이 나를 바라보며 물었다.

"타오훼이를 좋아하지?"

"몰라요."

그녀가 웃었다.

"너, 벌써 열아홉 살이나 됐잖아."

나는 선생님을 부두까지 바래다주었다.

짐 상자를 내릴 때였다. 선생님이 하나만 내리고 다른 하나는 그대로 배로 남겨두라고 했다.

"우리, 하나씩 가지자."

갑작스런 제의에 나는 당황해서 소리쳤다.

"전 아무것도 드린 게 없는걸요."

선생님이 조그마한 상자를 열더니 조심스럽게 나의 작문 공책 두 권을 꺼냈다.

"내가 베껴 쓴 거 너에게 줄게. 그리고 네가 쓴 공책은 내가 가질게."

선생님은 배가 출발할 때까지 나를 말없이 바라보았다.

증기선이 멀리 사라지고 엔진 소리도 멀어져 갔다. 마치 큰 강이 광활함 속으로 빠져드는 것 같았다.

나는 책이 들어 있는 상자 위에 멍하니 걸터앉았다. 눈물이 울컥 솟아나왔다.

·····
소년과 어른 사이

1

비파 연주 실력이 뛰어나서, 중학교 때 나에게 비참한 열등감을 느끼게 했던 자오이량은 결국 까만 기와에 입학하지 못했다. 자오이량은 한동안 방문을 걸어 잠그고 바깥출입을 하지 않았다. 며칠 동안 거의 먹지도 마시지도 않고, 입을 꾹 다문 채 하루 종일 침대에 누워 천장만 노려보았다.

그의 어머니는 혹시 아들의 머리에 이상이라도 생긴 게 아닌지 걱정이 되어 연방 방문 앞을 서성였다. 그러다 밥 먹으라고 성화를 부리곤 했다.

"배고프지 않아."

그는 착 가라앉은 목소리로 겨우 한마디 내뱉었다. 그는 하루가 다르게 여위어 갔다.

어느 날, 자오이량 어머니가 학교로 나를 찾아왔다.

"린빙, 너와 이량이는 사이가 좋았지? 우리 집으로 좀 와 주지 않을래? 이량이가 하루 종일 누워 있어서……."

자오이량 어머니의 눈에 눈물이 그렁그렁했다.

나는 그 전부터 자오이량을 찾아가 보고 싶었다. 그러나 내가 정말 가도 되는 건지 확신이 서지 않았다. 언제나 오만한 표정으로 한 단계 높은 곳에서 다른 사람들을 내려다보던 그의 얼굴이 눈앞에 어른거렸다.

'지금 내가 그를 보러 가도 되는 걸까? 그가 어떻게 받아들일까?'

나는 어렸을 때부터 세상 물정에 민감했다. 일이 잘 풀리지 않은 사람을 보러 가는 건 참으로 곤란한 일이 아닐 수 없었다.

만약 찾아가지 않는다면 아마도 그는 '좋아. 네가 지금 나보다 잘나가니까 이제 사람이 눈에 보이지도 않는다 이거지?'라고 생각할 테고, 만약 찾아간다면 '우쭐대고 싶어서 비웃으러 온 거지?'라고 하지 않을까. 설령 이 두 가지 경우가 아니라 하더라도 그가 자괴감을 느끼게 될 것은 불을 보듯 뻔한 일이었다.

자오이량을 찾아가는 일 역시 꺼림칙한 면이 없지 않았다.

"시간이 나면 이량이를 좀 보러 와 주렴."

자오이량 어머니가 다시금 말했다.

자오이량 어머니가 이렇게 애원을 하니 한번 가 보는 게 마땅할 것 같았다.

그날 오후 나는 큰 마음을 먹고 자오이량을 찾아갔다. 내가 대문을 두드리자, 곧이어 발소리가 났다. 문을 연 사람은 자오이량 어머니였다.

"너 왔구나!"

자오이량 어머니는 반가운 얼굴로 나를 맞이했다.

"마침 이량이가 집에 있단다."

어머니는 나를 자오이량의 방으로 안내했다. 그리고 그의 방문에 대고 소리쳤다.

"이량아, 린빙 왔다!"

방에서는 아무 기척도 들리지 않았다.

자오이량 어머니가 목청을 높였다.

"이량아, 린빙 왔어!"

"누구?"

잠에서 덜 깬 듯한 자오이량의 목소리가 문 너머로 들려왔다.

"나야, 린빙."

잠시 후, 자오이량이 문을 열었다.

"린빙."

그는 눈을 감은 채 기지개를 켜며 하품을 했다. 나른한 표정을 짓고 있었지만 잠을 잔 것 같지는 않았다.

"뭐하고 있었어?"

내가 물었다.

그가 두 손으로 머리카락을 쓸어 넘겼다.

"아무것도 안 했어. 그저 잠만 잤지, 뭐. 넌 공부하느라 바쁘지?"

"그렇지, 뭐."

"난 이제 공부는 못 할 것 같아. 뭐, 이렇게 지내는 것도 나쁘지 않네. 원래부터 공부를 좋아한 것도 아니니까. 공부를 하든 안 하든 달라질 게 뭐 있겠어? 몇 년 더 공부해 봐야 결국 농사나 지을걸. 그렇게 생각하니까 공부하는 게 별 의미가 없어졌어. 그래서 이참에 공부를 접기로 했어. 집에서 잠이나 실컷 자면서 비파를 켜는 게 공부하는 것보다 훨씬 더 나아."

우리가 얘기를 나누고 있는 동안, 자오이량 어머니는 흑돼지 귀를 한 봉지 사 와서 접시에 한가득 담아 내왔다. 자오이량이 내 팔을 살짝 당기며 말했다.

"먹자."

우리는 접시를 중간에 놓고 마주 앉았다. 그는 물렁뼈를 와작와작

썹었다. 그러다 입안의 음식을 우물거리며 어머니에게 소리쳤다.

"엄마, 간장 좀 더 줘."

"엄마, 마늘쪽 있어? 두 통만 까 줘.

그의 앞에 있던 음식이 바닥을 드러내었다. 내 쪽은 아직 언덕처럼 높이 쌓여 있었다. 잠시 후 그 '언덕'이 자오이량 쪽으로 무너져 내렸다. 그는 음식을 먹으며 쉼 없이 떠들었다. 새로 만든 얼후 연주곡은 듣기는 썩 좋은데, 자주 음가를 바꿔야 하는 게 문제라고 했다. 어떤 때는 몇 음을 한꺼번에 내려야 하기 때문에 난이도가 매우 높다는 것이었다. 하지만 지금 그에게 그 정도는 조금도 어렵지 않다고도 했다.

나는 그의 집에서 두 시간 남짓 머물렀다. 자오이량이 예전과 크게 다르지 않은 듯해서 마음이 편안해졌다. 나를 배웅하는 모습 역시 예전 그대로였다. 허리와 가슴을 쫙 편 채 팔짱을 낀 바로 그 자세.

나는 골목 입구까지 걸어 나오다가 그와 '예전처럼' 지낼 수 있겠다는 생각이 들어서 발길을 돌려 그의 집으로 되돌아갔다.

송진*을 달라고 할 참이었다. 나에게도 송진이 있었지만, 다음에 자연스럽게 만날 구실을 만들기 위해서였다. 그런데 그의 집 대문 앞에 다다랐을 때였다. 자오이량의 목소리가 들려왔다. 어머니에게 화를 내며 소리를 지르고 있었다.

"누가 엄마보고 린빙한테 가서 애원하라고 했어? 뭐가 아쉬워서

송진 소나무에서 분비되는 끈적끈적한 액체로, 얼후, 비파, 바이올린 등 악기의 현에 바르면 소리가 잘 난다.

사람들한테 날 보러 오라고 애걸하고 다니냐고!"

그의 목소리는 한껏 격앙되어 있었다. 뒤이어 뭔가 엎어지는 소리가 났다. 자오이량이 또다시 뭔가를 발로 차는 소리가 났을 때, 언제 돌아왔는지 자오이량 아버지가 고함을 지르는 소리가 들렸다.

"이 짐승 같은 놈! 뭐가 어쩌고 어째? 너, 뭐한다고 온종일 침대에 시체처럼 누워 있는 거야? 살기 싫으면 나가 죽어."

자오이량이 큰 소리로 악을 썼다.

"죽어 버릴 거야, 죽어 버릴 거라고!"

나는 자오이량이 정말로 죽으려고 튀어나올까 봐 얼른 자리를 피했다.

자오이량은 죽지도 않았고, 하루 종일 누워 있지도 않았다. 대신 밤낮을 가리지 않고 비파만 켜 댔다. 그러다 홀연히 여행을 떠났다. 상하이에 있는 친척집으로 놀러 간 것이었다.

자오이량은 한 달이 지나서야 돌아왔다. 그러고는 대뜸 이렇게 선포했다.

"노동을 할 거야."

그가 말하는 '노동'이란 아버지를 도와 옷감을 염색하는 일이 아니었다. 그는 어렸을 때부터 집안이 부유한 것에는 자부심을 가졌지만, 오 대째 이어온 가업은 멸시했다.

그가 말한 '노동'은 농사를 의미했다. 자오이량 어머니는 그의 입에서 노동을 하겠다는 말이 나오자 '살아야겠다'는 의지로 받아들였다. 그래서 미간의 주름을 펴고 기쁜 마음으로 농기구를 준비했다. 큰 삽, 작은 삽, 낫, 지게, 바구니 등 농사에 필요한 모든 물건을 구비했다.

자오이량이 그것을 보고 말했다.

"짚신도 한 켤레 필요해."

어머니가 말했다.

"옛날 사람이나 짚신을 신었지, 요즘 사람들은 짚신 같은 거 안 신는단다."

자오이량이 고집스럽게 말했다.

"그래도 난 짚신을 신을 거야."

그의 어머니는 수소문한 끝에 짚신 몇 켤레를 구해 왔다. 처음으로 짚신을 신으면 으레 살갗이 까지게 마련이었다. 어머니는 망치로 짚신을 잘근잘근 두드려 부드럽게 만들었다. 그러고도 마음이 놓이지 않아 뒤꿈치가 닿는 부분을 천으로 몇 번이나 감쌌다.

자오이량이 논에 나가 처음으로 일을 하던 날, 사람들 속에 섞인 그의 모습은 어색하기 그지없었다.

누군가가 말했다.

"자오 도령, 농사를 지을 줄 아는가?"

그의 얼굴이 순간적으로 붉어졌다.

며칠이 지나자 그런대로 자연스러워졌다. 하지만 아직도 무대 위에서 연기 중인 '신식 농민'에 불과했다. 그는 언제나 깨끗하게 차려 입었다. (매일 두 번 옷을 갈아입었다.) 반듯하게 접어 올린 바짓가랑이, 하얀 끈으로 묶은 새 밀짚모자, 소가죽으로 된 허리띠, 상하이에서 사 온 손목시계, 그리고 발에 걸친 짚신……

그가 농사일을 시작하면서부터 어머니는 또 다른 노동에 시달렸다. 그를 위해 쉴 새 없이 옷을 빨아 대는 건 물론, 사람을 시켜 연장을 갈고, 툭하면 세숫물을 나르고, 하루 두 끼 식사를 논까지 날라야 했다.

자오이량은 들바람을 쏘이고 햇볕에 그을리면서 기분이 썩 괜찮아졌다. 유마디 고등학교 학생들에게선 볼 수 없는 건강미까지 보였다.

그러던 어느 날, 나는 진 다리 위에서 그와 우연히 마주쳤다. 그는 마침 빈 바구니를 어깨에 멘 채 걸어가고 있었다.

"린빙!"

나를 보자 반가운 듯 큰 소리로 불렀다. 그는 멜대를 다리 난간에 걸쳐 놓고 다리를 조금 벌리고 섰다. 단추 한두 개가 풀어져 헤쳐진 건실한 가슴을 내보인 채 오른손에 들고 있던 밀짚모자로 가볍게 부채질을 했다. 노동이야말로 심신을 유쾌하게 만드는 것임을 몸소 보여 주려는 듯했다.

얼마 후, 다시 한 번 그와 부딪쳤다.

"린빙, 저녁에 시간 있으면 우리 집으로 놀러 와. 비파도 가지고 말이야."

그날 저녁, 나는 비파를 들고 자오이량의 집으로 갔다.

그는 아무렇지도 않다는 듯 학교생활을 캐묻더니 내게 농담까지 던졌다.

"아이원이라는 선생이 너를 끔찍이 좋아한다며?"

"헛소리하지 마!"

그가 깔깔거리고 웃어 제쳤다.

"우리, 몇 곡 켜 보자. 나 혼자 켜려니 재미가 없어서 말이야."

나는 자연스럽게 그의 보조 비파 역할을 해 주었다.

뜻밖에도 자오이량의 연주 솜씨가 예전만 못했다. 현 위에서 노니는 손가락뿐만 아니라, 비파를 잡고 있는 손가락마저도 눈에 띄게 무뎌져 있었다. 그것이 노동 때문임을 단박에 알아차렸다. 육체 노동이 손의 감각을 둔화시킨 것이었다.

자오이량이 며칠이나 농사일을 했다고 벌써 손이 말을 듣지 않는 거지? 나는 비파를 켜면서 예전의 자오이량의 손을 떠올렸다. 그의 네 손가락은 현 위에서 살아 있는 영혼처럼 뛰어놀았다. 소나무 위를 날쌔게 뛰어다니는 다람쥐처럼 명민하고 활달했다.

예전에 딱 한 번 자오이량이 우리에게 묘기를 보여 준 적이 있었다. 철판 하나를 화로에서 꺼내어 살짝 식힌 다음, 그 철판 위에서 네 손가락을 피아노 치듯 빠르게 움직였다. 그런데 신기하게도 조금도 데지 않았다. 지금 그것을 다시 한 번 해 보라고 한다면 분명히 살이 타고 말 것이었다.

손이 말을 안 듣는다는 건 그가 나보다 더 잘 느낄 수밖에 없었다. 그는 갑자기 연주하던 손을 멈추고 손을 힘껏 털었다.

그러고 나서 다시 연주를 시작했지만 그의 손은 여전히 뻣뻣했다. 그의 이마에 식은땀이 맺히고 눈에서는 상심의 빛이 흘러나왔다. 억지로 다시 한 번 더 시도를 하더니 이내 멈추고 이렇게 말했다.

"우리, 그만 켤까?"

나는 고개를 끄덕였다.

그 후에도 자오이량은 여전히 농사일을 했다. 이제는 거의 발버둥치는 수준이었다. 그가 처음 농사일을 시작할 때는 경험이 없다는 점을 참작해 생산대에서 가벼운 일만 시켰다. 하지만 시간이 지나면서 다른 사람과 차별 없이 대하기 시작했다. 그는 노동을 참아 내기가 버거워 날이 갈수록 고통스러워했다. 일이 시작되는 순간부터 끝날 때를 손꼽아 기다렸다.

시간이라는 건 참으로 묘해서 빨리 가기를 애타게 기다리면 기다릴수록 점점 더 더디게 가면서 사람의 애를 태우게 마련이었다. 그는 이를 악물고 모든 끈기를 동원해 시간의 톱니바퀴 속에서 시련을 견뎌 내었다.

2

자오이량은 진 문예 선전단에서 활동할 수 있기를 간절히 바랐다. 유마디 진 문예 선전단은 일 년에 반 정도 활동을 하는 만큼 직업적인 성격을 띠고 있다고 해도 무방했다. 게다가 인재를 키워 내는 곳이어서 자오이량에게는 더할 나위 없이 좋은 환경이라 할 수 있었다. 다른 사람들은 뙤약볕 아래 논밭에서 힘겹게 일하고 있을 때, 그들은 시원한 실내에서 여러 가지 프로그램을 연습했다. 게다가 연습이 있는 날에는 하루 분량의 공분*이 나왔고, 밤에 연습을 하면 야참까지 제공되었다. 연습도 별 어려움이 없었다. 대사를 외우고 발성 연습을 하는 게 전부였다. 그것도 이쪽저쪽에 삼삼오오로 모여 제멋대로 연습하면 되었다.

단원들은 남자건 여자건 대체로 반반하게 생겼다. 여자들은 농사일을 하지 않고 화려한 의상에 싸구려 향수를 뿌리고 다녔다. 피곤해서 땀이 흐를 때면 향기 나는 손수건을 흔들며 부채질을 했다. 더구나 남녀가 손을 잡거나 신체 접촉이 있는 동작을 연습할 때면 전기가 흐르는 듯 짜릿한 쾌감이 일었다. 그런 시간들이 길어지면 서로에게 정이 들어 사랑이 싹트게 마련이었다.

자오이량의 생각이 거기에까지 미친 건 아니었지만, 선전단에 들어가면 노동을 면하게 될 뿐 아니라 비파를 계속 연주할 수 있다는 계산은 있었다. 그가 가진 조건에도 부합하는 일이었다. 그의 비파 실력은 그 누구보다도 뛰어났다.

그러나 한 가지 일을 생각하면 가슴이 꽉 막혔다. 그의 숙적인 쉬이룽의 명령을 따라야 하는 것이었다. 유마디 진 문예 선전단은 쉬이룽이 모든 권한을 틀어쥐고 있었다.

그는 며칠 동안 선전단에 가고 싶은 욕망을 억눌렀다. 하지만 결국 진 간부들의 집을 찾아가 선전단에서 비파 연주를 하고 싶다고 말했다.

진 간부가 흔쾌히 대답했다.

"알았어."

자오이량이 물었다.

공분 문화 대혁명기 때 인민에게 하루 노동의 대가로 배급한 표. 공분으로 필요한 양식을 바꿀 수 있었다.

"언제부터요?"

진 간부가 대답했다.

"우리끼리 먼저 의논해 보고 연락해 줄게."

자오이량은 이제 농사를 짓지 않아도 된다는 생각에 기쁨을 감추지 못했다. 그는 고통의 바다에서 헤어 나온 듯이 해방감을 맛보았다.

그는 농사일을 아예 접어 두고 집에서 비파 연습을 하면서 소식이 오기를 기다렸다. 그러나 며칠이 지나도록 감감무소식이었다.

길에서 우연히 진 간부와 마주쳤지만, 그는 자오이량이 선전단에 들어가고 싶다고 말한 것조차 까맣게 잊은 듯했다. 자오이량은 며칠을 더 참고 기다리다가 다시 진 간부를 찾아갔다.

진 간부가 말했다.

"그냥 농사를 짓지 그래?"

자오이량이 물었다.

"왜요?"

진 간부가 말했다.

"침흘리개 룽이 그러는데, 선전단에는 네가 필요하지 않대."

순간 자오이량은 눈앞이 캄캄해졌다. 그는 한참 동안 멍한 눈동자로 발밑을 내려다보았다. 그러다 진 남쪽으로 난 큰 강가로 가서 벌렁 드러누웠다. 광활한 하늘에 새 한 마리가 쓸쓸히 날고 있었다. 그는 사방에 어둠이 내리고, 어른들이 저녁 먹으라며 아이들을 부르러 나올 때까지, 그리고 하늘을 날던 새가 숲 속으로 날아가 버릴 때까지 누워 있었다.

자오이량은 하는 수 없이 다시 논으로 돌아갔다. 예전처럼 활기 치게 지내고 싶었지만, 도무지 기운이 나지 않았다. 활기차게 지내 려면 힘이 넘쳐나야 했다.

자오이량은 하루 종일 일을 하고 나면 피곤해서 만사가 다 귀찮 았다. 예전처럼 멋을 낼 엄두조차 내지 못했다. 모든 것이 될 대로 돼라는 심정이었다.

나는 그와 두 번 맞닥뜨렸는데, 그때마다 헝클어진 머리에 흙먼 지투성이였다. 그의 어머니가 찢어진 주머니를 꿰매 주려 해도 그 대로 두라고 했다. 이제는 짚신 대신 운동화를 신고 다녔는데, 한쪽 은 끈이 매어져 있고 다른 한쪽은 풀린 상태였다. 나를 보면서도 예 전처럼 어깨에 힘을 주지 않았고, 몹시 피곤한 듯 맥이 빠진 표정이 었다.

늦가을에서 초겨울로 접어들 무렵, 갑자기 찬바람이 사흘 동안 불어오더니 세상이 홀연 추위 속으로 빠져들었다. 추수기에 접어든 논 한켠에는 미처 수확을 끝내지 못한 벼가 남아 있었다. 물이 빠지 지 않은 논바닥에는 살얼음이 얼었다.

자오이량은 사람들과 함께 맨발로 물속으로 들어갔다. 살얼음이 요란한 소리를 내며 깨졌다. 물속에 떠다니는 수많은 칼날이 그의 발과 다리로 달려드는 것 같아 이마에서는 연방 식은땀이 흘러내 렸다. 자오이량은 몇 번이나 칼날 같은 얼음 속에서 빠져나와 논두 렁으로 뛰어 올라갔다. 그러나 다른 사람들이 눈앞에서 점점 멀어 져 가는 것을 보고는 마지못해 다시 칼날 속으로 들어갔다.

흐릿한 하늘 아래 들판에는 침묵이 깔리고 얼음끼리 부딪치는 소리만 스산했다. 자오이량은 사람들이 저만치 멀어져 간 자리에 자신의 몫으로 남겨진 여섯 줄의 누런 벼 포기를 바라보며 가파른 절망의 벼랑 끝에 서 있음을 직감했다.

그날 밤, 그가 나를 찾아와 밖으로 불러냈다.

"린빙, 쉬이룽한테 가서 예전의 일은 다 잊었으니까 내가 문예 선전단에 들어가는 데 동의해 달라고 부탁 좀 해 줘. 들어가기만 하면 쉬이룽을 위해 보조 비파를 열심히 연주할 거라고."

그는 말을 마치고 자리를 떴다.

나는 그의 뒷모습을 보면서 씁쓸함을 지울 수 없었다.

다음 날 점심 무렵, 나는 쉬이룽의 이발소로 찾아가 자오이량의 뜻을 전했다. 쉬이룽은 침을 질질 흘리며 웃었다.

"동의해 달라고?"

쉬이룽은 대야에 있던 물을 거리에 획 쏟아 버리고 나서 몸을 돌리며 나에게 말했다.

"동의 좋아하네! 잊었다고? 내가 잊지 못하겠다는데! 내가 어떻게 잊을 수가 있겠어? 울화통이 터져서 시뻘건 피를 한입 가득 쏟았는데!"

그는 '시뻘건'이라는 말에 이를 악물었다.

"시뻘건 피를 가득 쏟았어!"

그는 다시 한 번 강조하며 치를 떨었다.

"잊을 수 없다고요?"

"암, 잊을 수 없지!"

나는 몸을 일으켜 그 자리를 떴다.

"린빙, 넌 디 좋은데 미음이 악한 게 탈이야. 네 꼴을 보니 티오줴이와 잘되기는 글렀어."

나는 욕을 뱉으며 몸을 돌려 나왔다.

쉬이룽이 내 뒤통수에다 대고 소리쳤다.

"난 절대로 잊을 수 없어, 그 시뻘건 피를!"

그는 또 침을 흘리고 있을 터였다. 마지막으로 발음한 '피' 소리가 제대로 들리지 않는 걸로 보아 안 봐도 뻔했다.

3

다시 자오이량을 만났을 때, 그의 두 손에는 흑적색이 물들어 있었다. 자오이량은 어렸을 때부터 집안 대대로 내려오는 가업에 불만을 품고 있었다. 어떤 사람이 "얘가 어느 집 애인고?"라고 물으면 다른 이가 "염색 공장 아들이잖아."라고 대답했는데, 그 대화 속에 별다른 뜻이 들어 있는 것도 아니었건만 그 소리를 들을 때마다 몹시 싫어했다.

세월이 흐르면서 그의 집처럼 수공업*에 종사하는 일이 권장할 만한 게 못 되는 세상이 되었다. 어떤 사람들은 염색 공장을 뭉개 버려야 한다고 주장하기까지 했다.

수공업 문화 대혁명 시기에는 개인적인 수공업 대신 생산 조합 형태가 권장되었다.

그가 초등학교 6학년이었을 때였다. 어느 날, 같은 반 아이 하나와 싸움이 벌어졌다. 그 애가 자오이량의 아픈 곳을 꼬집었다.

"네 아버지는 도둑이야!"

그 아이는 자오이량에게 손가락질하며 악을 썼다.

"네 아버지가 염색 공장을 하잖아!"

자오이량은 그때부터 염색 공장이 부끄러운 곳이라고 생각하게 되었다. 그래서 염색 공장 쪽으로는 얼씬도 하지 않았다.

언제인가부터 아버지와도 거리를 두고 지냈다. 아버지 몸에서 일 년 내내 염색약 냄새가 풍기는 걸 참을 수 없어 했다. 염색약에 물든 손을 보는 것도 견디기 힘들어 했다. 아버지가 그 손으로 하얀 밥공기를 들고 있거나, 잘 익은 수박을 받쳐 들고 먹는 모습을 보고 있노라면 자기도 모르게 시선을 딴 곳으로 돌렸다.

세상에는 수많은 직업이 있지만 대부분 별 흔적을 남기지 않는다. 그런데 염색하는 직업만은 유독 간판을 걸어 둔 것처럼 양손을 시커멓게 물들여 사람들에게 그 흔적을 훤히 드러냈다.

그의 아버지가 사람들 속에 있으면 오직 손만 부각되었다. 자오이량은 우리 앞에서 한 번도 염색 공장 얘기를 꺼내 본 적이 없었다.

자오이량은 나와 맞닥뜨리자 목까지 빨개졌다.

나는 그의 손에 시선을 두지 않으려고 애를 썼다. 하지만 내 눈이 말을 듣지 않았다. 자오이량이 아예 두 손을 앞으로 내놓았다.

그가 손을 뻗어(공중에서 까만 손이 잠깐 번쩍했다.) 앉으라고 권하는 순간, 예전에 여학생들이 그에게 빨간 마름 열매를 내밀던 모습이 떠올랐다. 그땐 자오이량의 손이 정말 아름다웠다. 자오이량은 비파를 아주 잘 켰고, 비파 켜는 모습 또한 몹시 근사했다. 그 매력은 모두 그의 두 손에서 나온 것이었다.

설이 코앞으로 다가왔다. 이 마을 사람들은 설이 되면 모두 새 옷을 입고 싶어 했다. 그러나 누구나 다 새 옷을 장만할 수 있는 것은 아니었다. 그렇다고 헌 옷을 입고 새해를 맞이할 수는 없었다. 그래서 사람들은 헌 옷에 염색을 해서 새 옷 같은 기분을 냈다. 나는 열여덟 살 이전까지 설마다 염색한 헌 옷을 입었다.

자오이량네 염색 공장이 눈코 뜰 새 없이 바빠졌다. 몇 개나 되는 염색솥은 하루 종일 뜨거운 김을 토해 내었고, 염색약 냄새가 유마디 진 전체로 퍼져 나갔다.

자오이량은 커다란 앞치마를 두르고 아버지의 고함 소리에 따라 나무 막대 두 개를 염색솥 안에 넣고 헌 옷을 휘휘 저었다. 옷들을 나무 막대에 감아 올려 염색물을 짜낸 후 맑은 물속에 담갔다가 비틀어 짜 빨랫줄에 널기도 했다.

자오이량은 묵묵히 일했다. 즐거울 일도, 괴로울 일도 없었다.

염색은 농사일보다는 쉬웠다. 자오이량은 백수가 되지 않기 위해 일을 할 수밖에 없었다. 농사일을 할 수 없다면 염색이라도 할 수밖에. 자오이량도 받아들일 수밖에 없었다.

겨울 방학이 되자 나는 그를 만나러 갔다. 그는 때마침 옷을 찾으러 온 사람과 계산을 하고 있었다. 각종 염료로 얼룩덜룩해진 앞치마를 두른 채 손님을 대하는 모습에서 염색 공장 주인 같은 분위기가 느껴졌다.

계산을 마치고 나자 곧바로 나에게 인사를 건넸다. 그의 목소리는 그 어느 때보다 침착하고 자연스러웠다. 오래전부터 염색 일을 했던 사람 같았다. 작업량이 많은 탓에 그는 일을 하는 틈틈이 이야기를 이어 나갔다.

내가 일손을 거들려고 하자 그가 손을 내저으며 말렸다.

"아냐, 옷이랑 손에 염료 물이 들어."

그는 끊임없이 학교생활에 관해 물었다. 그리고 내 개인적인 일까지 낱낱이 캐물었다.

"용돈은 충분해? 부족하면 내게 말해. 원하면 내 비파도 빌려 가고. 난 시간이 없어서 비파 켤 엄두도 못 내고 있으니까."

"타오훼이와는 잘돼 가고 있어? 타오훼이 걔 정말 괜찮아. 흠이 있다면 난쟁이 타오 씨가 권세와 재물을 좀 밝힌다는 거지."

이젠 그에게 인간미마저 느껴졌다.

나는 그와 오랫동안 이야기를 나눈 뒤 학교로 돌아가 짐을 챙겨 집으로 갔다.

자오이량은 자신이 가야 할 길을 분명하게 깨달은 듯했다. 두 번 다시 초조해하거나 상심해하지 않았으며, 절망 따위는 더더욱 하지 않기로 단단히 마음을 고쳐먹었다.

자오이량은 이제 대대로 내려온 가업을 더 이상 부끄럽게 여기지 않았다. 그는 큰 앞치마를 두르고 태연히 진을 활보했다. 동창생을 만났을 때도 자신의 두 손을 부끄럽게 생각하지 않았다. 오히려 친구들과 헤어질 때면 손을 번쩍 들어 작별 인사를 했다.

"뭐가 어때서? 염색쟁이가 다 그렇지 뭐!"

자오이량의 웃음에는 그 또래 청년만이 가질 수 있는 건강함이 묻어났다.

그는 어느새 담배를 배우기 시작했다. 처음에는 그저 뻐끔거리기만 하더니, 얼마 안 가 폐 깊숙한 곳까지 들이마신 후 다시 콧구멍으로 연기를 내뿜었다. 그의 손은 비파를 연주하던 영민하고 민감한 손이었다. 그래서인지 담뱃재를 터는 동작이 제법 그럴싸해 보였다.

그러던 어느 날, 나는 거리에서 그와 우연히 마주쳤다. 귀 뒤에 담배 한 개비를 꽂고 있는 모습이 진짜 숙련공 같았다. 그 모습을 본 뒤로 며칠 동안 예전의 자오이량의 모습이 뇌리에 아른거렸다.

자오이량 아버지는 나이가 들어 몸이 쇠약해진 터라, 아들이 마음을 다져 먹고 염색 공장에서 일하게 된 것을 진심으로 기뻐했다. 기꺼운 마음으로 아들에게 염색 기술을 하나씩 전수해 주었다. 자오이량에게 중요한 일을 맡기고, 자신은 보조 역할을 했다. 염색 공장을 하나뿐인 아들에게 넘기기 위해서였다. 자오이량 역시 이 염색 공장이 달갑든 달갑지 않든 자신이 이어받아야 한다는 사실을 깨달았다.

자오이량은 날이 갈수록 성숙해졌다. (사실 우리는 한 살 차이밖에 나지 않았다.) 그가 성숙해지는 만큼 우리 사이는 멀어졌다.

사람들이 자오이량에게 중매를 서기 시작했다. 그의 아버지도 조금 이른 감이 있긴 해도 혼사를 빨리 정하는 게 좋겠다고 생각했다. 혹시라도 아들이 싫어할까 봐 말도 못 하고 며칠 동안 끙끙 앓았다. 그러던 중 또 다른 사람이 중매를 하겠다고 나서자 마침내 자오이량 아버지가 입을 열었다.

"직접 물어보세요."

자오이량은 아무 말 없이 그저 얼굴만 붉혔다.

그가 학교 다닐 때 좋아했던 여학생이 있었지만, 지금은 성사될 가능성이 거의 없었다. 그는 주머니에 담배 몇 보루를 넣어 가지고 중매인을 따라 선을 보러 갔다. 그는 그렇게 예쁘지도 못생기지도 않은 그 여자에게서 별다른 매력을 느끼지 못했다.

중매인이 돌아오는 길에 물었다.

"색싯감은 어때?"

그는 아무런 대답도 하지 않았다.

중매인이 지레짐작으로 말했다.

"대답이 없는 걸 보니 잘 되겠구먼. 집에 가서 내 소식이나 기다려."

자오이량은 집에 돌아오자마자 염색 공장에서 일을 했다.

자오이량은 그 색시가 그다지 마음에 들지 않았다. 그런데 이틀이 지나도 중매인에게서 연락이 없자 은근슬쩍 조바심이 일기 시작했다.

'색시 집에서 마음에 들어 하지 않는 걸까?'

며칠을 더 기다려도 중매인은 나타나지 않았다. 그의 어머니가 기다리다 못해 중매인을 찾아가 물었다.

자오이량은 어머니의 안색이 별로 좋지 않은 것을 보고 일이 글렀다는 것을 눈치챘다. 괜스레 실망스런 마음이 들었다. 하지만 크게 마음 쓰지 않고 일에 열중했다.

그 후로 또 다른 중매인을 따라 두 번이나 선을 더 봤다. 그중 두 번째로 선을 본 처녀는 어린아이처럼 앳되었는데, 그의 마음에 쏙 들었다.

이틀 후, 중매인이 찾아왔다.

"그 집에서도 혼사에 뜻이 있대요."

자오이량은 뛸 듯이 기뻐하며 옷 몇 벌을 엉뚱한 색으로 물들이고 말았다. 아버지가 화가 나서 그에게 소리쳤다. 그러다가 아들이 벌써 장가 갈 나이가 됐다는 사실을 떠올리며 입을 다물었다.

그의 어머니는 신붓집에 보낼 물건들을 장만하기 시작했다. 얼굴에 웃음을 가득 띤 채 거리로 나가 분주하게 움직였다. 그런데 그날 밤, 중매인이 찾아와 몹시 미안해하며 말했다.

"서두르지 마세요. 그 집 처자가 시집을 안 오겠다고 합니다."

자오이량은 참담한 기분이 들었다. 자존심이 처참하게 무너져 내렸다. 일거리가 쌓이는데도 제쳐 두고 방에 틀어박혀 비파만 켰다. 예전과는 음색이 확연히 달랐다.

예전에는 우월감이 넘쳐흘렀다면, 지금은 고독함과 답답함이 묻어났다. 예전에는 연주 자체가 목적이었지만, 지금은 자신을 발견하는 것이 목적이었다.

아버지는 아들에게 욕설을 퍼부었다.

"못난 녀석, 색싯감 하나 못 찾았다고 저 지랄이야!"

그는 사람 없이 드문 강가로 가서 비파를 켜기 시작했다. 망망한 강 위로 물새가 날아다녔고, 강 위에는 배가 한가로이 떠 있었다. 그는 마치 연인인 양 비파를 가슴에 끌어안고 눈물로 하소연하듯 애절하게 연주했다.

자오이량 어머니는 이번 혼사의 결과를 받아들이가 힘들었다.

'우리 이량이가 어디가 어때서! 번듯하게 잘생긴 데다 염색 공장까지 갖고 있는 부잣집 아들인데, 어째서 퇴짜를 놓는단 말인가.'

그녀는 혼사가 어그러진 이유를 캐기 시작했다. 얼마 안 가, 그 이유가 확실해졌다. 쉬이룽의 농간 때문이었다.

쉬이룽의 이발소는 모든 소식이 모이고 전파되는 곳이었다. 소문이란 소문은 모조리 이발소로 모여들었다. 일단 쉬이룽의 귀에 들어가면 자기 감정대로 살을 붙여 새로운 소문을 만들어 내었다.

그가 입을 꼭 다무는 바람에 더 이상 퍼져 나가지 않는 소문도 있었다. 그는 소문을 수집할 뿐만 아니라, 자기 마음대로 각색한 후 원하는 시기에 퍼뜨리기까지 했다. 그가 특별히 각색한 소문은 파급 효과가 매우 컸다.

쉬이룽은 자오이량이 '신붓감을 찾는다'는 소문을 접하고는 얼른 새로운 이야기를 꾸며 신붓집으로 전달될 통로를 물색했다. 그 소문은 꼬리에 꼬리를 물고 삽시간에 신붓집에 전해졌다.

"누가 자오이량에게 시집가게 될지 평생 동안 재수 없게 됐지 뭐야. 자오이량 아버지는 유마디 진에서도 소문난 노랑이로 길에 넘어지면 흙이라도 움켜쥘 사람이잖아. 그 집에서 며느리로 살다가 고생만 실컷 하다가 죽을 거야. 게다가 자오이량 어머니는 천성이 까다로워서 매사에 시시콜콜 법도를 따져 가며 며느리를 볶아 댈 거야. 자오이량은 또 어떻고. 유마디 진에서는 아무도 그 녀석을 좋아하는 사람이 없지. 정말이지 똥통에 떨어진 돌멩이나 다름없어. 뻣뻣하고 냄새나는 녀석이야."

그가 내는 소문들이 다 맞지는 않았다.

쉬이룽은 소문이 맞든 말든 신경 쓰지 않았고, 아무렇게나 퍼져 나가는 대로 내버려 두었다. 소문은 이발소 문턱을 빠져나간 뒤 이리저리 변질되어 처음하고는 거리가 멀어졌다. 쉬이룽이 그런 변화나 결과까지 통제할 수는 없었다.

쉬이룽은 소문을 만들어 내면서도 누군가 찾아와 따귀를 올려붙일지도 모른다는 걱정 따위는 하지 않았다. 그 시절에 유일하게 소문의 진상을 밝히고 조사하는 기관은 공안국뿐이었는데, 쉬이룽이 퍼뜨린 소문은 공안국에서 관심조차 두지 않는 내용이었다. 사실 공안국이 조사를 나왔다 해도 "내가 화장실에서 볼일 보고 있을 때 옆에서 볼일 보던 여자들이 하던 말을 듣고 전한 것뿐입니다."라고 하면 되는 것이었다. 다른 사람들이 진상을 밝히려고 해도 대부분 사실을 확인하기 어려운 것들이었다.

쉬이룽은 자오이량의 일로 입방아를 찧을 때마다 매번 짜릿한 쾌감을 느꼈다.

자오이량 어머니는 이발소를 찾아갔다. 마침 이발소에는 손님이 없었다. 자오이량 어머니가 쉬이룽 앞에 무릎을 꿇었다.

쉬이룽은 깜짝 놀라서 소리쳤다.

"마님, 마님이 어떻게……"

"쉬 선생님, 이량이가 뱃속에 똥만 가득 차 아무것도 모르고……. 하지만 내 얼굴을 봐서 아들을 용서하세요. 내가 이렇게 빌게요. 이량이를 위해 좋은 말 좀 해 주세요."

그때 쉬이룽의 눈에 늙고 지친 자오이량 어머니의 흰 머리카락

이 보였다. 쉬이룽은 당황스런 나머지, 그녀를 두 손으로 잡아 일으
켜 세우며 말했다.

"마님, 이게 무슨 일이세요?"

그제야 자오이량 어머니가 일어났다.

손님이 들어오려고 했지만, 쉬이룽은 문을 걸어 잠그고 집으로
돌아갔다.

4

마침내 자오이량의 혼사가 정해졌다. 신부는 자오이량이 마음에
두었던 바로 그 소녀였다.

신붓집에 예물을 보내던 날, 길에서 우연히 자오이량과 마주쳤
다. 새 옷을 근사하게 맞춰 입고 허리를 꼿꼿이 세운 모습에서 예전
의 풍모를 다시 느낄 수 있었다. 그는 나를 보자 조금 멋쩍은 표정
을 지었다. (나는 학생인데 자신은 신부를 맞이하기 때문이리라.)
그는 내게 담배를 권했다. 나는 담배를 받아 억지로 입에 물었다.

그가 말했다.

"린빙, 너와 비교하며 살 수는 없어. 난 앞으로 어떤 길을 갈지 잘
알고 있어. 결혼하고, 애 낳고, 그냥 그렇게 살아가겠지……."

예물을 지고 앞서가던 짐꾼이 그를 기다리고 있었기에 더 긴 이
야기를 나누지는 못했다.

"집으로 놀러 와!"

자오이량의 신붓감은 나도 본 적이 있었다. 어느 날인가 그 소녀가 진으로 나와 물건을 사며 이리저리 걸어 다니자 사람들이 그녀를 알아보고 수군거렸다.

"저 애가 바로 자오이량의 신붓감이야!"

수많은 사람들의 눈빛이 그 소녀를 좇았다. 그 소녀는 얼굴을 붉히며 얇은 입술을 지그시 깨문 채 고개를 숙이고 걸었다. 정말 귀여운 소녀였다.

자오이량은 머릿속의 그림을 하나씩 구체화시켰다. 소녀, 염색 공장, 부모님……. 이 모든 것을 한데 묶어 생각하자 책임감이 저절로 생겼다. 그는 자기 인생을 설계하기 시작했다.

무엇보다 염색 공장에 마음을 붙이고 일했다. 사업상의 경험을 쌓기 위해 유마디 진의 수공업 종사자들과 자주 만났다. 그들과 가까워지면서 많은 것을 공유하게 되었다. 어느 사이엔가 거리에서 우연히 만나면 손을 흔들며 농담을 주고받게까지 되었다.

자오이량은 설날을 전후해서 혼삿날을 정하고 싶어 했다. 신붓집에서도 딸을 더 붙잡아 두고 싶어 하지 않았다.

겨울로 접어들면서 자오이량네 집안은 혼사 준비로 분주해졌다. 자오이량은 염색 공장 일에 더 열심히 매달렸다.

그러던 어느 날, 학교 강당에서 문예 선전단 공연이 있었다. 다행히 자오이량이 그리 바쁘지 않다고 해서 일부러 초대를 했다.

그날은 조명도 좋았고, 호응도 좋았다. 연기자와 악단이 잘 어우러져 공연이 유쾌하게 진행되었다. 공연이 끝난 뒤, 자오이량의 모습이 보이지 않았다. 강당에서 일찍 나가는 걸 봤다고 누군가 귀띔해 주었다.

나는 그의 집으로 찾아갔다. 그는 마침 염색을 하고 있었는데, 두 개의 나무 막대로 네댓 장이나 되는 천을 휘젓고 있었다. 이마에서는 땀이 비 오듯 흘러내렸다.

웬일인지 기분이 그다지 좋아 보이지 않았다.

그가 한마디 던졌다.

"린빙 너, 비파 잘 켜더라."

그해 겨울은 몹시 춥고 건조했다. 입동이 지나자 비 한 방울 내리지 않았고, 눈마저 날리지 않았다. 그러나 바람은 쉬지 않고 불었다. 광활한 사막을 거쳐 온 듯한 바람이 마지막 남은 습기마저 다 걷어가 버리는 것 같았다.

겨울 밀이 회색 땅 위에서 가느다란 싹을 흔들거렸다. 강기슭의 마른 갈대 잎은 바람이 부는 대로 바스락거렸다. 유마디 고등학교 농구장에는 흙먼지가 풀풀 날렸다. 먼 곳에서 보면 마치 연기가 이는 듯했다. 강물에 얼음이 얼기 시작했다. 물이 줄어들면서 강 가운데의 얼음이 움푹 꺼져 내려, 밤만 되면 쩍쩍 얼음 갈라지는 소리가 들렸다.

밤이 되면 멀리서 야경꾼의 딱딱이 소리가 들려왔다. 그것은 불조심을 하라는 경고음이었다. 건조한 공기 속에서 딱딱이 소리가 맑고 청량하게 울려 퍼졌다. 매일 밤 그 소리를 들으며 잠이 들었다.

설날이 이십 일 앞으로 다가왔다. 꿈속을 한창 헤매고 있는데 마수이칭이 나를 흔들어 깨웠다.

"징소리야."

니외 세비이싼, 야오싼찬은 깜짝 놀라서 벌떡 일어났다.

"불이 났나 봐!"

마수이칭이 소리쳤다.

징소리는 이 마을 어딘가에 불이 났다는 신호였다. 징소리가 급박하게 울렸다.

우리는 정신없이 옷을 걸치고는 세숫대야와 양철통 같은 것들을 들고 밖으로 뛰쳐나갔다. 유마디 고등학교 기숙사와 선생님들 숙소 문이 활짝 열려 있었다. 사람들이 한길로 모여들어 유마디 진으로 뛰고 있었다. 곳곳에서 사람들의 고함 소리가 들려왔다.

"불이야! 불이야!"

요란하고 급박하게 울려 대는 징소리가 사방에서 사람들을 불러내었다. 사람들은 어디에 불이 났는지도 모른 채 그저 쉴 새 없이 불이 났다고 외쳐 대었다.

우리가 진에 도착했을 때는 사람이 너무 많아 앞으로 나아갈 수조차 없을 지경이었다. 어지러운 발자국 소리로 보아 사건이 급박하다는 걸 알 수 있을 뿐이었다. 나무 다리가 무너질까 봐 걱정이 될 지경이었다.

"불길이다!"

누군가가 외쳤다.

진 남쪽 하늘로 불길이 벌써 빨갛게 치솟고 있었다. 사람들은 그 자리에 선 채 불길이 타오르고 있는 쪽을 바라보며 누구네 집인지 가늠해 보았다.

"생선 장수 저우용한의 집 같은데?"

"저우용한의 집은 동쪽으로 더 가야지. 아무래도 쉬사오량의 집 같은걸."

나는 왠지 자오이량의 집 같았다. 그러나 그 말을 차마 입 밖으로 내지는 못했다. 그러고 싶지도 않았다. 나는 "진에서 불이 났다."라는 소리를 듣는 순간부터 자오이량의 집일지도 모른다고 생각했다. 왜 그런 생각이 들었는지는 알 길이 없었다.

불길이 점점 높아지며 진 남쪽 하늘을 더 붉게 물들였다.

친치창이 큰길가에서 가장 높은 집 지붕 위로 올라가 외쳤다.

"비켜, 비켜. 소방펌프가 지나가게 해!"

사람들이 양쪽으로 갈라지며 길을 열어 주었다. 소방펌프를 들고 오는 사람들은 이미 숨을 헐떡거리고 있었다.

친치창이 지붕 위에서 손전등으로 사람들 중 몇몇을 비추며 말했다.

"거기 네 사람, 이 사람들과 교대해 줘."

그러자 네 사람이 소방펌프를 받아 들고 뛰어갔다.

친치창은 이 지붕에서 저 지붕으로 뛰어 다니면서 진두지휘를 계속했다.

"비켜, 소방펌프가 지나간다!"

내가 세숫대야를 든 채 멍하게 서 있는 사이, 마수이창과 친구들이 멀어져 갔다. 나도 불길이 보이는 쪽으로 뛰어갔다. 불길이 가까워지자 내 느낌이 맞다는 확신이 들었다.

'자오이량의 집에 불이 났구나!'

나는 온 힘을 다해 뛰었다. 불길 바로 옆까지 가자 두 다리가 덜덜 떨려 왔다.

염색 공장은 이미 거의 다 타 버려 잿더미로 변해 가고 있었다. 불씨는 염색 공장에서 얼마 떨어져 있지 않은 자오이량네 집으로도 옮겨붙고 있었다.

사람들의 그림자가 불빛에 어지럽게 흔들렸다. 다섯 대나 되는 소방펌프가 현장에 도착해 있었다. 그러나 그 어느 것도 물을 뿜어내지 못하고 있었다. 강물이 얼어붙어서였다. 마침내 강 쪽에서 환호성이 터졌다.

"얼음이 깨졌다! 얼음이 깨졌다!"

쉬이룽이 속옷 차림으로 자오이량의 집 담장 위에 서서 사람들을 향해 소리 질렀다.

"물가로 줄을 서. 다섯 줄로 서서 한 사람씩 물을 전달해!"

사람들이 강가로 달려갔다. 잠시 후 구불구불한 줄이 생기며 소방펌프까지 긴 행렬을 이루었다. 수없이 많은 대야와 통으로 물을 퍼 올렸고, 그 물을 다시 소방펌프의 물통으로 부었다.

유마디 진에는 화재를 진압하는 도구로 소방펌프가 쓰였다. 평소에는 믿을 만한 집에 보관해 누구든 함부로 손댈 수 없게 했다. 소방펌프에는 길고 굵은 지렛대가 붙어 있었다. 네 명의 장정이 달라붙어 지렛대를 옮겨 놓으면 두 개의 피스톨을 움직여 물을 뿜어냈다. 물길이 꽤 길게 뻗어 나가서 불을 끌 때는 아주 유용했다.

그러나 지금은 시간이 너무 지체되었다. 자오이량네 집이 활활 타오르고 있었다. 다섯 개의 물기둥이 불길을 뚫고 있는 모습이 붉게 비쳤다. 소방펌프에서 뿜어져 나오는 것이 마치 물이 아니라 불 같았다.

쉬이룽은 그때까지도 담장 위에 서 있었다. 불길이 계속해서 소리를 지르고 있는 그의 가슴을 향하고 있었다.

"이쪽으로 뿜어! 이쪽으로 뿜어!"

어떤 사람이 소리쳤다.

"쉬이룽, 빨리 내려와! 위험해!"

쉬이룽은 그 말을 들은 체도 하지 않고 그대로 담장 위에 서 있었다. 불기둥이 공중에서 떨어지며 그의 몸으로 달려들었다.

친치창이 다가오며 소리쳤다.

"제기랄! 쉬이룽, 죽으려고 환장했어?"

친치창은 쉬이룽을 담장 위에서 끌어내렸다. 쉬이룽이 내려오자 마자 불기둥이 와르르 무너져 내렸다.

자오이량의 아버지와 어머니가 불길 속으로 뛰어들려고 했다. 사람들이 있는 힘을 다해 그들을 붙들었다. 무시무시하게 큰 불길이 모든 것을 녹여 버릴 듯 벌겋게 타오르고 있었다.

나는 세숫대야를 내던지며 정신이 나간 것마냥 외쳤다.

"자오이량! 자오이량!"

누군가 자오이량이 담장 아래에 쭈그려 앉아 있다고 했다.

나는 사람들을 헤치고 그를 찾아 나섰다. 자오이량이 담장 아래 힘없이 늘어져 있었다. 머리카락이 다 타고 옷도 찢겨 있었다. 하지만 불길 속에서 끄집어 낸 비파만은 가슴에 꼭 끌어안고 있었다.

내가 이름을 부르자 그는 아무 대답 없이 나를 빤히 바라보며 입술을 부들부들 떨었다. 그를 일으키려 했지만, 그가 완강하게 버티고 있다. 나는 마수이칭과 세마이싼을 불러 금빙 무너져 내릴 듯한 담장 아래에서 그를 끌어냈다.

불길이 서서히 사그라졌다. 소방펌프가 쉴 새 없이 물을 뿜어 댔다. 모두들 아무 의미 없는 짓이라는 걸 알고 있었지만, 여전히 물을 나르고 물을 뿜어 댔다. 불을 끄려면 마지막 불씨까지 죽여야 했기 때문이다.

흘러내린 물에 길이 꽁꽁 얼어붙어 몹시 미끄러웠다. 사람들이 계속해서 넘어졌고, 그럴 때마다 손에 들고 있던 세숫대야나 통들이 덩달아 나뒹굴었다.

먼동이 훤하게 틀 무렵에 불길이 완전히 잡혔다. 눅눅하게 젖은 잿더미 속에서 축축한 연기가 피어올랐다. 사람들은 모두 물에 젖었고, 극도로 지친 모습이었다.

자오이량의 부모님은 누군가가 병원으로 데리고 갔다. 우리는 자오이량을 데리고 기숙사로 돌아왔다.

유마디 진에서 제일가는 부잣집이 모조리 타 버렸다.

5

얼마 후 자오이량은 비파를 나에게 맡겼다. 그는 나에게 잘 보관해 달라고 부탁했다. 나는 받고 싶지 않다고 했다. 그러자 그가 말했다.

"내가 이걸 팔아 없애는 꼴을 봐야겠어?"

"알았어, 그럼 내가 잠깐만 맡아 보관할게."

그 뒤로 자오이량은 비파를 다시 찾지 않았고, 비파를 켜는 일에 관심조차 갖지 않았다. 나는 그 비파를 지금까지 곁에 두고 있다. 그것은 당시 유마디 진에서 제일가는 비파였다.

자오이량 아버지는 화재가 난 다음 날부터 온몸이 마비되었다. 몸을 움직이지 못하는 데다 언어 장애까지 왔다. 대소변도 가리지 못했다.

자오이량은 빚더미에 올라앉게 되었다. 손님이 맡긴 옷감과 헌 옷이 모두 불에 타 버렸던 것이다.

자오이량은 정신이 나간 채로 며칠을 지냈다. 폐허가 된 공장에 쭈그리고 앉아 검게 타 버린 잿더미를 바라보았다. 그러다 가끔씩 잿더미를 집어 들고 들여다보았다. 그렇게나마 이곳에서 예전의 흔적을 되찾으려고 안간힘을 썼다.

자오이량 어머니는 며칠 사이에 서리가 내린 듯 백발이 되었고, 지팡이를 짚어야만 걸을 수 있었다. 아들 옆에 서서 물끄러미 폐허를 바라보았다. 바람이 불어와 그녀의 옷자락과 백발을 흔들고 지나갔다.

마을 사람들이 손을 모아서 자오이량 가족이 임시로 지낼 초가집을 지어 주었다.

섣달 그믐날은 쉬이룽의 이발소가 가장 바쁜 날이었다. 그러나 그는 이발소 문을 닫고 큰 보자기에 이발 도구를 싸 가지고 초가집을 찾아갔다. 그는 자오이량 아버지를 일으켜 의자에 앉힌 뒤 이발을 해 주었다. 자오이량의 머리도 깎아 주었다. 두 사람 다 아무 말이 없었다.

집을 나서며 쉬이룽이 한마디 했다.

"내가 있으니까 걱정하지 마!"

자오이량은 예정된 날에 혼사를 치르지 못했다. 그러나 신붓집에서는 별다른 불평 없이 그저 한마디만 했다.

"조금 기다리지, 뭐. 집을 다시 지은 다음에 생각해 보세."

새해가 되어 자오이량이 세배를 갔을 때에도 신붓집에서는 그를 홀대하지 않았다.

자오이량은 가까스로 가업을 이어 나갔다. 제대로 먹지도 입지도 않고 한 푼 두 푼 모았다.

그의 마음속에는 그에게 비범한 기개와 도량을 갖게 했던 대저택이 자리 잡고 있었다. 그러나 일감이 별로 없었기에 농사일도 함께 해야 했다.

그에게 농사일은 이제 더 이상 고통스러운 일이 아니었다. 무거운 짐을 자주 짊어져 그의 오른쪽 어깨는 왼쪽 어깨에 비해 눈에 띄게 기울어졌다. 두 손도 말할 수 없이 거칠어졌다.

자오이량은 이제 나보다 예닐곱 살은 더 나이 들어 보였다. 나와 마주쳐도 거의 말을 하지 않았다. 그는 점점 더 소박하고 말 없는 농부가 되어 갔다.

내가 고등학교 3학년이 되던 해 봄, 며칠 동안 계속해서 큰비가 내렸다. 우리는 몹시 따분했다. 뭐든 먹고 싶어 입이 근질근질했다. 저녁 무렵에 마수이칭이 말했다.

"뒤쪽 강가에 어선이 하나 있을 거야. 우리, 물고기 몇 마리 사다가 삶아 먹자."

그날은 하늘이 뚫린 듯 비가 억수같이 쏟아지고 있었고, 물안개가 사방에 자욱했다. 며칠 동안 쏟아진 비로 답답하던 차에 뭔가 자극적인 일이 필요했다. 우리는 둘씩 짝을 지어 우산을 받쳐 들고 목을 움츠린 채 기숙사 뒷길을 걸어갔다.

나는 마수이칭과 빨간 우산을 같이 썼다. 문을 나선 지 얼마 되지 않았을 때 마수이칭이 우산을 들고 혼자 뛰어가는 바람에 나는 홀딱 젖고 말았다. 나는 그를 뒤쫓아 뛰었다. 그가 숲 속으로 들어갔다. 큰 강가로 가는 길이 바로 그 숲 속으로 나 있었다.

셰바이싼과 야오싼촨은 까만 우산을 쓰고 오다가 비를 맞는 내 꼴을 보며 깔깔대고 웃었다. 나는 마수이칭의 우산을 빼앗아 그도 비에 흠뻑 젖게 하고 싶었다. 그런데 내가 숲 속으로 들어가려는 순간, 마수이칭이 미끄러운 길을 되돌아 나오며 우리에게 소리 내지 말라는 시늉을 했다.

"누가 뗏목을 풀고 목재를 훔치고 있어!"

마수이칭이 다가와 큰 강을 손가락질하며 소곤거렸다.

우리는 도둑을 잡을 생각에 신이 나서 발소리를 죽여 가며 살금살금 앞으로 나아갔다. 강이 보이는 곳에 이르자 숲 속에 몸을 숨기고 자세히 관찰했다.

까만 비닐 비옷을 걸친 사람이 목재를 어깨에 메고 강가에서 이쪽으로 걸어오고 있었다. 그 사람은 무거운 목재에 눌려 허리를 잔뜩 구부리고서도 걸음을 서둘렀다. 그는 목재를 지고 와 큰 강에서 연결된 작은 시냇가 갈대숲 속으로 던졌다. 키 큰 갈대가 빽빽하게 서 있었기 때문에 목재 하나 던져 놓는 것으로는 아무런 흔적이 남지 않았다. 그 사람은 얼굴 위로 쏟아지는 빗물을 쓸어내리고 다시 미친 듯이 강가로 뛰어갔다.

우리는 그가 다시 갈대숲으로 올 거라고 짐작하면서 강 쪽으로 멀어지기를 기다렸다가 갈대숲으로 가 보았다. 그곳에는 이미 대여섯 개의 길고 짧은 상등품 목재가 숨겨져 있었다.

우리는 재빨리 숲 속으로 돌아와 몸을 숨겼다가 그 사람이 목재를 메고 다시 나타났을 때 앞을 가로막으며 소리 질렀다.

"나무를 내려놔, 이 도둑놈아!"

그런데 그는 목재를 내려놓기는커녕 오히려 꼭 끌어안았다.

"어서 나무를 내려놔, 이 도둑놈아!"

그 사람이 몸을 덜덜 떨면서 목재를 땅으로 떨어뜨리자 흙탕물이 사방으로 튀었다.

야오싼촨이 사방에다 대고 소리 질렀다.

"도둑 잡아라!"

그런데 그 순간, 그 사람이 우리 앞에 무릎을 꿇었다.

"린빙, 나야……."

그가 고개를 들고 우리를 바라보았다. 어둑어둑한 날씨 속에서 우리는 희미하게 그의 얼굴을 알아보았다. 자오이량!

그는 입술을 꼭 문 채 온몸을 떨며 목구멍에서 오열을 터뜨렸다.

쉴 새 없이 퍼붓는 비를 맞아 그의 머리카락이 이마 위로 흘러내리며 두 눈을 덮고 있었다. 절망에 빠진 그의 두 눈이 우리의 동정을 구하며 떨고 있었다.

나는 눈물을 흘리며 얼른 그를 일으켜 세우려 했다. 그러나 그는 고집스럽게 진흙탕에 꿇어앉은 채 움직이려 하지 않았다.

나와 마수이칭, 셰바이싼, 야오싼촨이 함께 약속했다.

"우린 아무것도 보지 못했어. 누구한테도 말하지 않을 거야."

우리 넷은 힘을 주어 그를 일으켜 세운 뒤, 뒤도 돌아보지 않고 서둘러 동쪽 길로 걸어갔다.

6

다음 날도 쉬지 않고 비가 내렸다. 부근에 살고 있는 농민들과 지나가던 선박들은 앞을 다투어 뗏목의 목재들을 가져갔다. 마치 도둑 떼가 민가를 습격해 약탈해 가듯, 어떤 것은 밀밭으로, 어떤 것은 수풀 뒤로 옮겨졌다. 또 어떤 것은 선박 옆에 묶어서 가져가기도 했다. 얼마 지나지 않아, 강 위에 떠 있던 뗏목은 감쪽같이 자취를 감추었다.

뗏목이 도난당했다는 신고를 받고, 현 공안국은 유마디 진으로 현장 조사팀을 보냈다. 목재는 대부분 되찾았다. 그러나 모두들 자기들이 '도둑질'을 한 건 아니라고 항변했다.

"목재가 강물에 떠다니고 있었어요, 그중 몇 개가 우리 집 나루터로 올라왔기에 주운 것뿐이라고요. 그걸 어떻게 도둑질이라고 할 수 있어요?"

"목재가 갈대숲으로 떠내려가기에 주워서 집으로 가져온 것 뿐인걸요."

목재를 훔쳐간 사람은 아무도 없었다. 그저 줍거나 건져 간 것뿐이었다.

어떤 이는 이렇게 말하기도 했다.

"만약 우리가 건져 올리지 않았다면, 아마도 모두 떠내려가 버렸을 거예요. 그랬으면 그나마 남아 있던 목재도 찾지 못했을걸요."

공안국이 오히려 그들에게 감사해야 할 지경이었다. 큰 사건임에도 불구하고 그들 중 어느 누구도 처벌하거나 잡아들이지 못했다. 공안국 사람들은 화가 머리끝까지 치밀어 올랐다. 현장 조사팀은 뗏목을 묶어 둔 철사줄이 펜치로 예리하게 잘려 나갔으며, 그날 저녁 무렵부터 다음 날 새벽 사이에 도난을 당했다고 보고했다.

공안국은 목재를 주워 간 사람들을 가둬 놓고 따끔하게 혼낸 다음 풀어 주었다. 그러고 나서 누가 뗏목의 철사줄을 끊었는지 탐문 조사를 하기 시작했다. 그들은 수첩을 가지고 다니면서 사방으로 조사를 하러 다녔다.

그런데 한 어부가 그날 밤에 자신이 목격한 일을 털어놓았다. 네 명의 학생들이 뗏목이 있는 방향으로 걸어갔는데, 두 개의 우산을 쓰고 있었다고 했다. 하나는 까만색이었고, 다른 하나는 빨간색이었다나.

공안국의 현장 조사팀 대여섯 명이 유마디 고등학교로 찾아왔다. 이런저런 조사를 한 끝에 우리 네 사람이 잡히고 말았다. 사실 조사하기가 어려운 일도 아니었다. 유마디 고등학교에서 마수이칭만이 빨간색 우산을 가지고 있었다.

공안국은 가장 효과적인 방법을 사용했다. 바로 개별 조사였다.

나는 교장실로 불려갔다.

공안이 물었다.

"4월 4일 오후 5시를 전후해서 어디 갔었지?"

우리는 이미 거기에 대해 미리 입을 맞추어 놓았다. 우리가 큰 강으로 간 건 사실이지만, 아무것도 본 게 없다고……. 나는 일부러 기억을 더듬는 체하며 말했다.

"큰 강가로 간 것 같아요."

"너 혼자?"

"아니요. 마수이칭, 세바이싼, 야오싼촨도 함께 있었어요."

"비가 억수같이 내리는데 큰 강가에는 뭐하러 갔어?"

"물고기가 먹고 싶어서요. 물고기 사려고요."

"너, 큰 강가에 떠 있던 뗏목 봤어?"

그 물음에 나는 잠시 당황했다. 우리는 이렇게 자세한 내용까지는 입을 맞추지 못했기 때문이다. 공안국 사람들은 날카로운 눈으로 나를 뚫어지게 쳐다보았다.

나는 바로 대답했다.

"봤어요."

나는 몇 시간이나 조사를 받았다. 저녁이 되자 그들이 밥을 시켜주었다. 밥을 먹은 뒤로는 조사가 아니라 심문이 진행되었다. (나중에 우리가 함께 모였을 때 세바이싼이 뗏목 같은 것은 본 적도 없다고 잡아뗏다는 사실을 알게 되었다.)

밤이 깊어지자, 그들이 호통을 치며 화를 냈다.

"만약에 너희가 한 짓거리라면 목제를 훔치려고 한 것이 아니라, 장난을 친 거라고 볼 수도 있지. 실토를 하면 훈방 조치로 끝날 일이야. 그러나 만약에 다른 사람이 한 걸 보고도 입을 다물고 있는 거라면 그건 은닉죄에 해당되는 거야. 어쨌든 둘 중 어느 경우라도 실토를 하지 않고는 절대로 배길 수 없을 거야!"

그날 밤 나는 기숙사로 돌아가지 못했다. 나머지 세 친구도 각각 다른 방에서 심문을 당했다.

다음 날, 공안국은 왕루안 교장 선생님을 불러 나에게 사상 교육을 시키라고 명령했다. 그러나 나는 같은 말만 반복했다.

"아무것도 보지 못했어요."

나는 계속해서 교장실에 갇혀 있었다. (공안국 사람들은 우리를 심문하던 첫날에 우리의 대답이 일치하지 않는 것을 보고, 뭔가를 숨기고 있다고 판단하고 있었다.)

우리 넷은 이틀 동안 서로 만나지 못했다. 사흘째 되던 날 오전, 공안국이 갑자기 우리를 풀어 주었다. 우리는 다 먹고 버린 빈 통조림 깡통처럼 한쪽으로 버려졌다. 우리는 다시 한자리에 모였지만 아무도 입을 열지 않았다.

그날 오후에 한 가지 소식이 날아들었다. 자오이량이 체포되어 진 위원회 인민 부대에 갇혔다는 것이었다.

나는 정신없이 진으로 뛰어갔다.

인민 부대 창문 앞에는 사람들이 둘러서서 안을 들여다보려고 아우성이었다. 나는 온 힘을 다해 그 사이로 뚫고 들어갔다. 어디서 그런 힘이 솟았는지 알 수 없지만, 내 앞에 있던 사람들을 모두 밀치고 창문 앞으로 다가섰다. 어두컴컴한 방 모서리에 자오이량이 고개를 축 늘어뜨리고 허리를 구부린 채 앉아 있었는데, 수갑만이 어둠 속에서 차갑게 빛나고 있었다. 나는 머리를 철창 사이에 박은 채 창살을 움켜쥐고 서서 끊임없이 솟는 눈물을 콧잔등으로 흘려 보냈다.

다음 날 오전, 공안국에서 증기선 한 척을 보내왔다.

유마디 마을 사람들은 물론 진 밖에서 몰려든 사람까지 거리로 쏟아져 나와 공안국이 자오이량을 증기선으로 압송해 가는 과정을 지켜보려고 기다리고 있었다.

쉬이룽이 진 위원회 정문 앞에서 목청이 찢어져라 소리 질렀다.

"자오이량을 풀어 줘! 자오이량을 풀어 주라고! 그저 나무토막 몇 개를 집어 온 것뿐이잖아! 내가 물어 줄게. 나, 이룽이 집을 헐어서라도 물어 줄게!"

쉬이룽은 눈알을 굴리며 입에 거품을 문 채 계속해서 소리쳤다.

"당신들이 자오이량을 데리고 가면 두 노인네는 어떡하라고!"

구경꾼들의 눈에서도 눈물이 흘러내렸다.

오전 9시, 공안국은 구경꾼들의 눈을 피해 자오이량을 인민 부대 후문으로 데리고 나와 증기선으로 호송했다. 증기선은 바로 나루터를 떠났다.

쉬이룽은 그 소식을 듣고 미친 듯이 강가로 달려가 증기선을 쫓아갔다. 빠딴이 먼저 증기선을 향해 벽돌을 던졌고, 뒤를 이어 강가에 있던 수많은 사람들이 흙덩이나 돌 등 닥치는 대로 집어 던졌다.

증기선이 강가를 빠져나가 큰 강으로 들어설 무렵, 쉬이룽이 물속으로 풍덩 뛰어들었다. 증기선은 모터 소리와 함께 뱃머리를 하늘로 치솟으며 물살을 가르고 쏜살같이 내달았다.

쉬이룽은 배 후미의 소용돌이를 간신히 따라잡았다. 쉬이룽은 버둥거리며 물을 몇 번 먹고는 소리를 질러 댔다.

"풀어 줘! 나무토막 몇 개 가져간 것뿐이잖아!"

자오이량은 그렇게 끌려갔다. 나는 며칠 동안 침대에 누워 그가 맡긴 비파만 멍하니 바라보았다.

나는 진으로 나가 그의 부모를 만나려고 했지만, 지팡이를 짚은 채 큰 강가에 망연자실 서 있는 자오이량 어머니를 볼 수 있을 뿐이었다. 그녀는 바람에 백발을 날리며 끊임없이 중얼거리고 있었는데, 뭐라고 말하는지 똑똑하게 알아들을 수 없었다.

자오이량이 그렇게 잡혀간 뒤로 나, 마수이칭, 셰바이싼은 야오싼촨과 거리를 두기 시작했다. 넷이 같이 있는 자리에서도 다들 말하기 싫어했다. 굳이 화제를 찾아내 이야기를 할 때도 이내 말이 끊겨 버리곤 했다.

한 달 뒤, 야오싼촨은 자기 집에서 십여 킬로미터 떨어진 학교로 전학을 갔다. 떠나기 전에 그는 우리를 음식점으로 초대해 돼지머리 고기를 한 접시 샀다. 우리는 그것을 먹으면서도 별 얘기를 나누지 않았다.

그날 밤, 그가 말했다.

"나, 내일 떠나. 우리 벌써 오 년을 같이 보냈지? 내가 마지막으로 너희를 위해 피리를 불게."

그날 밤은 조용하기 그지없었다. 야오싼촨의 피리 소리는 매우 감동적이었다. 예전에 그가 피리를 불 때면 언제나 이 사이로 새는 삐삐거리는 소리 때문에 듣기 싫어했는데, 그날 밤은 그 소리마저 감동적으로 들렸다. 그는 두 곡을 불더니 피리를 입에서 떼고 갑자기 울음을 터뜨렸다.

우리가 그를 달랬다.

"이러지 마. 나중에 다시 만나게 될 거야."

연
애
편
지

1

고등학교 2학년이 된 뒤, 불과 몇 개월 사이에 온몸이 쭉쭉 자랐다. 내 몸의 변화가 한편으로 기쁘고 한편으로는 당황스러웠다. 잠을 자다가 갑자기 몸이 움쭉거려지기도 하고, 때로는 천 길 낭떠러지로 떨어지는 듯한 느낌이 들기도 했다. 잠에서 깨어날 때면 언제나 온몸이 땀범벅이 되어 있곤 했다. 팔다리가 쑥쑥 자라면서 손발은 날이 갈수록 투박해졌고, 예전에 비해 민첩함이 떨어졌다. 글씨를 쓸 때는 마음과는 다르게 게가 기어가듯 비뚤비뚤했다. 비파 연주도 뻣뻣하기 그지없었다. 친구들과 놀 때에도 손발에 힘 조절이 잘 안 되었다.

나는 갑자기 170센티미터까지 키가 자랐다. 집에서는 미처 옷을 만들어 주지 못했고, 돈이 없어서 새 옷을 살 수도 없었다. 어머니는 소맷단과 바짓단에 천을 덧대 길이를 늘여 주었다. 그래서 소매 끝과 바지 끝 부분에 진한 선이 그어져 있었다. 그렇게 늘여도 어느새 다시 짧아져 남의 옷을 얻어 입은 것 같았다.

키가 크니까 좋은 점도 있었다. 키 큰 아이와 나란히 서 있을 때 받았던 압박감을 이제는 더 이상 느끼지 않았으며, 키 작은 아이와 서 있을 때면 나도 모르게 우월감이 생기곤 했다. 누군가를 올려다볼 때와 내려다볼 때 사람의 심리 상태는 묘하게 달라졌다.

그 시절, 나에게 봄은 사악한 계절이었다. 계절의 변화는 모든 만물을 조금은 불안하게 만들었다. 그해 봄에 나에게 가장 인상 깊었던 것은 숲 속의 까마귀였다. 유마디 고등학교 숲 속에 수없이 많은 까마귀들이 둥지를 틀어 서식했다. 겨우내 까마귀들은 먼 곳까지 날아가 논밭에서 모이를 주워 먹고 황혼이 질 무렵에야 무리지어 돌아왔다. 그래서 저녁 무렵에만 잠깐 요란스러웠다. 해 질 무렵, 까마귀들이 일으키는 작은 소란은 오히려 사람들을 흥분시키기도 했다.

봄을 맞는 까마귀들은 엄청나게 극성스러웠다. 까마귀들은 하루 종일 숲 속에서 퍼덕거렸다. 낮에도 하늘을 뒤덮어 캄캄한 밤 같았는데, 파란 하늘을 휙 지나갈 때는 검은 번개가 치는 것만 같았다. 암까마귀는 나무 끝에 앉아 흑다이아몬드처럼 새까만 눈알로 하늘을 올려다보았는데, 어떤 녀석은 쉴 새 없이 날개를 퍼덕거리며 수컷이 쓰다듬어 주기를 기다렸다. 수컷들은 끊임없이 싸움을 벌였다. 날개로 치고받는가 하면 휘어진 부리로 서로를 쪼아 대며 공중에 까만 깃털을 날렸다. 때때로는 아주 낮게 날며 옆으로 바짝 스쳐 지나가 사람들을 놀라게 하곤 했다.

가장 견디기 힘든 것은 까마귀 울음소리였다. 하나같이 목청이 찢어져라 깍깍거리는 소리는 히스테리를 부리는 것만 같았다. 어떤 소리는 죽어 가는 사람이 절망에 빠져 신음하는 소리같이 들렸다.

까마귀들이 날이 갈수록 더 시끄러워졌다. 먹지도 마시지도 않고 요란을 떨며 비쩍 말라 갔는데, 자세히 관찰해 보면 앙상하게 뼈만 남아 가련하기 그지없었다. 몸은 없고 날개만 남아 퍼덕거리는 괴물처럼 보였다. 어떤 녀석은 힘이 다 빠져 나무에서 비스듬히 땅으로 떨어지기도 했다. 우리는 생명이 다해 가는 검은 정령을 좇듯 까마귀들을 뒤쫓아 다녔다.

까마귀들은 무엇이든 파괴하고 싶어 안달이 난 것 같았다. 사람이 없는 틈을 타 농구 골대로 날아가 망을 쪼아 대는 바람에 망이 찢겨져 나갔다. 또 복숭아밭으로 날아가 막 열리기 시작한 복숭아 열매를 따서 부리로 물고는 빨간 기와와 까만 기와의 지붕 위에 앉아 있곤 했다. 백곰보의 밀짚모자도 물어 가 눈 깜짝할 사이에 너덜너덜하게 만들어 버렸다.

녀석들은 색깔 있는 물건을 유난히 좋아해서 빨간 종이나 노란 천, 끈 같은 것들을 물고 하늘을 날아다녔다. 한번은 쉬는 시간에 교실 밖에서 놀고 있었는데, 중학생 하나가 소리 질렀다.

"저기 좀 봐. 까마귀가 뭘 물고 가는 거냐?"

다들 여학생 기숙사 쪽에서 날아오는 까마귀를 바라보았다. 그 까마귀가 브래지어를 입에 물고 있었는데, 브래지어가 바람에 날려 날개 모양으로 펼쳐져 있었다. 까마귀가 몇 마리 더 날아오더니 브래지어를 빼앗으려고 아우성치면서 공중에 까만 회오리바람을 만들어 냈다. 여학생들이 고개를 들고 바라보다가 브래지어라는 걸 알아보고는 민망해져서 얼른 고개를 돌렸다.

여학생 하나가 목소리를 낮추며 속삭였다.

"샤롄샹 거야."

샤롄샹은 얼굴이 빨개져서 그 여학생에게 달려들었다. 그 여학생이 교실로 도망치자 다른 여학생들도 앞서거니 뒤서거니 하면서 교실로 뛰어 들어갔다. 여학생들이 들릴 듯 말 듯 까마귀를 욕했다.

"망할 놈의 까마귀들!"

그 브래지어는 백양나무 꼭대기 가지 끝에 걸려 사흘이나 휘날렸다.

나는 처음으로 불면의 고통을 맛보기 시작했다. 예전엔 베개에 머리만 대면 그대로 곯아떨어져 죽은 듯이 잠에 빠졌건만, 그때는 아무리 자려고 해도 잠들 수 없었다. 몸이 뜨거워지고 이불은 산처럼 무거웠다.

당시에는 계절마다 바꿀 수 있는 이불이 없었다. 빵빵하게 부푼 겨울 솜이불뿐이었다. 덮자니 덥고 안 덮자니 추워, 이불을 덮었다 걷어찼다 하는 사이에 온몸은 땀으로 범벅이 되었다. 나는 쉽게 잠들지 못하고 침대에서 뒤척거리며 삐걱거리는 소리를 냈다.

셰바이싼이 내 침대를 발로 차며 한마디 했다.

"린빙, 너 뭐하는 거야?"

밉살스러운 까마귀들은 깊은 밤이 되도록 시끄럽게 굴었다. 겨우 잠이 드나 싶을 때 숲 속에서 깍하는 소리가 들리면, 잠이 멀리 달아나 버리고 쓸데없는 잡념이 머릿속으로 파고들었다. 그리고 이불 속에서는 죄악이 벌어졌다.

나는 한동안 그런 죄악에서 헤어 나오지 못했다. 나 자신이 상스럽고 속되게 느껴져 점점 말을 잃어 갔다. 게다가 자꾸만 살이 빠지면서 손가락이 새 발톱처럼 앙상해졌고 눈빛마저 흐리멍덩해졌다. 수업이 시작되면 머릿속은 텅 빈 채 쏟아지는 잠을 주체하지 못하고 책상 위로 엎어졌다. 매번 선생님들에게 언어맞고 잠에서 깨어나곤 했는데, 책상 위에 흘린 흥건한 침을 보면서 민망함을 감출 수 없었다.

한번은 판젠예 선생님의 수학 시간에 나도 모르게 잠이 들었다. 고개를 들어 보니 교실에는 아무도 없었다. 수업을 마칠 때쯤 판젠예 선생님이 학생들을 향해 이렇게 말했다.

"린빙 자는 것 좀 봐라. 얼마나 귀엽냐? 깨울 필요가 없겠지? 깨우지 말자!"

그러고는 학생들에게 조용히 밖으로 나가라고 한 뒤 문을 살짝 닫으며 눈을 찡긋했다는 것이다. 나는 수치심을 느꼈지만 판젠예 선생님을 원망하고 싶은 마음은 추호도 없었다. 그저 나 자신과 망할 놈의 까마귀만을 탓할 뿐이었다.

나는 진으로 친치창을 찾아갔다.

"까마귀들이 시끄러워서 수업을 받을 수가 없어요. 엽총으로 쏴서 모조리 죽여 주세요."

친치창이 살기등등한 표정으로 말했다.

"좋지!"

그는 그 자리에서 총을 꺼내 들고 학교로 향했다. 그러고는 학교에 도착하자마자 네댓 마리의 까마귀들을 향해 총을 쏘았다. 한 마리가 땅으로 떨어지며 피를 흘렸다. 그 순간 까마귀 몇 마리가 공중에서 깍깍거리며 까마귀 떼를 몰고 오더니 친치창의 대머리 위를 빙글빙글 돌았다. 그러다 불시에 무서운 기세로 달려들었다.

친치창이 까마귀 떼를 향해 다시 불을 뿜었다. 이번에는 두 마리가 떨어졌다. 그런데도 까마귀들은 조금도 두려워하지 않고 공중에서 미친 듯이 깍깍 울어 대며 하얀 똥을 뿌렸다. 친치창의 대머리 위로 새 똥이 떨어졌다.

"재수 없어, 재수 없어!"

친치창이 투덜거리며 까만 기와로 몸을 피했다.

샤렌샹은 그 모습을 보며 깔깔거렸다. 친치창은 땅에 떨어진 까마귀를 주워 들고는 샤렌샹을 놀려 주었다.

"망할 가시내, 웃음이 나와!"

그녀는 머리를 감싸 안고 비명을 지르며 도망쳤다. 그러나 몇 걸음 가다 말고 몸을 돌리며 친치창을 향해 소리쳤다.

"겁 안 나지롱!"

친치창이 까마귀를 샤렌샹에게 내던졌다. 그 순간 까마귀 떼가 맹렬하게 돌진해 오더니 죽은 까마귀를 낚아채 갔다.

2

나는 서서히 여학생들을 바라보는 재미에 빠졌다. 하루 종일 여학생을 한 명도 보지 못하는 날은 왠지 기분이 좋지 않았다. 특히 여학생들이 걷는 모습을 보는 게 좋았다. 여학생들은 날 듯이 가볍게 걷다가 뭔가에 놀라면 갑자기 멈춰 서 사방을 두리번거렸다.

여학생들이 밥 먹는 모습을 훔쳐보는 것도 자못 흥미로웠다. 걸신들린 듯 온 식탁에 질질 흘려 가며 밥을 먹는 남학생들과 우아하게 먹는 여학생들은 사뭇 달랐다. 나는 여학생들이 재잘거리는 모습도 좋아했다. 미소 띤 얼굴로 대화를 나누다가, 비밀 얘기를 하듯 소곤거리기도 하고 그러다가 갑자기 깔깔거리며 웃음을 터뜨렸다.

나는 여학생들의 행동 하나하나에 심취했다. 어떤 여학생은 인적이 뜸한 숲 속으로 들어가 오랫동안 있다가 돌아왔다. 그럴 때면 그녀의 손에는 야생화가 들려 있었다. 여학생들은 간지럼을 타는 듯 작은 신체 접촉에도 몸을 비틀며 까르르 숨이 넘어갔다. 그러다가 또 한데 모여 뭔가 비밀스런 이야기를 나누었다.

내가 가장 정신없이 빠져들었던 것은 여학생들의 목소리였다. 그들의 목소리는 물로 씻어 낸 것처럼 청초했고, 바람에 날아가 버릴 듯 가늘었다. 연못가, 건물 뒤, 꽃밭 한구석, 화장실 등 은밀한 곳에서 여학생들이 속삭일 때 들려오는 목소리가 나를 미치게 했다. 남자 화장실에 앉아 있으면, 여자 화장실에서 들려오는 여학생들의 목소리를 자주 들을 수 있었다. 우리는 입을 꾹 다물고 되도록 소리를 내지 않으려고 애썼다. 여학생들이 놀랄까 봐 신경이 쓰였던 것이다.

나는 타오훼이를 애타게 그리워하며 속을 끓였다. 그사이에 그녀도 훌쩍 성숙해졌다. 그녀의 몸은 마치 비 온 뒤에 달빛이 비치는 연못같이 갑자기 풍만해져 나를 몽롱한 잡념으로 끌어들였다. 그녀는 부끄러운 듯 고개를 숙이고 다녔다. 그녀의 가슴은 하루가 다르게 부풀어 올라 팽팽해졌다. 마치 두 마리 병아리가 지렁이 하나를 두고 다툴 때처럼 옷 속에서 요동을 치는 것 같았다.

그녀의 일거수일투족이 내 눈길을 끌었다. 비가 흩뿌리고 있던 날, 그녀가 빨간 우산을 받쳐 든 채 푸른 백양나무 가로수 길을 걸어가고 있었다. 바짓가랑이를 걷어 올린 채, 뽀얀 다리를 내놓고 미끄러운 길을 조심스럽게 걸어갔다. 우리는 그 모습에 한참 동안 시선을 고정시켰다.

그녀는 복도에 앉아 발바닥을 비비며 흙을 털어 냈다. 흙이 대충 떨어지면 다리를 길게 뻗은 채 처마 끝에서 떨어지는 가늘고 투명한 '폭포'에 남은 흙을 씻어 냈다. 그녀는 편안히게 비에 발을 맡겼다. 흙이 대강 씻겨 나가고 나면 신선하고 연한 생강 같은 발가락이 드러났다. 그녀는 발가락을 쳐다보다가 발뒤꿈치로 얇은 발바닥을 비비며 흙이 한 점도 남지 않을 때까지 씻었다. 그리고 나서는 교실 쪽으로 살짝 고개를 돌려 샤롄샹이나 다른 친구에게 어리광 섞인 몸짓과 어투로 말했다.

"나 좀 도와줘!"

그러면 친구들이 다가와 타오훼이의 신발을 신발장에 놓아준 다음, 그녀의 팔을 잡고 일으켜 세웠다.

"타오훼이 다리는 참 예뻐!"

그러면 타오훼이는 부끄러운 듯 얼른 교실로 들어갔다.

나는 집으로 돌아가지 않는 일요일마다 아침밥을 먹자마자 진으로 나갔다. 장을 보러 나오는 타오훼이를 보기 위해서였다. 그녀는 긴 머리를 자연스럽게 늘어뜨려 손수건으로 느슨하게 묶고 편안한 옷차림으로 진을 돌아다녔다. 그녀는 서두르는 기색 없이 여기저기 기웃거리며 어항 속의 붕어를 구경하기도 하고 광주리 안의 조개나 골뱅이, 그리고 신선한 야채를 구경하기도 했다. 구경을 다 한 뒤에는 물건을 샀는데 상인들은 언제나 제일 좋은 물건으로 골라 그녀의 장바구니에 넣어 주었다.

태양이 중천에 걸릴 때가 되어서야 그녀는 집으로 향했다. 그녀의 바구니에는 연한 부추, 새하얀 두부, 펄떡펄떡 뛰는 새우 같은 것들이 가득 담겨 있었다. 그녀는 더 이상 미련을 두지 않는 듯 바쁘게, 그러나 조급하지 않은 걸음으로 걸어갔다. 길 양쪽에 늘어선 사람들의 시선이 그녀를 따라갔다. 그때가 되면 누군가 한마디 했다.

"저 애를 누가 데려갈지 모르지만 정말 최고의 색싯감이야."

타오훼이가 며칠 동안이나 결석했다. 병이 났다고 했다. 나는 그녀가 보고 싶었다.

나는 낚싯대를 꺼내 들고 낚시하는 척하며 타오훼이네 집 앞 연못가 수풀로 갔다. 나뭇가지 사이로 타오훼이네 집이 보였다. 나는 그녀가 문을 열고 나오기를 학수고대했다. 잠시 후 그녀가 나왔는데, 몹시 앓은 듯 수척해 있었다. 그 모습이 훨씬 더 매력적이었다. 그녀는 눈을 가늘게 뜨고 하늘을 바라보더니 연못가 들깨밭으로 걸어갔다. 하얀 깨꽃이 흐드러지게 핀 깨밭에서 한동안 잡초를 뽑았다. 그녀가 고개를 들어 땀을 닦을 때 하얀 얼굴이 붉게 물든 것이 보였다. 집 안에서 그녀의 어머니가 부르는 소리가 들렸다.

"타오훼이, 아직 몸이 회복되지도 않았는데 뭐하러 잡초까지 뽑고 그래?"

그녀가 대답했다.

"금방 들어갈게요."

그녀는 한동안 잡초를 더 뽑더니 연못가로 가서 손을 씻었다. 손을 씻다가 갑자기 고개를 돌려 수풀 쪽을 바라보았다. 나는 꼼짝도 못 하고 그대로 앉아서 두 눈을 감았다. 타오훼이가 나를 본 것 같았다. 내가 눈을 떴을 때, 그녀가 문 쪽으로 바삐 걸어가고 있었다.

'날 본 게 분명해!'

나는 물건을 훔치다 들키기라도 한 것처럼 부끄러워서 미칠 것만 같았다. 고개를 푹 수그린 채 두 손으로 뒷머리를 감쌌다.

얼마나 시간이 흘렀을까? 졸졸거리는 물소리가 들려왔다. 고개를 들어 보니 타오훼이가 다시 물가로 와 있었다. 그녀는 분홍색 옷을 빨고 있었다. 그 옷은 커다란 수련처럼 공기를 머금고 물 위에 떠 있었다. 그녀는 눈을 돌리지 못했다. 그녀의 어머니가 문밖으로 나와 부를 때까지 오랫동안 빨랫감을 만지작거리고 있었다.

"옷 하나 가지고 뭘 그렇게 오래 빨고 있어?"

그제야 그녀는 물가에서 일어났다. 그녀가 빨래를 꼭 짜자 물방울이 후드득 떨어졌다. 자리를 뜰 때 그녀가 수풀 쪽으로 고개를 돌려 힐끗 쳐다보았다. 입술을 지그시 깨물고 방긋 웃는 것 같았는데 어느새 물가에서 멀어져 갔다.

3

나는 한 가지 생각에 매달렸다.

'그녀에게 꼭 말을 걸어야지!'

나는 툭하면 저녁 자습을 빼먹고 타오훼이네 집 주변을 서성거렸다. 그녀가 대문 밖으로 나오면, 진에 가는 척하며 슬쩍 말을 걸려고 목이 빠지게 기다렸다. 사람들이 집 앞을 계속 지나다녔기 때문에 도둑처럼 숨어 있어야 했다. 나는 안절부절못하면서 계속 서성였고, 그녀의 방 창문에서 불빛이 사라질 때까지 자리를 뜨지 못했다. 불이 꺼져도 체념하지 못하고 한참을 배회하다가 밤이 더 깊어서야 피곤한 몸을 이끌며 학교로 돌아왔다.

그러던 어느 날, 그녀가 문밖으로 나왔다. 그날은 달빛이 기가 막히게 밝아 대낮처럼 환하게 그녀의 얼굴을 비추었다. 그녀는 큼직한 외투를 걸치고 있었는데, 단추를 다 채우지 않아서 가슴 언저리가 달빛을 받아 우윳빛으로 빛났다. 그녀가 달을 바라보면서 말했다.

"엄마, 내일은 날씨가 좋겠어."

그녀는 어린아이처럼 달을 바라보고 있었다. 나는 그녀 앞으로 나가고 싶었지만 용기가 나지 않았다.

'가, 그녀에게 다가가!'

마음속에서 끊임없이 나를 재촉했지만, 땀이 밴 손은 오히려 덜덜 떨리기 시작했다. 움켜쥐고 있던 나뭇가지마저 떨려 왔다. 그녀는 달을 한참이나 바라보다가 한숨을 살짝 내쉬었다. 나는 바보처럼 그녀가 집 안으로 들어가는 광경을 물끄러미 보고만 있었다.

대문이 끽 소리를 내며 닫히는 순간, 실망감과 후회로 온몸의 기운이 쭉 빠져 버렸다. 나는 입술을 꾹 다물고 세차게 고개를 저으며 힘없이 학교로 돌아왔다. 나 자신의 무능함을 한없이 증오하면서.

그날 이후로 나는 한동안 그녀의 집 앞을 배회하지 않았다. 어쩌다 만난다고 한들 말 한마디나 제대로 건넬 수 있을까. 그러나 며칠 지나자 참지 못하고 또다시 그녀의 집 앞을 어슬렁거리기 시작했다.

마침내 절호의 기회를 잡았다. 타오훼이 어머니가 늦도록 집에 오지 않는 남편이 걱정되어, 그녀에게 병원으로 가서 직접 모셔 오라고 한 것이었다.

타오훼이가 집에서 나와 병원으로 향했다. 나는 버드나무 뒤에

서서 그녀가 한 걸음씩 다가오는 모습을 지켜보았다. 나뭇가지를 쥔 손이 덜덜 떨려 나뭇잎이 사락사락 소리를 냈다. 나는 얼른 손을 놓고 왼손으로 오른손을 꼭 잡아 입으로 가져간 다음 손가락을 꽉 깨물었다. 타오훼이가 내 옆을 지날 때는 마치 숨소리가 들리는 듯했다. 옅은 향기를 남기며 그녀가 멀어져 갔다. 그녀가 멀어질 때까지 나는 "타오훼이!"라고 부를 용기조차 내지 못했다.

나는 타오훼이를 뒤따라가며 병원으로 들어가는 모습을 지켜보았다. 그녀가 혼자서 집에 돌아가기를 간절히 바랐다. 그러나 잠시 후 그녀가 아버지와 함께 병원에서 나왔다. 두 사람이 멀어져 가는 모습을 바라보는데 입안에서 피 맛이 느껴졌다. 나도 모르게 손가락을 물어뜯어 피가 배어 나오고 있었다.

그 후로도 오랫동안 헛걸음을 멈추지 못했다. 시간이 흘러 논에서는 벌써 이른 추수가 시작되고 있었다. 마수이칭은 우촹 마을로 가고, 셰바이싼은 추수를 도우러 집으로 갔다. 그 바람에 기숙사에는 야오싼촨과 나만 남게 되었다. 나는 무료한 나머지 류한린을 찾아가 시간을 보내기로 마음먹었다.

류한린은 까만 기와에 입학하지 못하자, 반년 가까이 집 안에 틀여박혀 지냈다. 우리는 류한린이 농구장에서 '요강 받치기'를 하던 모습이나, 샤렌샹 사이를 놓고 놀려 댈 때 화를 내던 모습을 자주 떠올리곤 했다. 우리는 항상 그를 그리워했다.

그러던 어느 날, 내가 제안했다.

"우리, 류한린 보러 가자."

마수이칭도 찬성했다. 그날 우리는 먹을 것을 사 가지고 사 킬로미터를 걸어서 그의 집으로 갔다. 그는 우리를 보자 멋쩍어하면서도 기쁜 마음을 감추지 못했다. 그의 집에서 반나절이나 보냈지만 이야기를 많이 나누지는 못했다. 빨간 기와에서 같이 지내던 때의 느낌은 적어지고 서로간에 어쭙잖은 예의를 차리고 있었다. 저녁을 먹고 나서 작별 인사를 나누고 학교로 돌아왔다.

다시 반년 정도 흐른 어느 날, 류한린이 우리를 찾아왔다. 외삼촌에게 시계 수리 기술을 배웠다고 했다. 그 말에 우리 모두 잘된 일이라며 진심으로 기뻐했다.

"기술을 배우다니 대단한데!"

그런데 그가 곧 씁쓸한 표정을 지었다. 진 다리 앞에 작은 가게를 짓고 싶어서 공터를 물색해 놓고 재료까지 다 준비해 놓았는데, 재봉사 하나가 자기가 먼저 점찍어 놓았다며 못 하게 한다고 했다. 재봉사는 재빨리 그 땅에 큰 의자 두 개를 갖다 놓고 그 위에 긴 모판을 올려 둔 다음, 자기 제자에게 바느질감을 받게 했다는 것이다. 진에는 더 이상 가게를 차릴 만한 땅이 없기 때문에 기술은 헛배운 것이나 마찬가지라고 했다.

마수이칭이 말했다.

"걱정 마. 다 방법이 있을 거야."

류한린이 돌아가자마자 마수이칭이 손거울을 들여다보기 시작했다. 그는 얼굴에 난 수염을 뽑아 종이 위에 내려놓았다. 입 주위의 수염은 없어지고 종이에 붙은 수염은 더 많아졌다. 그의 얼굴에는 더 이상 뽑을 수염이 없는데도 집게를 든 채 계속해서 거울에 얼굴을 이리저리 비춰 보았다. 마수이칭은 주로 음모를 꾸밀 때 거울을 들여다보았다.

한 주 정도 지났을 때였다. 마수이칭이 대뜸 류한린에게 그 땅에 가게를 차리라고 말했다. 마수이칭이 돈으로 빠딴을 사서 일을 꾸몄던 것이다. 빠딴은 패거리를 불러 재봉사에게 시비를 걸었다.

"누가 너보고 맘대로 좌판을 벌이라고 그랬어? 여긴 내가 쓸 땅이야!"

재봉사가 말했다.

"무슨 소리야? 여긴 내가 진작에 점찍어 놓은 곳이라고."

빠딴이 말했다.

"지랄하고 있네! 네놈이 나타나기 전부터 내가 맡아 놓았어. 저녁밥 먹기 전까지 깨끗이 치워 놔!"

누가 감히 빠딴의 심기를 거스를 수 있을까. 재봉사는 저녁이 되기도 전에 깨끗이 철수했다. 류한린이 재빨리 다리 앞에 작은 가게를 차렸다. 재봉사가 한쪽에 서서 냉담하게 웃고 있었다.

"스스로 무덤을 파는군. 조금 있으면 빠딴 형제들이 와서 널 손봐 줄 거야!"

그때부터 류한린은 시계 수리 일을 시작했고, 우리는 유마디 진에 새롭게 출입할 곳을 얻게 되었다.

이 마을에는 손목시계를 가진 사람이 제법 많았다. 하지만 대부분 싸구려여서 방수도 되지 않을뿐더러 쉽게 고장이 났다. 류한린의 장사는 그런대로 잘 되었다.

우리는 툭하면 그를 찾아갔다. 그때마다 그는 먹을 것을 사 가지고 와서 우리에게 먹으라고 권했다. 류한린은 우리에게 지나치게 예의를 차렸다. 우리는 그저 먹고 마실 뿐, 별다른 대화를 나누지는 못했다. 예전에는 서로 뒤엉켜 뒹굴곤 했는데, 이제는 왠지 모르게 편하지 않았다. 그도 그렇게 느끼는 것 같았다. 그는 우리와의 사이가 소원해질까 봐 더욱더 친절하게 굴었다. 그럴수록 더 어색해졌다. 그는 아무것도 먹지 않으면서 우리에게만 먹으라고 성화였다. 우리 때문에 괜한 돈을 쓰는 것 같아 자주 가기가 미안해졌다.

그날도 류한린은 먹을 것을 사 와 내 앞에 내밀었다. 나는 농담 삼아 샤렌샹 이야기를 꺼내려고 했지만, 아무래도 분위기에 맞지 않는 것 같아 계속 먹기만 했다.

그때 손님이 가게 안으로 들어와 손목시계를 풀어 류한린에게 건넸다.

"하루에 삼십 분씩 빨라요."

류한린이 돋보기를 낀 채 시계 안을 들여다보면서 말했다.

"용수철이 끼였네요. 기름으로 닦아야겠어요."

그는 시계 뚜껑을 다시 덮으며 말했다.

"맡기실 거예요?"

손님이 말했다.

"수리해야지. 얼마요?"

"1자오예요."

"언제 다 돼요?"

"일감이 많아서요. 사흘 뒤에 오세요."

손님이 시계를 놓고 갔다. 류한린이 재빨리 내게 말을 걸었다.

"린빙, 어서 먹어! 왜 안 먹어?"

나와 몇 마디 나누려는데 또 손님이 들어왔다. 나는 그 틈을 이용해 그의 가게에서 나왔다. 그는 마른 열매 한 움큼을 쥐고 나를 쫓아와 다짜고짜 내 주머니에 찔러 넣고는 자주 놀러 오라고 말했다. 만약 놀러 오지 않으면 자기를 무시하는 거라고도 했다.

나는 그날 저녁 내내 거리를 배회하다가 습관처럼 타오훼이네 집 앞으로 발길을 돌렸다.

나는 여느 때처럼 연못가 수풀 속에 숨었다. 타오훼이네 집 대문이 열려 있었다. 사람들의 움직임이 훤히 보였고 말소리도 분명하게 들렸다.

타오훼이 어머니가 말했다.

"타오훼이, 햅쌀이 나왔으니 내일은 진으로 나가 봐. 그 댁에게 햅쌀 몇십 킬로그램 보내야겠다."

재봉틀 돌아가는 소리가 찰찰찰 들려왔다.

타오궈즈가 큰 소리로 말했다.

"너, 엄마 말 들었냐?"

"가고 싶지 않아요."

타오궈즈가 물었다.

"어째서?"

"가고 싶지 않으니까 가고 싶지 않다고 그러죠!"

타오훼이 어머니가 말했다.

"눈 깜짝할 사이면 졸업이다. 평생을 시골에서 지낼 순 없잖니?"

"난 시골에서 살 거야. 도시로 안 갈래. 시골이 어때서? 다들 시골에서 살잖아?"

방 안의 어둠 속에서 담뱃불이 급하게 밝아졌다.

찰찰찰 재봉틀 소리가 쉴 새 없이 들렸다.

불이 꺼지지 않은 담배꽁초가 문밖으로 날아와 웅덩이 속으로 떨어져 뿌지직 하고 꺼졌다. 그와 동시에 타오궈즈의 목소리가 다시 들려왔다.

"린빙과 잘될 거라고 생각지 말아라. 우리는 그 애가 맘에 안 드니까."

"린빙과 잘되기를 바란 적 없어요."

타오훼이가 작은 목소리로 대답했다.

잠시 침묵이 흐른 뒤, 타오궈즈가 한마디 덧붙였다.

"린빙이라는 녀석, 못쓰겠더라."

"린빙이 어째서요?"

"어쨌냐고? 아이원 선생과의 일을 몰라서 그러는 거냐? 쪼그만 녀석이 발칙하기는……."

"아이원 선생님과 어쨌다고요?"

"너희 반에 있는 챠오안이라는 녀석한테 가서 물어봐!"

타오훼이가 말했다.

"아이원은 우리 담임 선생님이에요! 린빙보다 열 몇 살이나 위라고요! 챠오안은 뭐든지 함부로 지껄이고 있어!"

방에서 다시 재봉틀 돌아가는 소리만 찰찰찰 흘러나왔다.

나는 수풀에서 빠져나와 학교로 돌아왔다. 길을 걷는 동안, 나는 족제비가 되고 챠오안은 닭이 되는 상상을 했다. 그러면 내가 그 녀석의 목을 확 물어뜯을 텐데.

4

챠오안에게 진 남쪽에 있는 공동묘지로 나오라는 쪽지를 보냈다. 챠오안을 만나기에는 최적의 장소라고 생각했다. 나는 챠오안과 제대로 붙어 보리라 별렀다. 공동묘지는 아무도 찾지 않는 곳이었다. 만약 나와 챠오안이 만신창이가 되도록 싸우더라도 그 누구에게도 발각되지 않을 터였다.

가을 잡초가 높고 낮은 봉분들을 잔뜩 뒤덮고 있었다. 멀구슬나무 두세 그루가 비스듬히 서서 넓은 공동묘지에 적막함을 더해 주었다. 까마귀 몇 마리가 멀구슬나무 사이를 빙빙 돌며 날고 있었다. 음침한 까마귀 소리에 간이 서늘해졌다.

나는 목 빠지게 챠오안을 기다렸다. 한참을 기다려도 그는 나타나지 않았다.

'시시한 새끼!'

나는 화가 머리끝까지 치밀어 올라, 그곳을 막 떠나려던 참이었다. 바로 그때 피리 소리가 들려왔다. 피리 소리가 점점 가까이 다가오더니 챠오안이 모습을 드러냈다. 그는 고개를 약간 뒤로 젖힌 채 피리를 멋지게 불었다. 바람에 머리카락이 휘날렸다. 그는 피리소리에 취해 있을 뿐 나 같은 건 안중에도 없어 보였다.

"한참 기다렸다!"

그제야 챠오안은 피리를 입에서 떼고 손으로 입술을 닦으며 내게로 다가왔다.

우리는 한동안 말없이 서로를 노려보았다.

"너, 타오훼이 아버지한테 뭐라고 했어?"

그는 조금 놀란 듯하더니 이내 이렇게 대꾸했다.

"어떻게 알았냐?"

"어떻게 알았는지는 알 것 없고. 너, 뭐라고 말했어, 안 했어?"

"했지."

그가 대답했다.

"비열한 새끼!"

"남의 집 창문 아래에서 몰래 엿듣는 너는 어떻고? 비열한 걸로 치자면 네가 한 수 위인 것 같은데?"

"그런 적 없어!"

"없어? 그럼 내가 난쟁이 타오 씨한테 말했다는 사실을 어떻게 알았는데?"

나는 챠오안의 말이 채 끝나기도 전에 그의 콧잔등에 주먹을 날렸다. 내가 그렇게 빨리 주먹을 날릴지 미처 생각하지 못한 듯, 그는 한 방 얻어맞고 보기 좋게 휘청거렸다. 그는 피리를 무덤 위에 꽂으며 흔들리는 몸을 꼿꼿이 세웠다. 나를 노려보는 콩알 같은 눈알이 "한번 더 해 봐."라고 말하는 것 같았다. 그의 코에서 피가 주르륵 흘러내렸다. 코피를 보는 순간, 그와 피 터지게 한판 싸우고 싶은 욕망이 솟구쳤다.

내가 그를 절대로 이길 수 없다는 건 처음부터 알고 있었다. 힘으로 따진다면 나는 영원히 그를 이길 수 없을 터였다. 나는 그저 그와 한판 붙어 피 터지게 싸워 보고 싶을 뿐이었다. 그리고 피비린내를 맡으며 온몸이 멍들도록 얻어맞고도 싶었다.

다시 한 번 그를 향해 달려들었다. 그러나 이번에는 그가 민첩하게 몸을 피하는 바람에 니는 한달음에 무덤 위로 올라갔다. 몸을 획 돌려 무덤 아래에 있는 그를 내려다보자 기분이 매우 좋아졌다. 나는 그를 내려다보며 소리쳤다.

"개새끼!"

그가 천천히 다가왔다. 무덤 바로 옆으로 다가서는 순간, 다짜고짜 그를 덮쳤다. 그 녀석의 몸 위에 올라앉아 죽을힘을 다해 목을 졸랐다. 그는 내 얼굴에 가래침을 탁 뱉으며 날카로운 손톱으로 내 손목을 찔렀다. 내 손목에서 새빨간 피가 흘러내렸다. 그러나 나는 목에서 손을 떼지 않고 자줏빛으로 변해 가는 그의 얼굴을 노려보았다. 그는 버둥거리며 다리를 끌어 올리더니 내 배를 힘껏 찼다. 나는 저만치 뒤로 나뒹굴었다.

챠오안이 벌떡 일어나더니 발로 내 목을 누르며 나를 노려보았다. 나는 마치 시멘트벽처럼 무지막지하게 찍어 누르는 그의 발을 두 손으로 받치며 벗어나려고 안간힘을 썼다.

그가 나를 내려다보며 말했다.

"지금은 그 여자도 너를 구해 줄 수 없지!"

"비열한 새끼! 너, 앙심을 품고 있지? 그거 알아? 선생님은 내 작문 실력이 제일 좋다고 생각하고 계셔. 네가 아니야, 네가 아니라고!"

"잘 알고 있어."

그는 필사적으로 버둥거리는 나를 내려다보더니 발의 힘을 조금 빼며 말했다.

"너, 타오훼이와 어떻게 해 보려고 그러지? 어림 반 푼어치도 없어. 김칫국부터 마시지 마. 내가 있는 한 너, 마수이칭, 그 누구도 마음대로 안 될 거야. 너희 패거리가 편안하게 지내도록 내버려 둘 줄 알았어? 빨간 기와에 처음 들어오던 날을 잘 기억하고 있겠지? 너희가 누워 있는 나를 이불과 함께 끄집어 내렸어. 그리고 내가 반장이 될 수 없게 뒤에서 일을 꾸몄지. 나는 하나도 빠짐없이 기억하고 있어. 절대로 잊어버리지 않을 거야. 난 어렸을 때부터 원한은 확실히 앙갚음했지. 초등학교 다닐 때 한 녀석이, 내가 학교 담벼락에 오줌을 쌌다고 선생님께 일러바친 적이 있어. 내가 그 녀석을 어떻게 혼내 줬는지 모르지? 내가 그 녀석을 한적한 곳으로 끌고 가 큰 구덩이에 밀어 넣은 다음, 살아 있는 뱀 두 마리를 집어넣었지. 흐흐흐, 다음 날 그 녀석은 열이 펄펄 끓으며 앓아누웠어."

목 뒤에 뭔가 딱딱한 것이 느껴졌다. 챠오안이 지난날의 악행을 늘어놓는 틈을 타 손을 몰래 목 뒤로 가져가 흙 속에서 작은 벽돌을 꺼냈다. 그리고 재빨리 그의 다리를 찍었다. 그가 비명을 지르며 한쪽으로 껑충 뛰어올랐다. 나는 그 틈에 옆으로 구르며 벌떡 일어났다. 그의 다리에서 피가 흘렀다. 피를 보자 뱀을 보고 놀란 아이의 원한을 갚은 것처럼 속이 후련해졌다.

그가 갑자기 허리춤에서 몽둥이를 꺼냈다. 몽둥이를 숨기고 오다니! 치사한 놈. 그는 몽둥이를 쥐고 절뚝거리며 다가왔다. 나는 뒷걸음질을 치다가 무덤 뒤로 숨었다. 그는 나를 쫓아 무덤을 몇 바퀴 돌다가 잡지 못하자 무덤 위로 올라갔다. 그렇게 다시 쫓고 쫓기며 맴돌다가 나는 지쳐서 무덤과 무덤 사이에 멈춰 섰다.

그가 무덤 위에서 음흉한 웃음을 지으며 나를 향해 몽둥이를 들고 돌진해 왔다. 고개를 슬쩍 피했지만, 몽둥이가 내 오른쪽 어깨에 떨어지고 말았다. 어깨뼈가 부러진 듯한 통증이 느껴졌다. 나는 오른쪽 어깨를 축 늘어뜨리고 왼손으로 오른쪽 손목을 받쳐 든 채 무덤 뒤로 도망쳤다. 챠오안은 몽둥이를 거머쥐고 내 뒤를 바짝 뒤쫓아 왔다. 그의 몽둥이가 내 허리를 향해 다시 날아왔다.

나는 겁이 나기 시작했다. 챠오안이 흉폭한 야수처럼 돌변한 것을 느꼈다. 그의 흉폭함은 내 예상을 훨씬 뛰어넘었다. 멀구슬나무 꼭대기에서 까마귀 한 마리가 날카로운 소리로 처량하게 울더니 무덤 위로 날아와 앉았다. 그 순간 나는 누군가가 이곳으로 찾아와 주기를 바랐다. 그러나 사방은 적막하기 그지없었다. 나는 도망갈 틈을 엿보며 오늘의 약속을 가슴 깊이 후회했다.

챠오안의 거친 숨소리가 목구멍을 타고 그렁그렁 흘러나왔다. 그 소리는 목구멍 깊숙이 들어가지도, 밖으로 나오지도 못한 듯 거칠었다. 다시 한 번 내 다리로 몽둥이가 날아왔다. 통증을 참지 못해 두 걸음 떼다가 결국 무덤 위로 엎어졌다. 챠오안이 정신없이 몽둥이를 휘둘렀다. 나는 무덤 위에 엎드린 채 열 손가락으로 흙을 움켜쥐었다.

챠오안의 손이 마침내 멈추었다. 나는 몸을 뒤집어 멀어지는 그의 뒷모습을 바라보았다. 몇 걸음 가더니 챠오안이 몽둥이를 버리고 숲 속을 향해 가래침을 탁 뱉은 후 허리띠를 풀었다. 그러자 바지가 죽 내려가면서 누르스름한 하체가 드러났다. 챠오안이 풀밭에 오줌을 누었다. 오줌 줄기는 수풀 속으로 떨어지며 졸졸졸 소리를 냈다. 잠시 후 수풀 속에 하얀 거품이 생겼다.

그가 고개를 획 돌려 내 쪽을 힐끗 바라다보았다. 사악하기 그지 없는 표정이었다. 그는 리듬감 있게 몸을 흔들며 그 순간의 여유를 즐기는 것 같았다. 나는 그 짧은 순간을 놓치지 않기 위해 벌떡 일어나 큰 돌을 집어 들고 비틀거리며 그에게 다가갔다. 인기척을 듣고 그가 급히 몸을 돌렸다.

"너, 뭐하려는 거야?"

그는 두려움이 서린 얼굴로 뒷걸음질을 쳤다. 그러나 발밑으로 흘러내린 바지 때문에 꼼짝할 수 없었다. 그가 허리를 구부려 바지를 끌어올리려는 순간, 나는 돌덩이를 힘껏 들어 올려 그의 허리를 내리쳤다. 그의 허리가 휘어지는가 싶더니 푹 고꾸라지면서 자기가 싸 놓은 오줌 구덩이에 턱을 처박았다. 그는 일어나려고 버둥거렸지만 신음만 뱉을 뿐 일어서지는 못했다.

나는 몸 여기저기서 흐르고 있는 피를 닦으면서 그에게 물었다.

"너, 왜 그렇게 사람들한테 악랄하게 구냐?"

그는 몸을 옆으로 빼낸 후, 무덤 위에 엎드리며 대답했다.

"너희가 날 어떤 눈으로 보고 있는지 잘 알고 있어. 어렸을 때부터 잘 알고 있었지. 초등학교 개학 날, 내가 학교로 들어서자 선생님들이 모두 복도로 나와서 날 바라보았지. 어디를 가든 그런 눈초리가 계속 나를 쫓아다녔어. 오랜 세월 동안, 나는 그 눈길을 피해 숨어 다녀야 했지. 그러던 어느 해 봄, 우리 마을에서 집을 한 채 짓고 있었어. 대들보를 올리고 나서 아이들에게 만두를 나누어 주었어. 나도 하나 얻고 싶어서 줄을 섰는데, 내 차례가 왔는데도 그 사람은 나에게 만두를 주지 않았어. 난 공허하게 뻗은 빈손을 부끄러워하며 눈물을 흘려야 했지……."

나는 욱신거리는 몸을 이끌고 묘지 밖으로 난 오솔길을 따라 천천히 걸어갔다. 어둠이 들판을 덮고 있었다. 내가 막 묘지를 벗어나는 순간 피리 소리가 들려왔다. 그 소리에는 슬픔과 원망, 쓸쓸함과 황량함이 배어 있었다. 고개를 돌려 보니, 제일 높은 무덤 위에 앉아 있는 챠오안의 검은 실루엣이 눈에 들어왔다.

5

그 후 나는 타오훼이에게 관심을 끊었다. 타오훼이는 당황해하는 것 같았지만, 한편으로는 편안해 보이기도 했다. 그녀가 점점 멀어지는 것을 느꼈다. 그러나 나는 그다지 상심하지 않았고, 그녀를 보고 싶어 하던 마음도 어느 정도 진정되었다.

그 대신 나는 골치 아픈 아이로 변해 갔다. 나는 사람들에게 미움받을 짓만 골라서 하고 다녔다. 사람들이 없는 틈을 타서 노래까지 흥얼거리며 교실 벽에 연필로 줄을 죽죽 그어 놓았다. 기숙사 서쪽에 있는 밭으로 가 아직 제대로 익지도 않은 해바라기 목을 예리한 칼로 십여 개나 잘라 버렸다. 마치 사람 머리가 떨어지듯, 묵직한 해바라기 머리가 '툭' 하는 소리와 함께 바닥으로 떨어졌다. 그 모습은 학살을 떠오르게 했다.

나는 인내심도 강하고 성격도 원만했으며 친구들과도 그런대로 잘 어울려 지내는 편이었다. 그런데 그때는 민감한 성격으로 변했다. 나는 듣기 싫은 말은 한마디도 참을 수 없었고, 나를 두고 농담을 하는 건 더더욱 용납하지 못했다.

다바오라는 반 친구 하나가 허락도 없이 내 작문 공책에 아이원 선생님이 써 준 댓글을 읽기 시작했다. 나는 공책을 돌려 달라고 했지만, 그는 계속해서 읽어 나갔다. 나는 화가 나서 그 녀석 책상 서랍 속에 있는 것들을 모조리 꺼내 교실 바닥에 쏟아 버렸다. 그 녀석은 기가 막힌 표정으로 잠시 서 있더니, 공책을 내 책상 위에 놓으며 말했다.

"너, 뭐가 그렇게 잘났냐?"

나는 공책을 바닥으로 내팽개치며 소리쳤다.

"조금도 잘난 거 없어!"

나도 모르게 타오훼이 쪽을 힐끗 훔쳐보고는 교실 문을 박차고 나오면서 문을 뻥 찼다.

초겨울로 접어들 무렵, 모터보트 한 대가 식당 옆 강기슭에 세워져 있었다. 그것을 보자 발동기를 돌리고 싶은 욕망이 꿈틀거렸다. 배 조종사가 발동 거는 모습을 무수히 봐 왔던 데다가, 조종사의 허락을 받고 운전을 해 본 경험도 있었다. 마수이칭이 나와 함께 모터보트를 바라보고 있었다.

"나, 발동기를 돌릴 수 있어."

마수이칭이 말했다.

"뻥치고 있네."

나는 모터보트 위로 풀쩍 뛰어 올라갔다. 그리고 열쇠 구멍에 열쇠를 꽂고 허리를 굽혀 발동기 손잡이를 잡아 뺐다. 처음에는 천천히 잡아당기다가 점점 가속도를 붙이니, 진짜로 시동이 걸려 기계가 탈탈탈 소리를 내었다. 그러나 검은 연기를 피워 대더니 잠시 후에 조용해졌다. 마수이칭이 강기슭에 앉은 채 말했다.

"허풍 그만 떨어!"

나는 포기하지 않고 겉옷을 벗어젖힌 채 젖 먹던 힘까지 다해 발동을 걸었다. 그러나 여전히 검은 연기만 올라오며 탈탈거리다가는 다시 멈춰 섰다.

나는 기계와 전쟁이라도 벌일 듯이 열을 올리며 정복하고 말겠다고 생각했다. 목구멍에서는 헉헉거리는 소리가 흘러나오고 땀이 비 오듯 쏟아졌지만, 머리를 흔들어 가며 끝없이 발동기를 돌려 댔다. 푸른빛이 나오는 기계를 향해 끊임없이 욕설을 퍼부으면서.

마수이칭이 기다리다 지친 듯 말했다.

"나, 갈래!"

"그래, 빨리 꺼져!"

나는 그렇게 대꾸하며 기계를 향해 소리쳤다.

"오늘 네가 이기나 내가 이기나 어디 한번 해 보자. 널 망가뜨리자는 게 아냐, 그냥 물에 띄어 보자는 거야!"

나는 더러워진 손으로 땀을 닦으며 발동기를 세차게 돌렸다. 충분히 회전하고 있다고 판단되는 순간, 왼손으로 스위치를 누르자 탈탈탈거리며 검은 연기가 솟아오르더니 쉴 새 없이 회전하기 시작했다. 연기가 점점 옅은 색으로 변해 가더니, 햇빛 아래 푸른 물살 위로 얼음장처럼 엷게 퍼져 나갔다.

나는 모터보트를 바라보고 있는 마수이칭에게 소리쳤다.

"물통 가져와서 물을 부어!"

마수이칭은 기계가 치치치 소리를 내자, 식당으로 뛰어가 양철통을 가지고 뱃머리 쪽으로 뛰어 올라왔다. 그는 물 한 통을 수관에 부었다. 수관이 쿨럭거리며 물을 들이켰다. 두 통이나 더 부었지만 여전히 물을 뿜지 않았다. 그는 수관의 한쪽을 잡고 엉덩이를 쳐든 채 고개를 처박고 속을 들여다보았다. 그 순간 수관에서 물이 뿜어져 나왔다. 그는 비명을 지르며 손을 놓았고, 그대로 강물에 풍덩 빠지고 말았다. 모터보트는 물의 힘을 받아 묶여 있던 끈을 끊어 버리고 거칠게 앞으로 내달았다. 나는 후미로 뛰어가 방향타를 거머쥐고 모터보트를 강 한가운데로 몰았다. 눈 깜짝할 사이에 수백 미터를 달렸다. 뒤돌아보니 마수이칭이 물에 흠뻑 젖은 채 강기슭으로 기어오르고 있었다. 나는 큰 소리로 웃어 댔다.

마수이칭의 모습이 점점 작아졌다. 이윽고 모터보트가 큰 강으로 접어들었다. 나는 방향타를 돌려 동쪽으로 향했다. 강 양쪽의 수목들이 뒤로 휙휙 지나가며 귓가에 바람 소리를 냈다.

나는 가슴을 쫙 편 채 방향타를 거머쥐고 높은 하늘을 바라보았다. 앞쪽에 더 넓고 큰 강이 나타났다. 나는 되돌아가려고 방향타를 당겨서 방향을 틀었다. 비록 강폭이 좁긴 했지만, 모터보트가 지날 때 물보라를 일으키면 재미있을 것 같았다.

그사이에 마수이칭이 내 얘기를 퍼뜨려, 많은 학생들이 강가로 나와 있었다. 그 모습을 보자 흥분을 감출 수가 없었다. 나는 방향타를 끌어당겨 모터보트가 똑바로 나아가게 했다.

셰바이싼이 큰 소리로 나를 불렀다.

"린빙! 린빙!"

나는 그들을 향해 손을 흔들며 멋지게 질주했다. 그렇게 진 중간에 있는 큰 다리까지 갔다. 거기에서 멋지게 뱃머리를 돌려 학교로 다시 돌아올 참이었다. 사람들이 자꾸자꾸 몰려들었다. 타오훼이와 샤렌샹이 눈에 띄었다.

물보라가 강기슭으로 튀자, 물가에 서 있던 사람들이 물벼락을 맞았다. 그중 두 사람은 물보라를 피하다가 꽉 들어찬 사람들의 다리에 걸려 균형을 잃고 물속으로 빠졌다. 때마침 물보라가 튀는 바람에 물결에 휩쓸리며 흙탕물을 먹고 말았다. 그들은 물을 푹 뒤집어쓴 채 욕설을 퍼부었다.

"린빙, 너 올라오면 죽었어!"

작은 배가 유유히 떠 가다가, 자기 쪽으로 돌진해 오는 모터보트를 미처 피하지 못했다. 모터보트가 옆으로 지나가자 배가 심하게 출렁거리면서 배 주인이 물속에 처박혔다. 곧이어 배도 뒤집혔다. 배 주인이 뒤집힌 배를 붙들고 소리 질렀다.

"야, 이 새끼야, 죽을래?"

나는 눈물이 나올 정도로 웃어 젖혔다.

사람들의 소리가 작아지고, 모터보트는 다시 강가에서 멀어져 갔다. 슬슬 학교로 돌아가야겠다는 생각이 들었다. 그래서 미처 넓은 곳이 나오기도 전에 무리하게 뱃머리를 돌렸다. 뱃머리를 돌리는 순간에야 앞쪽에 있는 다리와의 거리가 불과 몇 미터 안 된다는 사실을 알아차렸다. 뱃머리가 다리 기둥을 향하고 있었다. 나는 얼이 빠져서 잠시 그대로 있었다. 그러다 모터보트가 다리 기둥에 부딪히기 직전에야 있는 힘을 다해 방향타를 잡아당겼다. 배허리가 큰 소리를 내며 다리 기둥에 꽝 하고 부딪혔다. 다리 기둥이 쾅 하는 굉음과 함께 무너져 내렸다. 하마터면 내 몸을 덮칠 뻔했다.

나는 모터보트에서 뛰어내려 물속으로 들어갔다. 그사이에 모터보트는 강기슭에 부딪히며 우뚝 솟아 나온 나무 말뚝을 박으면서 큰 구멍이 뚫렸다. 모터보트 안으로 물이 콸콸콸 들어왔다. 모터보트에서는 털털거리는 소리가 계속 들려왔고, 수관에서는 여전히 물이 뿜어 나왔다. 나는 한동안 얼이 빠져 앉아 있다가 정신을 차리고 모터보트 안으로 들어가 스위치를 껐다. 그리고 가라앉고 있는 모터보트 안에 앉은 채 주인을 기다렸다.

얼마 뒤, 나는 여러 사람에게 붙들린 채 학교로 끌려갔다. 내가 유마디 고등학교의 학생이었기 때문에 사람들은 학교에다 배상을 요구했다. 사람들의 말을 다 듣고 왕루안 교장 선생님이 물었다.

"이 사람들 말이 맞냐?"

"네."

"린빙은 가 있어."

왕루안 교장 선생님은 학교 나무 몇 그루를 베어서 다리 기둥을 세우는 데 쓰라고 했다. 그러나 모터보트 주인이 요구한 돈에 대해서는 학교에서 배상할 수 없다고 했다. 배상금이 최소한 50위안은 넘을 거라고 했다. 내가 어디에서 50위안을 만들어 올 수 있을까? 한 달 동안 밥을 굶고 돈을 모아도 1위안 50자오밖에 안 되었다. 왕루안 교장 선생님이 정확하게 계산을 뽑아 줄 때 나는 거의 울상이 되어 있었다.

교장 선생님이 나를 불러 말했다.

"집으로 돌아가 잘 생각해 봐."

집으로 돌아간다고 무슨 뾰족한 방도가 있을까? 가난하기 짝이 없는 우리 집에서…….

그런데 며칠이 지나도 모터보트 주인이 나에게 돈을 달라고 하지 않았다. 그러던 어느 날, 우연히 모터보트 주인과 마주쳤다. 돈을 달라고 할까 봐 겁을 내자, 그가 오히려 웃음을 지으며 말했다.

"그 아이윈이라는 선생 말이야, 너한테 진짜 잘하더라."

나는 그제야 어찌 된 영문인지 알아차렸다. 그 돈을 아이윈 선생님이 배상해 준 것이었다.

아이윈 선생님이 나를 보고 미소를 지으며 말했다.

"너, 정말 웃기더라."

아이윈 선생님이 떠나간 뒤, 나는 타오훼이에게 긴 편지를 썼다. 졸업까지 시간이 얼마 안 남았다는 생각이 들자 편지를 쓰지 않을 수 없었다. 나는 일주일 동안 정성을 다해 한 자 한 자, 이제 막 글쓰기를 배우는 아이처럼 정성 들여 써 나갔다. 낭만적인 감정에 빠져 화려한 미사여구와 과장된 형용사를 마구 사용했는데, 심지어 소설에서 몇 구절 베껴 쓰기까지 했다. 그 당시의 내 감정을 표현하기 위해서는 꼭 필요한 것이었다.

나는 편지를 단단하게 봉한 다음 마수이칭에게 건넸다. 내가 직접 타오훼이에게 건넬 수는 없었다. 그리고 그 편지를 쓰게 된 데에는 마수이칭의 부추김도 한몫 했다. 마수이칭이 몇 번이나 이렇게 말했다.

"쓰기만 해. 내가 전해 줄게."

마수이칭은 그날 저녁 5시에 타오훼이에게 건네주겠다고 했다. 나는 야간 자습 시간에 들어가지 않았다. 연못가 나무 그늘에 앉아 두근거리며 덜덜 떨리는 두 손을 잡은 채 학교 교정에 어둠이 깔릴 때까지 앉아 있었다. 늦은 밤이 되어서야 기숙사로 돌아왔다.

편지를 받고 난 뒤의 타오훼이 얼굴을 볼 엄두가 나지 않았다. 나는 하루 더 수업 시간에 들어가지 못했다. 황혼이 질 무렵, 까만 기와로 걸어가는 타오훼이의 뒷모습이 보였다. 그녀는 고개도 돌리지 않은 채 앞만 보며 걸었다. 내 편지에 아무런 반응이 없자, 나는 당혹감을 감출 수가 없었다. 이내 절망적인 기분에 사로잡혔다.

그때 까마귀 한 마리가 나뭇가지로 날아와 앉았다. 꼼짝도 않고 똑바로 서 있는 까마귀의 이 마치 신조(神鳥)* 같았다. 그 순간, 불길한 예감이 머리를 스쳤다.

신조 신령한 새.

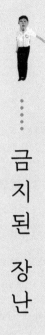

금
지
된

장
난

1

나는 푸사오추안의 집에서 친치창과 여러 번 마주쳤다. 그날도 푸사오추안의 집에서 나오는데, 건너편 이발소의 쥐쓰가 다가와 은밀한 목소리로 내게 물었다.

"린빙, 너 푸사오추안을 만나러 온 거야? 아니면 친 간사를 만나러 온 거야?"

왜 그런 질문을 하는지 알 것 같았다. 이 다락방의 역사가 다시 시작된 모양이었다.

친치창은 아내를 눈곱만큼도 사랑하지 않았다. 그의 아내는 그가 군대에 가기 전에 부모님이 억지로 짝지어 준 여자였다. 제대 후 친치창은 민병 간사로 유마디 진에 발령을 받았다.

그는 훈련을 하는 내내, 아내와 이혼할 궁리를 했다. 그의 아내는 그것도 모른 채 예쁘게 몸단장을 하고 친치창을 찾아왔다. 주근깨가 가득한 얼굴에 부드러운 미소를 띠고 순박한 눈빛으로…….

친치창은 방문을 잠그고 밖으로 나가 하루 종일 나타나지 않았다. 그의 아내는 진 위원회 사무실에서 하염없이 그를 기다렸다. 진 위원회 각 부서에서 일하고 있는 사람들은 그녀에게 옷가지와 먹을 것을 챙겨 주었다.

그중 한 사람이 그녀에게 말했다.

"친치창이 당신을 버리면 우리 모두 그에게 침을 뱉어 줄 거예요. 우리가 뱉은 침만으로도 아마 빠져 죽을걸요."

키 작은 공안국 간사가 허리춤에서 열쇠 꾸러미를 꺼내 친치창의 방문을 열어 주었다. 그리고 친치창 아내에게 방으로 들어가 침대에서 잠을 자라고 했다. 한밤중에 친치창이 자기 방으로 돌아와 보니, 그렇게도 싫어하는 아내가 침대에서 잠을 자고 있는 것이 아닌가. 그는 그대로 밖으로 나가 버렸다.

친치창 아내는 십여 일을 머물다가 쓸쓸히 돌아갔다. 그러나 얼마 지나지 않아 다시 찾아왔다. 그렇게 친치창은 몇 년 동안 피해 다녔지만, 그의 아내는 여전히 이혼을 하려고 하지 않았다.

그해 가을, 그녀가 또 찾아왔다. 친치창이 이번에는 숨지 않았다. 대신에 한마디 말도 없이 차가운 얼굴로 꼿꼿하게 책상 앞에만 앉아 있었다. 그러다가 현 무장 부대에서 전화가 오는 바람에 잠깐 자리를 비웠다. 그 틈에 친치창 아내가 책상 서랍을 열었다. 서랍 안에 수류탄 네 개가 묶여 있었다.

"사람 살려!"

그녀는 비명을 지르며 두창밍의 사무실로 뛰어 들어갔다. 그리고는 두창밍의 발 앞에 무릎을 꿇으며 소리쳤다.

"진장님, 저 좀 살려 주세요, 살려 주세요. 친치창이 수류탄으로 절 죽이려 해요! 수류탄을 서랍에 숨겨 놓았어요!"

두창밍은 깜짝 놀라 공안국 간사와 무장 부대의 부장을 친치창의 방으로 보냈다. 친치창이 전화를 끊을 즈음에는 수류탄 뭉치가 이미 무장 부대 부장의 손에 들어간 뒤였다.

두창밍이 말했다.

"친 간사, 내 사무실로 잠시 오게."

두창밍은 이번 일을 덮어 두려고 했지만 그럴 수가 없었다.

"친치창이 수류탄으로 절 죽이려고 했어요!"

친치창의 아내가 현 무장 부대와 현 위원회로 찾아가 악을 썼다. 만약 두창밍이 나서서 손을 써 주지 않았더라면, 친치창은 '살인 미수죄'로 공안국에 구속될 뻔했다. 친치창은 민병 훈련을 마친 후 무기 창고에 가져다 놓으려고 수류탄을 보관하다가 깜빡 잊은 거라고 주장했다. 두창밍이 나서서 증명해 주었다. 그래서 그 일은 '살인 미수죄'에서 '규율 위반죄'로 바뀌어 처리되었다. 친치창은 현 무장 부대에 불려 다니랴, 구치소에 갇혀 있으랴, 진상을 규명하랴 정신이 없었다.

나중에 소식을 들으니 친치창은 원래 진 군대 부장으로 내정되어 있었는데, 이번 사건으로 일을 그르치게 되었다고 했다. 뿐만이 아니라 민병 간사 자리마저 지키기 힘든 지경에 내몰렸다.

열흘 뒤, 친치창은 대머리가 되어 유마디 진으로 돌아왔다. 극심한 스트레스로 하룻밤 사이에 머리카락이 한 올도 남지 않고 다 빠져 버렸다는 것이다.

그는 반년가량이나 그 사건으로 발목이 잡혀 있었다. 그가 민병 훈련에 능한 데다 몸을 사리지 않고 열심히 일하고, 또 사격 솜씨가 뛰어나다는 점 등이 고려되어 다시 민병 간사 일을 맡게 되었다.

그 후로 그는 두 번 다시 이혼 소리를 입에 담지 않았고, 그의 아내도 유마디 진으로 찾아오지 않았다. 그저 현에 있는 자기 집에 머물며 매달 친치창이 보내 주는 15위안의 생활비를 챙길 뿐이었다. 그렇게 친치창은 자유를 얻었다. 그는 민병들을 훈련시키는 틈틈이 스스로 만든 폭약으로 강에서 물고기를 잡기도 하고, 유마디 고등학교로 놀러 가 학생들과 농구 시합을 하기도 하면서 즐겁게 지냈다. 그뿐 아니라 이 일대 부녀자들의 관심을 한 몸에 받았다. 친치창은 원래부터 여자들에게 인기가 많았다.

푸사오추안의 아내 메이쯔와 친치창 사이에 언제 어떻게 정분이 나기 시작했는지는 들은 바가 없었다. 내가 그들 사이를 눈치챘을 때는 이미 두 사람의 관계가 상당히 진척된 뒤였다.

2

푸사오추안의 대장간에 다시 황량한 기운이 감돌았다. 푸사오추안은 더 이상 비둘기를 키우지 않았다. 대신 도박에 빠져 집에 있을 때가 별로 없었다. 내가 푸사오추안을 찾아갈 때마다 메이쯔는 똑같은 말을 반복했다.

"어디 가서 죽었는지 살았는지 알 게 뭐예요?"

어쩌다 마주칠 때면 푸사오추안은 언제나 헝클어진 머리에 초췌한 얼굴을 하고 있었다. 두 눈에는 피곤한 기색이 역력했다.

내가 그에게 말했다.

"도박 그만해."

그는 오랫동안 수염을 깎지 않아 거뭇해진 얼굴을 손으로 쓱 문질렀다.

"그만해야지."

그러다가도 메이쯔가 다락방에서 내려오는 소리가 들려오면 큰 소리로 고함을 쳤다.

"이깟 집 팔아 버리면 그만이지!"

메이쯔는 다락방에서 내려오면서 푸사오추안을 흘겨보고는 아무 말도 하지 않은 채 진으로 나가 버렸다. 푸사오추안이 이혼하자고 했지만, 메이쯔는 입을 삐죽거리며 대꾸했다.

"창피당하고 싶으면 어디 한번 해 보시든가. 이혼하면 어디서 나 같은 여자를 만날 수 있을 줄 알고!"

푸사오추안은 미친 듯이 도박에 빠져들었다.

그 당시 유마디에서는 도박이 크게 성행했다.

젊은이들은 주로 포커 놀이를 했다. 포커를 가지고 노는 방법은 여러 가지였는데, 그중에서 제일 지독한 방법이 일명 '주유소 불태우기'였다. 네 사람이 탁자에 둘러앉아 한 사람당 카드 두 장씩을 가지는데, 카드에 적힌 숫자의 합이 높은 사람이 이기는 게임이었다. 이기고 지는 것이 순간에 결정되었다. 게임을 하는 동안 탁자 위로 돈이 이리저리 오고갔기에 사람들의 표정도 그에 따라 붉으락푸르락했다. 도박판에선 사람의 인간성과 욕망이 한순간에 훤히 드러났다. 도박꾼의 손을 지켜보는 구경꾼의 손에도 진땀이 났다.

푸사오추안은 '주유소 불태우기'만 했다. 그가 이기는 경우는 거의 없었다. 그는 대장간에서 벌어들인 돈을 메이쯔에게 한 푼도 주지 않았고 그녀도 돈을 달라고 하지 않았다. 도박을 하면 할수록 욕심이 생겨 판돈이 커졌고, 그만큼 도박판에서 잃는 돈도 나날이 많아졌다.

일해서 번 돈으로는 한 판도 제대로 낄 수 없게 되자, 푸사오추안은 자신이 멋지게 만들어 놓은 국자와 수저 등을 헐값에 팔아넘겼다. 그 물건들은 순식간에 전부 팔려 나갔고, 돈도 순식간에 날아가 버렸다.

그는 이제 돈을 빌리기 시작했다. 돈을 빌리러 갈 때는 언제나 온갖 거짓말을 늘어놓으며 며칠 내에 꼭 갚겠다고 말했다. 그러나 그 돈은 절대로 갚을 수 없었다. 그의 집 문 앞에는 빚쟁이들이 몰려들기 시작했다. 푸사오추안은 이제 집에 있을 수 없어서 숨어 다녔고, 빚쟁이들은 메이쯔에게 돈을 내놓으라고 성화를 부렸다. 메이쯔는 수중에 조금이라도 돈이 있으면 빚을 갚았다. 그러고는 빚쟁이들에게 언제나 당부를 했다.

"다시는 푸사오추안에게 돈을 빌려 주지 마세요. 푸사오추안은 못된 짓만 하고 다녀요."

메이쯔도 빚쟁이들의 그 많은 돈을 다 갚아 줄 수는 없었다. 그래서 어느 순간부터 거절하기 시작했다.

"푸사오추안에게 직접 달라고 하세요!"

푸사오추안은 거짓말과 도박과 도피로 하루하루를 이어 나갔다.

메이쯔는 예쁘게 차려입고 몸에 향수까지 뿌린 후 다락방을 늘 깨끗이 청소해 놓았다.

친치창이 메이쯔에게 돈을 조금씩 가져다주었다. 그러던 어느 날, 메이쯔가 말했다.

"놔두세요. 집안에 돈이 바닥나도 상관없어요."

메이쯔의 고운 모습을 보면 나쁜 여자일 것 같지는 않았다. 그러나 엉덩이를 살랑살랑 흔들며 걷는 모습을 보면 의심이 생기기도 했다.

친치창은 아무 여자하고나 놀아나는 사람은 아니었다. 메이쯔가 친치창을 찾아가기도 했다. 한번은 내가 비둘기 발목에 거는 호루라기를 찾으러 친치창 집에 갔다가 메이쯔와 마주쳤다. 메이쯔의 머리카락은 조금 헝클어져 있었고, 얼굴은 벌겋게 달아올라 있었으며, 입술은 촉촉하게 젖어 있었다.

메이쯔의 표정은 세상 모든 것을 다 얻은 듯 만족스럽고 안정되어 보였다. 눈에는 사악한 빛이나 욕망 따위가 조금도 담겨 있지 않았다. 그녀의 표정이 편안할수록 푸사오추안은 도박판을 전전하며 집으로 돌아오지 않았다. 그래서 다락방에는 늘 친치창이 머물렀다.

푸사오추안은 친치창과 마주치고 싶지 않았다. 우연히라도 친치창과 마주치면, 원한의 불꽃이 타오르는 동시에 비참한 자괴감에 빠져들었다. 친치창은 훤칠한 키에 단단한 근육, 강렬한 눈빛으로 사내다움을 한껏 발산하고 있었다. 그에 비해 푸사오추안은 초라한 사마귀처럼 비쩍 마른 체구에 등마저 구부정한 데다 단추 구멍만 한 두 눈을 가지고 있었다. 푸사오추안은 그와 비교당하고 싶지 않았다.

푸사오추안이 증거를 잡으려고 해도 친치창은 항상 적당한 평계거리를 가지고 있어서 교묘하게 피해 갔다. 친치창은 도박 단속반의 지휘관이었다. 친치창은 마음만 먹으면 언제든지 푸사오추안을 잡아넣을 수 있었다. 그는 자기 집에 오듯 편안한 마음으로 다락방으로 올라가 메이쯔와 신 나는 이야기를 만들어 나갔다.

푸사오추안은 유마디 진 사람들에게서 시도 때도 없이 돈을 빌려 갔다. 그때마다 갖가지 거짓말을 지어냈다. 심지어는 어린아이들이 과자나 문구를 사기 위해 쥐고 있던 코 묻은 돈까지 구슬려 내서 도박판에 쏟아부었다. 그러면서도 그는 도박을 끊지 못했다.

어느 날, 폭설이 쏟아지면서 바람이 매섭게 휘몰아치던 밤이었다. 이불을 뒤집어쓰고 잠을 청하고 있는데, 누군가가 기숙사 방문을 두드렸다.

마수이칭이 먼저 물었다.

"누구야?"

밖에서 대답 소리가 들렸다.

"나야."

나는 목소리만 듣고도 푸사오추안이라는 걸 금방 알아챘다.

"푸사오추안?"

밖에서 다시 대답이 들렸다.

"그래, 나야, 푸사오추안."

나는 침대에서 일어나 문을 열어 주었다. 찬바람이 방 안으로 휙 들어왔다. 불빛 아래 서 있는 푸사오추안의 행색은 그야말로 가관이었다. 러닝셔츠에 팬티 하나만 달랑 걸친 채 덜덜 떨고 있었다. 마치 마른 등나무에 매달린, 말라비틀어진 수세미 같았다. 어떻게 된 거냐고 묻지 않아도 사정이 뻔히 짐작되었다. 도박판에서 돈을 다 날리고 옷까지 벗어 주었을 터였다. 그는 입김을 호호 불며 눈을 두리번거렸다.

내가 말했다.

"빨리 이불 속으로 들어와!"

푸사오추안이 고개를 저었다.

"돈 좀 빌려 줄래? 도박하려는 게 아냐. 내 옷을 찾아오려고."

나는 주머니를 뒤져 1자오를 찾아냈다. 그는 적은 돈에도 개의치 않고 덜덜 떨리는 손을 내게 뻗었다. 마수이칭이 이불 밑에 깔아 놓은 윗옷 주머니에서 2위안을 꺼냈다. 푸사오추안의 눈빛이 밝아지더니 그에게 다가가 냉큼 받아 챙겼다.

"꼭 갚을게. 이틀 후에 갚을게!"

그 돈을 영원히 돌려받을 수 없다는 걸 너무나도 잘 알고 있었다. 내가 바지를 건네자 그는 사양하지 않고 받아 입었다. 그에게 내 바지는 조금 짧았다. 마수이칭이 건넨 윗도리도 거절하지 않았다. 그는 몸을 돌려 어둠이 깔린 눈밭으로 걸어갔다. 잠시 후, 우리는 차가운 밤공기를 타고 덜덜 떨며 흥얼거리는 푸사오추안의 노랫소리를 들었다.

봄이 가까워지자 유마디 진 위원회에서는 도박 단속에 열을 올렸다. 잡히면 그길로 부역*을 나가야 했다. 도박꾼이 받는 벌은 대개가 힘든 노동이었다.

푸사오추안은 그동안 비교적 안전한 곳에 숨어서 도박을 해 왔기 때문에 걸리지 않았다. 하지만 이번 봄철 단속에서는 잡히고 말았다. 그와 같이 있던 도박꾼들도 모두 잡혀 진의 큰 다리 입구를 넓히는 공사에 투입되었다.

설날 아침에 사람들은 발걸음을 멈추고 흙을 나르는 도박꾼들을

부역 국가가 공익사업을 위하여 보수 없이 하게 하는 일.

바라보았다. 개중에는 말없이 지켜보는 사람들도 있었지만, 몇 마디 던지는 이들도 있었다. 진 밖에 사는 사람들이 푸사오추안을 알아보고 수군거렸다.

"어, 저기 저 사람 그 대장장이 아냐?"

옆에 있던 사람이 그 말을 받았다.

"도박을 하다니. 몹쓸 걸 배웠구먼."

푸사오추안도 그 말을 들었겠지만, 모르는 척 고개를 들지 않았다. 그는 고개를 푹 숙인 채 사람들의 눈을 외면하고 비틀거리며 흙을 날랐다.

그들은 저녁이 다 되도록 쉴 수 없었다. 그러자 치용타이라고 불리는 도박꾼이 다리 입구에 앉아 욕설을 퍼부었다.

"제기랄, 친 대머리 새끼. 우리를 부역에 부려 먹고 있어!"

다른 사람들은 쉬지 않고 일하며 이 벌이 빨리 끝나기를 바랐다. 치용타이가 푸사오추안에게 말을 건넸다.

"어이, 자네! 친 대머리한테 얘기를 해서 우리를 그만 풀어 주라고 하지?"

푸사오추안은 그의 말을 무시한 채 흙을 쏟아붓고는 다시 몸을 돌려 흙을 지러 갔다. 그가 흙을 지고 다시 다가가자, 치용타이가 푸사오추안의 지게 바구니 끈을 붙잡으며 또 말했다.

"내가 방금 한 말 못 들었어? 친 대머리한테 가서 우리 좀 풀어 주라고 말하라고 했잖아."

푸사오추안이 물었다.

"넌 말해 봤어?"

치용타이가 대꾸했다.

"우리가 말하는 건 소용없어. 개소리나 마찬가지야."

푸사오추안은 그의 손을 뿌리치고 싶었지만, 치용타이가 손에 더 힘을 주며 말했다.

"빨리 가서 친 대머리한테 말해 봐!"

푸사오추안이 물었다.

"왜 내가 가서 말해야 돼?"

치용타이가 빙글거리며 말했다.

"네가 친 대머리랑 친하다는 걸 모르는 사람이 어디 있냐? 히히. 너, 친 대머리랑 친하지 않아? 히히히…….'

푸사오추안이 갑자기 지게에서 멜대를 뽑아들더니 치용타이를 내리쳤다. 그러나 치용타이는 잽싸게 몸을 굴려 멜대를 피한 뒤 벌떡 일어나 도망치기 시작했다. 푸사오추안이 멜대를 손에 쥔 채 그를 뒤쫓았다. 치용타이가 구석으로 뛰어가며 소리를 질렀다.

"사람 살려! 푸사오추안이 사람 죽인다!"

그 소리를 듣고 구경꾼들이 모여들었다. 마침내 푸사오추안이 치용타이를 따라잡고는 멜대로 그의 어깨를 세게 내리쳤다. 치용타이가 비명을 지르며 옆에 있던 멜대 하나를 집어 들고 푸사오추안에게 덤벼들었다. 푸사오추안이 멜대로 막았다. 그러나 푸사오추안은 오랫동안 버티지 못하고 꺾이기 시작했다.

치용타이가 말했다.

"왕빠딴, 자기 집 다락방도 내준 주제에 그런 말도 못 해?"

그 순간 구경꾼 사이에서 메이쯔가 걸어 나왔다. 그녀는 치용타이에게 다가가 잠시 노려본 후, 자그마한 손을 들어 그의 따귀를 찰싹 올려붙였다.

구경꾼들이 흩어지고 날이 저물었다. 하지만 푸사오추안은 집으로 돌아가지 않고 어둠 속 풀밭 위에 앉아 머리를 쥐어뜯으며 눈물을 흘렸다.

그날 이후부터 푸사오추안은 집 안의 물건을 훔치기 시작했다. 결국에는 메이쯔가 시집올 때 가지고 온 패물까지 손을 대고 말았다. 어느 날 메이쯔는 자기의 패물함이 텅 비어 있는 것을 발견하고 푸사오추안에게 화를 냈다. 푸사오추안은 차가운 표정으로 공구 상자 위에 다리를 꼬고 앉아 두 눈을 지그시 감았다.

메이쯔는 화가 나서 그를 잡아당겼다. 푸사오추안이 벌떡 일어나더니 메이쯔를 향해 주먹을 날렸다. 그녀가 쓰러지자 허리며 얼굴, 배 할 것 없이 마구 발길질을 해 댔다.

"도박을 안 하면? 내가 뭘 할 수 있는데, 어?"

그녀는 놀란 나머지, 한동안 정신을 차리지 못했다. 시간이 좀 더 흐르자, 벌떡 일어나 눈물을 닦으며 다락방으로 향했다. 계단을 반쯤 오르던 그녀가 갑자기 계단 아래로 고개를 빼며 경멸에 찬 표정으로 말했다.

"한심한 놈! 도박이 무슨 벼슬인 줄 알아? 능력 있으면 어디 술집 여자라도 꼬셔 봐! 그러면 내가 이 다락방을 내줄 테니까!"

3

그해 봄, 푸사오추안은 야오망을 알게 되었다. 사실 그 전에도 푸사오추안은 진에서 야오망을 몇 번 본 적이 있었다. 가냘픈 몸매에 창백한 얼굴을 한 그녀는 언제나 깊은 수심에 잠겨 있는 것 같았다. 그녀는 야오한칭의 딸이었다. 쑤저우 같은 큰 도시에 살다가 이 황량한 시골로 내려온 뒤로 그녀의 눈에는 늘 불안한 기색이 감돌았다. 한번은 진 거리에서 마주 걸어오던 푸사오추안과 눈이 마주치자 얼른 고개를 숙이며 한쪽으로 비켜섰다. 시골 처녀들의 눈과 달리, 부드럽고 새까만 그녀의 눈동자에 당황한 빛이 역력했다.

제비가 지지배배 지저귀며 날아다니던 어느 날 오후였다. 푸사오추안이 공구 상자 앞에 앉아 나른하게 졸고 있을 때, 누군가가 그의 이름을 부르는 소리가 들려왔다.

"대장장이 아저씨……."

부드럽고 가냘프면서도 맑고 청량한 목소리였다. 달콤한 목소리에 정신을 차리고 고개를 돌려 보니 야오망이 서 있었다.

푸사오추안이 그녀를 빤히 쳐다보았다. 그녀는 창백한 얼굴을 살며시 붉히며 문설주를 짚고 있던 하얀 손을 몸 뒤로 숨겼다.

"무슨 일이야?"

푸사오추안이 그녀를 빤히 쳐다보며 입을 떼었다.

"우리 집 대문 열쇠를 잃어버렸어요."

"자물쇠는 어디 있지?"

"문에 채워져 있어요."

"그럼 집에 못 들어가겠네?"

그녀가 고개를 끄덕였다. 푸사오추안은 공구함에서 공구를 꺼내 들고는 야오망에게 말했다.

"가자."

"미안해요."

야오망이 앞장섰다. 걸어 다니는 대나무 장대처럼 기다란 푸사오추안이 그녀의 뒤를 묵묵히 따라 걸었다.

야오망의 집은 진에서 사백 미터 정도 떨어진 들판에 있었다. 진 위원회에서 출자한 돈으로 세워진 초가집이었는데, 처마 끝에 기와가 얹혀 있어서 그런대로 근사해 보였다.

봄 들녘은 활기찼다. 밀밭 옆으로 갖가지 야생화가 피어난 데다, 밀은 따뜻한 햇볕을 머금고 짙푸르게 익어 갔으며, 길옆의 버드나무는 바람결에 한가로이 흔들거렸다.

푸사오추안은 도박에 빠져 있었기 때문에 한동안 들판을 걸어 보지 않았다. 봄바람에 헝클어진 머리카락을 날리며 끝없이 펼쳐진 들판을 바라보는 순간, 평소와 다른 기분이 느껴졌다.

야오망은 고개를 돌리지 않은 채 계속 앞만 보며 걸었다. 그녀의 걸음 폭은 그다지 넓지 않았지만 속도는 자못 빨랐다. 그녀는 발끝만 내려다보며 걸었다. 그러다가도 가끔씩 고개를 들어 3월의 하늘과 먼 곳에 버드나무가 만들어 내는 푸른 안개를 바라보았다. 그녀는 누군가가 자기 손을 잡고 끌고 갈까 봐 두려운 듯 두 손을 몸 앞에 두었다.

푸사오추안은 들판을 바라보던 눈을 돌려 야오망을 바라보았다.

그녀는 기다란 목과 둥근 어깨, 그리고 그 아래로 많이 튀어나오지는 않았지만 사람의 눈길을 충분히 끌 만큼 탱탱한 엉덩이와 길고 미끈한 다리를 가지고 있었다. 이곳 시골 처녀들에게서는 흔히 볼 수 없는 몸매였다.

'도시 처녀면 도시 처녀지, 뭐 다른 게 있겠어?'

푸사오추안은 걸음 폭을 넓혀 야오망에게 가까이 다가갔다. 그러자 봄바람에 섞여 풍겨 오는 그녀의 체취가 푸사오추안의 코를 간질였다. 그 냄새가 그를 당혹스럽게 했다. 도시 처녀에게서만 맡을 수 있는 냄새였다. 그러면서 사악한 생각이 고개를 들었다.

푸사오추안이 가까이 다가오는 것을 느꼈는지, 야오망이 한쪽으로 비켜서며 길을 열어 주었다.

푸사오추안은 그녀 옆에 나란히 서며 말했다.

"열쇠는 네가 잃어버렸니?"

야오망은 다시 앞서 걸으며 말했다.

"아니요."

"그럼, 어머니가 잃어버렸니?"

야오망은 대답이 없었다.

순간, 푸사오추안의 뇌리에 그녀에게 어머니가 없다는 생각이 스치고 지나갔다. 언젠가 이 집에 대한 소문을 들은 기억이 났다. 야오한칭은 이곳으로 내려오기 얼마 전에 아내와 이혼을 하고, 딸 하나만 데리고 왔다고 했다. 푸사오추안은 자기가 쓸데없는 질문을 했다고 느끼며 얼른 말을 바꾸었다.

"그럼 아버지가 잃어버렸구나?"

야오망은 여전히 말이 없었다.

푸사오추안은 이번에도 잘못 물어봤구나, 하며 후회를 했다. 열쇠는 야오한칭이 술에 취해 돌아다니다가 어딘가에 흘렸을 게 분명했다. 야오한칭은 항상 술독에 빠져 유마디 진 길 위에 아무렇게나 쓰러져 자곤 했다.

묵묵히 걷는 사이, 두 사람은 그녀의 집에 도착했다. 푸사오추안은 문에 걸린 까만 자물쇠를 한번 쳐다보고는 왼손으로 자물쇠를 받쳐 들고 살펴보았다. 그러고는 허리를 구부려 돌 위에 철사줄을 놓고 망치로 두들겨 납작하게 만들었다. 그는 다시 왼손으로 자물쇠를 받쳐 들고 철사줄을 열쇠구멍 속으로 쑤셔 넣었다. 그러자 찰칵 하며 자물쇠가 열렸다. 푸사오추안이 고개를 돌려 야오망을 바라보자 그녀가 어린아이처럼 방긋 웃었다.

"쿡 찌르니까 척 열리네요."

그녀가 말했다.

푸사오추안은 자물쇠를 손에 올려놓고 만지작거리며 짓궂은 눈으로 야오망을 바라보았다. 그러고는 그녀가 한 말을 일부러 따라 했다.

"쿡 찌르니까 척 열리네요."

순진한 야오망은 그 말의 속뜻을 알아차리지 못하고 천진난만하게 말했다.

"정말 굉장해요!"

푸사오추안은 큭큭거리며 웃었다. 그러다 이렇게 바보 같은 여자가 다 있나, 하는 생각이 들어서 배꼽을 잡고 큰 소리로 웃어 젖혔다.

야오망은 얼굴을 붉힌 채 입술을 지그시 깨물었다. 그가 왜 그렇게 웃고 있는지 영문을 알 수가 없었다.

"집 안에 열쇠가 더 있어?"

"없어요. 원래는 세 개가 있었는데 다 잃어버렸어요."

"이거 꽤 괜찮은 자물쇠인데. 내가 열쇠를 몇 개 더 만들어 줄게."

푸사오추안은 서둘러 돌아갈 생각이 없는 듯 문 앞에 놓인 의자에 걸터앉아 눈앞에 펼쳐진 밀밭을 바라보았다.

"밀이 잘 자랐구나."

야오망은 방으로 들어가 차를 끓여 내왔다.

푸사오추안은 야오망이 차를 건넬 때에 티 하나 없이 깨끗한 그녀의 손을 찬찬히 들여다보았다. 그는 그녀의 손에 온통 신경이 쓰여서 차 마시는 일 따위는 안중에도 없었다. 그는 쓸데없는 말을 계속 지껄였다.

"날씨가 참 따뜻하다."

"너희 집엔 방이 세 개구나."

"저 나무가 햇빛을 가리고 있네."

야오망은 말없이 듣다가 건성으로 대답을 하곤 했다.

푸사오추안은 몇 번이나 "나 갈게."라고 말해 놓고선 도무지 엉덩이를 뗄 생각을 하지 않았다. 야오망의 집은 진에서 멀리 떨어진 들판 한가운데에 있었기 때문에 주위가 매우 고요했다. 푸사오추안은 여자와 단둘이 있다는 사실에 미묘한 감정을 느꼈다. 지금 바로 가야 할지 좀 더 있다가 일어서야 할지 망설여졌다.

그때 논두렁 저쪽에서 한 남자가 햇빛을 받으며 굼뜨게 걸어왔다. 아오망이 사는 지역에서 생산대 대장을 맡고 있는 하오밍이었다. 하오밍이 푸사오추안을 발견하고는 이상하다는 듯한 표정으로 물었다.

"자네가 여긴 무슨 일인가?"

푸사오추안이 대답했다.

"열쇠를 잃어버렸다고 해서 문을 열어 주러 왔어요."

하오밍이 야오망의 얼굴과 가슴을 훑어 내려갔다. 야오망은 두려운 듯 방으로 뒷걸음질을 쳤다.

"망망*, 아버지는 어디 가셨지?"

하오밍이 물었다.

"진에 나가셨어요. 진으로 찾아가 보세요."

"생산대에 양식이 나왔어. 지금 자루를 가지고 생산대 창고로 와. 내가 가져다줄게. 꽤 무거워서 너 혼자 드는 건 어림도 없어."

하오밍은 푸사오추안이 자리를 뜨지 않자 다시 한 번 반복해 말하고는 돌아갔다.

"지금 바로 와서 가져가도록 해."

그제야 야오망이 방에서 나왔다. 그녀는 여전히 두려움에 떨고 있었다.

"저 사람이 너의 먼 친척 오빠뻘 된다던데 정말이니? 너희 가족이 이리로 온 것도 친척이 있어서라고 들었는데?"

망망 중국에서는 이름 중 한 자를 반복해서 애칭으로 부르는 습관이 있다.

야오망은 하오밍의 뒷모습을 눈으로 좇으며 건성으로 고개를 끄덕였다.

"너, 자루 가지고 쌀 받으러 가야겠구나."

푸사오추안은 천천히 몸을 일으켰다. 몇 걸음 떼다가 고개를 돌리며 야오망에게 말했다.

"내가 날라다 줄게."

야오망이 대답했다.

"아버지가 오시면 그때 갈래요."

"그때는 너무 늦지. 가자, 자루 꺼내 와."

푸사오추안이 말했다.

야오망은 더 이상 거절하지 않고 집 안으로 들어가 자루를 가지고 나왔다.

푸사오추안은 육십 킬로그램이 넘는 곡식 자루를 어깨에 메고 그녀의 집으로 돌아왔다. 온몸이 땀에 푹 절어 있었다. 그가 손으로 이마의 땀을 씻어 내리자, 땀방울이 마치 비가 내리듯 흩뿌려지면서 야오망의 이마로 튀었다. 야오망은 손으로 땀방울을 막으며 살짝 웃었다.

그때 한 남자가 비틀거리며 논두렁을 걸어오고 있었다.

"아버지가 돌아오시네요."

야오망은 아버지를 맞으러 나갔다.

푸사오추안은 그 자리에 서서 야오망이 아버지를 부축해 오는 모습을 지켜보았다.

야오한칭은 오랫동안 면도를 안 했는지 얼굴이 몹시 꺼칠했다.

그저 늙고 쇠약한 노인네처럼 보였다. 그는 술 냄새를 풍기며 푸사오추안을 잠시 동안 응시했다.

"대장장이 푸사오추안이에요. 잠긴 문을 열어 줬어요."

야오망이 그의 귀에 대고 말했다.

"어, 그래……."

야오한칭이 낮게 중얼거리며 고개를 끄덕였다.

"내일 오전에 열쇠를 만들어 올게."

푸사오추안은 밝은 목소리로 이렇게 말한 뒤 자기 집으로 돌아갔다.

4

야오한칭은 시골로 내려오기 전까지 쑤저우 평탄극*에서 배우로 일했다. 그는 삼현금*의 일인자였다. 그런데 운이 나빠 아내한테 버림받고 직장에서도 쫓겨나 쑤저우를 떠나게 되었다.

유마디 진에 처음 왔을 때만 해도 정신을 바짝 차려서 다시 한 번 우뚝 서리라고 다짐했다. 단정한 옷차림에 한 올도 흐트러지지 않은 머리칼, 꼿꼿한 걸음걸이……. 시골 토박이들하고는 비교도 안 될 만큼 고결해 보였다. 그러나 얼마 지나지 않아 그의 꿈은 산산이

평탄극 현악기 연주에 맞추어 창이나 이야기를 풀어 나가는 지방극. 중국의 남부 지역에서 유행했다.
삼현금 세 줄로 된 고대 현악기.

부서졌다. 이곳 사람들이 그를 '오랑캐'라고 부르며 이방인 취급을 했던 것이다.

진 문화부장 위페이장은 문예 선전단에 그를 끌어들여 시골 사람들에게 쑤저우 평탄극 연주를 들려주려고 했다. 그러나 야오한칭은 목을 빳빳이 세우고 단번에 거절했다. 아무리 부탁을 해도 들어 주지 않자 위페이장은 그를 차갑게 대하기 시작했다.

야오한칭은 이웃 사람들을 모아 놓고 삼현금을 켰다. 삼현금은 고상한 운치를 띠는 악기였지만, 무식한 시골 사람들은 그 소리를 도무지 이해하지 못했다. 그는 곧 자괴감에 빠져들었다. 자신을 쓸모없는 인간이라 여기게 되었던 것이다. 그 뒤로 삼현금에는 손도 대지 않은 채 하루 종일 잠에 취해 지냈다.

야오망이 걱정스레 말했다.

"아버지, 이제 그만 주무세요. 그렇게 계속 주무시다가는 병나겠어요. 나가서 좀 걷기라도 하세요!"

"걸으라면 걷지, 뭐!"

그는 딸의 말에 반항이라도 하듯이 곧장 일어나 진으로 향했다. 그때부터 술집과 질기디질긴 인연을 맺었다. 그는 술을 입에 대기만 하면 그대로 취했다. 술에 취하고 나면 평탄극 창을 불러 대었다. 구슬픈 노랫말을 읊조릴 때면 자기 감정에 빠져들어 눈물을 흘리기도 했다. 그러면 옆에서 술을 먹던 술꾼들이 환호성을 질러 댔다. 그들이 진정으로 예술을 알아서 그러는 것이 아니라, 야오한칭의 흥을 돋우어 그가 미친 듯이 노래 부르는 꼴을 즐기기 위해서였다. 술을 많이 마신 날은 혀가 굳어지고 눈동자가 흐려져 큰길에 대자로 드러누워 잠이 들곤 했다.

야오망은 그런 아버지를 부축해 집으로 가면서 두려움과 고독을 느끼곤 했다.

사실은 그녀도 이곳 사람들과 잘 섞이지 못했다. 낯선 곳에 던져진 고양이처럼 연방 주위를 살펴보곤 했다. 아버지라도 항상 곁에 있다면 나았을 텐데…… 아버지는 그녀를 거의 보살피지 않았다. 그녀는 대문 앞에 나와 앉아 드넓은 하늘과 들판을 바라보며 고향의 작은 건물과 정든 골목길, 그리고 함께 재잘대던 친구들을 그리워했다. 그리고 있노라면 자기도 모르는 새 눈가에 눈물이 맺혔다.

야오한칭은 술이 깨고 나면 야오망에게 한없이 미안해했다. 야오망은 아버지의 고통을 잘 이해하고 있었다. 그래서 싫은 내색 없이 구토로 더럽혀 놓은 아버지의 옷을 깨끗이 빨았다. 열쇠 같은 것들을 잃어버리고 돌아다니는 것도 이해했다. 그녀가 아버지에게 바라는 것은 오직 한 가지, 깊은 밤에 자기 곁에 있어 주는 것뿐이었다.

그러던 어느 날, 야오한칭이 술에 취해 진 다리 입구에 쓰러져 있었다. 야오망은 집에서 기다리다가 아버지가 돌아오지 않자 직접 진으로 찾아 나섰다.

동네 꼬마들이 파리 떼처럼 술꾼 하나를 에워싸고 골탕을 먹이고 있었다. 강아지풀로 코와 귀를 간질이기도 하고, 신발을 벗겨 강가의 갈대밭으로 던져 버리기도 하고, 나뭇가지로 발바닥을 긁기도 했다. 그런데도 야오한칭은 깨어나지 않은 채 다리를 오그리고는 연방 뭐라고 웅얼거리기만 했다.

한 녀석이 쪼그리고 앉아 야오한칭의 윗옷 단추를 하나씩 풀어 헤쳤다. 이내 배가 훤하게 드러났다. 시골 사람들에게서는 볼 수 없는 희고 부드러운 뱃가죽이……. 이윽고 그 녀석이 뒤로 몇 걸음 물러섰다. 햇빛 아래에 드러난 야오한칭의 허연 배가 구경꾼들의 흥미를 끌었다.

사람들이 배를 가리키며 말했다.

"꼭 여자 뱃가죽 같아."

마침 시원한 바람이 불어오자, 야오한칭은 편안한 듯 두 다리를 쩍 벌리고는 양팔을 쭉 폈다. 사람들은 짓궂은 눈빛으로 그를 바라보고 있었다.

야오망은 구경꾼 뒤에 서서 가을바람에 흔들리는 버드나무처럼 얇은 입술을 바들바들 떨었다.

그때 한 녀석이 움푹 들어간 배꼽에 눈독을 들였다. 이윽고 그 녀석이 조그마한 구멍을 손가락으로 콕콕 찌르자 어른 아이 할 것 없이 모두가 웃음을 터뜨렸다. 웃음소리를 듣고 신이 난 녀석은 손가락에 침을 묻혀 문지르기 시작했다.

또 다른 녀석이 다가왔다. 그 녀석은 야오한칭의 금속 버클이 달린 허리띠에 눈독을 들였다. 그 녀석의 눈빛이 잠시 몽롱해졌다. 그 가죽 허리띠가 자기 허리에 채워져 있는 모습을 상상한 모양이었다. 사람들이 그 녀석을 부추겼다.

"끌러, 끌러! 도시에서 온 사람들은 모두 부자야. 그깟 가죽 허리띠 하나 정도는 아무것도 아냐!"

그 녀석은 야오한칭의 얼굴을 가만히 들여다보더니 금방 깰 것 같지 않다고 판단했는지 허리띠를 재빨리 풀었다. 그러자 바지가 내려가며 빨간색 삼각팬티가 드러났다. 사람들은 다시 환호성을 질렀다.

야오망은 더 이상 보고만 있을 수가 없었다. 한 마리 사슴처럼 구경꾼들 사이를 뚫고는 그 녀석에게서 허리띠를 빼앗았다. 그리고 구경꾼들을 향해 소리쳤다.

"비켜요! 비켜요!"

그녀는 가죽 허리띠를 휘두르며 소리쳤다.

"그만해요!"

그녀의 눈에서 눈물이 흘러내렸다.

사람들이 뒤로 물러났다.

야오망은 아버지 앞에 쪼그리고 앉아 허리띠를 다시 채우고 옷의 단추를 여미면서 계속 눈물을 흘렸다. 그녀는 아버지를 업고 집으로 돌아가고 싶었지만 그렇게 할 수가 없었다. 그 모습을 보고 꼬마 녀석들이 낄낄거리며 웃었다.

그때 푸사오추안이 다가왔다. 그는 심하게 장난을 쳤던 녀석들을 발로 걸어찼다. 아이들은 혼비백산해서 달아나 버렸다.

푸사오추안이 야오망을 바라보며 한마디 툭 던졌다.

"눈물 닦아."

그러고는 야오한칭을 업고 진 밖으로 걸어갔다. 야오망이 그의 뒤를 따랐다. 푸사오추안은 힘에 부쳤는지 얼마 걷지 않아 땀을 비 오듯 흘렸다. 야오망이 좀 쉬어 가자고 말했지만, 그는 고개를 저으며 이를 악물고 그녀의 집까지 갔다.

날이 어두워졌다. 푸사오추안이 말했다.

"이제 가야겠어."

야오망은 두려움이 섞인 눈빛으로 그에게 물었다.

"아버지가 깨신 다음에 가시면 안 돼요?"

푸사오추안은 말없이 눈으로 그 이유를 물었다. 야오망은 아무 대답도 하지 않았다. 푸사오추안은 머리를 긁적이며 다시 자리에 앉았다.

야오망은 저녁 준비를 했다. 야오망과 푸사오추안이 저녁밥을 다 먹은 뒤에도 야오한칭은 깨어날 기미를 보이지 않았다. 푸사오추안은 계속 그곳에 머물며 야오망과 얘기를 나누었다.

"부인 이름이 메이쯔죠?"

푸사오추안이 고개를 끄덕였다.

야오망은 혼잣말을 하듯이 중얼거렸다.

"메이쯔, 메이쯔, 참 예쁜 이름이에요."

푸사오추안이 말했다.

"이름만 예쁘면 뭐해!"

"얼굴도 예쁘잖아요."

푸사오추안이 말했다.

"겉모습만 번지르르하면 뭐해!"

야오망의 눈에 의아한 빛이 스쳤다.

밤이 깊어지면서 주위가 어둠에 잠겼다. 야오망이 아버지를 흔들어 보았지만 도무지 깰 것 같지가 않았다. 그녀가 푸사오추안을 바라보며 말했다.

"이제 그만 가세요."

푸사오추안이 말했다.

"괜찮아."

"부인이 화를 내지 않을까요?"

푸사오추안은 문밖의 어둠을 바라보며 아무 대답도 하지 않았다.

3월의 밤공기를 따뜻하다고 해야 할지 쌀쌀하다고 해야 할지는 모르겠지만, 꽃향기만큼은 무척이나 향기로웠다. 방 안에는 술 냄새가 가득했다. 두 사람은 문밖으로 나와 나란히 의자에 앉았다.

하늘에 초승달이 걸려 있었다. 멀리 수풀 속에서 새 울음소리가 희미하게 들려왔다. 들판에는 안개가 흐릿하게 깔려 있었다.

푸사오추안은 어둠 속에서 야오망을 물끄러미 바라보았다. 그러다 부드러운 목소리로 말했다.

"이제 갈게."

"도박을 좋아한다면서요? 도박은 나빠요. 다시는 하지 마세요."

"하지 않을게."

"가세요."

푸사오추안은 의자에서 일어선 채 한동안 움직이지 않았다. 야오망도 움직이지 않았다.

"갈게."

푸사오추안이 들판을 바라보며 천천히 걸어갔다. 예사롭지 않은 눈길이 그의 뒷모습을 계속 좇았다. 푸사오추안이 빠른 걸음으로 논둑길을 벗어날 무렵, 연못가에 그림자 하나가 서 있었다. 푸사오추안은 그가 누구인지 금세 알아보았다.

5

푸사오추안은 도박을 그만두었다. 국자나 삽, 주걱 같은 것들을 만들어 진 밖으로 내다 팔았다. 어디를 가든 돌아오는 길에는 꼭 야오망의 집 앞을 지났다. 멀리서부터 짤랑거리는 소리가 들려오면 야오망은 햇빛 속에서 반짝이는 쇠붙이들을 떠올렸다.

푸사오추안은 가끔 멀리 가지 않고 공구함을 멘 채 곧장 야오망의 집으로 향하기도 했다. 얘기를 나눌 상대 없이 혼자서 집을 지키는 야오망에게 푸사오추안의 방문은 늘 반가웠다. 하지만 부끄러워서 일정한 거리를 유지한 채 눈길로만 몰래 그를 지켜보았다.

푸사오추안은 몇 날 밤을 설치며 치밀하게 계획을 짰다. 우선은 눈빛으로 그 소녀를 공략하기로 했다. 경험이 풍부한 사내의 눈빛이었다. 뭔가를 만들어 낼 수도 있고, 망가뜨려 놓을 수도 있는 눈빛이었다. 야오망은 그 눈빛을 대하면 얼굴이 붉어지고 가슴이 두근거려 고개를 수그렸다. 푸사오추안은 날로 대담해져 짐짓 그녀에게 강렬한 눈빛을 보냈다. 그때마다 야오망은 어찌할 바를 모르고 텅 빈 들판을 바라보았다.

그다음은 미묘한 말로 집적대며 유혹했다. 야오망은 그것이 추파인 줄도 모르고 푸사오추안이 떠난 뒤에야 그가 했던 말들을 떠올리며 얼굴을 붉혔다. 왠지 모르게 자신의 마음이 둥둥 떠다니는 듯했다. 그녀는 푸사오추안이 더 이상 찾아오지 않기를 바랐다. 그러나 그녀의 마음 깊숙한 곳에서는 그가 오기를 간절히 바랐고, 심지어는 그가 했던 미묘한 농지거리를 갈망하기도 했다.

그다지 멀지 않은 들판에 뉘 집 양 떼인지 모르지만, 한 무리의 양 떼가 풀을 뜯고 있었다. 그 양 떼 속에서 숫양 하나가 임양을 쫓아다니고 있었다. 결국 암컷은 수컷을 이기지 못하고 몸을 내주었다.

푸사오추안은 말없이 양들이 하는 짓을 쳐다보고 있었다. 야오망은 잠시 같이 서서 양들을 바라보다가 당황해서 집으로 들어가 버렸다. 그녀가 다시 밖으로 나왔을 때는 푸사오추안이 이미 자리를 뜬 뒤였다.

그녀는 문밖에 앉은 채 눈빛이 몽롱해졌다. 양들은 아직도 그곳에 있었다. 암컷은 조용히 풀밭에 누워 있었고, 수컷은 뿔을 세운 채 멍하니 앞쪽을 바라보고 있었다. 그녀는 갑자기 벌떡 일어나더니 몽둥이를 휘둘러 양들을 쫓아 버렸다. 집 안으로 들어가자 온몸의 맥이 풀려 침대에 그대로 쓰러졌다.

초여름으로 접어든 어느 날 오전이었다. 푸사오추안은 갈대밭에 앉아 야오망에게 자기 집 다락방에서 일어났던 일들을 들려주었다. 어머니와 휘창런의 관계를 비롯해서, 그 일로 받았던 마음의 상처 등을 모조리 털어놓았다. 잠시 후 푸사오추안이 잠들었다. 야오망은 손으로 그의 앙상한 가슴을 어루만지며 소리 없이 눈물을 흘렸다. 그때부터 야오망은 푸사오추안을 더욱더 그리워했다.

그러던 어느 날 밤이었다. 그날도 푸사오추안은 술에 취한 야오한칭을 업고 야오망의 집까지 데려다 주었다. 야오한칭을 방에 내려놓은 뒤, 푸사오추안이 야오망을 끌어안으며 말했다.

"우리 집으로 가자."

"안 돼요."

"집에 아무도 없어. 아내는 친정에 갔어. 오늘 밤에는 돌아오지 않을 거야."

"안 돼요."

"나, 먼저 갈게. 집에서 기다릴게."

푸사오추안이 가 버린 후, 야오망은 망설이다가 캄캄한 어둠 속으로 걸어 들어갔다. 그녀는 어둠이 두려웠지만 쉬지 않고 걸었다.

푸사오추안의 집은 불이 꺼진 채 문이 닫혀 있었다. 발자국 소리가 나자 푸사오추안이 살며시 문을 열고 야오망의 손을 잡아 집 안으로 끌어당겼다. 야오망은 푸사오추안의 품에 와락 안겼다.

"부인이 정말 집에 없어요?"

"응, 정말 없어."

그는 그녀의 차가운 손을 잡고 다락방으로 한 걸음씩 올라갔다.

달빛이 천창*을 통해 쏟아져 내리고 있었다. 이윽고 다락방이 조금씩 흔들렸다. 시간이 흐르면서, 야오망은 몸이 땅에서 하늘로 솟아오르는 듯한 느낌이 들었다. 정말로 신비한 느낌이었다. 사람을 아득하고 몽롱한 환상에 빠져들게 했다. 야오망은 천창 너머로 푸른 별이 가득한 하늘을 바라보았다. 그녀는 쑤저우와 고독과 술 취한 아버지를 잊었다. 나중에는 자기 자신까지도 잊어버렸다. 그녀는 꼼짝 않고 누워 그가 하는 대로 내버려 두었다.

잠시 후, 땀에 흠뻑 젖은 푸사오추안이 그녀 옆으로 나란히 누웠다. 야오망은 몸을 달달 떨면서 말했다.

천창 지붕에 낸 창.

"저, 갈래요. 집으로 돌아갈래요. 무서워요……."

"괜찮아, 잠시만 눈을 붙여. 내가 집까지 바래다줄게."

야오망이 침대에서 일어나 앉았다.

"어서 자."

"부인이 정말 돌아오지 않아요?"

푸사오추안은 잠시 동안 아무 말이 없더니 힘없이 대꾸했다.

"돌아오지 않을 거야."

그녀는 다시 침대에 누웠다.

그런데 잠시 후, 아래층에서 끽 하며 문 열리는 소리가 들렸다. 야오망은 화들짝 놀라서 벌떡 일어나 앉았다. 이윽고 발자국 소리가 들려왔다. 그녀는 주위를 두리번거리며 재빨리 자기 옷을 찾았다. 그러나 푸사오추안이 그녀의 옷을 어디에 던져 놓았는지 찾을 수가 없었다. 그녀가 수건으로 가슴을 가리는 순간, 발자국 소리가 다락방 앞에서 멈추더니 찰칵 하고 불이 켜졌다.

불빛 아래 메이쯔가 서 있었다. 야오망은 고개를 푹 숙였다.

푸사오추안은 조금도 당황하는 기색 없이 상체를 일으켜 침대 머리맡에 기대고는 메이쯔를 향해 차가운 웃음을 지어 보였다.

메이쯔 역시 매우 침착했다.

"세상에, 당신한테 이런 능력이 있었군요."

푸사오추안은 담배에 불을 붙여 문 뒤 허공으로 연기를 내뿜었다.

"너한테는 한참 못 미치지."

야오망이 어깨를 들썩이며 울음을 터뜨렸다.

메이쯔가 야오망을 바라보며 말했다.

"야오망 아가씨, 울 거 뭐 있어? 내가 비켜 줄게."

메이쯔는 아래층으로 내려갔다. 그러나 계단을 반 정도 내려가다가 말고 되돌아와서 손에 잡히는 대로 물건을 마구 집어던지며 악을 썼다.

푸사오추안이 차갑게 말했다.

"난 야오망이 좋아. 넌 꺼져! 네 입으로 말했잖아. 꺼지겠다고!"

메이쯔는 눈물을 흘리며 고개를 숙인 채 다락방을 내려갔다.

6

한여름이 다가올 무렵, 야오망이 임신을 했다. 여름은 사람들이 수척해지기 쉬운 계절이다. 입덧이 심해서 그녀가 시도 때도 없이 토했지만 아무도 관심을 가지고 돌봐 주지 않았다. 그녀는 나이가 어린 탓에 자기 몸을 어떻게 돌봐야 하는지 알지 못했다. 모기장 안에 드러누운 채 길고 긴 시간이 그녀 곁을 스쳐 간다는 것을 느낄 뿐이었다.

그녀는 자기 몸에 어떤 변화가 일어났는지도 몰랐다. 그저 뭔가 알 수 없는 병에 걸린 거라고만 생각했다. 푸사오추안도 눈치를 채지 못했다. 그녀가 아프다고 하자, 신선한 과일을 사서 그녀의 침대 옆에 놓아두곤 하였다. 그러면 그녀의 눈빛이 편안하고 부드럽게 바뀌면서 그의 손을 끌어당겨 만지작거렸다.

어느 날 푸사오추안은 공구함을 메고 마을을 돌아다니다가 배가 부른 임신부를 보았다. 그 순간, 머리를 스치는 것이 있었다. 그는 곧바로 야오망의 집으로 달려가 불안한 목소리로 말했다.

"병원에 같이 가자."

야오망이 말했다.

"병원에는 안 갈래요."

"안 돼. 병원에 가 봐야 돼."

"며칠 지나면 괜찮아질 거예요."

"안 돼. 꼭 가야 돼."

그는 야오망이 계속 병원 가기를 거절할까 봐 초조해져서 말을 내뱉고 말았다.

"임신했을지도 몰라."

야오망은 눈을 크게 뜨고 그의 얼굴을 바라보았다.

그들은 일부러 진의 병원으로 가지 않고 멀리 떨어진 현의 병원을 찾아갔다. 야오망은 임신을 확인하고 손가락을 깨물며 울음을 터뜨렸다.

그날 밤 그들은 갈대가 빽빽이 들어찬 갈대밭에 한동안 앉아 있었다. 야오망은 푸사오추안 품에 안긴 채 낮에 있었던 일을 모두 잊어버렸다. 가을 물처럼 순수하고 깨끗한 눈빛으로 하늘의 별을 바라보며 자신의 어린 시절을 환상처럼 떠올렸다.

"나는 어렸을 때 조용한 아이였어요. 까불지도 않고 잘 울지도 않았죠. 그리고 선명한 색깔을 가진 물건들을 좋아했어요. 파란 하늘을 날아가는 하얀 비둘기, 창 밖 나무 위로 보이는 황금빛 잎사귀들, 수탉 머리 위의 새빨간 벼슬……. 나는 혼자서 그런 것들을 묵묵히 바라보곤 했어요……."

푸사오추안은 다른 생각에 빠진 채 건성으로 듣고 있었다.

헤어지려고 막 자리를 뜨려는데, 푸사오추안이 갑자기 야오망을 땅바닥에 눕혔다. 전에 없이 폭풍 같은 기세로 덤벼드는 바람에 야오망은 흥분과 두려움을 동시에 느꼈다. 그녀는 그의 어깨를 지그시 깨물며 눈물을 머금은 채 물었다.

"정말 이혼할 수 있어요? 정말?"

그는 아무런 대답이 없었다.

그렇게 헤어진 후, 푸사오추안은 열흘이나 그녀를 찾아오지 않았다. 그러나 야오망은 그다지 초조해하지 않았다. 불순물이라고는 조금도 섞이지 않은 순수한 그녀의 마음에 따뜻한 온기만이 감돌았다. 그녀의 얼굴에는 달콤하고 아름다운 미소가 꽃처럼 활짝 피어올랐다.

그녀는 하루가 다르게 침착해져 갔다. 아무것도 모르는 순진한 소녀에서 어머니의 마음을 가진 여자로 변해 가고 있었다. 그녀는 복잡한 일 따위는 생각하지 않았다. 그러자 푸사오추안을 기다리던 육체와 영혼이 물처럼 고요해졌다.

마침내 푸사오추안이 그녀를 찾아왔다. 무언가 해결책을 찾은 듯 표정이 편안해 보였다. 그가 야오망을 향해 말했다.

"빨리 옷가지를 챙겨서 날 따라와."

야오망이 의혹에 찬 눈으로 그를 바라보았다.

"둥우 마을에 좋은 의사를 하나 봐 두었어. 그가 낙태 수술을 해 주겠대."

야오망은 푸사오추안이 지금 무슨 말을 하는지 알아듣지 못한 듯 다시 물었다.

"뭐라고요?"

푸사오추안은 같은 말을 반복했다. 야오망의 눈에서 두 줄기 눈물이 주르르 흘러내렸다.

"빨리 옷을 챙겨!"

야오망은 가만히 서서 움직이지 않았다.

"가자!"

푸사오추안이 그녀의 등을 살짝 밀었다. 야오망은 뒷걸음질을 치며 말했다.

"안 가요!"

그녀는 두려움에 찬 두 눈으로 푸사오추안을 바라보았다. 그리고는 몸을 돌려 두 손으로 배를 감쌌다. 그 눈빛에 푸사오추안은 깜짝 놀랐다.

"싫어요, 싫어요……."

눈물을 뚝뚝 흘리며 우는 야오망의 모습은 가련하기 그지없었다. 푸사오추안은 얼이 빠진 채 그 자리에 우뚝 서 있었다.

"당신한테 이혼해 달라고 안 하면 되잖아요?"

그녀는 눈물을 줄줄 흘리며 애절한 목소리로 애원했다. 그 순간 푸사오추안은 이제까지 한 번도 느껴 보지 못한 무거움에 짓눌려 문간에 털썩 주저앉았다.

멀리 들판 위로 학이 무리지어 날고 있었다. 처음에는 짙푸른 나무 사이를 낮게 날더니 점점 높이 올라가 새파란 하늘 위로 날아갔다. 파란 하늘은 높고 아득하게 넓었다. 그 광활함은 인간이 얼마나 보잘것없는가를 느끼게 했다. 학 무리가 우아한 자태로 멀리 날아가고 텅 빈 하늘만 덩그러니 남았다.

푸사오추안은 야오망이 이렇게 순수하고 바보 같을 줄은 미처 상상도 하지 못했다. 그녀를 바라보면서 자신이 저지른 일을 깊이 후회했다.

그때부터 푸사오추안은 메이쯔와의 이혼을 심각하게 생각하기 시작했다. 예전에는 이혼을 심각하게 고려하지 않았다. 그는 야오망과의 일이 실감나지 않았다. 그와 야오망은 둘 다 이 세상 사람이 아닌 것 같았다. 야오망은 도시 사람이고 그는 시골 사람이었다. 야오망은 아직 어렸고 그는 유부남이었다. 그녀를 안고 있으면 가슴을 내리누르는 분노와 메이쯔를 향한 복수심을 풀어낼 수 있었다. 그런데 이제야 자신이 함부로 갖고 논 여자가 너무나도 천진한 소녀였다는 사실을 깨달았다.

푸사오추안은 차가운 눈물을 흘리며 자신을 바라보는 야오망의 연약하기 그지없는 눈빛을 올려다보았다. 그는 벌떡 일어나 그녀의 두 손을 꼭 잡았다. 그녀의 손이 얼음장처럼 차가웠다. 그녀는 의지할 곳 없는 어린아이처럼 순종의 눈빛으로 그를 빤히 바라보았다. 그는 그녀가 너무나도 바보같이 느껴졌다. 그는 눈물이 솟구쳐서 발끝으로 애꿎은 땅만 후벼 팠다.

그날 밤, 푸사오추안이 메이쯔에게 말했다.

"우리……, 이혼하자."

메이쯔가 눈물을 흘렸다.

"싫어, 싫어……."

7

때로는 야오한칭도 술이 깰 때가 있었다. 어느 날 술이 깨어 보니, 딸의 몸에 변화가 생겨 있었다. 야오망을 추궁하자, 그녀는 당황하는 빛 없이 담담하게 고백했다.

"그 아이는 낳을 수 없다!"

야오한칭은 얘기를 듣자마자 단호하게 말했다. 그러나 그녀는 아버지의 말을 따르지 않았다. 야오한칭이 며칠을 두고 말렸지만, 그녀의 생각을 바꾸지는 못했다.

야오한칭은 날짜가 흘러가는 걸 그대로 보고만 있을 수 없어서 하오밍의 집으로 찾아갔다. 하오 씨네 집에서는 야오망이 낙태를 한다면 하오밍과 맺어 주겠다고 했다. 야오한칭의 처지로 뭘 더 바랄 수 있을까? 더 이상 자랑할 것도 없는 늙은 몸뚱이만 남지 않았던가? 만약에 야오망이 아이를 낳는다면 그나마 남아 있던 체면마저도 건질 수가 없었다.

그는 그 조건을 받아들이고 알아서 처리하라고 했다. 하오 씨네 집안의 처리 방법은 간단했다. 야오망을 병원으로 끌고 가는 것이었다.

그들이 계획을 실행하려던 날, 야오망과 푸사오추안이 갑자기 사라져 버렸다. 그들이 어디로 갔는지는 아무도 알지 못했다.

칠흑같이 어두운 밤이었다. 기숙사 불도 다 꺼진 시각에 나와 마수이칭이 음식점에서 돼지머리 고기를 먹고 학교로 막 돌아와 기숙사 문을 더듬거렸다. 우리가 문을 열고 들어서려는 순간, 검은 그림자 하나가 나를 불렀다.

"린빙."

"푸사오추안?"

내가 물었다.

그는 대답 없이 몸을 돌려 숲 속의 작은 그림자 하나를 향해 조그마한 목소리로 불렀다.

"망망."

연약한 그림자 하나가 앞으로 나와 고개를 숙인 채 푸사오추안 등 뒤에 섰다.

"우리, 방으로 들어가 얘기할까?"

푸사오추안이 물었다.

우리는 문을 열었다. 푸사오추안은 야오망과 우리를 먼저 방으로 들여보낸 뒤, 밖의 동정을 살피고 얼른 들어와 방문을 잠갔다. 푸사오추안은 불을 켜지 말라고 한 뒤, 우리에게 그동안의 일을 들려주었다.

그가 말했다.

"친척집이나 친구집엔 숨을 수 없었어. 할 수 없이 너희를 찾아온 거야. 아무도 우리가 여기에 숨어 있을 줄은 모를 거야."

그는 도와 달라고 빌었다. 야오망은 어둠 속에서 흐느꼈다. 그 소리는 마치 깊은 밤 나무 위로 가늘게 떨어지는 가을비 같았다.

우리는 그들을 기숙사 방에 재웠다.

날이 밝은 뒤, 나는 마수이칭에게 말했다.

"기숙사에 머무는 건 좋은 방법이 아니야. 하루이틀도 아니고."

마수이칭은 미리 생각해 두었다는 듯이 말했다.

"두 사람을 우쫭 마을의 우리 집으로 데리고 가자."

날이 어둡기를 기다려, 나와 마수이칭은 푸사오추안과 야오망을 우쫭 마을로 데리고 갔다. 마음씨 좋은 할아버지가 기꺼이 그들을 거두어 주었다. 할아버지가 야오망에게 말했다.

"아무 데도 가지 말고 여기서 지내거라."

야오망은 눈물을 흘리며 작은 목소리로 대답했다.

"고맙습니다, 할아버지."

조심하라고 여러 번 당부하고 우리는 서둘러 학교로 돌아왔다.

그날 나는 진에서 하오밍과 몇몇 사내가 어느 집 처마 밑에 쭈그리고 앉아 뭔가를 비밀스럽게 모의하고 있는 것을 보았다. 푸사오추안과 야오망을 찾아 헤맨다는 것을 한눈에 알 수 있었다. 초췌해진 하오밍은 쉴 새 없이 침을 뱉고 있었다.

일주일이 흐르자, 하오 씨네 사람들은 푸사오추안의 집으로 몰려가 가재도구를 모두 때려 부쉈다. 메이쯔는 제대로 저항 한번 못 하고 구석에 조용히 있다가 엉망이 된 집을 보며 눈물을 뚝뚝 흘렸다.

친치창이 와서 집안 꼴을 보더니 소매를 걷어붙이며 큰 소리로 호통쳤다.

"무서운 것도 없고, 법도 없구먼! 내가 사람들을 풀어 그 녀석들을 잡아들여야겠어!"

메이쯔가 담담한 목소리로 말했다.

"친 간사님, 그럴 필요 없어요."

메이쯔가 혼자 다락방으로 올라갔다.

푸사오추안과 야오망은 우쫭 마을에서 편안하게 지냈다. 마수이칭의 집에는 빈방도 여러 개 있었다. 수민 선생님이 가끔 오는 것을 제외하면, 이 고요한 저택을 찾는 사람은 거의 없었다. 푸사오추안과 야오망은 집에서 돈과 음식을 조금 챙겨 가지고 나와서 할아버지에게 폐를 끼치지 않았고, 집안일을 도우며 지내고 있었다.

야오망이 임신한 지 오 개월을 넘기고 있었고, 두 사람은 시간 가는 걸 느낄 새도 없이 삼 개월을 더 보냈다. 야오망의 산달이 다가오자, 그들은 돈이 다 떨어져 가는 것을 걱정했다. 수민 선생님에게 빌린 돈은 이미 다 써 버렸고, 할아버지에게 공짜 밥을 얻어먹은 지도 벌써 여러 날이 되었다. 둘은 바늘방석에 앉은 듯 불안해했고, 야오망은 더욱더 안절부절못했다.

그녀가 푸사오추안에게 말했다.

"우리 집에 가면 침대 머리에 상자가 있는데, 그 안에 돈이 좀 있어요. 어머니가 아버지랑 이혼할 때 내게 남겨준 돈이에요. 가서 그걸 찾아와요. 조심해야 돼요."

푸사오추안은 며칠 동안 생각에 잠겼다. 아무래도 야오망이 몸을 풀 때 돈이 필요할 것 같았다.

"열쇠 이리 줘. 여기서 기다리고 있어. 금방 돌아올게."

그날 밤, 푸사오추안은 유마디 진으로 몰래 들어갔다. 그는 우선 야오망의 집에서 조금 떨어진 갈대밭에 몸을 숨겼다. 구름이 달을 가려 어두워지면 집으로 들어갈 작정이었다. 마침내 달이 어둠 속으로 들어가고 주위가 캄캄해졌다. 그는 갈내밭에서 나와 야오망의 초가집으로 뛰어 들어갔다.

하오 씨네 형제 중 한 명이 소변을 보러 대문 밖으로 나왔다가 가늘고 긴 그림자가 논두렁으로 뛰어가는 것을 보았다. 그는 얼른 형제들을 불러모았다.

"저 그림자가 푸사오추안이 아니라면 내 목을 내놓지!"

하오 씨네 형제들은 손전등과 밧줄을 꺼내 들고 야오망네 집으로 뛰어들었다. 푸사오추안은 술에 취한 야오한칭이 잠든 틈을 타 방 안으로 들어갔다가 꼼짝없이 잡히고 말았다.

하오 씨네 형제들은 푸사오추안을 묶고 입을 틀어막은 채 으슥한 양식 창고로 끌고 갔다.

"그 계집, 어디 있어?"

하오밍이 물었다.

"누구?"

푸사오추안이 짐짓 되물었다.

"망망."

"망망이 누군데?"

"헛소리하고 있네, 야오망 말이야!"

푸사오추안은 입을 다물었다. 그들은 그의 손목을 뒤로 비틀어 밧줄로 묶은 뒤 대들보 위로 밧줄을 던져 그를 매달았다. 푸사오추안은 어깨 근육이 끊어지는 것 같은 고통을 참으며 이를 악물었다.

"말해! 너, 어디다 그년을 감췄어?"

하오밍은 윗옷을 벗고 두꺼비같이 넓은 배를 들이댔다. 푸사오추안은 이를 꽉 물고 눈을 부라리며 하오밍을 노려보았다.

하오밍은 영화 속에 나오는 악랄한 일본군이기라도 한 양 빨갛게 달아오른 담뱃불로 푸사오추안의 발바닥을 지졌다. 푸사오추안은 온몸을 훑어 내리는 고통을 참지 못하고 비명을 질렀다. 그러나 야오망이 어디에 있는지는 실토하지 않았다.

그는 두 눈을 감고 장차 태어날 자신의 아기를 상상했다. 야오망은 반드시 사내아이를 낳을 터였다. 그는 고통을 참아 내며 아들의 이름까지 생각해 두었다. 야오야오.

이윽고 날이 밝았다.

하오 씨네 형제들은 화가 머리끝까지 치밀어 올라 그를 정신없이 두들겨 팼다. 그는 대들보에 매달린 채 이리저리 요동쳤다.

"대장장이 새끼, 너, 입 안 열 거야?"

하오밍이 굵은 각목을 손에 거머쥐고 물었다. 식은땀으로 범벅이 된 푸사오추안은 힘겹게 눈을 뜨며 희미하게 보이는 얼굴을 향해 말했다.

"돼지 같은 네놈의 낯짝만 생각해도 야오망은 구역질이 날걸!"

각목이 공중에서 휙 하고 바람 소리를 냈다. 푸사오추안은 날카로운 비명을 지르고는 정신을 잃었다. 하오 씨네 형제들은 깜짝 놀라 푸사오추안을 내려놓고 밧줄을 풀었다. 그러고는 지나가는 사람들이 적은 틈을 타 재빨리 줄행랑을 쳤다.

푸사오추안이 의식을 차렸을 때는 해가 중천에 뜬 다음이었다. 몸을 일으키려고 하자 두 다리가 말을 듣지 않았다.

'다리가 부러졌구나.'

그는 양식 창고에서 기어 나온 뒤, 길 위를 붉은 피로 물들이며 큰길까지 기어갔다.

푸사오추안은 지나가는 사람에게 발견되어 병원으로 옮겨졌다. 검사를 해 보니, 정강이가 골절되었다. 그는 죽은 듯이 병상에 누워 있었다. 메이쯔가 침대 곁에서 한시도 떠나지 않고 그를 간호했다. 그녀는 아무 말 없이 눈물만 흘렸다. 푸사오추안이 눈을 뜰 때마다 메이쯔가 멍한 얼굴로 그의 눈을 들여다보며 손으로 쓰다듬고 있었다.

사람들은 혀를 내두르며 말했다.

"정말 몰랐어. 저 하찮은 대장장이가 그렇게 대단한 대장부일 줄은 말이야!"

햇살이 눈부시게 빛나고 새소리와 함께 꽃향기가 날리는 4월이 되었다. 대평원에 만물이 소생하는 푸르름이 다시 찾아왔다.

어느 날 푸사오추안이 눈을 뜨자, 메이쯔가 그의 귀에 대고 속삭였다.

"야오망이 아기를 낳았어요."

"사내아이야, 계집아이야?"

"아들이에요. 야오망이 린빙을 통해 소식을 전해 왔어요. 당신한테 이름 좀 지어 달라고."

"음, 벌써 생각해 두었어. 야오야오라고 불러."

8

야오야오가 태어난 지 육 개월이 되었을 때, 야오한칭은 다시 도시로 돌아오라는 통지를 받았다. 절망에 허덕이던 그는 고통의 바다에서 기어 나와 밝은 햇빛을 보는 감격에 휩싸였다. 그는 딱 한 번 술을 마신 뒤로 유마디 진의 술집과 이별을 고했다. 그는 수염을 깨끗이 깎고 새 옷으로 갈아입은 후 가죽 구두를 신고 진 거리를 쏘다녔다. 그는 이곳을 생각하면 가슴이 쓰렸다. 도무지 익숙해질 수 없었던 데다 치욕스런 일만 일어났기 때문이다.

그가 야오망에게 말했다.

"망망, 이곳의 물건은 아무것도 가져갈 필요가 없다. 그럴 가치도 없어. 한시라도 빨리 쑤저우로 돌아가고 싶구나."

야오망은 한동안 멍하니 서 있었다. 마치 기억을 잃어버렸다가 되찾은 것처럼. 그녀는 자기가 쑤저우 사람이라는 사실을 새삼스럽게 깨달았다. 지금의 생활이 갑자기 비현실적으로 여겨졌다. 그녀는 도시의 골목길과 거리에 울려 퍼지던 종소리, 어디서나 친근하게 들려오던 쑤저우 사람들의 말소리가 그리워졌다.

아버지와 다른 점이 있다면 그녀에게는 이제 끊을 수 없는 인연의 끈이 생겼다는 사실이었다. 몹시 곤혹스러웠지만 그녀는 도시로 떠나기로 마음먹었다.

그녀는 더 이상 천진난만한 소녀가 아니었다. 이제는 아이가 있는 엄마였다. 자신이 무엇을 택해야 옳은지 잘 알고 있었다. 그녀에게 쑤저우에서의 추억은 너무나도 소중했다. 그곳엔 그녀의 어린 시절이 있었고, 어머니가 있었고, 그녀의 미래가 있었다. 그녀는 야오야오를 데려가고 싶었다.

"안 돼! 그러려면 너도 여기에 남아. 아니면 아기를 떼어 놓고 혼자 가든지!"

아버지는 단호하게 말했다. 그는 그 어느 때보다도 자신의 명예가 중요했다. 깨끗한 모습으로 돌아가야 했다. 딸에게 일어난 치욕적인 일들이 세상에 알려지는 게 싫었다.

그때 메이쯔가 찾아왔다. 그녀와 야오망은 긴긴 하루를 보냈다. 두 여자는 울기도 하고 얘기를 나누기도 했다. 그들이 무슨 얘기를 나누었고 왜 울었는지는 아무도 알 수 없었다. 마침내 그들은 서로의 손을 꼭 잡았다.

달이 유난히 밝은 어느 날 저녁이었다. 야오망이 야오야오를 안고 푸사오추안을 찾아왔다.

푸사오추안은 두 다리에 석고를 발라 깁스를 했는데, 왼쪽 다리는 예전으로 돌아와 있었지만 오른쪽 다리는 전보다 조금 짧아졌다. 그는 지팡이를 짚고 다녔다. 푸사오추안은 동으로 테를 두른 멋진 지팡이를 만들었다. 지팡이가 반드시 필요한 것도 아닌데 굳이 가지고 다녔다. 마치 영광스런 전리품처럼. 동테두리가 달빛 아래에서 반짝 빛났다.

"야오야오를 키우고 싶으세요?"

야오망이 물었다.

"응."

"당신에게 맡길게요. 당신 아기니까요."

야오망은 아버지와 함께 홀연히 마을을 떠났다.

그들이 떠나간 뒤, 푸사오추안은 다른 곳으로 이사를 해서 집을 새로 지었다. 메이쯔는 야오야오를 키우고 남편을 뒷바라지했다. 유마디 진 사람들은 그녀를 현모양처라고 불렀다. 그녀는 야오야오를 무척 사랑했다.

어떤 이는 메이쯔가 야오망에게 간절히 빌어서 야오야오를 키우게 된 거라고 했다. 그녀는 아기를 낳지 못하는 여자라는 것이었다. 또 다른 이는 야오망 스스로 야오야오를 메이쯔에게 맡긴 것이라고도 했다.

메이쯔는 야오야오를 끔찍이 아꼈다. 그녀는 야오야오의 배나 가슴에 입을 대고 푸 하며 입김을 불어 아기가 까르르 웃을 때까지 장난을 쳤다. 그녀는 야오야오를 늘 안고 다녔다.

그녀가 사람들에게 물었다.

"우리 야오야오가 누굴 닮았을까요?"

"푸사오추안을 닮았네그려!"

그러면 그녀는 "아니에요, 우리 야오야오는 망망을 닮았어요."라고 말하며 귀여워 어쩔 줄 모르겠다는 듯이 아기의 배꼽을 살짝 깨물었다.

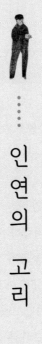

인연의 고리

1

가난한 농민 집안에서 태어난 류한린은 고등학교 추천서를 받지 못했다. 가난한 농민은 너무도 많았기 때문이다. 반대로 지주 집안 출신인 양원푸는 고등학교 추천서를 받았다.

이 근방에서 지주라고는 양원푸뿐이었다. 지주는 희소가치가 있었다. 정책을 잘 펼치려면 가끔씩은 지주에게도 혜택이 돌아가야 하니까.

까만 기와에 다니게 된 양원푸는 지난날 지주라서 당했던 괴로운 사건 따위는 깡그리 잊어버렸다. 정갈하게 갖추어 입은 옷에는 먼지 하나 묻어 있지 않았다. 누군가 실수로 신발을 밟을까 봐 혼자 뚝 떨어져서 걸었다. 손톱을 항상 깨끗하게 정리하고는, 가늘고 긴 손가락을 쭉 뻗어 꼼꼼히 들여다보았다. 밥을 먹을 때면 여전히 쩝쩝거리는 소리를 냈다. 일기도 빠지지 않고 썼으며, 흐트러짐 없는 글씨체도 여전했다. 일기를 다 쓰고 다시 찬찬히 읽어 보며 혼자서 슬그머니 웃음을 짓기도 했다. 그가 웃음을 지으면 조밀한 치아가 징그러울 정도로 하얗게 빛났다.

양원푸는 여전히 샤롄샹을 좋아했다. 그러나 샤롄샹은 아직도 양원푸를 싫어했다. 이제는 싫어하는 것을 넘어 혐오스러워할 지경이었다.

고등학교 1학년 학기말, 양 씨 집에서 정식으로 샤롄샹의 집에 혼사를 청해 왔다.

"고등학교를 졸업할 때쯤이면 두 아이의 혼기가 찰 테니 슬슬 준비를 해야 할 것 같네. 지금 약혼을 시켜 두세."

샤렌샹의 부모는 흔쾌히 승낙했다. 마치 양원푸에게 시집보내기 위해 샤렌샹을 낳은 것처럼. 샤렌샹이 양원푸와의 약혼을 거절했을 때, 그녀의 아버지는 딸이 죽지 않을 만큼 두들겨 팼다. 그때는 그들의 행동을 이해할 수 없었다.

샤렌샹의 아버지 샤산은 원래 양 씨 집에서 힘든 일을 해 주던 머슴이었다. 어느 여름날, 양원푸 아버지 양텐취의 첩인 진핑이 사료를 쌓아 두던 창고에서 샤산과 뒹굴다가 붙잡혔다. 양 씨 집 사람들이 두 사람을 고문하자, 진핑은 샤산과의 관계가 이미 삼 년이 넘었다고 실토했다. 샤산과 진핑은 양 씨의 창고에 갇혔다.

양 씨 집안의 제일 어른은 양텐취 아버지였다. 그는 성정이 포악하고 잔인했다. 강도질로 돈을 많이 벌어 이 지방에서 관리까지 지낸 뒤로 유난히 가문과 가풍을 따졌다.

그는 아들과 상의하지 않고 일꾼들과 계략을 짰다. 진핑을 나무에 목매달아 죽인 뒤, 사람들에게는 창피해서 자살했다고 말하기로 하고, 샤산은 남근을 잘라 낸 뒤 먼 곳으로 쫓아내기로 했다.

그 계획을 실행하기로 한 날 밤에 창고 문이 슬그머니 열리더니, 누군가가 들어와 샤산과 진핑을 묶은 밧줄을 끊어 주며 당장 도망가라고 했다. 샤산과 진핑은 은인의 발밑에 꿇어앉아 눈물을 비 오듯 흘렸다. 그 은인은 다름 아닌 양텐취였다.

그가 왜 샤산과 진핑을 풀어 주었는지는 아무도 알지 못했다. 진핑을 사랑한 나머지 그녀가 참혹한 형벌을 받는 것을 참을 수 없어서인지, 아니면 도시에서 공부하고 돌아와 새로운 사상을 받아들여서인지 그 속은 누구도 알 수 없었다.

샤산은 그 은혜에 보답하기 위해선 자신이나 아내의 목숨을 바쳐도 아깝지 않았다. 양톈취가 원한다면 그 집에 딸을 바치는 건 당연한 일이었다.

샤산과 진핑은 양원푸에게 선비 기질이 있다고 좋아했다. 양원푸가 초등학생이었을 때부터 입이 닳도록 칭찬을 해 대었다.

"기특하기도 해라. 함부로 장난치지도 않고 언제나 깨끗하고 예의가 바르지. 그뿐인가? 한가할 때면 책을 보거나 서예를 하며 수양을 쌓는다니까……."

양톈취가 정식으로 혼사를 거론한 후로, 그들은 양원푸에게 더 큰 관심을 기울이기 시작했다. 양원푸가 지나가면 집 안으로 불러들여 간식으로 계란을 내오기도 하고 차를 내오기도 하며 부산을 떨었다. 심지어 집안의 중요한 일에 그를 불러 상의하기까지 했다.

양원푸가 보기에 샤롄샹은 자기 아내가 될 게 분명했다. 아니, 자기 아내가 된 것이나 다름없었다. 비록 샤롄샹이 그를 아는 척도 하지 않았지만 멀리서 지켜보며 만족스러운 미소를 흘렸다. 그에게 샤롄샹은 언제라도 결정만 내리면 바로 잡아먹을 수 있는 흰 닭과 다름없었다.

그러나 양원푸도 샤롄샹이 마음에 안 들 때가 가끔 있었다. 고등학교에 올라온 뒤, 샤롄샹은 불안한 듯 눈동자를 이리저리 굴렸다. 사람들과 눈이 마주치기라도 하면, 한쪽 눈을 깜박거리며 윙크를 보냈다. 그러고는 또다시 눈동자를 굴리며 뭔가를 말하려는 듯했다. 게다가 꼭 끼어서 금방이라도 터져 버릴 것 같은 옷만 골라 입고 다니며 사람들의 시선을 끌었다. 그녀의 차림새는 남학생들이 운동을 하거나 수업을 받는 데 지장을 주었고, 밤마다 잠 못 들게 하는 데 막대한 영향을 끼쳤다.

그녀는 다른 사람들과 장난치기를 좋아했다. 처음에는 여학생들을 이유도 없이 간질여서 자기한테 덤벼들게 만들었다. 그녀는 친구들이 조금만 간지럽혀도 자지러질 듯이 깔깔대며 몸을 앞뒤로 흔들었다. 나중에는 남학생들에게까지 장난을 걸기 시작했다. 몇몇 여학생들이 운동장에서 놀고 있을 때, 농구공 하나가 굴러오자 그녀는 얼른 공을 집어 들고 달렸다.

남학생이 소리쳤다.

"이리 줘!"

그녀는 공을 돌려줄 생각을 하지 않고 그 공을 여학생들에게 던졌다. 여학생들은 그 공을 가지고 있을 수 없어서 다시 그녀에게 던졌다. 샤렌샹은 공을 안고 혼자서 뛰어 달아났다. 그러면 남학생 하나가 자기를 쫓아오리라는 것을 잘 알고 있었다. 거칠고 야성적인 남학생이 샤렌샹을 쫓아가 공을 뺏으려고 몸싸움을 벌였다. 하지만 뜻대로 되지 않자 아예 그녀를 눕혀 놓고 품안에 있는 공을 빼앗았다. 그 남학생의 손이 자신의 몸에 닿을 때마다 그녀는 깔깔거리며 웃어 젖혔다.

어느 날 샤렌샹이 한 남학생과 심하게 장난을 쳤다. 그러다 정말로 화가 나서는 바가지에 물을 퍼서 그 남학생에게 들이부었다. 중학생 때부터 불량기가 있던 그 남학생은 더 큰 바가지에 물을 퍼서 그녀에게 부었다. 그 바람에 그녀의 얇은 셔츠가 몸에 찰싹 달라붙었다. 그 남학생은 엉큼한 눈빛으로 그녀의 가슴을 바라보았다.

"새빨간 앵두 꼭지 두 개가 보인다."

그 말에 샤롄샹이 몸을 휙 돌리더니 이내 울음을 터뜨렸다.

그 일이 있고 나서 조금 자제를 하는가 싶더니 이번엔 이유도 없이 주먹으로 사람을 치기 시작했다.

마을 사람들이 수군거렸다.

"저 계집애가 미쳤나 봐."

양원푸는 샤롄샹의 부모님에게 알리고 싶었지만 차마 그러지 못하고 속으로 울화를 삼켰다. 오로지 그녀에게 잘 보이기 위해 안간힘을 썼다. 그러나 그녀와의 관계는 점점 더 악화될 뿐이었다.

가을이 끝나 갈 무렵, 샤롄샹은 몸살이 나 기숙사에 이틀이나 누워 있었다. 양원푸가 기숙사로 찾아갔더니, 샤롄샹은 이미 어디론가 나가고 없었다.

그가 같은 방 친구에게 물었다.

"어느 것이 샤롄샹의 빨랫감이냐?"

같은 방 친구들은 머뭇거리다가 샤롄샹의 침대 밑에 있는 대야를 가리켰다.

"그 안에 있는 게 모두 샤롄샹의 옷이야."

그는 대야를 강가로 가져가 밝은 햇빛을 받으며 정성껏 빨래를 했다. 여학생들만 입는 속옷도 있었다. 그는 미간을 찌푸린 채 두 손가락으로 그것을 집어 든 채 물속에 넣고 휘휘 저었다.

우리는 지나가다가 그 광경을 보고 걸음을 멈추었다.

"양원푸, 너 거기서 뭐하고 있냐? 물고기 잡고 있냐?"

그가 고개를 돌리며 말했다.

"저리 가! 저리 가라고!"

양원푸는 샤롄샹의 옷을 깨끗이 빨았다. 대야를 겨드랑이에 낀 채 여학생 기숙사 앞으로 가서 빨래를 하나씩 탈탈 털어 빨랫줄에 널었다. 그러고는 몇 걸음 뒤로 물러나, 바람에 날리는 빨래를 바라보며 흡족한 표정을 지었다.

샤롄샹이 돌아왔을 때는 빨래가 거의 말라 있었다. 그녀가 고개를 갸웃거리며 이상하게 여겼다.

"누가 내 옷을 빨았니?"

같은 방 친구들은 딴청을 피우며 아무 대답도 하지 않았다.

"누구야?"

그녀가 다시 한 번 추궁했다. 그러자 그들 중 하나가 대답했다.

"양원푸."

샤롄샹은 그 말을 듣자마자 빨랫줄로 가더니 옷을 하나씩 끄집어 내려 흙탕물 속으로 던져 버렸다. 속옷을 끄집어 내릴 때는 이를 악문 채 옷을 갈기갈기 찢어서 발로 마구 밟았다. 그녀는 기숙사로 돌아와 침대에 엎어져 베개를 끌어안고 울음을 터뜨렸다. 친구들은 그 모습을 지켜보다가 숨을 죽인 채 살금살금 밖으로 빠져나갔다.

양원푸는 그러거나 말거나 자기 역할을 계속해 나갔다.

하루는 잘 익힌 생선 두 마리를 유리병에 담아 왔다. 그 생선은 비쩍 말라서 보기에도 처량할 지경이었다. 양원푸는 점심을 먹기 전, 예쁘고 생동감 있는 생명체나 되는 양 다른 아이들에게 생선을 보여 주었다. 그러고는 우아하게 뚜껑을 연 후, 마치 치과 의사가 이를 뽑을 때 입안을 들여다보듯이 병 속을 주의 깊게 살피며 생선 한 마리를 꺼냈다. 먼저 생선의 꼬리 쪽 한 토막을 입에 넣고는 음미하듯이 오랫동안 씹었다. 생선 꼬리를 다 먹고는 앞에 앉아 있는 샤렌샹이 밥 먹는 모습을 지켜보았다.

잠시 후 샤렌샹이 책상 위에 식판을 둔 채 자리를 떴다. 양원푸가 자리에서 일어나더니 병에서 작은 생선 한 마리를 꺼내 샤렌샹의 식판 위에 올려놓았다. 생선이 조금 비뚤어지게 놓이자, 젓가락으로 생선을 집어 하얀 밥 위에 반듯하게 놓았다. 그런 다음 자기 자리로 돌아와 생선을 계속 먹었다.

이윽고 샤렌샹이 밖에서 돌아왔다. 그녀는 생선을 보더니 벌떡 일어서서 양원푸를 한동안 노려보았다. 그러고는 벌레를 집듯 젓가락으로 자기 밥 위에 있는 생선을 집어서 양원푸의 발 아래로 던졌다. 그것도 모자라, 생선 밑에 있던 밥을 떠서 쓰레기통에 버렸다.

양원푸는 속이 상해서 입가를 실룩거렸다.

"먹기 싫으면 그만두라지."

그는 허리를 구부려 젓가락으로 바닥에 떨어진 생선을 주워 빈 병에 담고 교실 밖으로 나갔다.

샤렌샹도 식판을 들고 강가로 가서 씻었다. 그러다 바닥에 내동댕이친 생선을 물에 씻어 식당 앞 등나무 아래서 먹고 있는 양원푸를 보고 한마디 던졌다.

"정말 구역질 나!"

2

이 지방에서는 약혼을 중요시했다. 약혼이 법률상 효력을 가지는 것은 아니었지만, 사람들은 마음속으로 그 사실을 단단히 받아들였다. 일단 약혼식을 올리고 나면 다시는 되돌릴 수 없었다.

'약혼한다'는 것은 바로 '결혼하기로 결정한다'는 뜻이었다. 그렇게 결정된 일을 어떻게 가볍게 바꿀 수 있을까? 약혼 후에는 오직 상대방만을 바라보며 조용히 기다려야 했다.

가약을 맺을 때에는 양쪽 집안 사이에 중개인과 보증인을 세웠는데, 그들이 이 마을 사람들 전부를 대신했다. 나중에 어느 한쪽에서라도 이 언약을 파기하는 일이 생기면 골치 아픈 일이 벌어져도 기꺼이 감수해야 했다. 무언가 일이 생기기라도 하면 눈 깜짝할 사이에 수십 킬로미터 너머까지 소문이 퍼져 나갔다. 결국에는 소송을 걸어서 배상을 받아 내기도 했다. 이유야 어찌 됐든 사람들의 눈에는 영원한 패자로 남을 수밖에 없었다.

약혼을 하기로 한 전날 밤, 샤롄샹은 "안 해요."라는 한마디로 아버지의 말을 거역했다.

"너, 계속 반항할 테냐!"

샤산이 역정을 냈다. 그러자 샤롄샹이 대꾸했다.

"그렇게 약혼이 하고 싶으면 직접 하시든가요."

결국 샤롄샹은 아버지에게 실컷 얻어맞았고, 어머니에게는 상스러운 욕을 먹었다.

그녀는 몸이 안 좋다며 기숙사에 누워 며칠 동안이나 수업 시간에 나오지 않았다. 어느 날 우연히 그녀를 봤는데, 이마에 반창고가 붙어 있었다. 그녀는 손으로 급히 얼굴을 가리며 내 옆을 지나갔다.

오후에 기숙사로 가다가 그녀와 또 마주쳤다. 그때는 옷을 널고 있었는데, 까치발을 해도 손이 빨랫줄에 닿지 않았다. 그녀의 표정이 일그러졌다. 팔에 부상을 입은 게 분명했다. 몇 번이나 시도해 봐도 잘 되지 않자, 그녀는 땅에 쭈그리고 앉아 멍한 눈빛으로 연못을 바라보았다. 잠시 후, 그녀가 다시 일어서서 시도를 했다.

나는 일부러 빨랫줄이 묶여 있는 버드나무 가지에 매달렸다. 그 바람에 빨랫줄이 아래로 쑥 내려갔다. 그녀는 처음부터 나를 지켜보고 있었다. 빨래를 다 널고 나서도 그 자리에 서서 나를 뚫어지게 바라보았다. 나는 나뭇가지를 놓아 빨랫줄이 다시 제자리로 가게 했다. 그 순간, 샤롄샹의 손에 있던 대야가 미끄러져 바닥으로 떨어지며 쫘당 소리를 냈다. 나는 재빨리 대야를 집어 들고 그녀를 여자 기숙사까지 바래다 주었다. 기숙사 문을 나올 때, 그녀의 눈에 감격의 눈물이 번져 있었다. 그녀는 한없이 연약해 보였다. 더군다나 지금은 아무도 응원해 주지 않는 고독한 처지에 빠져 있지 않은가.

교실로 돌아와 보니 양원푸는 붓글씨를 쓰고 있었다. 그는 단정하게 앉아 붓을 곧게 잡고 글씨를 써 내려갔다. 종이며 손등, 그리고 심지어는 입술에까지 먹물을 묻혀 가며 붓글씨를 쓰는 나와는 달리, 그는 먹물 한 점 묻히지 않고 깨끗하게 글씨를 썼다. 그는 한 자를 쓰고 나서 붓을 벼루 위에 올려놓고 고개를 비스듬히 기울이며 감상에 젖었다.

나는 먹물이 가득 든 통을 들고 지나가다 의자에 걸려 넘어지는 척하며 양원푸의 책상 앞으로 엎어졌다. 먹물통이 넘어지면서 종이 위로 시커먼 먹물을 촬촬 쏟아 냈다. 나는 천천히 일어났다. 내가 일어났을 때는 먹물통에서 먹물이 다 빠져나간 뒤였다. 내 손에도 먹물이 잔뜩 묻어 있었다. 나는 이를 살짝 물며 양원푸에게 미안하다는 듯 웃음을 건네면서 손을 탈탈 털었다. 먹물 몇 방울이 그의 눈 밑에 튀었다. 그의 모습이 눈 아래 점이 박힌 점박이 개 같았다.

샤산의 구타가 몇 차례 더 이어지자, 샤롄샹은 아예 집으로 돌아가지 않고 학교에만 머물렀다.

토요일 오후가 되면 우리는 모두 집으로 돌아갔다. 선생님들도 그랬다. 토요일 저녁, 어둠이 삼켜 버린 유마디 고등학교는 황량하기 그지없었다. 바람이 불 때마다 교정의 수많은 나무들이 을씨년스런 소리를 냈다.

샤롄샹은 혼자 기숙사에 남아 있었다. 토요일 저녁부터 일요일 저녁까지는 친구들이 남겨 준 미숫가루를 물에 타서 먹는 게 고작이었다. 집에서 돈을 보내지 않았기 때문에 평소에도 맨밥만 먹었다. 친구들이 비웃거나 동정을 할까 봐 식판을 가지고 기숙사에서 혼자 밥을 먹곤 했다. 그녀는 하루가 다르게 말라 갔다. 안색도 창백해져 활기를 잃었다.

이런 식의 반항은 샤산의 화를 더욱 돋우었다. 결국에는 학교까지 찾아와 손찌검을 했다. 샤산은 다짜고짜 여학생 기숙사로 쳐들어와 샤롄샹의 머리채를 거머쥐고 밖으로 끌고 나왔다. 그러고는 자기 딸을 향해 입에 담을 수 없는 욕설을 퍼부었다. 수업이 끝난 후라 수백 명의 학생들이 모여서 그 광경을 구경했다. 나중에는 발길질과 주먹질까지 해 대는 바람에 샤롄샹은 땅바닥에 주저앉고 말았다.

결국 왕치한 교장 선생님이 와서 뜯어말리고서야 샤산이 손찌검을 멈추었다.

"이제 넌 더 이상 공부는 못 할 줄 알아!"

샤산은 이렇게 퍼붓고는 사람들을 헤치고 가 버렸다.

샤롄샹은 그날로 짐을 싸서 학교를 떠났다. 양원푸도 마치 의리 있는 사내처럼 이렇게 말하고 집으로 돌아갔다.

"이 마당에 난들 뭘 더 공부하겠어?"

겨울 방학이 다가올 무렵, 샤롄샹이 다시 학교에 나타났다. 그녀는 부모의 차가운 시선을 견디기가 힘들었다. 게다가 학교생활이 그리웠다. 그녀는 공부하고 싶었다. 그래서 양원푸와의 약혼을 받아들였다.

양원푸도 학교로 돌아왔다. 그는 이미 아내가 있는 사람처럼 더 단정하고 깨끗해졌다. 얼굴에는 여유로운 미소까지 담고 있었다.

토요일에 집으로 돌아갈 때는 예전처럼 양원푸가 골목에서 그녀를 기다렸다. 그녀는 다른 길로 가지 않고 그저 무표정하게 양원푸의 뒤를 따라 걸었다.

그녀는 다른 학생들과 장난을 치지도 않고 공부에만 집중했다. 가끔씩 수업 중에 한숨 소리가 들렸다. 선생님과 학생들이 고개를 돌려 바라보았지만, 그녀는 그런 시선조차 의식하지 못했다. 그녀는 모두에게서 멀어져 갔다.

빈면에 양원푸는 한껏 여유를 부리며 우월감에 젖어 있었다. 때때로 샤렌샹을 뚫어지게 바라보았다. 다른 사람이 샤렌샹에게 시선을 주는 일 따위는 절대로 허용하지 않겠다는 듯이.

그는 여전히 날마다 일기를 썼는데, 샤렌샹에 관한 내용이 대부분이었다. 샤렌샹의 피부색, 눈빛, 불룩한 가슴, 손톱 모양, 목소리, 입맛 등에 이르기까지 자세히 써 내려갔다. 심지어는 샤렌샹의 배에 있는 붉은 점(어렸을 때부터 그녀와 같이 자라며 보게 된 것이다.)에 대해서도 적었다.

"그녀의 배꼽 옆에 있는 붉은 점이 더 예쁘게 자랐겠지?"

누군가 그의 일기를 훔쳐보고서 내용을 떠벌리고 다녔다.

하루는 샤렌샹네 집에서 양원푸를 초대해 돼지를 잡은 모양이었다. 양원푸는 그날의 일도 일기에 썼다. 한 남학생이 일기를 훔쳐보고 그중의 한 대목을 친구들 앞에서 읽어 내려갔다.

"장인어른이 말씀하셨다. '비계가 정말 좋으이. 먹어, 먹어, 먹어!' 난 그 자리에서 여덟 덩어리나 먹어 치웠다!"

이 짧은 문구는 반 친구들 모두가 통째로 외워 버렸다.

다음 날은 한 달에 한 번 있는 특식 날이어서 얇게 썬 소고기를 두 조각씩 먹을 수 있었다. 급식 당번이 각각의 식판에 소고기를 던져 줄 때 누군가 한마디 했다.

"비계가 정말 좋으이."

그러자 다른 아이가 그 말을 받아 쳤다.

"장인어른이 말씀하셨다. '비계가 정말 좋으이. 먹어, 먹어, 먹어!'

난 그 자리에서 여덟 덩어리나 먹어 치웠다!"

그 말이 끝나기가 무섭게 모두들 깔깔대고 웃었다. 그러자 양원푸가 자리에서 벌떡 일어서더니 젓가락을 책상 위로 내던지며 말했다.

"어떤 새끼가 내 일기장을 훔쳐봤어?"

샤롄샹은 밥그릇 뚜껑을 닫고 고개를 숙인 채 밖으로 뛰어나갔다. 잠시 후, 한 여학생이 밖에서 들어오며 말했다.

"샤롄샹이 기숙사 뒤 숲 속에서 울고 있어."

그 후로 우리는 양원푸를 놀리지 않았다. 우리는 친구들 앞에서 양원푸를 치켜세워 샤롄샹에게 그가 괜찮은 녀석으로 보이게끔 하려고 노력했다.

조장을 새로 뽑을 때, 나는 양원푸를 추천하며 그 이유를 세세히 나열했다. 글씨를 잘 쓴다, 숙제를 성실하게 해 온다, 평소에 위생에 신경을 많이 쓴다 등을 이유로 내세웠다. 나는 자못 진지한 표정으로 말했다. 표결을 할 때, 나 말고도 마수이칭과 몇몇 친구들이 손을 들었다.

나중에 샤롄샹이 다가와 물었다.

"린빙, 요번엔 또 무슨 뜻이야?"

그 말에 나는 난감함을 느꼈다.

샤롄샹은 하루가 다르게 조용해져 갔다. 기숙사 방에 처박혀 밖으로 나오지 않았다. 가능한 한 사람들이 많은 곳을 피했다. 그녀는 밤낮없이 뜨개질만 했다. 떴다가 풀고, 풀었다가 다시 또 뜨는 사이에 그녀의 뜨개질 속도가 점점 빨라졌다. 그녀는 여학생들에게 목도리와 장갑, 양말, 옷 등을 떠 주었다. 나중에는 남학생들에게도 이 것저것 떠 주었다.

그녀의 뜨개질 솜씨와 타오훼이의 자수 솜씨는 마치 '나란히 나 는 한 쌍의 새'처럼 유마디 고등학교 여학생들의 감탄과 부러움을 샀다.

그러나 샤렌샹은 양윈푸에게만은 시시한 것조차 떠 주지 않았다. 샤렌샹은 뜨개질을 할 때 쉼 없이 손을 움직이고 있었지만 두 눈은 멍하니 다른 곳을 바라보곤 했다.

3

겨울 방학 때 설날 프로그램을 위해 문예 선전단이 소집되었다. 우리는 문예 선전단의 소집 통지서를 받자마자 곧장 학교로 달려 갔다. 오랜만에 학교에 모여서 함께 장난도 치고 연습도 하다 보니 왠지 특별한 기분이 들었다.

자오이량이 학교에 다니지 않는 탓에 내가 대표 비파를 연주하 게 되었다. 게다가 극본을 쓰는 책임까지 맡게 되었다. 설이 다가오 자 타오훼이의 얼굴에 봄기운이 넘쳐흘렀다. 그런 그녀가 내 눈앞 에서 항상 어른거렸다. 나는 정말로 행복했다.

나 말고도 기분이 좋은 사람이 하나 더 있었다. 바로 샤렌샹이었 다. 그녀는 문예 선전단 활동에 무척 열심이었다. 그녀는 맨 처음 까만 기와에 들어왔을 때처럼 활기에 차 있었다.

선전단에는 늘 소란을 피우는 학생들이 있었다. 서로 치고받다가 한 덩어리가 되어 뒹굴곤 했다. 그런 소란은 대부분 샤렌샹이 시작을 했다. 그녀는 예전보다 장난을 더 심하게 쳤다. 한동안 잠잠했던 몫까지 보충하려는 것 같았다.

설날이 지나고 일주일 동안 우리는 매일 공연을 했다. 그리고 그 뒤로는 이삼 일에 한 번씩 공연을 했다. 공분 문제로 유마디 진 문예 선전단이 조직되지 않자 우리가 그들 몫까지 공연을 해야 했다. 위페이장은 학교 문예 선전단에게 몹시 고마워했다.

"설 프로그램으로 준비한 것이니 잘 부탁한다!"

그해의 공연은 성공적으로 치러졌다. 나는 타오훼이가 맡은 소녀 역과 새색시 역의 대본을 썼다. 나는 그녀를 세심하게 살펴보고 그녀의 성격에 꼭 맞게 내용을 썼다. 그녀의 연기는 그 어느 때보다 생동감이 있었다.

샤렌샹은 주연을 맡지는 않았다. 그러나 그런 것은 아랑곳하지 않았다. 노래를 부르고 춤을 출 수 있는 마당이 생긴 것만으로도 충분히 만족했다. 그녀는 연습 때만큼은 그 누구보다 열성적이었다. 있는 힘을 다해 노래를 부르고 춤을 추었다. 한 프로그램이 끝나 무대에서 내려올 때면 입을 벌리고 숨을 헐떡거리며 연방 손수건으로 부채질을 해 댔다.

사오지핑 선생님이 말했다.

"샤렌샹이 제일 열심이야."

개학한 후에도 우리는 꽤 멀리 떨어진 마을로 몇 번 더 공연을 나갔다. 날씨가 따뜻해지고 봄기운이 도처에 피어나고 있는 3월 초순 어느 날, 다른 마을에서 우리의 마지막 공연이 열렸다.

공연이 끝난 뒤에 잔치가 열렸다.

사오지핑 선생님이 술잔을 들고 말했다.

"내일이면 선전단이 해체된다. 각자 자기 반으로 돌아가 공부를 하게 되겠지. 우리 모두 술 한 잔씩 하자. 오늘은 좀 많이 마셔도 괜찮아."

샤렌샹은 왠지 우울해 보였다. 사오지핑 선생님의 말을 듣자 그녀는 스스로 자기 잔에 술을 따라 한 잔 들이켰다.

한 남학생이 잔을 들고 말했다.

"건배!"

시커먼 남학생들의 팔뚝 속에 여학생 중에서는 샤렌샹만 술잔을 들고 흰 팔을 들이밀었다. 그녀는 술을 한 번도 마셔 본 적이 없었기 때문에 자신의 주량이 얼마나 되는지도 모른 채 눈을 딱 감고 한 입에 삼켜 버렸다.

사오지핑 선생님이 물었다.

"샤렌샹, 너 술 마실 줄 알아?"

그녀는 손으로 입술을 닦고 가늘게 뜬 눈에 웃음을 흘리면서 말했다.

"마실 줄 알아요."

남학생 둘이 그녀에게 다가가 술을 권했다. 그녀가 단숨에 두 잔을 받아 마셨다. 잠시 후 그녀의 얼굴이 빨갛게 달아올랐다. 남학생, 여학생 할 것 없이 모두들 그녀를 보고 웃었다. 그녀는 수줍게 웃음을 짓더니 두 손으로 얼굴을 가린 채 밖으로 나갔다.

우리는 충분히 먹고 마신 뒤 입을 닦으며 사오지핑 선생님에게 고맙다는 인사를 했다.

사오지핑 선생님이 말했다.

"날도 저물었으니 이제 그만 가자!"

징을 맡은 아이는 징을 챙기고, 북을 맡은 아이는 북을 챙기고, 깃발을 맡은 아이는 깃발을 챙긴 채 삼삼오오 무리를 지어 비틀거리며 학교로 향했다.

달빛 아래로 술기운에 몽롱해진 단원들이 중얼거리며 띄엄띄엄 흩어져 걸어가고 있었다.

제일 뒤에서 가던 사오지핑 선생님이 물었다.

"샤롄샹은 어디 있냐?"

한 남학생이 그 말을 듣고 앞쪽으로 전달했다.

"샤롄샹은 어디 있냐?"

"샤롄샹은?"

"샤롄샹은?"

말이 계속 앞으로 전달되었다. 잠시 후 사오지핑 선생님은 "샤롄샹이 먼저 갔어요."라는 대답을 들었다.

대오는 여전히 제멋대로인 채 앞으로 전진하고 있었다. 한참 지난 후 다시 소식이 전해졌는데, 샤롄샹을 본 사람이 아무도 없다는 것이었다.

사오지핑 선생님이 큰 소리로 물었다.

"그럼 샤롄샹이 먼저 갔다고 한 건 누구야?"

다시 한 사람씩 앞으로 물어 나가자 결국은 아무도 그녀가 먼저 갔다는 말을 한 사람이 없었다.

사오지펑 선생님은 망망한 바다같이 펼쳐진 들판을 바라보며 학생들을 추궁하기 시작했다.

"도대체 샤롄샹이 먼저 갔다는 거야, 안 갔다는 거야?"

그때 타오훼이가 샹밍이라고 불리는 여학생에게 말했다.

"샹밍, 조금 아까 네가 롄샹이가 먼저 갔다고 말했잖아?"

샹밍이 말했다.

"내가 언제 그랬어? '샤롄샹이 먼저 갔어?'라고 물었지."

사오지펑 선생님이 그 말을 듣고 한숨을 지었다.

"아이고! 이 녀석들이 정말 사람 속을 태우는구먼."

사오지펑 선생님은 술을 좀 과하게 마셔서 머리가 천근같이 무거웠다. 다리가 휘청거렸다. 나와 텐촨이라고 불리는 남학생이 그를 부축하고 있었다. 그가 앞을 향해 소리쳤다.

"다들 천천히 걸어!"

그리고 우리 둘에게 말했다.

"너희 둘은 뒤로 돌아가서 찾아봐. 혹시 샤롄샹이 뒤처져 있는지."

나와 텐촨은 오던 길을 되짚어갔다. 한참을 가다 보니 갈림길이 나왔다. 텐촨이 뒷머리를 긁적이며 말했다.

"어떡하지? 두 갈래 길 중에서 샤롄샹이 어느 길로 갔는지 어떻게 알아?"

나는 왼쪽 길을 가리키며 말했다.

"넌 이 길로 가."

나는 오른쪽 길로 들어서서 샤렌샹을 찾아보았다. 한 십오분 정도 걸어가자 다리가 나왔다. 다리 앞에 그림자가 하나 서 있었다. 나는 급히 앞으로 몇 걸음 내딛으며 물었다.

"샤렌샹이야?"

"응, 나야. 린빙이니?"

"그래, 나야."

"너, 여태 여기까지밖에 안 왔어?"

"널 찾으러 온 거야."

그리고 한마디 덧붙였다.

"사오 선생님이 널 찾아오라고 하셨어."

샤렌샹은 가만히 선 채 움직이지 않았다.

"너, 왜 그러고 있어?"

"다리가 떨려서 건너갈 수가 없어."

나는 다리 이쪽에 서서 희미해 보이는 그림자를 바라보며 어쩔 줄 몰라 했다. 하늘에는 구름이 떠가고 있었다. 달이 구름 속으로 들어갔다 나왔다 했다. 그때마다 그녀의 그림자도 어두워졌다 밝아졌다 했다.

"날 부축해서 다리 좀 건너 줄래?"

그녀가 혼잣말처럼 작은 목소리로 말했다.

나는 주위에 아무도 없는 걸 확인한 뒤 다리를 건너갔다.

그녀가 나를 바라보는 눈길이 달빛 때문인지 술기운 때문인지 몽롱해 보였다. 몽롱한 눈빛 속에 부끄러움 같은 것이 묻어 있었다. 달빛을 받은 그녀의 촉촉한 입술이 가을 이슬을 머금은 대나무 잎사귀 같았다. 나는 그녀에게서 풍겨 오는 은은한 향기를 느꼈다.

그녀가 내게 손을 뻗었다. 나는 잠시 주저하다가 오른손으로 그녀의 손을 잡았다. 내가 성숙한 소녀의 손을 잡은 것은 그때가 처음이었다. 그녀의 손은 통통하고 부드러웠으며, 따뜻하기도 하고 촉촉하기도 했다. 가슴이 뛰면서 손까지 떨렸다. 나는 그녀를 부축해 다리를 건너며 차분한 어투로 말했다. (실제로는 차분한 어투였다고 말하기는 어렵지만.)

"발밑을 잘 봐. 무서워하지 말고."

길고 가늘게 놓여 있는 다리가 강 위에 활처럼 휘어져 있었다. 달빛 아래 다리 밑으로 누워 있는 강물을 보니 수정 가루를 흩뿌려 놓은 넓은 풀밭처럼 반짝거렸다. 우리 그림자가 수면 위로 길게 비쳤다. 그녀는 꽃가마에 오르는 새 신부처럼 고개를 숙인 채 작은 걸음으로 천천히 걸었다.

나도 술을 마셨기 때문에 다리가 조금씩 떨렸다. 달이 구름에 가려지자 하늘 아래 고요한 들판이 한 폭의 수묵화가 되었다. 시간이 천천히 흐르는 것 같았다. 나는 뭔가 말을 해야겠다고 생각했지만 무슨 말을 해야 할지 생각이 나지 않았다.

"다리를 지나면 강기슭이야."

누군가가 나에게 이 세상에서 어느 다리가 가장 기냐고 물었다면 아마도 나는 서슴없이 이렇게 대답했을 것이다. 바로 이 조그만 나무 다리라고.

다리를 다 건너고 나서 우리는 한숨을 돌렸다. 나는 그녀에게 맡겼던 손을 얼른 거둬들였다. 우리는 앞뒤로 걸으며 거리를 둔 채 아무 말 없이 논두렁을 지나갔다. 남학생 하나와 여학생 하나의 발자국 소리만 다르게 들릴 뿐이었다. 앞서서 걷는 걸음은 조금 급한 듯하고 뒤에서 걷는 걸음은 가볍고 머뭇거리는 듯한 느낌이었다. 나는 마음속으로 선생님과 친구들이 너무 멀리 가지 않았기를 바랐다. 그런 생각으로 뒤돌아보니 샤렌샹의 걸음걸이가 몹시 느렸다.

잠시 후 그녀가 저만치 떨어졌다. 나는 나무 아래에 앉아 그녀를 기다렸다. 주위에 다른 나무 한 그루 없이 홀로 우뚝 서 있는 그 나무는 달빛을 받아 고독과 아득함이 스민 신비한 색채를 띠고 있었다.

샤렌샹이 숨을 살짝 몰아쉬며 다가와 앉았다.

"나, 머리가 조금 어지러워."

그녀는 한 손을 나무에 기대고 마치 물이 흘러내리듯 힘없이 미끄러져 내렸다. 나는 그녀의 부드러운 숨소리를 들었고, 술 냄새가 아닌 다른 야릇한 냄새도 맡았다.

그녀가 주저앉자 나는 벌떡 일어섰다. 어찌 된 일인지 가슴이 뛰어 발을 뗄 수가 없었다. 눈앞에는 단조로운 들판만이 펼쳐져 있었고 멀리 안개 낀 나무 사이로 가물가물하게 마을이 보였다. 나는 고개를 들어 하늘을 쳐다보았다. 구름이 보이더니 달이 다시 나와 황홀하게 빛을 발하고 있었다. 무성한 나뭇잎들이 하늘의 별들을 가리고 있었다. 한낮이라면 나뭇가지에 피어난 앙증맞은 꽃들을 볼 수 있겠구나, 하고 생각했다.

나는 손으로 만져질 것 같은 시간이 물처럼 내 옆으로 스쳐 지나가는 것을 느꼈다. 하늘 위로 큰 새 한 마리가 미끄러지듯 날아갔다.

"밤인데도 새가 날아가네."

내가 말했다.

그녀는 아무런 대답이 없었다.

잠시 후 그녀가 속삭이듯 물었다.

"린빙, 너 정말로 타오훼이를 좋아하니?"

"……."

그녀가 살며시 한숨을 내쉬었다.

"타오훼이 마음에는 두가오양이 있어."

나는 나무에서 풍기는 쓴맛을 느끼며 가슴속이 뻥 뚫리는 것 같았다. 어느새 그녀가 일어나 있었다. 그녀의 얼굴이 내 얼굴 바로 옆으로 왔고, 그녀의 입에서 따뜻한 입김이 풍겨 나왔다. 그녀를 피하지는 않았지만 가슴이 뛰어 등 뒤의 나무 기둥만 두드리고 있었다. 바람이 한 번 획 불자 나무 위의 꽃향기가 풍겨 왔다.

"린빙, 전에 내가 창고에 갇혔을 때, 네가 쪽빛 들꽃을 따다 준 일을 기억하지?"

"……."

"내가 빨래를 널 수 있게 버드나무 가지를 내려 주던 일도 기억하지? 그때 네 모습은 마치 어린아이 같았어……."

"……."

나는 그녀의 촉촉한 입술이 내 귓가로 다가오는 것을 느낄 수 있었다.

멀리서 북소리가 들려왔다. 그 북소리가 난감한 상황에 빠져 있는 나를 구조해 주었다.

내가 말했다.

"우리 선전단의 불빛이야. 우릴 기다리고 있어!"

내가 큰 나무 곁에서 떨어져 걸으려고 할 때, 내 어깨에 팔이 가볍게 얹히는 것 같은 기분이 들었다. 그러나 내가 걸음을 떼면서 그 팔이 아래로 흘러내렸다.

우리는 가벼운 발걸음으로 걷고 있었다.

논을 하나 지나 다시 다른 논으로 접어들자 앞쪽에 망망한 밀밭이 나타났다. 밀밭에 평평한 지름길이 나 있었다. 높게 자란 밀이 작은 길을 가슴에 안고 있는 것 같았다. 밀밭 길이 끝없는 바다처럼 이어져 있는 듯했다.

샤렌샹이 다가왔다. 밀은 이제 막 꽃을 피우고 있었고 밀밭 사이로 자운영 꽃도 피어나고 있었다. 밤공기를 가득 채운 꽃향기가 사람을 취하게 했다.

우리는 밀밭 가운데로 걸어 들어갔다. 그런데 그녀가 갑자기 쓰러졌다. 그녀는 바로 일어나지 않고 피곤한 듯 그 자리에 비스듬히 엎드렸다.

내가 뒤돌아서서 그녀에게 다가서며 물었다.

"왜 그래?"

그녀가 나에게 팔을 뻗으며 작은 소리로 중얼거렸다.

"술은 정말 이상해⋯⋯."

샤렌샹의 몸이 무겁게 느껴졌다. 내가 힘을 주어 일으키자 그녀가 고개를 숙인 채 힘없이 양팔을 나에게 올려놓으며 얼굴을 내 왼쪽 어깨에 기댔다. 내 볼에 그녀의 볼이 스치는 순간, 다리의 힘이 쭉 빠지며 눈앞이 캄캄해져 그대로 주저앉을 뻔했다. 내 볼은 그녀의 얼굴에서 뿜어 나오는 열기로 화끈 달아올랐다. 그녀의 몸이 떨리는 것을 느끼는 순간, 내 몸이 그녀보다 더 심하게 떨려 가만히 서 있을 수 없는 지경이 되었다. 그녀는 내 어깨 위에서 마치 꿈을 꾸듯 웅얼거렸다.

밤바람이 세차게 불자 처량한 달빛 아래 펼쳐진 밀밭이 사르락 사르락 소리를 내며 물결쳤다. 그 넘실대는 파도가 어둠 속으로 멀리 퍼져 나갔다.

그녀의 팔 하나가 흘러내리더니 내 손을 꽉 쥐었다. 그러고는 망설이듯 힘없이 잡힌 내 손을 들어 자신의 가슴 위에 올려놓았다. 다른 한 손을 내 어깨 위로 올려놓더니 나를 힘껏 끌어안았다.

내 손은 여전히 그녀의 가슴과 내 가슴 사이에 놓여 있었다. 내 손 안에 작은 하얀 토끼 같은 것이 만져졌다. 그 순간 나는 질식할 것 같아 내 턱을 그녀의 어깨 위에 올려놓고 숨을 헐떡였다. 그녀가 내 머리를 꼭 끌어안은 채 떨고 있었다. 내 몸과 마음은 모두 얼음 구덩이에 빠진 것처럼 부들부들 떨며 전율했다.

잠시 후 그녀가 나를 풀어 주며 마치 먼 곳의 풍경을 감상하려는 듯 비스듬히 나 있는 밀밭 길로 걸어갔다.

나는 그녀의 뒷모습을 바라보았다. 그녀가 돌아서서 몽롱한 눈빛으로 나를 한번 바라보더니 밀밭 깊숙한 곳으로 걸어 들어갔다. 나는 말없이 그녀를 따라갔다.

좁은 길이 길게 뻗어 있었다. 그녀는 가슴 있는 데까지 흘러내린 옷을 그대로 둔 채 그 자리에 멈추어 섰다. 그리고 옷을 서서히 아래로 내리자 두 팔이 달빛에 드러났다. 그녀는 오른손에 벗은 옷을 들고 있었는데, 그 모습은 뭔가를 물고 있는 새가 고개를 늘어뜨리고 있는 모양새였다. 잠시 후 손가락을 펴자 옷이 밀밭 아래로 떨어졌다. 달빛이 깨끗하고 순수하게 그녀의 몸을 비추고 있었다. 그녀의 몸이 은청색으로 빛났다. 그녀는 미동도 하지 않고 그곳에서 조용히 기다렸다.

마치 파도가 넘실대는 작은 배 위에서 꼼짝할 수 없는 것처럼 나는 그곳에 우두커니 서 있었다. 밀밭 속에서 갑자기 바람 소리가 들려왔다. 소리 나는 쪽으로 고개를 돌려 보니 밀밭에 연녹색 눈알이 반짝였다.

"토끼다, 산토끼다!"

나는 소리를 지르며 그쪽으로 뛰어갔다. 소리를 지르면 지를수록 신이 났다. 나는 일부러 과장까지 섞어 가며 "토끼다, 산토끼다!"를 연발했다. 그러자 토끼를 쫓는 내 다리에 힘이 솟기 시작했다.

내 귓가로 사르락사르락 바람이 흔들리는 소리가 났다. 나는 지름길로 계속해서 달려가며 토끼가 간 곳과는 상관도 없는 곳으로 무작정 뛰었다.

마침내 작은 강가에 이르렀다. 강물이 아래쪽을 향해 힘차게 흐르며 콸콸콸 소리를 내고 있었다. 나는 피곤해져서 바닥에 주저앉아 있다가, 한참 뒤에 일어나 학교로 돌아가는 길 쪽으로 걸어갔다.

삼십 분 정도 지나자, 들판 쪽에서 웃음소리와 말소리가 들려왔다. 나는 급하게 그들을 향해 달려갔다.

다음 날 샤렌샹을 보았다. 그녀는 나를 쩨려보고는 몸을 획 돌려가 버렸다.

"너, 린빙이 좋은 애라고 착각하지 마."

샤롄샹이 타오훼이에게 내 흉을 본 사실을 나중에 알게 되었다. 백양나무 아래에서 타오훼이를 만났을 때, 그녀가 나를 쩨려보며 입가에 미소를 머금은 이유를 알 것 같았다. 그 미소는 분명하게 나에게 한마디 던지는 것 같았다.

"흥, 린빙!"

4

얼마 후부터 샤롄샹은 뜨개질이나 공부에는 흥미를 잃고 툭하면 진으로 나가 류진쯔라는 사내를 만나고 다녔다.

류진쯔는 유마디 진 출신이 아니었다. 몇 년 전, 그는 화이인에서 이곳으로 와 숙부의 재산을 물려받은 후 유마디에 정착했다. 그의 숙부는 평생 동안 홀아비로 살면서 진 서쪽 끝에 집을 짓고, 큰 정원에 대추나무 세 그루를 심었다. 그는 기와집을 세울 만큼 부유했고 다른 재산도 적지 않았다. 류진쯔는 가난하게 살았던 화이인으로 다시 돌아가고 싶지 않았다. 그는 숙부의 성공에 기생하면서 물려받은 재산을 조금씩 탕진해 나갔다.

긴 목과 다리, 훤칠한 체형의 그는 늘 흰 바지를 즐겨 입는 비교적 잘생긴 사내였는데, 외모에 신경 쓰며 머리칼 한 올도 떨어지지 않게 깨끗이 빗어 넘겼다. 그는 한가한 사람이었다. 젊은 나이인데도 거리를 활보하며 빈둥거렸기 때문에 언뜻 건달처럼 보였다.

샤렌샹이 류진쯔의 방으로 들어간 것은 그해 초여름이었다. 샤
렌샹은 저녁식사 후 자습실로 가는 대신 기숙사를 나와 목욕을 한
뒤 향수까지 뿌리고 진으로 향했다. 양원푸는 담 밑 그늘진 곳에 숨
어 그녀 뒤를 몰래 따라 걸었다.

샤렌샹은 여유 있는 걸음으로 곧장 류진쯔의 집으로 들어갔다.
정원 문이 끽 하는 소리와 함께 닫히더니 이내 빗장이 질러져 의혹
을 불러일으켰다.

양원푸는 멀리서 문을 노려보다가 멀리서 보는 건 아무 의미가
없다는 것을 깨닫고 정문으로 걸어갔다. 그는 마치 닭장 문을 찾고
있는 닭처럼 대문 앞을 이리저리 서성였다. 그러다가 한쪽 눈을 대
문 틈에 대고 안을 들여다보기 시작했다.

방문은 닫혀 있었고, 문틈으로 한줄기 불빛만이 새어 나오고 있
었다. 그 불빛이 밝아졌다 어두워졌다 하는 것을 보니 방 안에서 누
군가 움직이고 있는 것 같았다. 그는 귀를 문에 댔다. 샤렌샹의 웃
음소리가 들려왔다. 잠시 후 웃음소리도 들리지 않고 조용해지자
양원푸는 안절부절못했다. 순간적으로 샤렌샹이 류진쯔와 함께 침
대로 들어가는 모습을 떠올렸다.

양원푸는 그녀의 배에 있는 붉은 점이 떠올랐다. 자신만 볼 권리
가 있는 그 붉은 점.

그는 문을 부수고 싶었다. 그러나 실수라도 해서 불리해질까 봐
걱정이 되었다. 그는 류진쯔의 집과 이웃해 있는 집들을 돌아서 류
진쯔의 집 뒤쪽에 있는 창문으로 갔다. 방에는 불이 켜져 있었다.
그는 천천히 몸을 일으켜 안을 들여다보았다.

샤렌샹과 류진쯔는 마주 앉아 올방개를 먹고 있었다. 버드나무 바구니에 깨끗하게 씻거 담거 있는 큼지마한 올방개가 자홍색으로 반짝이고 있었다. 전깃불이 천장에 매달려 바구니를 비추고 있어서 훨씬 더 먹음직스러워 보였다. 류진쯔는 껍질째 씹어 먹고 있었고, 샤렌샹은 손톱으로 껍질을 벗긴 뒤 입에 넣고 있었다.

양원푸는 류진쯔가 입속으로 빨간 것을 넣고, 샤렌샹은 하얀 것을 넣는 모습을 보았다. 껍질을 벗긴 하얀 올방개가 훨씬 더 부드럽고 상큼할 것 같았다.

류진쯔와 샤렌샹은 말없이 바구니 속에 있는 올방개를 먹는 데만 열중하고 있었다. 샤렌샹이 향수까지 뿌리고 여기에 온 이유가 오로지 올방개를 먹기 위한 것인 듯했다. 때로 샤렌샹이 류진쯔를 바라보며 웃음을 지었는데, 그 웃음은 올방개만큼이나 달콤하고 신선해 보였다.

양원푸는 목이 좀 말라 침을 꿀꺽 삼켰다.

바구니 속 올방개는 마치 화로 속의 불기운이 점점 약해지며 희미해지듯 점차로 줄어들고 있었다. 류진쯔가 상한 올방개를 하나 집더니 냄새를 맡아 보고는 창밖으로 휙 내던졌다. 그런데 공교롭게도 양원푸의 이마에 정통으로 맞았다. 양원푸는 속으로 욕을 해댔다.

밤이 깊어 가고 있었다. 샤렌샹이 껍질 벗긴 올방개를 류진쯔의 입속에 넣어 준 뒤 부끄러운 듯 귓속말로 뭔가를 속삭였다.

양원푸는 그녀가 류진쯔에게 "실례했어요!"라고 하는 마지막 말만 들었을 뿐이었다.

류진쯔가 웃었다. 샤렌샹은 문 쪽으로 다가가 고개를 돌리며 말했다.

"며칠 뒤에 다시 올게요."

양원푸는 부리나케 문 입구의 풀밭에 숨었다. 그는 조금이라도 지나친 행동을 볼 수 있기를 바랐다. 안에서 두 사람의 발걸음 소리가 잠시 멈추더니 한동안 문이 열리지 않고 그대로 서 있었다. 양원푸가 풀밭에서 막 나오려는 순간, 문이 열리더니 샤렌샹의 목소리가 들렸다.

"저, 갈게요."

양원푸는 샤렌샹의 뒤를 밟았다. 큰길로 나섰을 때 같은 반 친구 하나가 밖으로 나왔다가 양원푸를 알아보고 큰 소리로 말을 걸었다.

"양원푸, 너 거기서 뭐하고 있어?"

샤렌샹이 그 소리를 듣고 휙 돌아섰다. 양원푸는 가로등 아래에서 친구의 입을 손으로 틀어막고 있었다. 그녀는 입을 삐죽거리며 계속해서 앞으로 걸어갔다.

학교 앞에 다다랐을 때, 그녀가 갑자기 교문 기둥 뒤로 슬쩍 숨었다. 샤렌샹이 눈앞에서 사라지자, 양원푸는 허둥거리며 교문 앞으로 달려왔다.

샤렌샹이 기둥 뒤에서 툭 튀어나와 양원푸 앞에 서며 자기 머리를 헝클며 말했다.

"나, 류진쯔랑 잤어."

양원푸가 어색한 웃음을 지었다.

"어때, 진짜 같지?"

샤렌샹이 어렸을 때처럼 다정하게 굴었다.

"뻔뻔히개!"

"그래, 나 뻔뻔해."

"언젠가 네 아버지한테 이를 거야!"

"지금 가서 일러!"

그렇게 말하고 그녀는 고개를 획 돌려 앞을 향해 걸어갔다.

양원푸는 여전히 그녀를 뒤쫓아 갔다.

"졸졸 따라다니는 똥개!"

샤렌샹이 고개를 돌리며 한마디 톡 쏘았다.

하룻밤을 꼬박 샌 탓에 다음 날 양원푸의 얼굴은 초췌하기 그지없었다.

며칠이 지난 어느 날 저녁, 샤렌샹은 목욕하고 새 옷으로 갈아입고 향수를 뿌린 뒤 하얗게 빨아 놓은 손수건에 싱싱한 청포도를 싸가지고 진으로 향했다.

류진쯔의 집 정원을 들어가기 전에 샤렌샹은 뒤를 한번 돌아보았다. 양원푸가 다른 집 뒤로 재빨리 숨는 것을 확인하고 씩 웃으며 문을 닫았다.

양원푸가 다시 집 뒤로 돌아가 안을 들여다보니 단추를 풀어 헤쳐 가슴을 드러낸 샤렌샹이 웃음을 흘리며 커튼을 내리고 있었다.

양원푸는 몽둥이를 찾아 손에 쥐며 단단히 마음먹었다.

'불이 꺼지기만 해 봐라. 내가 쳐들어갈 테니!'

그러나 불은 꺼지지 않고 커튼 뒤로 두 사람의 그림자만 어른거렸다. 양원푸는 눈을 동그랗게 뜬 채 뚫어지게 바라보면서 일이 벌어지기를 기다렸다.

풀밭에 서 있는 양원푸에게 극성스런 모기 떼가 사정없이 달려들었다. 그는 모기에 물리지 않으려고 쉴 새 없이 두 다리를 움직이며, 얼굴에 달려드는 모기를 쫓느라고 스스로 따귀를 때렸다. 그의 손바닥에 모기 피가 묻어났다.

등불은 여전히 꺼지지 않았다.

잠시 뒤 날씨가 갑자기 변하면서 번개가 치고 천둥소리가 요란하더니 하늘에 먹구름이 몰려오면서 바람 소리가 점점 더 커졌다. 푸른 번개가 치고 천둥이 울리자 나뭇잎들이 흔들거리기 시작했다.

양원푸는 겁이 나 몽둥이를 버리고 도망칠까도 생각해 보았다. 그때 그림자가 다시 커튼 뒤로 나타났지만 두 사람 사이의 거리가 더 가까워지거나 하지는 않았다. 그는 몽둥이를 쥔 채 꼼짝 않고 바라보았다. 빗줄기가 점점 더 거세지더니 마치 양동이로 퍼붓는 듯 주룩주룩 쏟아졌다. 둘의 그림자가 밖에 내리는 폭우에 영향을 받은 듯 꼭 붙었다.

물에 푹 젖은 양원푸가 입을 크게 벌리고 거친 숨을 몰아쉬었다.

비는 밤새도록 쏟아졌다. 불도 밤새도록 켜져 있었다. 양원푸는 그날 밤 내내 빗속에 서 있었다.

날이 밝자 그는 고개를 푹 떨어뜨리고 시커먼 몽둥이를 거머쥔 채 천근같은 다리를 끌면서 학교로 돌아왔다. 그날 그는 병으로 쓰러져서 사흘 동안 몸져누웠다.

양원푸가 교실로 들어왔을 때, 싱싱한 쪽빛 들꽃을 머리에 꽂고 있는 샤롄샹이 눈에 들어왔다. 그녀는 봄물이 오를 대로 올라 한없이 귀엽고 아리따운 모습이었다.

양원푸는 집으로 돌아갔다.

토요일 저녁, 샤렌샹이 집으로 돌아가자 샤산이 튼튼하고 질긴 나뭇가지를 잘라 와 샤렌샹을 사정없이 내려치기 시작했다. 샤렌샹은 데굴데굴 구르며 날카로운 비명을 질러 댔다. 양원푸는 원두막 아래에서 회초리가 공중을 가르는 날카로운 소리를 들었다. 그는 두 어깨를 감싸 안은 채 부들부들 떨면서 마음속으로 외쳤다.

'그래, 잘 때린다! 잘 때린다!'

샤렌샹이 학교로 돌아왔을 때, 그녀의 얼굴에는 굵은 상처가 여기저기 죽죽 그어져 있었다. 그녀는 상처를 가리지 않았다. 상처가 난 얼굴로 대낮에 류진쯔를 찾아갔다.

양원푸는 괴로워하며 점점 말라 갔고, 그의 옷소매와 바짓가랑이가 헐렁해졌다. 그가 걸을 때면 마치 빨랫줄에 걸린 옷과 바지가 바람에 나부끼는 것 같았다.

반대로 샤렌샹은 비 맞고 쑥쑥 자라나는 초목처럼 생기발랄해졌다. 그녀의 육체는 다시 풍만해졌고, 안색은 저녁놀처럼 붉게 물들었으며, 눈빛에는 생기가 가득해 청춘의 기운이 흘러넘쳤다.

5

샤렌샹이 친치창의 눈에 띄기 시작한 것은 우리가 고등학교 2학년이 막 되고 나서였다. 그때 메이쯔는 이미 친치창에게서 마음을 돌린 뒤였고, 류진쯔도 이곳 생활에 재미를 느끼지 못하고 숙부에게 물려받은 집을 좋은 값에 처분한 뒤 화이인으로 돌아간 다음이었다.

그가 돌아갈 때 한 가지 이야기가 나돌았다. 물건을 가득 실은 배가 밤사이에 가라앉았다는 것이었다. 배에 구멍이 뚫려 있었다나. 그 일로 류진쯔는 사람을 사서 물건을 배에서 끄집어 내고 배를 강기슭으로 끌어올려 수리하느라 적잖은 돈을 들였다고 했다. 빠딴의 짓이라고 하는 사람도 있었으나 내 느낌에는 양원푸의 짓 같았다.

친치창이 샤렌샹을 눈여겨보기 시작한 건 농구장에서였다. 친치창은 유마디 고등학교 교사들이나 학생들과 어울려 농구를 즐겨 했다. 시합이 있을 때면 모두 나와 구경을 했다.

친치창은 한눈에 샤렌샹을 알아보았다. 샤렌샹은 다른 여학생들과 다른 눈빛을 하고 있었다. 시합이 시작되기 전, 친치창은 낡은 군복을 벗고는 샤렌샹을 바라보며 말했다.

"누가 내 옷 좀 맡아 줄래?"

옷이 휙 날아오자 샤렌샹이 손을 뻗어 넙죽 받았다. 시합이 시작되고 얼마 되지 않아 샤렌샹은 친치창의 옷을 자기 몸에 걸쳤다. 헐렁하게 큰 군복을 입고 있으니 왠지 그럴싸하게 느껴졌다.

잠시 후 친치창이 뛰어오더니 손목에서 시계를 풀어 샤렌샹에게 건넸다.

"시계도 좀 맡아 줄래?"

샤렌샹은 시계를 받아 이리저리 살피더니 자기 손목에 찼다.

햇빛 속에서 반짝이는 친치창의 대머리가 사람들을 즐겁게 했다. 농구장에서 그의 체구가 가장 크고 당당했다. 예의 없는 학생들은 친 간사라고 부르지 않고 "친 대마!" "친 대마, 달려!" "친 대마, 던져!"라고 소리쳤다. 친치창은 화를 내기는커녕 일부러 말 흉내를 내며 앞으로 달려가 사람들을 더 즐겁게 해 주곤 했다. 그가 골을 넣기 위해 높이 뛰어오를 때는 조각품 같았고, 공을 넣기 전 골대를 바라보는 눈빛은 반짝이는 보석 같았다.

쉬는 시간에 여학생들은 그릇이나 컵에 물을 떠서 선수들에게 건넸다. 샤렌샹은 친치창에게 물컵을 건넸다.

친치창은 고개를 젖히고 물을 벌컥벌컥 들이켰다. 미처 다 삼키지 못한 물이 입가를 타고 내려와 땀과 섞이면서 털이 무성한 가슴 위로 흘러내렸다. 물을 다 마신 뒤, 친치창은 샤렌샹을 향해 웃음을 지어 보이고 몸을 돌려 농구장으로 뛰어갔다. 땀에 젖은 넓은 등이 그녀의 시야를 가렸다.

시합이 끝나자, 샤렌샹은 몸에 걸쳤던 옷을 벗어서 친치창에게 건네주었다.

친치창은 겉옷을 왼쪽 어깨에 걸친 채 진 위원회로 돌아갔다.

밥을 먹을 때, 샤렌샹이 몇몇 여학생들에게 속삭였다.

"어머, 친 간사의 시계가 아직도 내 손목에 있잖아!"

밥을 먹고 나서, 샤렌샹은 여학생 하나를 데리고 진 위원회 관사로 갔다.

나는 중학교 때 푸사오추안과 비둘기 놀이를 하면서 친치창과 친해졌다. 메이쯔하고 부적절한 일이 생기고 나서 푸사오추안과 친치창의 사이는 나빠졌지만, 나는 여전히 두 사람과 사이좋게 지냈다.

친치창은 여러 면에서 사람의 마음을 끌었다. 놀기 좋아하고 활달하고 남 돕는 일에 앞장서고…… 그러면서도 잘난 체를 하지 않아서 인기가 많았다. 그는 진의 간부이고 나는 가난한 학생이지만 우리는 밤낮을 가리지 않고 어울려 다녔다. 그렇게 어울려 다닐 때면 나는 왠지 모를 우월감이 느껴졌다.

그러나 훗날 두 가지 사건을 맞으면서 나는 그에게 몹시 실망을 했다.

첫 번째 사건은 폭약으로 잡은 물고기를 그가 혼자 독차지한 일이었다. 그는 톱밥으로 폭약을 만들 줄 알았다. 혹시라도 전쟁이 일어나면 대비하기 위해 배운 것이라고 했다. 그는 폭약으로 물고기를 자주 잡았다. 폭약으로 물고기를 잡는 광경은 정말이지 굉장했다.

그는 배에 폭약을 한 보따리 싣고 배를 강 한가운데로 몰아갔다. 그 일에는 두 사람이 필요했다. 한 사람은 폭약에 불을 붙여 신속하게 강 속으로 던지고, 다른 한 사람은 폭약에 불이 붙는 걸 확인함과 동시에 신속하게 배를 다른 곳으로 빼야 했다. 한발만 늦으면 배가 산산이 부서지는 것은 물론, 자칫하다가는 사람의 목숨도 내놓아야 했다.

물속에서 폭약이 터질 때는 이층 높이까지 물기둥이 솟았다. 그 물기둥은 햇빛 아래에서 번쩍거리며 장관을 이루었다. 폭탄에 맞아 죽는 것보다 소리에 놀라 기절하는 물고기가 더 많았다. 수면 위로 물고기가 가득 떠올랐다. 재빨리 그물을 끌어올리지 않으면 물고기들이 정신을 차리고 더 깊은 물속으로 도망쳤다.

친치창은 잡은 물고기를 여러 사람과 나누어 가졌다. 배를 끌어준 사람에게 몇 마리 주고, 진 위원회 식당에 조금 주고, 나머지는 주고 싶은 사람들에게 고루 나누어 주었다.

그가 나에게 물고기 잡으러 가자고 했을 때, 나는 하도 기쁜 나머지 마수이칭에게 너스레를 떨며 수선을 피웠다.

"백곰보한테 큰 솥 하나 준비하라고 해. 내가 적어도 물고기 두 마리는 가지고 올 거야. 한 마리는 백곰보한테 요리해서 선생님들과 나누어 먹으라고 하고, 다른 한 마리는 우리끼리 나누어 먹자."

그렇게 말하는 순간, 나는 그 어느 때보다 우쭐한 기분이 들었다.

우리는 유마디 진에서 이 킬로미터나 떨어진 강으로 갔다. 친치창은 폭약 뭉치를 끼고 걸었고, 나는 그의 뒤를 따라가며 머릿속으로 이층 높이까지 솟아오르는 물기둥을 그렸다.

강에 이르자 친치창은 배 한 척을 빌렸다. 그리고 나에게 삿대를 주며 강 한가운데로 끌고 가라고 했다. 그는 배에 앉아 흥얼거렸다.

해는 서산에 지고 빨간 저녁놀은 하늘을 나네

그 흥얼거림이 채 끝나기도 전에 배가 강 한가운데에 다다랐다.

"솜씨 괜찮은데?"

친치창은 나에게 칭찬을 하면서도 배를 언제쯤 빼야 하는지 몇 번이나 확인하고 당부했다.

"린빙, 이건 장난이 아니야!"

"안심하세요. 난 여덟 살 때부터 배 모는 법을 배웠는걸요."

"준비됐어?"

"준비됐어요."

나는 갑자기 심장이 거세게 뛰며 긴장이 되었다. 우리 두 사람의 목숨이 내 손에 달린 것이나 다름없었다. 나는 언제라도 배를 뺄 수 있게 만반의 준비를 갖추었다.

화약 줄에 불이 당겨지는 걸 확인하자마자 나는 온 힘을 기울여 삿대를 땅에 꽂았다. 힘을 너무 주는 바람에 대나무 삿대가 진흙 깊숙이 박히고 말았다. 배가 앞으로 쏠리기에 있는 힘을 다해 삿대를 뽑았더니 이번에는 배가 뒤로 미끄러졌다. 온몸에 땀을 뻘뻘 흘리며 삿대를 잡아당긴 다음 다시 힘껏 찔러 넣자, 그제야 배가 쏜살같이 미끄러졌다. 그 순간, 나는 선실로 처박히며 뒤통수를 부딪혀 잠시 동안 정신이 멍해졌다. 버둥거리며 일어서려는데 다리가 저려서 뜻대로 되지 않았다. 나는 선실에 기댄 채 배를 강가로 끌어냈다.

이윽고 폭약이 터지면서 물기둥이 산처럼 솟아올랐다. 물고기를 거둬들일 때, 나는 물이 차다는 사실을 잊어버린 채 소매도 걷지 않고 물속으로 팔을 집어넣었다.

크고 작은 물고기가 어망 두 개에 가득 찼다. 삼십 킬로그램은 족히 넘을 것 같았다. 우리는 한 자루씩 어깨에 멨다. 왼쪽 어깨에 통증이 느껴졌다. 나중에 보니 피멍이 넓게 들어 있었다.

찬바람이 불자 물에 젖은 소매가 딱딱하게 얼어붙었다. 팔도 빨갛게 얼어붙어 마치 쇠고기덩어리 같았다. 게다가 자루에 작은 구멍이 뚫려 있어 물이 계속 흘러나오면서 내 몸을 적셨다. 그러나 나는 물고기를 이렇게나 많이 잡았다는 사실에 흥분이 되어 그런 것 따위는 아무렇지도 않게 여겼다.

그런데 진 위원회 문 앞에 도착했을 때였다. 친치창은 내게 물고기를 한 마리도 나누어 주지 않고, 내가 지고 온 물고기 자루를 받아 들었다.

"린빙, 오늘 밤에 이리로 와서 같이 물고기 요리 먹자."

그러더니 관내로 휭 하니 들어가 버렸다.

나는 찬바람을 맞으며 속으로 욕을 해 댔다.

'제기랄, 친 대머리, 두고 보자!'

나는 다리를 절뚝거리며 낭패감에 젖어 학교로 들어갔다. 마수이칭이 멀리까지 마중 나와 있었다.

"물고기는?"

"오늘은 물고기를 못 잡았어."

백곰보도 식당에서 걸어 나오며 물었다.

"물고기는?"

"오늘은 물고기를 못 잡았어요."

나는 며칠 동안이나 속으로 친치창 욕을 해 댔다.

두 번째 사건은 비둘기와 관련된 일이었다. 나는 친치창에게 비둘기를 사 달라고 20위안을 줬지만, 한참이 지나도 비둘기 털 하나 주지 않았다.

나는 많은 비둘기를 키우고 있었지만, 제대로 날 수 있는 비둘기는 하나도 없었다. 좋은 품종을 한 쌍 갖고 싶어서 먹을 것까지 아껴 가며 돈을 모았다. (집에서 훔친 돈도 적지 않았다.) 그렇게 아껴서 모은 돈이 15위안이었다. 칠 개월 동안의 급식비였다. 심지어 마수이청에게 5위안을 빌려서 20위안을 친치창에게 주었다.

반년이 지나도록 그는 내게 비둘기를 주지 않았다. 처음에는 재촉하기가 미안해서 기다리고만 있었는데, 나중에는 까맣게 잊어버린 듯해서 내가 몇 번이나 그 얘기를 꺼냈다. 그때마다 그는 별일 아니라는 듯 화제를 돌리거나 다른 사람들과 인사를 나누며 자리를 떠났다.

빈손으로 기숙사로 돌아가며 결심했다.

'이제 비둘기도 필요 없어. 돈을 되돌려 받아야겠어!'

다음 날, 나는 그의 숙소로 찾아가 내 뜻을 전했다.

그가 빙긋 웃으며 말했다.

"린빙, 너 그렇게 사람을 못 믿니? 나, 친치창은 그런 시시한 푼돈에 관심 없어. 그 돈은 이미 비둘기를 팔겠다는 사람에게 건넸어. 조금만 기다리면 비둘기를 가져올 거야."

"비둘기를 사지 않을래요."

그가 잠시 생각에 잠겨 있을 때, 사무실 창문이 벌컥 열리더니 누군가 소리쳤다.

"친 간사, 전화!"

"린빙, 나갈 때 방문 잘 닫아 줘."

그는 내 어깨를 툭 치며 방에서 나가 버렸다.

친치창이 나간 뒤, 나는 그의 지갑을 찾아보려고 침대 앞으로 다가갔다. 그때 베개 옆에 쪽빛 들꽃 한 송이가 떨어져 있는 것이 보였다. 나는 그 꽃을 집어 들었다.

문을 나서는 순간, 호기심이 고개를 쳐들었다. 나는 학교로 돌아가지 않고 류한린에게로 가서 나의 추측을 들려주었다. 그러고는 아직도 시들지 않은 쪽빛 들꽃을 그의 침대에 슬쩍 던져 놓았다.

6

다음 해 초봄, 유마디 고등학교 학생들이 깊이 잠든 시각이었다. 진에서 들려오는 시끄러운 소리에 놀라 모두 잠에서 깼다. 무슨 일인지도 모르면서 다들 밖으로 뛰어나갔다. 진 위원회 건물에서 사건이 발생한 듯했다. 그 순간, 짚이는 게 있었다.

진 위원회 정문에 도착하자, 어떤 사람이 밖으로 뛰어 나오면서 떠들었다.

"친치창이 유마디 고등학교 여학생과 잠을 자다가 붙잡혔대!"

그 일이 터질 것은 애초부터 예상하고 있었다. 내가 쪽빛 들꽃 사건을 류한린에게 알려 준 뒤로 양원푸가 샤롄샹을 주시하고 있다는 걸 알고 있었기 때문이다. 나는 류한린이 내 이야기를 듣자마자 양원푸에게 이를 것이라는 점까지 계산하고 있었다.

그 후 양원푸가 치밀한 계획으로 샤롄샹과 친치창을 궁지에 몰아넣었다는 이야기를 들었다. 평범한 사람이 독기를 품으면 무시무시하다는 사실을 깨달았다.

양원푸는 그 얘기를 전해 듣고, 친치창과 껄끄럽게 지내는 사람들에게 연락을 했다. 크든 작든 친치창에게 원한을 품은 사람들이 십여 명가량 되었다. 그들은 인내심을 가지고 바람 소리조차 새어

나가지 않게 그해 겨울을 숨죽이며 기다렸다. 그사이에 몇 차례 기회가 왔지만, 양원푸는 아직 때가 되지 않았다며 말렸다. 양원푸도 샤롄샹에게 의심을 받지 않도록 조심히 움직였다.

그날 밤 새벽 2시가 막 지났을 때였다. 양원푸와 패거리는 바로 지금이라는 결정을 내렸다. 방에 불이 꺼지고 삼십 분 정도 기다렸다가 문과 창문을 부수고 밀고 들어가 두 사람을 붙잡는 동시에, 진장 등 열 명 정도의 간부들을 깨워서 현장을 목격하게 했다.

우리가 진 위원회에 도착했을 때, 친치창은 이미 몇몇 간부들에게 붙들려 이송되고 있었다. 창문 너머로는 옷을 벗은 채 어둠 속에 서 있는 샤롄샹이 보였다. 방송국에서 나온 여기자가 자기 옷을 샤롄샹에게 건네주며 몸에 걸치라고 했다. 그런데 샤롄샹은 오히려 큰 소리로 말했다.

"아무것도 겁나지 않아요!"

이 일을 처리하는 동안 샤롄샹은 눈물을 흘리거나 얼굴을 붉히지 않았다. 끝까지 침착하고 단호한 목소리로 자기 뜻을 밝혔다.

"내가 원해서 한 일이에요."

나중에 양원푸에게서 당시의 상황을 생생하게 전해 들었다. 양원푸는 방으로 들어간 뒤 제일 먼저 샤롄샹의 옷을 빼앗아 사람들 앞에서 창피를 주었다. 그는 마치 전쟁에서 승리한 듯 흡족한 표정으로 말했다. 그 순간, 나는 그의 주먹만 한 얼굴에 침을 뱉을 뻔했다.

샤롄샹은 결국 퇴학을 당했다. 그녀는 학교를 떠날 때 우리를 향해 여유 있는 웃음을 지어 보였다.

친치창에 대한 처벌은 삼 개월이나 끌었다. 진 위원회와 현의 몇

몇 사람들이 그의 편을 들어주었다. 그때 한 사람이 나서서 말했다.

"공신당은 법도 없나?"

훠창런이었다. 그는 그렇게 말하며 현 위원회로 들어섰다. 그의 얽은 얼굴에서 풍기는 차가운 표정은 간담이 서늘해질 만큼 무시무시했다. 사람들은 벌떡 일어나 그에게 고개를 숙이며 말했다.

"어르신, 오셨습니까?"

훠창런은 현 위원회에 들어서서 쩌렁쩌렁한 목소리로 소리쳤다.

"친치창, 이 새끼. 하루 종일 비둘기나 날리고 계집질이나 하는 놈이 무슨 얼어 죽을 공산당 간부야?"

며칠 뒤 친치창에 대한 처벌 내용이 결정되었다. 그는 당직과 공직에서 제명되었다.

나는 그렇게까지 되리라고는 미처 예상하지 못했다. 샤롄샹과 친치창에게 내려진 처분을 생각하면 죄책감이 들었다. 나는 친치창과 부딪칠까 봐 한동안 진에 나가지 못했다.

어느 날, 집에 갔다가 학교로 돌아오는 길에 반 친구를 만났다.

"린빙, 빨리 기숙사로 가 봐. 친 간사가 벌써 한 시간째 널 기다리고 있어."

왠지 불안한 느낌이 들었다. 떨리는 가슴을 안고 기숙사로 걸어 갔다. 멀리 자전거 한 대가 기숙사 문 앞에 기대어 있는 것이 보였다. 자전거 뒤에는 물건이 잔뜩 실려 있었다. 이불, 세숫대야, 보온병, 그물 망, 자루……. 나는 그 자전거를 한눈에 알아봤다. 자전거 위에 실려 있는 물건들은 모두 친치창의 것이었다.

기숙사 방에 친치창이 혼자 앉아 있었다. 그는 나를 보자 벌떡 일어섰다.

"린빙."

"친 간사님."

"친 형이라고 불러. 아니면 그냥 이름을 부르든지."

"앉으세요, 앉으세요. 물 가져올게요."

"아니야, 나 금방 가야 돼."

그는 작은 나무 상자를 꺼내 뚜껑을 열더니, 그 속의 지푸라기를 살살 헤치고 비둘기 알 두 개를 조심스럽게 꺼냈다.

"내가 좋은 비둘기를 한 쌍 사 주려고 했거든. 네가 원하는 비둘기로 말이야. 계속 찾아봤지만 마음에 드는 게 없었어. 마음에 드는 건 주인이 팔지 않겠다고 하고. 사실 판다고 해도 돈이 부족해서 살 수도 없었어. 이 비둘기 알 주인이 내 친구거든. 나중에 비둘기가 알을 낳으면 팔겠다고 약속을 했어. 수컷은 장장 천오백 킬로미터를 이십팔 시간 동안 날아서 자기 둥지로 돌아왔고, 암컷은 수컷보다 더 굉장해서 이천팔백 킬로미터를 사십육 시간 동안 날아서 둥지로 돌아왔다니까. 린빙, 네 비둘기 중에서 제일 실한 녀석을 골라서, 그 녀석 둥지에서 알을 꺼내고 대신 이 알을 넣어 봐. 그 녀석이 품고 있을 수 있게."

"이 알들, 비쌀 텐데요, 제가 어떻게 받을 수 있겠어요?"

"그 친구가 28위안을 달라고 했어. 네가 나에게 20위안을 줬고, 그 외에 맡겨 놓은 돈도 있으니까 괜찮아."

"저는 20위안 말고는 드린 적이 없는데……."

"너, 우리 둘이 물고기 잡던 일 생각 안 나? 그날 물고기 두 마리 정도는 너에게 줬어야 했지. 그런데 그날은 한 마리도 주지 않았잖아. 평소에 네가 사람들한테 인심 쓰기를 좋아해서 말이야. 너한테 주면 몇 마리가 되든 간에 사람들과 나눠 먹을 게 뻔하잖아. 내가 네 몫으로 식당에 세 마리를 팔았어. 그저께 식당에서 5위안을 주더라고. 나머지 3위안은 이 친 형이 지원해 주는 걸로 하지, 뭐……."

나는 비둘기 알이 든 나무 상자를 받으며 울고 싶은 심정이었다.

"나, 갈게."

"배웅할게요."

나는 그를 교문까지 배웅했다. 그는 자전거를 끌며 앞서 걸었고, 나는 그의 뒤를 따라 걸었다. 우리는 아무 말도 하지 않았다.

교문 앞에 다다르자 그가 말했다.

"나중에 현에 올 일이 있으면 우리 집에 놀러 와. 진 변두리 쪽에 있으니까 물어보면 금방 찾을 수 있을 거야."

친치창은 말을 마치고 페달을 밟으며 멋지게 자전거에 올라탔다. 그는 페달을 두어 번 밟더니 고개를 돌려 나에게 손을 흔들었다. 그러고는 밀짚모자를 벗어 들었다가 다시 대머리 위에 올리고 빠르게 페달을 밟았다. 그는 꼬박 팔 년을 보냈던 유마디 마을을 두 번 다시 뒤돌아보지 않고 떠났다.

사격장에서 사격을 하던 그의 멋진 모습과 농구장에서 옷을 벗어젖히던 모습, 길을 걸으며 여자들과 시시덕거리고 농을 떨던 쾌활한 모습……. 그의 뒷모습을 보며 여러 생각이 떠올라 눈앞이 흐려졌다.

나는 학교로 돌아가지 않고 높은 언덕으로 올라가 앉아 진 위원회 건물을 내려다보았다. 푸사오추안이 지팡이를 끼고 새총으로 하늘을 날고 있는 비둘기를 쏘고 있었다. 이제 막 걸음마를 배우고 있는 야오야오가 고개를 들어 하늘을 바라보았다.

푸사오추안의 새총 솜씨는 최고였다. 총알이 날카롭게 공중을 가르며 쌩 소리를 내자, 비둘기 한 마리가 공중에서 뚝 떨어졌다. 바닥에는 수없이 많은 비둘기들이 떨어져 있었다. 멀리서 보면 종잇조각 같았다. 공중에 있는 새 한 마리가 내려오지 못하고 공중을 맴맴 돌았다.

야오야오가 고사리 손으로 새를 가리키며 소리쳤다.

"비둘기, 비둘기야! 비둘기야!"

푸사오추안은 그 녀석마저 맞추어 떨어뜨렸다. 야오야오가 서투르게 박수를 쳤다. 나는 얼굴을 가린 채 울기 시작했다.

주위에 어스름이 깔리고 있었다.

7

훗날, 샤롄샹은 시장에서 나물을 팔았다.

그해 가을, 샤롄샹은 류한린과 결혼했다. 그녀가 류한린에게 뭐라고 말했는지 모르지만, 내가 찾아갔을 때 유난히 예의를 차리며 어색하게 굴었다. 그 뒤로 다시는 그를 만나러 가지 않았다.

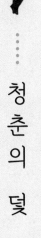

청 춘 의

덫

1

그해 가을, 마수이칭네 정원의 감이 우창 마을의 하늘을 빨갛게 물들였다. 내가 우창 마을에 도착했을 때는 가을바람에 나뭇잎들이 모두 떨어지고 감나무엔 감만 주렁주렁 매달려 있었다. 큼지막한 감들이 새파란 하늘을 붉게 물들이며 지나가는 이들의 발걸음을 붙들었다.

주렁주렁 매달린 감이 무거워서 나뭇가지들이 아래로 축 늘어졌다. 나무 아래 서 있는 마수이칭과 내 얼굴도 붉게 물들었다. 우리는 감을 따 먹을 생각은 하지도 못한 채 그저 감나무 아래 서서 오랫동안 바라보고만 있었다.

할아버지가 밖에서 돌아오며 말했다.

"너희들, 거기 서서 뭐하냐? 방에 들어가지 않고!"

우리는 그제야 감나무 아래에서 벗어났다.

할아버지는 눈에 띄게 늙어 보였다. 문지방을 오르는 것조차 힘겨워 보였다. 나는 얼른 다가가 할아버지를 부축했다. 할아버지 손에 벼 이삭이 쥐어져 있었다.

내가 물었다.

"벼 이삭은 어디서 주우셨어요?"

"우리 집 논에서."

"벼를 베셨어요?"

"그래."

나는 마수이칭을 바라보았다. 내가 이번에 마수이칭 집으로 온 이유 중의 하나는 추수를 돕기 위해서였다.

미수이칭이 물었다.

"누가 벴어?"

"딩메이하고 그 집 식구들이 와서 했단다."

"집안일에 딩메이네 도움은 필요 없다고 했잖아?"

"나한테 한마디 말도 없이 벼를 베고는 탈곡까지 해 놓았지 뭐
냐? 그저께 벼를 가지고 왔더구나."

할아버지가 동채 쪽을 가리키며 높이 쌓아 올린 볏단을 흐뭇한
눈길로 바라보았다.

"전부 다 곳간에 쌓아 두었단다. 올해는 수확이 참 좋구나."

그러면서 한마디 덧붙였다.

"딩메이가 오후 내내 쌓아 올린 거란다."

가지런하게 쌓아 올린 볏단은 매끈하니 보기에도 좋았다. 새로
거둬들인 볏짚에서 향긋한 냄새가 풍겨 나왔다.

할아버지가 말했다.

"걔가 일 하나는 제대로 하더구나. 논에 이삭 하나도 남기지 않고
깨끗하게 추수를 한 데다가 벼 그루터기도 바짝 잘라서 아주 깨끗
해. 딩메이는 회계사가 되려고 한다지, 아마?"

마수이칭이 물었다.

"수민 선생님은 어디 있어요?"

"저기서 갈대를 베고 있어."

나와 마수이칭이 할아버지의 손가락이 가리키는 쪽을 바라보았
다. 수민 선생님이 강가에서 허리를 구부린 채 갈대를 베고 있었다.

그쪽 강가의 갈대밭은 마수이칭네 집안이 소유하고 있었다.

할아버지는 갈대를 엮어 채소밭으로 들어오는 오리나 닭을 막을 울타리를 세우기도 하고 방석을 짜기도 했다.

"너희가 가서 좀 도와주거라."

할아버지가 말했다.

나는 마수이칭과 함께 강가로 향했다. 내가 그의 어깨에 팔을 얹으며 말했다.

"굉장한데? 두 여자가 너희 집 일을 서로 도우려고 저 야단이니 말이야."

마수이칭이 내 팔을 휙 뿌리쳤다. 발자국 소리를 들었는지, 수민 선생님이 낫을 든 채 천천히 일어서며 왼손을 허리에 얹었다. 아마도 궂은일을 자주 해 보지 않아 힘이 든 모양이었다. 우리를 보자 손등으로 이마의 땀을 닦으며 활짝 웃었다.

"너희들, 돌아왔구나."

그녀의 손가락엔 손수건이 묶여 있었다. 예리한 날에 손가락을 베인 듯했다.

나는 낫을 들고 갈대를 베었다. 두 사람은 그것을 묶어서 져 날랐다. 밭이 그리 넓지 않은 데다가, 수민 선생님이 이미 절반이나 베어 놓은 터라 오래지 않아 나머지를 모두 벨 수 있었다. 해가 지기도 전에 일이 끝나 우리는 그것을 함께 지고 돌아왔다.

수민 선생님은 갈대 더미에 유난히 신경을 썼다. 손을 씻고 나서도 그것들이 보기 좋게 쌓였는지 자꾸만 살펴보았다. 몇 번을 다시 쌓은 뒤에야 만족스러운 표정으로 돌아왔다.

나와 마수이칭은 정원을 청소한 후 탁자와 의자를 꺼내 놓았고, 수민 선생님은 부엌에서 할아버지를 도와 저녁밥을 지었다.

어둑어둑해질 무렵, 탁자 위에 선명하게 붉은색이 도는 새우와 고추 채가 얹힌 연두부, 절인 오리 알, 샛노란 야채 절임, 그리고 햅쌀로 지은 밥과 죽이 올랐다. 냄새만으로도 군침이 돌았다.

부드럽게 부는 밤바람을 맞으며, 한동안 보지 못했던 할아버지와 수민 선생님을 마주하고 있자니 가슴이 벅차올랐다. 할아버지는 무의식중에 입을 우물거리며(그럴 때마다 뻣뻣한 수염도 따라 움직였다.) 손으로는 질질 흐르는 눈물을 닦아 내면서 마수이칭과 나를 번갈아 쳐다보았다.

수민 선생님이 말했다.

"할아버지는 늘 너희 얘기만 하셔."

우리는 이야기를 나누며 다 함께 크게 웃었다.

"뭐가 그렇게 재미있어?"

그때 누군가 문으로 들어서며 물었다. 고개를 돌려 보니 딩메이였다.

"너희, 돌아왔구나."

딩메이가 미소를 지으며 우리에게로 걸어왔다. 마수이칭이 그녀를 향해 고개를 끄덕였다.

"잘 있었어?"

나는 젓가락 한 벌을 식탁 위에 올려놓으며 물었다.

"딩메이, 그동안 잘 있었니?"

딩메이가 할아버지를 바라보며 말했다.

"할아버지, 동쪽 끝 강가의 갈대를 누가 훔쳐 갔나 봐요. 아무렇게나 베어서 엉망이 됐어요. 밑동을 삼십 센티미터도 넘게 남겨 놓았지 뭐예요."

할아버지가 웃으며 말했다.

"훔쳐 가기는 누가 훔쳐 가? 얘들 셋이서 베어 왔단다!"

나는 수민 선생님을 훔쳐보며 말했다.

"내가 벤 거야. 좀 서툴렀지?"

수민 선생님이 얼굴을 붉히며 웃었다.

"린빙은 제대로 했는데 내가 서툴렀어. 밑동이 길쭉하게 남은 건 아마 내가 벤 걸 거야."

"수 선생님, 선생님한테 누가 그렇게 힘든 일을 시켰어요? 할아버지, 좀 말리지 그러셨어요."

딩메이는 할아버지를 나무라는 투로 말했다. 그러자 할아버지가 대꾸했다.

"하고 싶다는데 하게 내버려 두어야지. 수민이는 안색이 좋지 않아서 일을 좀 해도 나쁘지 않아."

딩메이는 할아버지와 계속 이야기를 나누었고, 우리는 어색한 표정으로 그들의 대화를 들었다.

"땅 말인데요. 서쪽에 사는 샤오췬쯔에게 땅을 갈라고 했어요. 경운기로 갈지 말고 소를 몰아서 갈라고. 경운기로 갈면 땅속과 모퉁이가 잘 안 갈아져서요. 며칠간 햇볕을 �쬔 다음에 밀 파종을 할 거예요. 어머니가 그러시는데, 보리는 심지 말래요. 보리보다는 밀이 좋겠다고 하셨어요. 할아버지 혼자 식사하시고 할머니는 거의 안

드시니까 생산대에서 받아 오는 식량만으로도 충분해요. 파종을 한 다음에 인산 비료를 뿌릴까 해요. 밀이 쓰러지지 않도록 말이에요."

딩메이는 갑자기 말을 중단하고 우리를 향해 말했다.

"너희, 먼저 식사해."

마수이칭이 말했다.

"같이 먹자."

"나는 벌써 먹었어. 너희나 어서 먹어. 난 금방 가야 돼. 내일 새벽에 일할 사람한테 아침 일찍 나오라고 알려 줘야 하거든."

딩메이는 대문 쪽으로 걸어갔다. 몇 걸음 떼다가 발걸음을 멈추더니 마수이칭을 손짓으로 불러냈다.

마수이칭은 잠시 망설이다가 자리에서 일어나 그쪽으로 갔다. 마수이칭이 대문에 이르자, 딩메이가 한쪽으로 비켜서며 그가 먼저 나가기를 기다렸다. 마수이칭이 그녀 옆을 지나는 순간, 그녀가 그를 불러 세웠다.

"잠깐."

마수이칭이 그 자리에 멈춰 섰다. 그녀는 마수이칭 뒤로 가더니 까치발을 하고 통통한 손을 뻗어 옷에 붙어 있던 지푸라기를 집어내고 먼지를 털어 주었다. 그러고는 고개를 돌리며 말했다.

"먼저 식사하세요. 마수이칭과 할 말이 좀 있어서요. 길지 않을 거예요."

우리는 식탁 앞에 앉은 채 마수이칭을 기다렸다. 십 분쯤 기다리자 그가 돌아왔다.

날이 어둑해지자, 할아버지가 비틀거리며 일어나 등잔불을 가지고 나왔다. 불빛에 얼굴들이 흐릿하게 비쳤다. 바람에 세게 불면 불빛이 흔들려 얼굴들이 괴상하게 보였다. 식사를 하는 내내, 어색한 침묵이 흘렀다.

한참 만에 내가 침묵을 깨고 입을 열었다.

"딩메이와 무슨 얘기 했어?"

"그냥 학교 일이랑 뭐, 그런 얘기들."

나는 콩을 하나씩 입안에 집어넣다가 딩메이가 했던 행동들이 떠올라 쿡 하고 웃음을 터뜨렸다. 그 바람에 입에 있던 콩이 식탁 위로 떨어져 데구르르 굴러 어둠 속으로 사라졌다.

수민 선생님이 물었다.

"왜 웃니?"

나는 고개를 흔들며 말했다.

"아무것도 아니에요. 그냥 웃음이 나와서요!"

나는 다시 콩을 하나씩 입안에 던져 넣었다. 딩메이의 행동이 자꾸만 눈앞에 어른거렸다.

그녀는 일 년 넘게 햇빛과 바람에 그을리며 논밭에서 일했다. 어느새 농촌 처녀로 성장해 있었다. 새까만 머리카락과 눈동자가 밝게 빛나는 얼굴은 저녁놀처럼 발그레했고, 몸은 더 풍만해져 있었다. 그녀에게는 아이원 선생님이나 타오훼이, 그리고 수민 선생님에게서는 볼 수 없는 또 다른 여성미가 있었다.

마수이칭이 젓가락으로 내 이마를 쿡 찌르며 말했다.

"무슨 생각하냐?"

"딩메이 말이야, 전보다 더 예뻐졌지?"

그 말을 뱉는 순간, 수민 선생님의 얼굴이 창백해졌다. 나는 공연한 말을 내뱉었다고 생각하며 얼른 화제를 바꾸었다.

"달이 나왔네······."

저녁을 먹은 뒤, 목욕을 하고 옷을 갈아입었다. 할아버지는 언제나처럼 자신에게 주어진 일을 묵묵히 해 나갔다. 할머니 시중을 들고, 닭장 문을 닫고, 아궁이에 불씨가 완전히 꺼졌나 확인하고······.

우리 셋은 의자를 강가로 가져다 놓고 강물을 바라보았다. 깊은 가을밤 조용히 흐르는 강물 위로 밝은 달이 둥실 떠 있었다. 오랫동안 앉아 있었지만, 작은 쪽배 하나 지나가지 않았다. 강 건너편에서도 불빛 하나 보이지 않았다.

나는 어느 여름밤 우리 셋이 이렇게 강가에 나와 함께 앉아 있었던 일을 떠올렸다. 그때도 강물은 이렇게 공허했다. 하지만 가끔씩 지나가는 쪽배도 있었고 집오리들이 꽥꽥거리는 소리도 들렸다. 그런데 지금은 그 어떤 소리도 없이 적막하기만 했다.

수민 선생님은 제일 바깥쪽에 앉아 있었다. 바람이 불자 그녀의 비단옷이 펄럭이며 화장품 냄새가 옅게 번져 왔다.

잠시 뒤, 수민 선생님이 퉁소를 불었다. 퉁소 소리 사이로 달이 서쪽으로 기울고 밤바람이 조금씩 세어졌다.

마수이칭이 졸립다는 듯이 두 팔을 쭉 뻗으며 하품을 했다. 나는 조금도 졸립지 않았다.

"들어가 자자."

수민 선생님이 말했다.

잠자리에 든 지 얼마 안 돼 마수이칭이 코를 골았다. 나 역시 먼

길을 걷고 갈대를 베면서 쌓인 피로가 한꺼번에 밀려와 금세 잠에 빠져들었다. 한참을 자다가 옆이 텅 빈 듯한 느낌이 들어서 눈을 떴다. 침대를 발로 더듬어 보았지만 발끝에 마수이칭이 닿지 않았다.

마수이칭과 잠을 잘 때면 나는 항상 그의 몸에 팔이나 다리를 걸치는 습관이 있었다. (그것 때문에 잠을 깨우기도 해서 가끔은 미안했다.) 내가 잠이 깬 건 팔이나 다리를 걸칠 데가 없어졌는지도 몰랐다. 십 분이 넘게 그가 돌아오지 않자 나는 속이 답답해졌다. 한참을 뒤척이며 그를 기다리다가 갑자기 어떤 생각이 뇌리를 스치고 지나갔다.

나는 잠시 천장을 바라보다가 호흡을 가다듬고 귀를 기울였다. 동채에서 할아버지의 코 고는 소리가 들렸고, 창밖으로 바람에 흔들리는 마른 잎사귀들의 바스락거리는 소리가 들려왔다.

빈 베개의 차가운 촉감에서 그동안 우리 사이에 주어졌던 시간이 갑자기 연기처럼 사라져 버리고, 따뜻하고 순수했던 추억의 끈이 툭 끊어져 버리는 것 같은 기분이 들었다. 침대와 방이 갑자기 텅 빈 듯이 느껴졌다. 마치 광야에 홀로 누워 있는 듯, 나는 눈을 끔벅이며 멍하니 천장만 바라보았다.

한참이 지난 뒤 방문이 살며시 열리더니, 그림자 하나가 물이 새어 들어오듯 방으로 스며 들어왔다. 잠시 후 모기장을 열고 마수이칭이 침대로 들어와 엎드렸다. 나는 그의 몸에서 풍기는 땀 냄새와 함께 화장품 향기를 맡았다.

그는 조용히 잠 속으로 빠져들더니 이내 코를 골았다. 나는 코끝이 시큰해지며 눈물이 흘러내렸다.

나는 새벽녘이 되어서야 어렴풋이 잠이 들었다. 먼동이 틀 무렵, 나는 조용히 침대에서 빠져나와 강가로 갔다. 마수이칭과 수민 선생님은 달콤한 꿈속을 헤매고 있을 시각이었다.

나는 강가에 앉아 동쪽 강 끝을 바라보았다. 강 위로 엷게 깔린 안개가 마른 나뭇가지들을 휘감고 있었다. 얼마 후 강 끝 쪽에서 붉은 기운이 보이기 시작했다. 처음에는 옅은 홍색이던 것이 점차로 짙어지면서 서서히 솟아올라 나중에는 수면 위로 둥실 떠올랐다. 나는 눈부신 태양의 아름다움에 감동했다.

아침을 먹은 후 내가 말했다.

"나, 집으로 돌아갈래."

마수이칭이 이상하다는 얼굴로 말했다.

"너, 월요일 아침에 간다고 했잖아?"

나는 가방을 들며 말했다.

"생각해 보니까 아무래도 집에 가 봐야겠어. 지난주에도 들르지 않았거든."

마수이칭은 내 손에서 가방을 뺏더니 옷장 안에 집어넣고 잠가 버렸다.

"줘, 나 오늘 집에 가 봐야 돼."

그는 들은 체도 하지 않고 밖으로 나가 버렸다. 그때 사냥꾼 우다 펑이 다가오며 말했다.

"너희들, 빨리 학교에 안 가 보고 뭐해? 너희 학교 학생이 살인을 했대! 어젯밤에 유마디 고등학교 기숙사로 공안이 들이닥쳐 그 학생을 잡아갔다던데."

"누군데? 이름을 알아?"

"응, 챠오안이라던데."

나와 마수이칭은 서로의 눈을 바라보며 한동안 말을 잊었다. 마수이칭은 방으로 들어가더니 옷장을 열고 내 가방과 자기 가방을 들고 밖으로 나왔다. 우리는 서둘러 학교로 향했다.

2

우리는 학교에서 챠오안을 만날 수 없었다. 챠오안은 그날 아침 일찍 현으로 압송되었다. 챠오안이 죽인 사람은 그의 외할아버지였다. (챠오안이 어릴 때부터 사람들의 냉담한 시선에 시달렸던 이유는 그의 아버지가 외할아버지였기 때문이다.)

외할아버지가 몇백 킬로미터 밖에서 챠오안과 챠오안 어머니를 찾아왔다. 챠오안은 외할아버지를 보자마자 밖으로 내쫓았다. 뒤껼에서 예리한 삽을 들고 와 외할아버지를 위협하면서 고개를 돌려 어머니에게 말했다.

"방으로 들어가세요."

그는 마치 날카로운 칼을 장착한 장총을 들 듯 삽을 치켜들고 외할아버지를 뒤쫓아 갔다. 그리고 외할아버지가 다리를 건너는 순간, 그 아래로 밀어 떨어뜨렸다. 여기까지가 그저 들리는 소문이었다.

다른 소문도 있었다. 외할아버지가 술에 취해 비틀거리다 다리 아래로 떨어졌다는 것이다. 그 모습을 직접 보았다는 사람도 있었다. 그러나 이곳 사람들은 모두들 앞의 소문을 믿었다.

며칠째 비가 오지 않은 탓에 다리 아래에는 물이 거의 없었다. 다음 날 아침, 사람들은 다리 아래에 납작 엎드려 있는 시체를 발견했다. 그 시체는 바짝 마르고 왜소해 마치 개가 떨어진 것 같았다.

그 일은 나와 챠오안이 묘지에서 주먹다짐을 벌인 지 보름쯤 뒤의 일이었다. 나는 빨간 기와와 까만 기와 사이에 서 있는 비석 아래에 앉아 황혼 속에서 불던 챠오안의 피리 소리를 떠올렸다.

나는 집으로 돌아가지 않고 마을과 학교를 이리저리 돌아다니며 사람들이 하는 이야기에 귀를 기울였다. 그날은 일요일이라 선생님들과 학생들이 아직 학교로 돌아오지 않고 있었다. 날이 어둑해진 후, 기숙사와 교실에 드문드문 불이 켜졌다.

연못가의 시들어 버린 잡초더미 속에 남아 있던 풀벌레들이 건조하게 울어 대었다. 곧 겨울이 오려는 모양이었다. 바람이 일자 교정 여기저기서 낙엽 뒹구는 소리가 들렸다. 유난히 높은 하늘에 달만이 환하게 떠 있었다. 인적이 뜸한 어둠 속에서 들려오는 벌레 소리는 늦가을 밤의 적막함을 간간이 깨뜨려 주었다.

나는 조금 무서웠고, 놀라웠고, 또 슬펐다. 나와 마수이칭은 침대에 누워 각자의 생각에 잠겼다. 나는 지난 몇 년간의 일들을 떠올리며 앞으로 펼쳐질 나의 미래를 상상했다.

다가올 미래는 예전과 같지 않을 것이다. 지난날은 영원히 다시 오지 않을 것이다. 까만 기와에 들어온 후로 하루하루가 예전과 다르게 변해 가는 것을 느꼈다. 마치 쪽배가 강기슭에서 떠밀리고 난 뒤 다시 돌아가려고 해도 계속 멀어져 가는 것처럼, 나 또한 예전과는 다른 생활 속으로 자꾸만 빨려 들어갔다. 챠오안은 우리의 쪽배를 강기슭에서 저 먼 세상으로 밀어냈다.

월요일이 되자 유마디 고등학교 전체가 침묵 속에 놓였다. 백곰보만이 평상시처럼 시간에 맞춰 종을 울렸다.

첫 번째 수업은 아이원 선생님의 국어 시간이었다. 선생님이 작문 공책을 나눠 주었다. 공책이 놓인 책상에는 모두 주인이 앉아 있었지만, 챠오안의 공책만 주인 없이 덩그러니 놓여 있었다. 바람이 불어와 공책 한 귀퉁이가 팔랑거리자 학생들의 시선이 그쪽으로 쏠렸다.

"오늘은 모두들 자기가 쓰고 싶은 대로 제목을 정하고 써 봐."

아이원 선생님은 그렇게 말한 뒤 교실에서 나갔다.

나는 제목을 정할 수 없었다. 정하고 싶지도 않았다. 한동안 멍하게 있다가 선생님에게 양해를 구하고 집으로 돌아왔다. 마수이칭도 우창 마을로 가 버렸다.

3

겨울이 다가올 무렵, 나는 챠오안을 서서히 잊어 갔다. 불쾌했던 다른 기억들도 거의 잊었다. 첫눈이 황량한 대지를 탐스럽게 덮던 날 밤, 내 마음도 소박하고 깨끗했던 예전의 상태로 돌아갔다. 한동안 나는 착실하게 수업에 집중했고, 작문을 하면서 복잡하게 얽힌 일들을 마음에서 떨쳐 버렸다.

그러나 마수이칭은 여전히 기분이 좋지 않아 보였다. 화를 내는 횟수도 점차 늘어 갔다. 아무래도 수민 선생님과 딩메이 때문인 듯했다.

그는 다시금 손거울을 들여다보기 시작했다. 그러나 예전처럼 다른 사람들을 놀라게 할 만한 아이디어를 떠올리지는 못했다. 거울은 더 이상 멍청하고 침울하기만 한 그에게 영감이나 지혜를 길어 올리지 못했다. 마수이칭은 개학할 때까지, 거울을 세 개나(나는 마수이칭을 옥죄어 오는 딩메이를 존경하지 않을 수가 없었다.) 박살냈다.

나와 마수이칭의 사이는 조금 소원해졌다. 그러니 그는 더욱 자주 집으로 돌아가고 싶었을 것이다. 집으로 돌아갔다가도 얼마 못 견디고 학교로 돌아오는 것을 보면, 이 세상 어디에도 갈 곳이 마땅치 않은 모양이었다.

마수이칭이 학교로 오면 딩메이는 곧장 마수이칭의 집으로 갔다. 그녀는 생산대에서 할아버지에게 분배한 식량을 가지고 가 창고에 쌓아 두기도 하고, 도정*을 해 오기도 했다. 그러면서 할아버지에게 당부하는 것도 잊지 않았다.

"작은 독에 묵은 쌀이 네댓 되 정도 있으니까 그걸 먼저 드시고 그다음에 햅쌀을 드세요."

겨울이 오자 그녀는 할아버지와 할머니의 겨울옷을 꺼내서 말끔히 빨았다. 기워야 할 것은 깁고, 새 옷이 필요한 것은 새로 마련했다. 그녀는 할아버지와 집안일을 의논하면서 세심하게 보살폈다.

도정 곡식을 찧어 겨를 벗기고 깨끗하게 하는 일.

그녀는 마수이칭네 집 정원을 무시로 드나들며 수민 선생님의 머릿속에 자신의 존재를 각인시켰다. 우창 마을 사람들의 뇌리에도 단단하게 자리 매김하였다. 그녀는 할아버지와 수민 선생님, 마을 사람들 앞에서 마수이칭을 얘기할 때면 언제나 '수이칭' 또는 '그 사람'이라고 부르곤 했다. 때로 할아버지 앞에서 "우리 집 감나무에 감이 정말 많이 열렸네요."라고 하거나, "집안일을 그 사람한테도 좀 시키세요. 언제나 그렇게 보살펴 줄 수만은 없잖아요."라고 말하기도 했다.

수민 선생님에게도 신경을 꽤 썼다. 그녀는 수민 선생님에게 이렇게 말하곤 했다.

"수 선생님, 여기 계시는 동안 편히 지내세요. 할아버지는 연세가 많아서 거동이 불편하시니까 아침부터 밤까지 이것저것 도와 달라고 하시지요? 어색해하지 마시고 드시고 싶은 것, 쓰시고 싶은 것 있으면 모두 하고 싶은 대로 하세요……."

딩메이는 수민 선생님이 집안일을 도우려고 나서면 손을 내저으며 말렸고, 수민 선생님이 방 안에 가만히 앉아 있으면 오히려 밖으로 불러냈다.

"수 선생님, 물 한 통 좀 날라다 주실래요?"

수민 선생님이 물을 길어 오면 한마디 툭 던졌다.

"늘 신세만 지네요."

겨울이 되자, 딩메이는 목수를 불러 수민 선생님이 묵고 있는 방의 뒷창문을 고치고 새로 창호지를 발랐다.

하루는 수민 선생님이 학교에서 수업을 마치고 돌아왔는데, 한쪽에 모아 둔 뻴갯김이 뻴펫줄에 줄줄이 널려 있었다.

할아버지가 말했다.

"딩메이가 빨았단다."

수민 선생님은 이 집에 놀러 온 먼 친척처럼 융숭한 대접을 받았다. 시간이 날 때마다 딩메이는 수민 선생님의 방으로 가서 이런저런 얘기를 나누었다. 딩메이는 수민 선생님이 이 집에 있는 것이 마음에 쓰이는 듯 몇 번이나 이런 말을 했다.

"비어 있는 방이니까, 언제까지든 마음 놓고 묵으세요. 방을 비워두면 쉽게 망가지잖아요. 절대로 거처를 옮기시면 안 돼요."

수민 선생님은 딩메이가 드나드는 데 어찌할 도리가 없었다. 그녀는 외지인이었고, 농사일에 대해서는 아무것도 알지 못했다. 그래서 할아버지를 돕지도 못한 채 늘 한쪽에 비켜서 있을 수밖에 없었다.

그러던 어느 날 밤이었다. 딩메이가 수민 선생님을 찾아와 한동안 이야기를 나누었다. 밤이 깊어지자 딩메이는 그만 가야겠다고 하면서 자리에서 일어섰다. 그러고는 대문을 밀고 밖으로 나가려다가 뭔가 멈칫거리며 수민 선생님을 향해 말했다.

"너무 어두워요!"

"오늘 밤은 여기서 자."

수민 선생님이 말하자, 딩메이는 잠시 생각에 잠기는 듯하더니 고개를 끄덕였다.

"좋아요!"

딩메이는 수민 선생님 방으로 다시 들어가서는 더욱 다정하게 굴었다. 그러다 이런저런 얘기 끝에, 마수이칭과의 관계를 털어놓았다.

딩메이는 수민 선생님의 이불 속에 함께 누워서 이렇게 말했다.

"그가 내게 편지를 보냈어요."

그러면서 수민 선생님에게 물었다.

"보고 싶으세요?"

딩메이가 주머니에서 편지 두 장을 꺼내(나는 딩메이가 그 편지를 간직하고 있을 거라고는 생각조차 못 했다. 그 편지는 중학교 때 챠오안이 마수이칭이 쓴 것처럼 꾸며서 딩메이에게 주었던 것이다. 그때 딩메이는 다시는 이런 편지를 쓰지 말라며 마수이칭에게 던져 반 친구들 앞에서 망신을 주었다.) 수민 선생님에게 건넸다.

수민 선생님이 펼쳐 보려고 하자 부끄러워하며 말했다.

"오늘 밤에는 보지 마세요. 내일 내가 집으로 가고 나면 그때 보세요."

딩메이는 탁자 위에 편지를 올려놓았다. 그러고는 두 손으로 턱을 받치며 생각에 잠긴 듯 창문을 바라보았다.

잠시 후 그녀가 입을 열었다.

"그 사람이 나하고 잘 맞는지 모르겠어요. 어머니는 다 좋은데 내 나이가 한 살 많은 게 흠이라고 하셨어요."

며칠 뒤, 마수이칭이 집에 다녀오더니 몹시 답답한 표정을 지었다. 왜 그러냐고 묻자 이렇게 대답했다.

"수민 선생님이 이사 갔어."

4

추위가 몰아닥칠 무렵, 마수이칭 할머니가 돌아가셨다. 살아 있을 때처럼 장례도 조용히 치러져, 다른 사람들이 그 사실을 알아차리지도 못할 정도였다. 그 소식을 듣자마자 나와 마수이칭은 곧장 우촹 마을로 갔다. 나는 할머니의 모습을 볼 엄두가 나지 않았다.

마수이칭과 친하게 지냈던 오륙 년 동안 우촹 마을에 이십여 차례나 오고 갔지만 그의 할머니를 단 한 번도 본 적이 없었다.

할머니의 장례식이 끝나고 난 뒤, 방 안을 들여다보았다. 햇빛이 스며들고 있는 방 안에는, 상등품 나무로 만든 오래된 침대와 아직도 윤기가 흐르는 정갈한 이불이 놓여 있었다.

마수이칭은 할머니의 죽음을 그다지 슬퍼하는 것 같지 않았다.

할머니의 장례식은 자연스럽게 딩메이네 집안 사람들이 주관했다. 마수이칭이 상주이기는 했지만, 구체적인 일에는 참견조차 하지 못했다. 딩메이는 집 안팎을 드나들며 모든 일을 알아서 처리했다. 장례식을 치르는 동안 그 누구보다 분주히 움직이면서도 세심하게 주위 사람들을 보살폈다.

우촹 마을 사람들이 딩메이를 보며 말했다.

"이 처녀, 정말로 일을 잘하는구먼!"

수민 선생님이 찾아왔지만 그저 손님에 불과했다.

상하이로 전보를 보냈으나, 마수이칭 아버지는 시간에 맞추어 우촹 마을로 오지 않았다. 마수이칭이 기다리지 말라고 했기 때문에 할머니를 바로 장지에 묻기로 했다.

할아버지는 장례 행렬의 맨 뒤에 서서 따라오고 있었기 때문에 아무도 알아보지 못했다. 할아버지가 묘지에 도착했을 때에는 이미 무덤이 만들어져 있었다. 지팡이를 짚은 채 눈밭에 서 있는 할아버지의 영혼은 어디론가 날아가 버린 듯 공허해 보였다.

나는 얼음장처럼 차가운 할아버지의 손을 살며시 잡았다. 할아버지의 삶도 이제 얼마 남지 않았다는 생각이 들었다.

할아버지가 말했다.

"린빙, 앞으로도 마수이칭과 친하게 지내야 한다."

"꼭 그럴게요."

내가 대답했다.

그해 봄, 할아버지가 병으로 몸져누웠다. 딩메이는 마수이칭에게 할아버지 병환을 알리지 않았다. 자기 집안 사람들을 불러서 할아버지를 배에 태워 우쨩 마을에서 삼 킬로미터 떨어진 진 병원으로 모시고 갔다. 십팔 일 동안 그녀는 한시도 할아버지 곁을 떠나지 않고 대소변을 받아 내며 밥과 물을 떠먹였다. 병간호로 눈을 제대로 붙이지 못하다가 할아버지 옆에서 틈틈이 새우잠을 자곤 했다. 할아버지의 병세가 회복될 기미를 보이지 않자, 그제야 마수이칭에게 소식을 전했다.

마수이칭과 내가 병원에 도착했을 때, 딩메이의 얼굴은 말할 수 없이 수척했다. 눈두덩이가 움푹 들어가 눈만 퀭하니 커 보였다.

그녀가 마수이칭에게 말했다.

"공부에 방해가 될까 봐 일부러 연락을 안 했어. 그런데 할아버지

병세가 위독해져서 할 수 없이 연락하게 된 거야."

마수이칭은 그녀가 보름 이상이나 할아버지 옆에서 간호했다는 사실을 알고 갚을 수 없는 빚을 진 기분이 들었다.

"할아버지 좀 지켜보고 있어. 난 집에 가서 필요한 물건들 좀 가져와야겠어."

입술이 창백해진 딩메이는 피곤한 몸을 이끌고 병실 문 쪽으로 걸어갔다. 그녀는 병실 문을 나서려다 현기증이 나는지 문설주를 짚고 머리를 문기둥에 기댔다.

마수이칭이 다가갔다. 딩메이가 그를 보며 억지웃음을 지었다.

"어서 가서 할아버지를 보살펴 드려!"

감나무에 푸른 열매가 막 열릴 때, 할아버지는 우리 곁을 떠났다.

마수이칭은 할아버지가 돌아가신 후에야 이 세상에 진정한 핏줄이 있었다는 사실을 깨달았다. 수년 동안 추울 때나 더울 때나 날이 저물 때나 이 정원으로 뛰어 들어왔던 건 모두 할아버지 덕분이었다. 할아버지가 그에게 집이 있다는 사실을 늘 확인시켜 주었던 것이다. 그러나 할아버지가 세상을 뜨고 나자, 마수이칭은 인기척이라고는 찾아볼 수 없는 낡은 정원을 참을 수가 없었다.

나는 그렇게 오랫동안 같이 지내오면서도 마수이칭이 눈물을 흘리는 모습을 한 번도 본 적이 없었다. 할아버지를 묻고 집으로 돌아온 날, 그는 감나무 아래서 통곡을 했다.

다음 날 아침 일찍, 마수이칭과 나는 우창 마을을 떠났다.

마수이칭은 한동안 학교에서 머물렀다. 주말에는 두 번이나 나를 따라 우리 집으로 가서 지냈다. 딩메이는 자기 가족과 함께 조심스럽게 마수이칭네 집과 재산을 관리해 나갔다.

마침내 그가 우쫭 마을로 돌아왔을 때는 감나무의 감들이 제법 알이 굵어 있었고, 밀이 온 논을 새파랗게 덮고 있었다.

딩메이가 그에게 집안 살림을 보고했다.

"집안일은 모두 잘돼 가고 있어. 젓가락 하나 기왓장 하나도 없어지지 않았어. 감나무를 지키던 싼다이쯔는 내가 해고했어. 그 녀석은 사람도 아냐! 글쎄, 밤에 자다가 사람들에게 발각됐지 뭐야. 그 감나무는 너의 어머니가 직접 고향 사람에게 부탁해서 가져다 심은 거잖아. 그런 녀석한테 더 이상 맡겨 둘 수 없어."

저녁에 마수이칭은 수민 선생님이 근무하는 학교에 찾아갔지만 책을 사러 현으로 나가고 없었다. 그는 밖으로 나돌 뿐 집으로 돌아가고 싶어 하지 않았다. 밤이 점점 깊어지자 더 이상 갈 곳이 없어서 다시 집으로 돌아왔다. 멀리 희미한 달빛 아래 누군가 서 있는 것이 보였다.

마수이칭이 물었다.

"누구야?"

"나야, 딩메이."

"밤이 늦었는데 왜 지금까지 여기 서 있는 거야?"

"우리 어머니가 널 불러오라고 했어. 오늘 밤에는 우리 집에서 자. 잠자리는 벌써 준비해 뒀어."

그는 그 자리에 선 채 움직이지 않았다.

"가든 안 가든 네 맘대로 해."

그녀는 말을 마치고 앞서 걸었다.

마수이칭은 그녀와 일정한 거리를 두면서 천천히 따라갔다

5

그해 여름은 몹시 서늘했다. 거의 매일 비가 왔다. 비는 내렸다 멈췄다 하며 오랫동안 질질 끌었다. 식물들은 사람과 달라 푹푹 찌는 날씨에 더 왕성하게 자라났다.

여름으로 들어서면서, 수민 선생님은 자괴감과 상실감에 빠져들었다. '투허'라는 남학생이 그녀에게 대들기 시작했다.

투허는 그녀가 담임을 맡은 반의 학생이었는데, 딩메이네 집에서 그리 멀지 않은 곳에 살고 있었다. 그 녀석은 이 년이나 유급을 당하는 바람에 반에서 키가 제일 큰 아이보다도 머리 하나가 더 컸다. 5학년인데도 열여섯 살 정도는 되어 보였다. 그 녀석이 말썽을 피운 것은 어제오늘 일이 아니지만, 이번에는 정말이지 도가 지나쳤다.

수민 선생님이 수업을 하고 있는데, 맨 뒷자리에 앉아서는 고린내가 진동하는 발을 의자 위에 올려놓고 발가락 사이에 낀 때를 손으로 벅벅 문질렀다. 그 녀석은 발가락 사이를 문지르면서 혼자서 히죽히죽 웃었다. 그러고도 모자라, 옆자리에 앉아 있는 남학생의 코밑에 검지를 갖다 댔다.

그 남학생은 수업에 열중하고 있다가 지독한 냄새에 눈을 돌렸다. 투허의 손가락이 자기 코밑에 와 있는 것을 보고 인상을 찡그리

며 책으로 그의 손등을 내리쳤다. 그러자 순간적으로 탁 소리가 났고, 반 아이들 모두가 그쪽으로 고개를 돌렸다.

수민 선생님이 물었다.

"무슨 일이야?"

투허는 진지하게 수업을 듣는 척했다. 옆자리의 남학생은 나중에 해코지라도 당할까 봐 무서워서 사실대로 말하지 못했다. 교실은 쥐새끼 소리 하나 들리지 않았다. 수민이 다시 〈엽공호룡(葉公好龍)〉* 단원을 소리 내어 읽으며 수업을 이어 나갔다.

투허는 잠시 동안 얌전히 있더니 또다시 의자 위로 발을 올려놓았다. 그는 여전히 검지로 발가락 사이를 문지르다가, 이번에는 앞자리에 앉은 여학생의 머리끝에 묶인 빨간 리본에 눈독을 들였다. 그 리본은 빨간 나비처럼 그녀의 새까만 머리채 끝에 묶여 있었다. 투허는 살그머니 손을 뻗어 '빨간 나비'를 풀었다. 그 여학생은 〈엽공호룡〉의 가장 흥미진진한 대목에 빠져 있었다. 투허는 리본의 냄새를 맡아 보고는 두 손으로 양쪽 끝을 잡고 발가락 사이에 넣어 위아래로 문질렀다. 녀석은 뭐가 그리 신이 나는지, 입이 저절로 벌어지면서 흥얼거리기까지 했다.

여학생은 갑자기 헐거운 느낌이 들어서 땋은 머리끝을 만져 보았다. 리본이 손에 잡히지 않자 고개를 이리저리 돌려 가며 찾아보다가 그 녀석 손에 들려 있는 것을 발견하고 소리를 빽 질렀다.

"야!"

엽공호룡 겉으로는 동조하지만, 속으로는 좋아하지 않는다는 의미를 담고 있는 고사성어.

투허가 리본을 그녀에게 휙 던졌다.

"돌려줄게!"

"필요 없어! 필요 없어!"

여학생이 소리를 지르며 손으로 막는 바람에 리본이 바닥으로 떨어졌다. 여학생은 책상에 엎드려 울음을 터뜨렸다.

교탁에 교과서를 내려놓는 수민 선생님의 얼굴이 창백해졌다. 수민 선생님이 투허에게 다가가 말했다.

"나가!"

투허는 자리에서 꼼짝도 하지 않았다.

"썩 나가!"

수민 선생님의 입술이 부들부들 떨렸다. 투허는 휘적거리며 일어나더니, 그녀의 얼굴 대신 가슴을 빤히 쳐다보다가 건들거리며 교실 문을 나섰다.

밖에는 비가 내리고 있었다. 투허는 비를 피해 큰 살구나무 아래에 서 있었다. 수민 선생님이 교실 문 옆으로 가서 말했다.

"빗속으로 나가 서 있어!"

투허가 휘청휘청 걸어 나갔다. 잠시 후 소낙비가 쏟아지기 시작했다. 투허의 몸이 비에 흠뻑 젖었다. 그러나 그는 그 자리에 서서 하늘을 바라보며 팔을 쭉 뻗었다.

수민 선생님이 말했다.

"이제 교실로 들어와!"

투허는 말을 듣지 않고 바닥에 쭈그리고 앉았다. 수민 선생님이 수업에 집중하려고 애를 쓰는 동안, 녀석은 진흙을 뭉쳐 새하얀 벽을 향해 한 덩이씩 던졌다. 수업이 끝났을 때는 흰 벽이 온통 진흙투성이였다.

그러고 나서 이틀 뒤였다. 수민 선생님이 교과서를 겨드랑이에 낀 채 교실로 향하고 있었다. 교실 문으로 막 들어서려는데 어떤 녀석 하나가 수민 선생님을 덮쳐서 쓰러뜨렸다. 그 녀석은 선생님의 몸 위에 엎어지더니 온몸을 내리눌렀다.

그 녀석은 바로 투허였다. 투허는 곧바로 일어나지 않고 수민 선생님의 몸 위에 엎드린 채 한동안 가만히 있었다. 수민 선생님이 발버둥을 치며 밀치자 그제야 슬며시 물러나 앉았다. 그러고는 출입문 옆에 서 있던 남학생을 가리키며 말했다.

"저 녀석이 날 떠민 거예요!"

투허는 벌떡 일어나 그 남학생을 뒤쫓아 뛰어갔다. 수민 선생님은 곧장 교장실로 달려가 더 이상 수업을 할 수 없다고 말했다. 그러고는 자기 방으로 들어가 울음을 터뜨렸다.

그날 이후 투허는 한동안 잠잠했다.

방학을 하루 앞둔 날, 수민 선생님이 교무실에서 생활기록부를 작성하고 있을 때였다. 밖에서 난데없이 퉁소 소리가 들려왔다. 그녀는 얼른 문가로 다가가 보았다.

투허가 연잎을 머리에 뒤집어쓴 채 퉁소를 제멋대로 불면서 복도를 걸어오고 있었다. 그 박자에 맞추며 십여 명의 남자아이들이 그 뒤를 따라왔다. 마침 수업이 없었기 때문에 수많은 학생들과 선생님들이 교실 밖으로 나와 그 광경을 지켜보았다. 투허는 갑자기 펄쩍 뛰어오르더니 발을 이마 있는 곳까지 높이 차올렸다. 뒤를 따르던 녀석들도 똑같이 발차기를 했다.

수민 선생님은 가만히 지켜보다가 투허가 가까이 다가오자 한 손으로 자신의 퉁소를 낚아챘다. 투허는 그 자리에 선 채 뻔뻔스럽게 웃었다. 퉁소에서 투허의 침이 뚝뚝 떨어졌다. 수민 선생님은 퉁소를 바닥에 내동댕이치며 투허의 따귀를 올려붙였다.

그날 저녁에 사납고 무식한 투허 어머니가 아들의 팔을 끌고 학교로 찾아왔다. 그녀는 수민 선생님에게 두 시간 동안 욕설을 퍼부었다.

그날 밤 딩메이가 수민 선생님을 위로하러 갔을 때, 그녀는 넋이 나간 듯 멍하니 대나무 숲만 바라보았다.

딩메이가 말했다.

"이곳 사람들은 너무 형편없어……."

다음 날 수민 선생님은 아무한테도 알리지 않고 어디론가 떠나 버렸다. 마수이칭이 우창 마을로 돌아왔을 때는 그녀가 떠난 지 사흘이 지난 뒤였다. 그는 그녀를 찾아보려고 했지만 어디로 갔는지 아는 사람이 아무도 없었다.

마수이칭은 집에서 며칠 더 머물다가 긴 여름 방학을 혼자 쓸쓸히 보내게 될까 봐 아버지가 있는 상하이로 가 버렸다. 그가 가고 나서 이틀 뒤에 수민 선생님이 다시 돌아왔다. 그녀도 마땅히 갈 곳이 없었던 것이다.

며칠 뒤 그녀가 마수이칭을 찾아왔지만 굳게 닫힌 대문에 큰 자물통이 채워져 있었다. 마수이칭은 상하이에서 개학 이틀 전까지 돌아오지 않았다. 수민 선생님에게 그해 여름 방학은 인생의 반을 지낸 것처럼 길게 느껴졌다.

깊은 가을로 들어선 어느 날, 수민 선생님이 유마디 고등학교로 찾아왔다. 그날따라 마수이칭이 보이지 않았다. 나는 학교 여기저기를 찾아다녔지만 마수이칭을 만나지 못했다.

수민 선생님이 말했다.

"그만 찾아."

나는 물 한 잔을 권했지만 그녀는 손도 대지 않았다. 다만, 나에게 보따리 하나를 건넸다.

"요즘 마수이칭이 우창 마을로 잘 오질 않아. 린빙, 이 보따리를 전해 줘. 그 안에 털스웨터가 들어 있어. 곧 겨울이잖아……."

나는 수민 선생님을 교문까지 배웅했다. 그녀가 손을 내저었다.

"그만 돌아가!"

"바래다줄게요."

그녀는 안색이 무척 안 좋아 보였다. 머리카락도 꺼칠하고 눈가에는 잔주름도 생겨 있었다.

헤어지기 전에 내가 말했다.

"거기를 떠나지 그래요……."

그녀는 아무 말이 없었다.

6

당시는 사회가 전반적으로 혼란스러웠기 때문에 우리는 제때에 졸업을 못 하고 몇 달째 학교에 머물러 있었다. 겨울로 접어들면서 불안하고 초조한 시간을 보내고 있었는데, 마침내 졸업 날짜가 정해졌다. 학교를 떠날 날이 이제 얼마 남지 않았다.

아이원 선생님이 떠난 후, 학교에서는 담임 선생님을 따로 배정해 주지 않았다. 셰바이싼마저 고등학교 3학년 1학기에 자퇴를 해 버렸는데, 그 후로 반장을 뽑지 않아 우리 반은 굉장히 어수선했다.

내가 타오훼이에게 쓴 연애편지를 마수이칭에게 맡긴 지도 한참이 지났다. 나는 타오훼이의 반응을 기다리며 하루하루를 보내고 있었다.

'내 편지를 받고 어떻게 생각할까?'

한동안 나는 수많은 추측을 해 보았지만, 희망적인 것보다 비관적인 쪽으로 더 많이 기울었다. 나의 머릿속은 그 생각에 얽매여, 마치 개가 뼈다귀를 물고 놔주지 않듯 헤어 나오지 못했다.

나는 시도 때도 없이 그 편지 생각을 하며 타오훼이를 떠올렸다. 잠을 자다가도 깨어나 그녀 생각에 사로잡혔다. 그럴 때면 나 자신이 한없이 무능하게 여겨졌다. 그녀는 잠자리를 뒤척이게 하면서 나를 뜨겁게 만들었다가 다시 차갑게 내동댕이치곤 했다.

나는 예민해지고 의심이 많아졌다. 타오훼이가 힐끗 쳐다보기만 해도 왠지 특별히 의미를 가진 듯이 여겨졌다. 타오훼이가 자기 일을 묵묵히 하고 있는 걸 보면, '내가 고백한 내용이 결국 아무 의미가 없었구나.'라고 생각되었다. 타오훼이의 입가에 미소가 살짝 머물면 꼭 나를 비웃는 것만 같았다.

편지는 고민을 거듭해 정성껏 쓴 것이었지만, 구절마다 타당성이 부족하고 경박해 내 영혼의 빈곤함을 증명하는 듯했다. 그녀가 나를 멸시할 수 있는 근거 자료만 제공해 준 것 같았다.

졸업을 앞둔 12월 15일, 나는 교문에서 우연히 타오훼이와 맞닥뜨렸다. 그녀는 혼자 그곳에 한참을 서 있었던 것 같았다. 그녀를 보자 갑자기 피가 거꾸로 솟았다. 앞으로 걸어야 할지 뒤로 돌아가야 할지 갈피를 잡지 못했다. 나는 얼떨떨한 가운데에서도 그녀가 발그레 홍조를 띠고 눈에는 미소를 담고 있는 것을 보았다. 그 미소는 그녀와 같이 지낸 육 년 동안 단 한 번도 본 적이 없는 것이었다.

나는 그녀가 나와 얘기를 나누고 싶어 한다고 확신했다. 떨리는 마음으로 그녀와의 거리를 좁혀 갔다.

내가 그녀 옆을 스치는 짧은 순간, 옅은 향기가 풍겨 왔다. 그러나 그녀는 아무 말이 없었고 어떠한 행동도 취하지 않았다. 나는 고개를 숙인 채 재빨리 진으로 난 길 쪽으로 걸었다. 등 뒤에서 그녀의 시선이 느껴졌다. 그래도 나는 뒤돌아보지 않았다. 천성적으로 수줍어하는 성격 때문에 그저 앞만 보며 걸어갈 수밖에 없었다.

나는 마지막까지 타오훼이의 편지를 받지 못했다. 나는 타오훼이가 졸업장을 미리 받고서 의학 공부를 하기 위해 까만 기와를 떠나 현으로 갔다는 소식을 전해 들었다.

태양이 가위로 오려 놓은 은박지처럼 선명하게 하늘에 걸려 있었다.

점심 무렵에 쉬이룽의 이발소에서 머리카락을 잘라야겠다는 생각이 들었다. 진 쪽으로 걸어가고 있는데 누군가 나를 불렀다.

"린빙!"

고개를 돌리자 셰바이싼이 서 있었다.

"니, 어떻게 여기에 있이?"

내가 급히 다가가 물었다.

"나, 지금 창고 짓는 공사에 참가하러 탕챠오로 가는 길이야."

셰바이싼은 아버지가 돌아가신 후 자퇴를 했다. 그는 장남이었고 밑으로는 남동생과 여동생이 넷이나 되었다. 더 이상 공부를 계속할 수가 없었다.

학교를 떠난 후, 그는 기와장이 기술을 배웠다. 그의 겨드랑이 사이에 끼여 있는 공구 보따리 사이로 기와 삽이 보였다. 그의 몸은 온통 진흙과 횟가루투성이었다.

"기숙사로 가서 좀 쉬었다 가."

내가 말했다.

"아냐, 다른 기와장이들은 벌써 떠났어. 나도 빨리 따라가야지."

나는 우리가 수없이 드나들던 음식점을 쳐다보면서 주머니 속에 있는 1위안을 만지작거렸다.

"우리, 식당에 가서 돼지머리 고기라도 먹자. 얘기도 나누고."

그는 생각을 좀 하는 것 같더니 고개를 끄덕였다.

"좋아."

우리는 식당에 마주 앉아 돼지머리 고기가 나오기를 기다렸다.

"마수이칭은 잘 있냐?"

"잘 있어. 그저께 집으로 갔어."

"너, 류한린한테 자주 들르니?"

"자주 가진 않아. 류한린이 바쁘거든."

"타오훼이는 잘 있지?"

"현으로 갔어, 어제."

"……."

그는 문밖으로 눈을 돌렸다. 그가 학교를 떠난 지 겨우 반년이 조금 지났건만, 그사이에 나이가 훌쩍 들어 보였다. 검게 그을린 얼굴에 수염이 숭숭 나 있었고, 등도 많이 굽어 보였다.

돼지머리 고기가 나오자 우리는 말없이 먹었다. 반 정도 먹었을 때, 그는 주머니에서 수첩을 꺼내더니 여자 사진을 찾아 가벼운 탄식과 함께 나에게 건넸다.

"나, 이번 설 즈음에 결혼해."

나는 사진을 받아 사진 속의 여자를 보았다. 조금 나이가 들어 보이는 평범한 얼굴이었다. 내가 웃으며 말했다.

"굉장히 착해 보인다. 좋은데?"

그는 내가 건네준 사진을 다시 보더니 수첩에 꽂아 주머니에 넣은 다음, 젓가락을 들고 계속 돼지머리 고기를 먹었다.

다 먹어 갈 즈음에 그가 말했다.

"공부하는 게 좋아. 하지만 내게선 영원히 물 건너갔어."

그때 그의 눈에 반짝 하고 눈물이 어렸다. 나는 얼마 남지 않은 고기 접시를 셰바이싼 쪽으로 밀어 주며 말했다.

"어서 먹어."

"마수이칭을 만나면 안부 전해 줘."

"응."

헤어질 때 그는 두 손으로 내 손을 꽉 쥐었다. 그의 손은 소리가

날 정도로 건조했다. 떠나는 그의 뒷모습에서 내일의 나를 보는 듯
했다. 나는 이발을 하고 나서 학교로 돌아가고 싶지 않아 우창 마을
로 발길을 돌렸다.

7

우창 마을에 가까워질 무렵부터 가느다란 빗방울이 떨어지더니
빗발 사이로 눈이 섞여 내리기 시작했다. 눈은 물먹은 솜처럼 무겁
게 내리면서 길을 미끄럽게 만들었다. 제방을 따라 겨울 풍경이 펼
쳐졌다.

제방 왼쪽으로는 누렇게 탁해진 큰 강물이 흐르고 있었다. 오랫
동안 사용하지 않은 작은 배가 한쪽에 묶여 있었고, 예닐곱 마리의
오리들이 머리를 움츠린 채 찬물 위를 헤엄쳤다.

제방 오른쪽 목화밭에는 갈색으로 말라붙은 목화 줄기가 황량하
게 펼쳐져 있었고, 멀리 보이는 낡은 초가에서 들려오는 닭 울음소
리가 겨울의 정취를 한층 깊게 만들었다.

초가집과 기와집이 섞인 우창 마을의 집들을 바라보며 잠시 걸
음을 멈추었다. 머리 위에 쌓인 눈을 털고 꽁꽁 언 손을 호호 불면
서, 조금 후면 따뜻한 방 안으로 들어갈 수 있겠다는 생각에 살짝
흥분이 되었다.

대문이 열려 있었다. 나는 신발 바닥에 눌어붙은 진흙을 털어 내
며 마수이칭을 불렀다. 그의 대답을 기다리지 않고 방 안으로 들어

서며 몇 번이고 계속해서 불렀다.

"마수이칭!"

인기척이 없었다. 나는 그가 멀리 가지는 않았을 것이라고 생각하며 의자에 걸터앉았다. 방에서 맨 먼저 눈에 띈 것은 조그마한 화로였다. 모퉁이에 놓여 있는 화로에서는 불이 활활 타면서 붉은빛을 내뿜고 있었다.

나는 먼지 하나 없이 잘 닦인 식탁 위에 생선찜이 놓여 있는 것을 보았다. 등이 검은 붕어 두 마리가 푸른색 꽃무늬 접시에 소담스럽게 담겨 있었다. 겨울에 보기 힘든 생선이었다. 부드러운 생선찜을 보자, 젓가락 위에서 흔들거리는 모습이 눈에 선했다.

식탁에는 잘 절인 오리 알 요리도 한 접시 놓여 있었는데, 노른자에는 황금빛 기름기가 살짝 배어 있었다. 미나리 두부 무침도 놓여 있었다. 미나리의 하얀 뿌리는 마치 버드나무의 수염 같았다.

방 안을 다시 들여다보니 깔끔하게 정돈된 것이 조금의 흐트러짐도 없었다. 나는 수민 선생님이 다시 돌아온 걸까, 하고 생각했다.

그때, 정원에 누군가 들어섰다. 딩메이였다. 그녀는 물통을 들고 머리카락을 한 차례 쓸어 올리며 물었다.

"방에 누구야?"

내가 방문으로 다가가며 말했다.

"나야."

"너구나!"

그녀는 고개를 들어 나를 한번 바라보고는 물을 항아리에 붓는 게 먼저라고 생각했는지 물통을 들고 부엌으로 들어갔다.

나는 방문 입구에 섰다. 그녀는 물을 다 붓고 나서도 금방 나오지 않고 이것저것 부엌 일을 정돈하고 나왔다.

"이 시각에 어디서 오는 길이니?"

"학교에서."

"날씨도 추운데 이렇게 먼 길을 오다니. 급한 일이라도 있니?"

"그런 건 아니야. 마수이칭은?"

"아마도 수 선생님한테 갔을 거야."

그녀는 방으로 들어오지 않고 싸리비를 들고 마당을 청소하기 시작했다. 세심하게 비질을 하고 있는 그녀의 자태가 퍽 아름다워 보였다. 딩메이가 까만 눈동자를 반짝이며 발그레해진 얼굴로 따뜻한 입김을 뿜어 대었다. 나는 밑도 끝도 없이 구부정한 등과 온몸에 힘 하나 없는 마수이칭의 모습이 떠올랐다.

감나무 밑을 쓸 때 딩메이가 고개를 들어 텅 빈 감나무를 올려다보며 말했다.

"감 따러 온 거니?"

하지만 내가 미처 대답을 하기도 전에 중얼거렸다.

"벌써 겨울이야."

그녀는 다시 마당을 쓸었다. 나는 소매로 젖은 머리카락과 얼굴을 털며 혼잣말처럼 그녀를 향해 말했다.

"대문 밖에서 수이칭을 기다릴게."

나는 대문 옆에 서서 마수이칭이 빨리 돌아오기를 기다렸다. 딩메이가 비질을 하다가 대문 앞에 이르자 잠시 손짓을 멈추며 말했다.

"너희 둘은 사이가 정말 좋구나, 그렇지?"

나는 뭐라고 대답해야 좋을지 몰랐다. 그녀가 비질을 끝내고 방으로 들어갔다. 잠시 후 대문 밖으로 다시 나오더니 나를 바라보며 말했다.

"수민 선생님이 전근을 간대."

"그래?"

"수민 선생님은 참 좋은 사람이야."

"그래, 참 좋아."

"밖은 날씨가 차. 방에서 기다려."

내가 움직이지 않고 그대로 서 있자 그녀가 다시 재촉했다.

"어서 방으로 들어가!"

나는 그녀를 따라 방으로 들어가며 별 뜻 없이 물었다.

"너희 집은 형편이 좀 좋아졌니?"

"……."

방으로 들어간 뒤, 나는 부자연스럽게 의자에 걸터앉아 문밖을 바라보았다.

"강가로 가서 쌀을 씻어다가 죽을 끓여야겠어."

딩메이는 대문 밖으로 나갔다.

식탁에 있던 요리들이 치워지고 절인 채소 반찬만 남아 있었다.

한참 뒤에 딩메이가 돌아왔다.

"나, 그만 돌아갈게. 수이칭이 오면 선생님이 빨리 학교로 돌아오라고 했다고 전해 줘."

나는 문을 나섰다.

"더 기다리지 그래? 조금 있으면 돌아올 텐데."

"아니야."

"그냥 가면 내가 미안하잖아. 수이칭이 돌아와서 날 탓하면 그땐 뭐라고 하지?"

"내가 지금 초등학교로 가서 찾아보고, 거기서도 수이칭을 못 만나면 나중에 학교에서 만나 설명할게."

그렇게 말할 때, 내 몸은 이미 대문을 나서고 있었다.

딩메이가 대문 밖까지 쫓아 나오며 말했다.

"린빙, 내년 가을에 감 따러 오는 거 잊지 마!"

"응."

나는 대답을 하며 고개도 돌리지 않았다.

비는 벌써 그치고 눈이 펑펑 쏟아지고 있었다. 나는 걸음을 재촉해 얼른 마을을 벗어났다. 수십 걸음 더 가다가 고개를 돌려 눈이 내리고 있는 우창 마을을 바라보며 마음속으로 외쳤다.

'안녕, 우창 마을!'

제방 위를 걸을 때, 온 대지를 덮어 버릴 듯이 눈이 펑펑 쏟아져 내렸다. 나는 눈보라를 정면으로 맞으며 동쪽으로 걸었다. 눈이 얼굴을 때리고 목으로 들어갔지만 몸과 마음은 편안했다. 큰 걸음으로 서둘러 걸어서 온몸에서 열기가 올라왔다. 단숨에 일 킬로미터가 더 되는 길을 걸으니 마음이 뜨거워지면서 노래가 절로 나왔다.

눈길을 홀로 걸으며 하늘을 우러러보면서 〈타호상산(打虎上山)〉*

타호상산 중국에서 유명한 현대 경극에 나오는 노래로, 공산당이 국민당을 물리쳤다는 내용이 담겨 있다.

을 큰 소리로 불렀다. 비장감이 가슴속에 콸콸 흘러넘쳐 온몸으로 퍼져 나갔다.

노래 한 곡조가 사람의 가슴을 곧게 펴게 하고, 머리를 빳빳이 치켜들게 하며, 두 눈에서 빛을 발하게 하다가 끝내 눈물까지 그렁그렁 맺히게 할 정도라면 길이 남을 만한 명곡이라 할 만했다.

눈이 덮인 눈부신 들판과 하얀 나무들을 배경으로 삼은 채, 나뭇가지 하나를 꺾어 손에 쥐고 과장된 몸짓으로 연기를 하며 한껏 고조된 기분으로 노래를 불렀다. 마지막에는 목청껏 소리까지 질렀다. 내복까지 땀에 푹 젖어 몸에 찰싹 달라붙었다.

이 킬로미터 정도를 더 가자, 들판을 뒤덮으며 내리던 눈이 갑자기 멈추고 햇빛이 쨍 하고 나타났다. 길옆 풀밭에서 족제비 한 마리가 쏙 나왔다. 나와 눈이 마주치자 깜짝 놀라 허둥지둥 제방 아래 목화밭 쪽으로 뛰어들었다. 그 녀석의 몸을 덮고 있는 황금빛 털이 멋지게 반짝거렸다.

나는 제방에서 내려와 그 녀석을 쫓기 시작했다. 그 녀석은 논두렁에 앙증맞고 귀여운 발자국을 남기며 목화밭 속으로 들어갔다. 나는 녀석을 쫓고 또 쫓았다.

나와 녀석의 거리가 삼십 미터 정도로 좁혀졌을 때, 녀석이 벌떡 일어나 귀를 쫑긋 세우고 태양을 정면으로 바라보며 굴복하는 듯한 자세를 취했다. 나는 그 자리에 서서 그 녀석을 바라보다가 왔던 길을 되돌아 나왔다.

다시 제방 위로 올라왔을 때는 힘이 쭉 빠져 있었다. 바지는 목화 줄기에 걸려 찢어진 데다 손등도 여기저기 갈라져 핏자국이 생겼다. 족제비는 처음 발견되었던 그 풀밭에서 마른 풀을 뜯고 있었다.

나는 연기가 피어오르는 마을 쪽을 바라보았다. 그때 내 눈은 텅 비어 있었다.

8

하루가 지난 뒤, 마수이칭이 학교로 돌아왔다.

내가 물었다.

"딩메이가 말했어? 내가 우짱 마을에 들렀다고."

"다음 날 걔를 만나고서야 알았어. 그날 밤은 집으로 돌아가지 않았거든."

"수민 선생님한테 갔었냐?"

"아니, 우다펑하고 밤새도록 카드놀이를 했어."

나는 비난기가 담긴 어투로 말했다.

"너, 어떻게 사람의 성의를 저버릴 수가 있냐? 왜 피하고 그래?"

"……."

"수민 선생님이 떠난다며?"

"다시 남기로 했어."

"수민 선생님이 언제까지 기다릴 수 있겠냐?"

"……."

"너, 집에 가서 한참 지냈더라."

"일 좀 처리할 게 있어서. 난 우짱 마을을 떠날 거야."

"뭐?"

"나, 군에 입대할 거야."

"군대 간다고?"

"이미 신청했어. 우리 학교 학생 중에서 해군 다섯 명을 모집하고 있는 거 몰라?"

"넌 독자잖아. 병역을 따르지 않아도 돼."

"독자라고 병역을 따르지 말라는 법도 없지!"

"너같이 건들거리는 녀석은 군대에 맞지 않아."

"상관없어. 어쨌든 난 군대에 갈 거야."

나는 다시 말하지 않았다. 그가 한번 마음먹으면 세상이 무너져도 하고 만다는 것을 잘 알고 있었다. 나는 졸업장 받을 날만을 기다리며 이리저리 방황하는 친구들의 모습을 떠올렸다.

마수이칭은 결국 여기를 떠날 것이다.

며칠이 지난 뒤, 징병을 위한 신체검사가 시작되었다. 각 병원에서 선발된 의사들이 각자의 진료 과목에 따라 진찰을 하고, 마지막으로 군의관이 합격 여부를 결정했다.

그해에는 불투명한 앞날에 대한 불안감으로 많은 젊은이들이 몰려들었다. 신체 검사소에는 발 디딜 틈이 없었다. 원기 왕성한 수십 명의 젊은이들이 알몸으로 검사를 받았다. 나는 마수이칭의 마른 몸뚱이를 보며 떨어질 것이라고 생각했다. 그런데 체격이 건실한 학생들은 혈압이 높다거나 간이 나쁘다거나 하는 식의 문제가 있었던 반면 마수이칭에게는 아무런 흠도 없었다.

해군의 입대 조건은 육군에 비해 훨씬 까다로운데도 불구하고 마수이칭은 합격을 했다. 마지막으로 우리에게 남겨진 시간 동안, 우리는 아침부터 밤까지 바늘과 실처럼 붙어 다녔다.

졸업식 날과 입영 날이 한날로 잡혔다. 오전에는 졸업식을 하고, 오후에는 마수이칭과 입대하는 학생들이 출발하도록 되어 있었다.

증기선은 그날 일반 손님을 태우지 않은 채 부두에 정박해 있었다. 초록색을 새로 칠한 배가 햇빛에 반짝였다. 배 위에 장식된 붉은 꽃이 청춘의 분위기를 흠씬 풍기고 있었다.

오후 3시가 지난 시각, 큰 다리 위와 부두에는 많은 사람들이 나와서 입대하는 이들을 지켜보고 있었다. 4시가 되자 군복을 입은 신병들이 다가왔다. 북소리와 징소리가 하늘을 울리고 초등학교 문예 선전단 아이들이 빨간 머플러를 흔들며 노래를 부르고 춤을 추었다. 해마다 겨울에 들려주던 노래가 흘러나왔다.

어머니, 마음 편히 계세요
걱정일랑 마세요
저는 영광스럽게 입대합니다
몇 해 안 가 돌아올 것입니다
문 앞에 심은 복숭아나무가
눈 깜짝할 사이에 담장을 넘을 거예요
에이야 에이야 어허야
문 앞에 심은 복숭아나무
제가 돌아와 열매를 딸게요

나는 줄곧 마수이칭 옆에 서 있었지만 우리는 서로 아무런 말도 주고받지 않았다. 그가 배에 오르기 전에 나에게 물었다.

"너는 이제 어떻게 할 거냐?"

나는 떼지어 밀려다니는 사람들에게 눈길을 보내며 대답했다.

"나도 몰라."

우리는 다시 말이 없었다. 신병을 이끄는 지휘관이 증기선 위에서 큰 소리로 말했다.

"출발! 출발!"

마수이칭이 내 손을 꽉 쥔 채 지휘관을 바라보았다.

"어서 배에 올라!"

내가 말했다.

그는 내 손을 놓고 배 위로 올라갔다. 그는 곧바로 선실로 들어가지 않았다. 그렇다고 나를 바라보는 것도 아니었다. 승강구 옆에서 강가에 펼쳐진 갈대밭을 물끄러미 바라보았다.

배에 묶어 놓았던 밧줄을 풀 때, 그가 나를 바라보았다. 내가 얇은 옷을 입고 있는 걸 보더니 가방에서 둘둘 말린 옷 하나를 꺼내 강기슭으로 던졌다.

"날씨가 차. 이걸 걸쳐!"

"네 옷을 다 나한테 줬잖아. 한두 벌은 가져가야지!"

"하나 더 있어. 그걸로 충분해. 어서 입어."

밧줄이 완전히 풀어지고 기적 소리가 몇 번 울리더니 엔진이 돌아가기 시작했다. 연통에서 검은 연기가 뿜어 나왔다. 배가 탁한 물보라를 일으키며 부두를 떠나 앞으로 나아가기 시작했다.

사람들이 흩어졌다. 나는 내 뒤를 받쳐 주던 벽이 무너진 것처럼 갑자기 한기가 느껴졌다. 마수이칭이 던져 준 옷을 걸쳐 입고 두 손을 주머니에 찔러 넣은 채, 배가 가는 방향으로 시선을 고정시켜 망망한 수평선을 바라보았다. 갑자기 공허해졌다.

증기선이 멀어져 보이지 않을 때쯤, 나는 무심코 주머니 속을 더듬었다. 주머니에서 뭔가가 손에 잡혔다. 그것을 꺼내 보는 순간, 나는 그 자리에 굳은 채 멍하니 서 있었다. 그것은 내가 타오훼이에게 보낸 편지였다!

편지는 개봉도 하지 않은 상태였다.

내 손으로 직접 열어 보게 된 것이다. 나는 편지를 펼쳐서 처음부터 끝까지 다시 한 번 읽어 본 뒤 두 손에 꽉 움켜쥐었다.

나는 바람 속에 잠시 멍청히 서 있다가 찬바람이 일렁이는 큰 강을 바라보았다. 편지가 파닥파닥 바람에 나부꼈다. 나는 그 편지를 강물 위로 날려 보냈다. 편지는 강물을 따라 모습을 드러냈다 사라졌다 하며 흘러갔다.

해 질 무렵, 나는 이불을 짊어지고 적막한 백양나무 가로수 길을 걸어 학교에서 빠져나갔다. 내 뒤로 빨간 기와와 까만 기와가 남겨져 있었다.

그 모습 그대로 영원히!

까만 기와

첫판 1쇄 펴낸날 2013년 8월 29일
4쇄 펴낸날 2018년 10월 31일

지은이 차오원쉬엔 **옮긴이** 전수정
발행인 김혜경 **편집인** 김수진
주니어 본부장 박창희
편집 진원지 문새미 이은경
디자인 전윤정 **마케팅** 노현규
경영지원국 안정숙
회계 임옥희 양여진 김주연

펴낸곳 (주)도서출판 푸른숲
출판등록 2003년 12월 17일 제406-2003-000032호
주소 경기도 파주시 회동길 57-9 파주출판도시 푸른숲 빌딩, 우편번호 10881
전화 031) 955-1410 **팩스** 031) 955-1405
홈페이지 www.prunsoop.co.kr **이메일** psoopjr@prunsoop.co.kr

ⓒ푸른숲주니어, 2013
ISBN 978-89-7184-977-4 44820
978-89-7184-419-9 (세트)

푸른숲주니어는 푸른숲의 유아·어린이·청소년 책 브랜드입니다.